CLARE SWATMAN

ANTES QUE SEJA TARDE

Certos reencontros
são inevitáveis

Before We Grow Old
Copyright © Clare Swatman 2022
First published worldwide in English by Boldwood Books Ltd.
Translation rights arranged through The Agency srl di Vicki Satlow.

Diretor-geral
Alessandro Gerardi

Gerente editorial
Marcia Batista

Produção editorial
Letícia Nakamura
Raquel F. Abranches
Victoria Viana

Arte
Barbara Garoli
Renato Klisman

Tradução
Marina Constantino

Preparação
Alessandra Miranda de Sá

Revisão
Flávia Yacubian
Paula Craveiro

Capa e projeto gráfico
Renato Klisman

Diagramação
Nadine Christine

Dados Internacionais de Catalogação na Publicação (CIP)
Angélica Ilacqua CRB-8/7057

S977a Swatman, Clare
Antes que seja tarde / Clare Swatman ; tradução de Marina Constantino.
-- São Paulo : Universo dos Livros, 2025.
320 p.
ISBN 978-65-5609-850-0
Título original: Before we grow old

1. Ficção inglesa
I. Título II. Constantino, Marina

25-4278 CDD 823

Universo dos Livros Editora Ltda.
Avenida Ordem e Progresso, 157 — 8º andar — Conj. 803
CEP 01141-030 — Barra Funda — São Paulo/SP
Telefone: (11) 3392-3336
www.universodoslivros.com.br
e-mail: editor@universodoslivros.com.br

CLARE SWATMAN

ANTES QUE SEJA TARDE

Certos reencontros são inevitáveis

São Paulo
2025

Grupo Editorial
UNIVERSO DOS LIVROS

Para mamãe e papai.
Obrigada por tudo

Querido William,

Não acredito que você foi embora. Não acredito que nunca mais vou poder tê-lo em meus braços, sentir a maciez e o calor de sua pele na minha, roçar os lábios em seus cabelos. Vê-lo se tornar o homem maravilhoso que sei que um dia será. Ser parte da sua vida, do jeito que sempre sonhamos.

Meus braços sempre vão parecer vazios.

Não sei mais o que dizer. Me desculpe.

Estou devastada.

Espero que sua vida seja mais feliz do que a que teria comigo.

Eu te amo. Sempre amarei.
Fran

1

PASSADO

Agosto de 1982

Mamãe se esticou e apertou a campainha com firmeza enquanto equilibrava uma torta de maçã com dificuldade na mão esquerda. Parada à sua direita, um pouco mais atrás, eu analisava a pintura desgastada da porta.

Quando ela se abriu, ao erguer os olhos, dei de cara com uma moça parada na entrada. Fios de cabelo loiro amontoados no topo da cabeça e a boca rosada de batom esticada num sorriso. Era uma mulher tão linda quanto minha boneca Sindy favorita, e retribuí o sorriso, acanhada.

— Olá. Eu me chamo Stephanie Gordon, e esta é Francesca, minha filha — disse mamãe um pouco mais alto que o necessário. — Acabamos de nos mudar para a casa ao lado, por isso viemos dar um oi. Ah, isto é para você. — Ela estendeu a torta, e a moça a observou por um momento antes de se aproximar para pegá-la.

— Obrigada! Quanta gentileza. Fico contente em conhecer vocês, Stephanie e… Francesca, certo? — Ela se abaixou e deu uma boa olhada em mim, escondida atrás de minha mãe.

Assenti.

— Maravilha. Meu nome é Kathy. Kathy Poulton. — Ela recuou. — Ah, mas que indelicadeza a minha… Gostaria de entrar? Acabei de colocar o bule no fogo.

— Obrigada, eu adoraria. — A voz de mamãe soava diferente, um pouco parecida com a que a rainha da Inglaterra usa para fazer os discursos.

Adentramos a casa, que parecia um reflexo da nossa, com portas e quartos todos do lado contrário do corredor, e seguimos a sra. Poulton até a cozinha. Reparei nos armários de madeira e nas bancadas cor de creme, muito melhores do que os da nossa casa nova. A sra. Poulton deixou a torta de lado e abriu a porta dos fundos.

— William? James? Podem vir aqui um minutinho, por favor?

Em segundos, dois garotos apareceram à porta. Um parecia ter por volta de sete anos, a mesma idade que eu. O outro era bem mais novo.

— Já é hora do lanche?

— Ainda não. Quero que conheçam a sra. Gordon e a Francesca. Elas acabaram de se mudar para a casa ao lado.

Os dois se viraram para mim.

— Oi — disse o menor. — Eu sou Jim.

— James — corrigiu-o a sra. Poulton.

— Jim — repetiu ele, acenando antes de voltar ao quintal.

— William, não vai falar olá?

— Olá. Quer brincar?

Senti meu rosto ardendo de vergonha. Nunca fizera amizade com meninos antes e fiquei encarando meus sapatos pretos de verniz. Mas algo naqueles olhos azuis penetrantes e no sorriso travesso daquele garoto fazia com que dizer sim fosse o que eu mais desejasse no mundo. Olhei para minha mãe.

— Posso?

— Vai, pode ir — disse, praticamente me empurrando na direção da porta.

Atravessei a cozinha envergonhada e segui William para o quintal, deixando mamãe e a sra. Poulton à vontade para tomarem chá e fingirem não comer biscoitos.

— A propósito, eu sou Will, não William. A mamãe odeia apelidos, mas a gente não dá bola para ela.

Assenti.

— Você disse que seu nome é Francesca?

Assenti outra vez.

— Sim, mas todo mundo me chama de Fran. Tirando a minha mãe.

Sorrimos pelo segredo compartilhado e seguimos para o fundo do terreno.

— Estamos jogando bola, quem vencer fica — disse Will. — Quer ficar de goleira?

Aceitei, mesmo nunca tendo jogado bola antes.

E foi assim. Este foi o dia em que conheci William Poulton. Este foi o dia em que conheci o meu melhor amigo.

Pelos próximos onze anos, permaneceríamos praticamente inseparáveis.

2

PRESENTE

Outubro de 2018

O café estava lotado e o vapor que embaçava as janelas, tão denso, que era impossível distinguir qualquer coisa lá fora. Era como se flutuássemos sobre as nuvens, e eu, se pudesse fazer que assim fosse, não pensaria duas vezes. Sem dúvida, seria infinitamente mais interessante do que a condição atual da minha vida. Estava tudo meio mais ou menos. Um cargo de secretária em um escritório de advocacia do qual eu não gostava nem deixava de gostar, mas que já conhecia de cabo a rabo e pagava as contas; um filho de treze anos a quem amava mais do que tudo, mas que parecia se esquecer da minha existência pela maior parte do tempo; uma grande amiga que eu mal tinha tempo de ver; e... bem, isso era tudo. Essa era a soma da minha vida. Sabia que deveria ser grata por tudo que tinha, mas, na verdade, sentia que, sem que eu me desse conta, os limites da minha vida haviam diminuído, me sufocando numa faixa estreita e diminuta de existência da qual não conseguia escapar. Minhas asas estavam mais do que aparadas.

Enchi as bochechas de ar, deixando escapar um suspiro longo e profundo, e dei uma olhada no relógio sobre o balcão. Vinte minutos até precisar estar de volta ao escritório. Será que alguém notaria se eu não voltasse? O que aconteceria se eu apenas permanecesse ali, naquele café, e nunca mais retornasse? Nada, eu suspeitava. Nada mesmo. Os advogados seguiriam advogando e encontrariam outra pessoa para fazer todo o trabalho administrativo por eles sem nem pestanejar. A sensação de ser tão substituível não era das melhores.

Fechei os olhos enquanto tentava silenciar os sons do entorno: os zurros que vinham da mesa ao lado, da turma de praticantes de ioga almoçando; a birra de uma criancinha desesperada para descer do cadeirão;

o murmúrio grave dos aposentados jogando baralho duas mesas adiante; o tom de indignação de uma jovem que fora traída pelo namorado e não sabia o que fazer. "Dê um pé na bunda dele", pensei, logo arregalando os olhos, em pânico. Será que tinha dito aquilo em voz alta? Andava falando bastante sozinha aqueles dias, provavelmente porque passava a maior parte do tempo sem companhia. Mas daquela vez me safara. Ninguém nem notou.

Suspirando profundamente outra vez, peguei a caneca de chocolate quente e a levei aos lábios — foi quando de repente senti uma dor intensa pelo braço e notei que havia chocolate quente pingando da mesa para o meu colo. Gritando assustada, levantei em um só pulo, dei com a coxa na mesa e, com isso, derrubei ainda mais do líquido escaldante sobre ela. Fiquei assim por um momento, observando o pinga, pinga, pinga da bebida se espalhando pela mesa e vertendo no chão.

— Meu Deus, *sinto muito.* — Era uma voz grave. Me encolhi quando senti alguém encostar de leve no meu cotovelo e me virei na direção de quem falava. — Tropecei naquilo. — O homem apontava vagamente na direção de uma mochila despontando debaixo da mesa mais próxima.

Em um único movimento fluido, ele apanhou um bocado de guardanapos do balcão e começou a me enxugar com eles, descendo pela manga até a mão, que estava vermelha por conta da temperatura da bebida.

Tirei os guardanapos dele e o afastei de mim.

— Tudo bem, eu faço isso — disse, tentando não parecer irritada. Afinal de contas, ele não tinha culpa que outra pessoa fosse incapaz de guardar as próprias coisas debaixo da mesa, e não havia dúvidas de que estava preocupado. Ainda assim, não seria ele quem teria que voltar ao escritório lavado de chocolate quente... Os segundos que se seguiram foram uma mescla de limpar mesa e chão, e de titubeantes desculpas. E foi por isso que demorei tanto para reparar de verdade no homem que sem querer havia esbarrado em mim neste café lotado. A primeira coisa que notei foi sua cabeleira loira com um belo corte, salpicada de mechas grisalhas e ligeiramente despenteada. Então vi o sorriso: a boca amistosa e os dentes de um branco reluzente, seguidos por olhos azuis brilhantes, que se iluminaram ao me ver.

— Ah… — gaguejei, quase caindo sentada, boquiaberta como um peixe.

— Fran?

— Will. — Eu o encarei por mais tempo do que deveria. — Eu… Gostaria de se sentar? Acho que já está seco. — Virei-me para ele outra vez e indiquei o assento à minha frente enquanto meu estômago se revirava. — Se estiver com tempo, claro.

— Deixe-me pegar outra bebida para você. Também vou comprar um café para mim, mas já volto. Não saia daí.

Assenti em silêncio.

Enquanto ele ia para o fim da fila, aproveitei para observá-lo: um homem em quem não havia posto os olhos pelos últimos vinte e cinco anos.

Céus, William Poulton. Nunca, nem em um milhão de anos, poderia imaginar que fosse vê-lo novamente.

Ele tinha desaparecido da minha vida tão sem aviso, tão de repente, que me sentira despedaçada. Havia precisado de muito, muito tempo para me recuperar e juntar os cacos — para voltar a ficar inteira.

Éramos grudados. Grandes amigos desde os sete anos, quando minha família se mudou para a casa ao lado; minha mãe e a dele sempre diziam de brincadeira que, um dia, iríamos nos casar. Passamos anos sem conseguir pensar em uma alternativa pior. Éramos grandes amigos, e grandes amigos não se casavam. Em vez disso, seguimos frustrando o plano de todo mundo ao continuarmos nos vendo quase todos os dias sem nem sombra de romance. Quando, aos quinze anos, Will levou a primeira namorada para casa — acho que o nome dela era Katy —, pensei que a mãe dele fosse chorar de tristeza. Ela também me convidou para jantar com eles naquela noite, e reparei que seus olhos passavam de mim para Will e para Katy, antes de inverter o percurso, como se assistisse a uma partida de tênis, a ruga em sua testa se aprofundando sempre que Katy se aproximava um pouco de Will. Então, quando, um ano depois disso, finalmente nos tornamos um casal, nossas mães ficaram igualmente aliviadas e convencidas por terem estado certas desde sempre.

Will era meu mundo. E, pelos dezoito meses que ficamos juntos, acreditávamos que nosso amor nunca chegaria ao fim. Mesmo a sombra da faculdade pairando sobre nós era incapaz de destruir nosso sonho.

Ficaríamos juntos para sempre, fosse como fosse. Éramos invencíveis, eu e ele.

Mas tudo desandou homericamente quando a mãe dele morreu, e seu pai decidiu se afastar de tudo, levando consigo Will e o irmão Jim para o outro lado do mundo, deixando-me de coração partido.

E ali estava ele, vinte e cinco anos depois, à minha frente, segurando uma caneca fumegante de chocolate quente e me oferecendo aquele sorriso tão conhecido que fez meu coração se descompassar.

De mãos trêmulas, peguei a bebida das mãos dele e nos sentamos. Fiquei encarando o tampo da mesa por um momento, tentando me recompor. O que havia para dizer depois de todos aqueles anos, depois de tudo?

Quando, por fim, ergui os olhos em sua direção, vi que ele me observava, aguardando.

— Não acredito que é você. — Minha voz parecia um sussurro.

— Também não acredito. Mas é verdade mesmo. — Tomou um gole do café e fez uma careta. — Esta merda está quente. — Sorriu, e devolvi o sorriso.

Limpei a garganta.

— Então... você não está na Austrália.

Ele fez que não.

— Não. Estive lá, mas... bom, acabei voltando.

— Faz quanto tempo?

Will vasculhava meu olhar como se verificasse se eu gostaria mesmo de ouvir a verdade.

— Faz uns dez anos que voltei.

Foi como um soco no estômago.

— Para Londres?

Ele assentiu.

— Fiquei a maior parte do tempo por aqui.

— Ah. — Não sabia o que dizer. Nos meus dezoito anos, a Austrália parecia ficar em outro planeta. A distância se mostrava intransponível, por isso me esforcei para tirar Will da cabeça, para aceitar que nunca mais o veria e remendar meu coração estraçalhado. Mas como me sentiria se soubesse que ele havia voltado? Será que teria tentado reencontrá-lo?

Afastei esse pensamento.

— Então…

— Então… — repetiu Will. Ele se curvou e apoiou o queixo nas mãos. — O que ficou fazendo nos últimos vinte e cinco anos?

Dei um sorriso tímido. Era um pergunta carregada de expectativa. Na verdade, eu era uma pessoa completamente diferente daquela de quando nos vimos pela última vez. Mas ali, diante daquele homem que eu conhecia tão bem, parecia também que nada havia mudado.

Respirei fundo.

— Nada de mais. — Peguei um saquinho de açúcar da tigela à minha frente e dei batidinhas com ele na mesa. — Arranjei um emprego depois da faculdade, tive um bebê… — Parei de falar quando vi que ele ficou completamente branco, só então me dando conta do que dissera. — Não é… Não quis dizer que…

Ele balançou a cabeça, depois juntou as mãos espalmadas, levando-as aos lábios.

— E o bebê… ele… ou ela… — Ele não sabia como terminar a frase, e fui em seu socorro balançando a cabeça com vigor.

— Ele tem treze anos. — Ergui o olhar da mesa e o encarei. — Ele se chama Kieran.

Ele assentiu devagar e soltou o ar com os lábios retesados.

— Uau.

— Pois é.

Um silêncio pairou entre nós por alguns segundos. O passado tornava o ar pesado e rarefeito, difícil de respirar. O sibilo das máquinas de espresso e o tinido da sineta sobre a porta pareciam mais altos do que de costume. Fiquei me perguntando se ele diria mais alguma coisa. Foi quando se endireitou e passou a mão pelos cabelos.

— Quem diria, Francesca Gordon. De todos os cafés que existem, acabou vindo justo neste.

— Bela frase.

— Obrigado.

Soprei meu chocolate quente, reparando no ar gelado atravessando a superfície cremosa. Certo, então ele decidira não falar sobre o passado. Sem problemas. Melhor do que isso, na verdade. Ótimo. Era muito cedo para revirar essas águas. Afinal, de que serviria?

E ainda assim meus dedos doíam pela força com que eu segurava a caneca, enquanto as perguntas não ditas que queria lhe fazer pairavam entre nós.

— E você? — praticamente cuspi.

— Eu? Ah, nada de mais. Trabalho num banco. Eu sei, eu sei, é um pouco diferente de ser jogador de futebol, mas, bom... acabou não dando certo. Quando nos mudamos... — Ele parou de falar, buscando os meus olhos antes de prosseguir: — Logo que cheguei na Austrália, saí da linha por um tempo e não fiz questão de encontrar outro time. Futebol não faz muito sucesso por lá. É de lamentar, mas acho que não teria dado certo de qualquer maneira. — Deu de ombros. — Bancário está longe de ser a profissão dos meus sonhos, mas pelo menos paga bem.

Senti uma pontada de tristeza ao lembrar como Will amava jogar bola. Sempre conseguia entrar no time da escola e com quinze anos já jogava com a camisa da cidade; diziam até que jogaria na equipe júnior de um time famoso da região. Passara horas vendo-o treinar, acolhida em minha parca, mas tremendo de frio, perdendo a sensibilidade nas mãos enquanto ele corria para lá e para cá debaixo dos refletores — esperando por ele, respirando o ar frio em meio à escuridão do inverno, enquanto ele tirava o uniforme enlameado, secava o suor do corpo e depois vinha me abraçar com a gozação dos colegas ao fundo. Sem nunca se importar.

— Estão com inveja — sussurrava em meu ouvido conforme me apertava, e eu me enchia de orgulho enquanto tentava me esquentar nele. Todos pensávamos que ele seria capaz de grandes feitos. Ele *era* capaz de grandes feitos. Mas a vida tinha outros planos.

— E você... — Limpei a garganta. — Você tem filhos?

Ele fez que sim com a cabeça e um brilho apareceu em seu olhar.

— Sim. Uma menininha. Elodie. Ela tem seis anos e é um amor. — Ergueu o celular da mesa e virou a tela para mim. — É ela.

A menininha da foto era linda, com uma cabeleira de cachinhos loiros, como os que Will tinha quando era bem pequeno.

— Ela se parece com você.

Demorou-se olhando para a foto.

— Acha mesmo?

— Sim. São os olhos. E o cabelo.

— Ah, sim, meu maior inimigo. — Ele sorriu e bagunçou de leve os cabelos agora domados.

— E a mãe dela?

Ele hesitou por um segundo, e me perguntei por que me aventurara naquele terreno.

— Não estamos mais juntos — ele disse, ponderado.

— Entendo.

— Mas ainda somos amigos. Dividimos os cuidados com Elodie.

— Que bom.

— Sim, é bom mesmo. — Ficou me olhando por um tempo, como se quisesse dizer algo mais, mas desistiu.

Guardou o telefone no bolso e deu um gole no café.

— Mas então... Me fale sobre ele.

— Quem?

— Seu filho. Como é o nome dele mesmo... Kieran?

Fiquei em silêncio. Não sabia o que contar. Éramos só nós dois desde que Kieran tinha apenas meses de vida. Sempre fui superprotetora, mas tinha piorado agora que ele era adolescente, por isso, relutava em falar sobre ele com pessoas que não o conheciam.

— Sim, Kieran, isso mesmo. Bem, ele é ótimo. Um adolescente, então está... bem, você sabe. Temos nossos atritos de vez em quando, mas ele é tudo para mim.

— E o pai dele?

— Sean. Não estamos juntos. Faz anos. Vivemos só nós dois, eu e Kieran, num apartamento pequeno em Crouch End, que comprei há uns vinte anos, antes de os preços subirem loucamente, e gostamos muito. Mas preciso trabalhar quatro dias na semana para conseguir sustentá-lo. — Baixei os olhos e vi que tinha cutucado tanto a cutícula do dedão que agora ela estava sangrando. Coloquei as mãos sob as coxas. — Sempre imaginei que as coisas fossem se tornando mais fáceis conforme os filhos crescessem, porque eles vão se tornando mais independentes. Mas não é verdade. Aos treze anos, cansados e cheios de hormônios, querem os pais sempre por perto e fazem a gente se sentir culpado porque precisam ficar sozinhos depois da escola e esperar até as seis para que a gente chegue. — Eu o encarei. — Nunca é fácil, não é?

— Não. Nunca é.

Peguei a caneca com ambas as mãos. O chocolate havia esfriado e dei um grande gole. Do outro lado da mesa, Will tinha um sorrisinho no rosto.

— Que foi?

— Está com um bigode de leite. — Ele se curvou sobre a mesa e passou o dedo logo acima da minha boca. — Viu só?

Mas eu era incapaz de responder. Para minha surpresa — e, devo dizer, completa vergonha —, o roçar de dedos de Will na minha pele me eletrizou. Poderia tentar me convencer de que fora apenas porque alguém havia encostado em meu lábio, mas sabia que não era só isso. Era o toque de Will.

Senti que enrubescia e baixei a cabeça para ocultar as bochechas. Tarde demais, pelo visto.

— Está se sentindo bem? Parece um pouco vermelha.

— Eu? Sim, estou bem. É só que… — Olhei ao redor, desesperada. — Está um pouco quente demais aqui.

— Sim, está um pouco abafado. — Ele jogou a cabeça para trás e tomou os últimos goles do café. — Olha só, me perdoe, Fran, mas preciso mesmo voltar ao trabalho. Está livre depois? Adoraria passar mais tempo me atualizando. — Ele parou de falar, observando o tampo da mesa. — Se quiser, é claro.

Dei uma olhada no relógio. Estava atrasada para voltar.

— Adoraria. — Levantei e coloquei o casaco. — Desculpe, também estou com pressa, mas me mande uma mensagem e combinamos depois. — Anotei meu número em um guardanapo limpo e o empurrei para ele sobre a mesa. — Vejo você depois?

— Com certeza. — Ele pegou o guardanapo, deu uma olhada no número e depois o guardou com cuidado no bolso do terno. Então peguei minha bolsa e corri porta afora, sentindo uma lufada de ar frio no rosto ao sair. Não tinha ideia se um dia voltaria a ver William Poulton, mas esperava que sim.

3

PRESENTE

Outubro de 2018

— Will? — Mags nem ao menos tentou disfarçar o tom de desdém quando liguei para ela do lado de fora do escritório.

— Aham.

— Está se referindo ao Will que partiu seu coração ao ir morar do outro lado do mundo, isso sem falar…

— Sim — disse, interrompendo-a antes que pudesse terminar. — Sim, esse Will. — Limpei a garganta. — Mas me escute antes de falar qualquer outra coisa.

Mags me conhecia há muito tempo, o que a tornava uma das únicas pessoas autorizadas a me dizer a verdade nua e crua.

Ouvi o suspiro exasperado vindo do outro lado da linha, mas ela não disse mais nada. Em todo o caso, já sabia o que Mags iria dizer: que o fato de estar na defensiva era prova suficiente de que havia cometido um erro; que ele me machucara antes, e o que me fazia pensar que não me machucaria de novo? Mas daquela vez eu não queria escutar os conselhos sensatos dela.

— Ele continua exatamente como me lembro, Mags. Está igualzinho, tirando o corte de cabelo, que está bem melhor, e também não estava usando a camisa de time de futebol. — Sorri ao me lembrar da obsessão de Will com o Arsenal, motivo de repetidas discussões ao longo dos anos com o meu pai, fanático pelo Chelsea. Fiquei ouvindo a respiração de Mags pelo telefone antes de continuar: — Ele não mudou nada. Ainda é o Will que eu conheço. É só que… — Fiz uma pausa, incerta sobre o que dizer. — Ele me pareceu… sei lá. Um pouco triste.

— Estamos todos tristes, Franny. Faz parte de envelhecer. É só o peso do passado que nos deixa sobrecarregados…

Revirei os olhos. Ela era a pessoa mais feliz que eu conhecia. Era raro que falasse mal de alguém, e sempre se esforçava para ver as coisas pelo lado positivo. Se ela não gostasse de alguém, você podia apostar que tinha entrado numa fria.

— Sabia que ia dizer isso. Mas entendeu o que eu quis dizer.

Ouvi outro suspiro de Mags.

— Vai se encontrar com ele outra vez, não vai?

— Vou ter que fazer isso, Mags. Não consigo parar de pensar nele.

— Mas você mal o conhece.

— É o Will, Mags. Eu o conheço melhor do que a mim mesma.

— Conhecia, quer dizer. — Ela fungou. — A verdade é que faz vinte e cinco anos que não o vê. Hoje em dia, é como se nunca tivesse visto a cara dele. Pode ter acontecido de tudo nesse meio-tempo.

— Tenho quase certeza de que ele não virou um *serial killer*.

— Bem, é um bom começo. — Pelo tom, percebi que ela sorria. — Escuta, Franny. Só quero que me prometa que vai tomar cuidado. Não atropele as coisas.

— Não vou, eu...

— E lembre-se de como ficou. Você sabe, depois de tudo aquilo.

Suas palavras me detiveram por um instante.

— Eu sei.

— Não quero voltar a vê-la naquele estado. Você ficou em frangalhos, Franny, e acho que não aguentaria sofrer tanto assim de novo.

— Eu sei. — Minha voz saiu trêmula, como um copo instável na beirada de uma mesa, prestes a cair. — Mas agora sou mais velha. Mais sábia, espero. Não vou me jogar nos braços dele como uma adolescente apaixonada. Só preciso vê-lo outra vez. Preciso. Você entende, não?

Um momento de hesitação, e depois:

— Sim. Entendo. Mas me prometa uma coisa.

— O quê?

— Tome cuidado. E não o deixe machucá-la de novo.

— São duas coisas.

— Tô falando sério, Fran.

— Desculpa. Eu prometo, Mags. Não deixar que ele me machuque.

— É bom mesmo. — Ela hesitou. — E chegou a contar para ele sobre...

— Não. Ainda não.

O silêncio dela dizia tudo. Eu a ouvi engolindo em seco, e depois ela disse:

— Não deixe de me ligar para me contar tudo amanhã.

Sorri.

— Eu te ligo.

Logo que desliguei, porém, não consegui evitar que as palavras de Mags ecoassem sem parar em minha mente enquanto voltava ao escritório: "não aguentaria sofrer tanto assim de novo".

Ela tinha razão. Mas ele não foi o único que me fez sofrer.

Às vezes, quando se está à espera de algo, o tempo parece congelar. Como se os relógios estivessem todos parados, mas ninguém mais se desse conta. Foi assim que a tarde me pareceu. Arquivei casos e falei com clientes e fiz litros de chá, mas estava ausente. Na verdade, estava de volta ao passado, pensando no garoto que havia desaparecido da minha vida tantos anos antes e sobre como nunca chegara a acreditar que um dia o veria novamente. No longo tempo que passei desejando aquilo, desejando com todas as minhas forças que um dia ele voltasse à minha vida. Aos poucos, porém, essa necessidade urgente começou a abrandar como uma maré de águas-vivas, até que ele não passasse de um fragmento de memória, ondas batendo tranquilas à beira-mar, e eu não precisasse mais dele.

E, ainda assim, eis o baque. Ali estava ele outra vez, trazendo consigo tantas memórias, algumas bem-vindas, outras que eu preferia que tivessem ficado onde estavam, soterradas.

Fiquei esperando a hora de despertar do sonho.

Enfim, o relógio deu quatro da tarde. Ao mesmo tempo, meu celular apitou. Bati o olho na mensagem, e todo o ar se esvaiu do meu corpo.

> O que acha de sairmos pra jantar? Nos encontramos no centro? Às sete? Bjs, Will

Senti como se minhas entranhas tivessem se comprimido. Será que a tranquilidade relativa com que tínhamos conversado antes iria pelos ares quando nos encontrássemos de novo? Será que acabaria dizendo algo que não deveria, revelando algo sem ter a intenção?

E, além do mais, havia Kieran, obviamente. Durante a excitação prévia causada pelo retorno à adolescência, tinha me esquecido de que não podia simplesmente me perder na noite. Precisava voltar para casa, precisava voltar para Kieran, de preferência antes que ficasse muito tarde. Digitei uma resposta para Will, torcendo para que ele não me achasse muito direta.

> Mil perdões, esqueci que Kieran está me esperando em casa. Não gostaria de ir lá em casa? Minha comida não vai te fazer mal, prometo. Bjs, F

Escrevi rápido e enviei a mensagem antes que pudesse pensar nas consequências de convidar um homem que eu mal conhecia para ir em casa. Eu conhecia o Will adolescente, sem dúvida, mas Mags tinha razão: vinte e cinco anos era muito tempo. Afastei esse pensamento. Pelo amor de Deus, era de Will que estávamos falando.

O que não me impediu de passar os vinte minutos seguintes pesquisando-o furtivamente no Google. Resistira durante todos aqueles anos, determinada a não pensar nele, a sequer tentar descobrir algo a seu respeito, pensando na possibilidade de haver alguma coisa que realmente não gostaria de saber. Ou na possibilidade de que ficasse tentada a retomar contato. Com frequência, ficava pensando se as coisas teriam sido diferentes se na época houvesse Facebook, ou Skype, ou celulares. Quem sabe a Austrália não parecesse tão distante se fosse esse o caso. E, ainda assim, ali estava eu, parecendo uma espécie de *stalker* maníaca, esquadrinhando cada informação com que me deparava.

Havia pouquíssima, na verdade, o que me surpreendeu. Ele não parecia ter Instagram ou outra rede social que não fosse o Facebook, e sua página pessoal, assim como a minha, não continha quase nada. Visualizei as fotos que apareciam para mim. Havia uma ou duas em que ele estava com o irmão mais novo, Jim, e sorri ao ver aquele rosto conhecido; havia uma em que Will estava em uma espécie de iate, só de shorts, sem camisa. Tentei não analisar muito de perto, mas não pude deixar de reparar que ele ainda tinha o físico de jogador de futebol. Meu Deus do céu, o que estava fazendo? Fechei a foto com rapidez e continuei xeretando as outras coisas que tinha conseguido achar. Havia matérias de jornais especializados em finanças falando sobre sucessos passados e promoções na carreira, assim como uma foto em que ele segurava no alto a taça do campeonato de futebol com o time, um clube do sul de Londres, há muitos anos, mas, tirando isso, Will Poulton parecia ser um homem misterioso. Algo incomum nos últimos tempos, quando a maioria das pessoas espalhava as idas e vindas da vida por todas as redes. Fiquei me perguntando se haveria alguma motivação aterrorizante, mas logo tirei isso da cabeça. Afinal, eu também não era uma grande usuária das redes, e nem por isso estava escondendo algo. Também me perguntei se Will estaria fazendo a mesma coisa, buscando meu nome no Google.

Quase meia hora se passou antes que ele me respondesse, e, nesse ínterim, já tinha me convencido de que ele havia mudado de ideia.

> Eu adoraria. Estarei lá, me mande o endereço. Tudo bem se for por volta das sete?

Digitei a resposta com o coração saindo pela boca. Will iria a minha casa. Tentei lembrar se havia deixado o lugar organizado de manhã, antes de me censurar. Por que isso importava? Ele não estava indo para admirar a mobília ou avaliar minhas habilidades domésticas. Estava indo me ver.

Meu pai amado.

Quando deu cinco horas, saí correndo do escritório para pegar o ônibus, sentindo o estômago embrulhado de tensão. Claramente, os astros estavam todos alinhados, porque o ônibus parecia estar esperando por mim e partiu assim que embarquei. Meia hora depois já estava no meu bairro; dei uma passadinha no mercado para comprar algo para o jantar, atirando no cesto berinjelas, batata-doce, um pote de pasta de curry e uma garrafa de vinho branco.

Assim que abri a porta do meu apartamento, minutos depois, os ruídos de um jogo de computador chegaram da sala de estar no fim do corredor.

— E aí, Keeks, teve um bom dia? — perguntei, enfiando a cabeça na sala. Estava completamente escura; as persianas estavam fechadas para o céu que escurecia lá fora, e a poça de luz produzida pela tevê contornava a silhueta alongada de Kieran. Fiquei chocada, como acontecia na maioria dos dias, com sua aparência de menino crescido. Parecia fazer só cinco minutos que, sentada naquele sofá, eu o aninhara junto ao peito enquanto ele sugava, obstinado, o bico da mamadeira. Mas ali estava ele, quase homem-feito, e meu coração se apertou diante da verdade irrefutável de que eu o perdia pouco a pouco.

Ele grunhiu em resposta, quase sem desviar os olhos da tela onde jogadores de futebol gerados por computador chutavam a bola pelo campo.

— Pode pausar o jogo por um minuto, meu amor?

Nada.

— Kieran.

Um suspiro profundo antes que a movimentação na tevê parasse e ele se virasse para mim, parecendo contrariado.

— O quê?

— É muito bom te ver também, querido. Sim, meu dia foi ótimo, obrigada, e o seu?

Reparei na virada de olhos, mas, sendo justa, a sombra de um sorriso se projetou em seu rosto.

— Oi, mãe, como foi o seu dia?

— Surpreendente, obrigada por perguntar. — Em vez de entrar em detalhes, sobre os quais tinha certeza de que ele não faria perguntas, ergui a sacola que carregava. — Vou fazer curry no jantar. Vai querer?

— *Eca.* Não, obrigado. Posso comer pizza?

— Pra variar? Pode, né? Fez sua lição de casa?

— Já vou fazer. Depois desta partida.

Suspirei. Ele sabia que a regra era lição de casa primeiro, Xbox depois, mas, outra vez, me dei conta de que eu não podia fazer nada a respeito enquanto não estivesse em casa. Tinha a sensação de que, nos últimos tempos, andava em falta com todo mundo.

Deixei que ele voltasse à partida e fui para a cozinha. Fazia pouco tempo que gastara um dinheirinho para ajeitá-la, e agora a cozinha era o meu cômodo preferido do apartamento. Era pequena, mas consegui enfiar uma mesa e dois banquinhos, o que significava que eu e Kieran podíamos conversar enquanto ele tomava o café da manhã, um momento para sabermos de verdade o que estava acontecendo na vida um do outro. Em teoria, pelo menos, pois só funcionava quando ele se levantava com tempo para tomar café.

Desempacotei tudo depois de deixar a sacola na bancada, depois liguei o rádio e comecei a cortar os legumes, tentando não pensar no que aconteceria ao longo da noite. Ainda precisava contar a Kieran que receberia um amigo. Suspeitava que sua reação seria se trancar no quarto com fones nos ouvidos, em vez de se esforçar para socializar, mas pelo menos me ajudaria se ele não ficasse resmungando à cabeceira da mesa ou, pior, falando a respeito de sua última batalha no *Fortnite*.

Enquanto refogava as cebolas, meus pensamentos voltaram para a última vez em que vira Will, antes de tudo desandar. Fazia muito tempo que não me recordava daquela época, pois, ao longo dos anos, descobri ser mais simples apenas bani-la da mente do que remoê-la uma e outra vez, me torturando com suposições. Tinha sido um de nossos últimos momentos de felicidade, pouco antes de eu sair de casa para fazer faculdade em Portsmouth. Will havia desistido da vaga que conseguira depois do diagnóstico da mãe, que tinha chegado alguns meses antes, desejando estar por perto para cuidar dela pelos poucos meses que lhe restavam, e de verdade parecia que a vida nunca mais voltaria a ser a mesma. Quem me dera se, à época, eu soubesse o tamanho da mudança.

— Vou sentir sua falta. — Suspirei.

— Também vou sentir a sua. Não vai ser igual sem você aqui. — Senti o calor de sua respiração em minha bochechas enquanto falava.

Ansiava por compartilhar com ele a dor que sentia no peito, o pavor que tinha de que ele me esquecesse assim que eu partisse. Queria lhe dizer que jamais teria olhos para outro homem; que, se pudesse, não iria e ficaria ali com ele. Mas sabia que ele me diria para ir, que precisava ficar cuidando da mãe, de qualquer forma, que logo voltaríamos a estar juntos.

Passara todo o verão me tranquilizando, e eu não queria importuná-lo mais. Ele já tinha preocupações suficientes. — Vai me escrever, certo?

— Claro que vou.

— Todos os dias?

Ele se afastou um pouco para que eu pudesse olhar bem no rosto dele. O rosto que eu conhecia quase tão bem quanto o meu; o rosto que passara os últimos onze anos amando.

— Acho que não vou ter assunto para todo dia. Minha vida não é *tão* interessante assim.

Dei um sorriso triste.

— Então dia sim, dia não.

Os lábios dele se abriram em um sorriso e ele ergueu a mão para tocar minha bochecha.

— Vou escrever contando tudo o que estiver fazendo, mas não vai ser nada de muito emocionante quanto a sua vida vai se tornar agora. — Ele se calou, e uma ruga tomou conta de suas feições.

— O que foi?

Ele deu de ombros.

— Só não quero que acabe se esquecendo de mim quando conhecer os novos colegas.

Meu coração foi inundado de amor.

— William. Como é que eu poderia algum dia me esquecer de você? Seria como se perdesse parte de mim.

Ele pressionou os lábios nos meus, e eram lábios tão conhecidos, tão acolhedores. Abandonar aquele homem por um segundo que fosse já seria difícil, imagine pelas seis semanas que se passariam antes de eu voltar para uma visita em casa.

Se ao menos eu soubesse o que estava por vir. Talvez eu tivesse ficado, no fim das contas.

Naquele instante, mexia mecanicamente os tomates que havia jogado na frigideira, a cabeça a anos de distância, perdida em meio ao passado. Reprimi um soluço. Era como se ter reencontrado Will tivesse aberto um caixa repleta de memórias dolorosas que, uma a uma, se esgueiravam para penetrar meus pensamentos, onde se entrelaçariam, todas juntas de novo.

Temperei o curry, mexi mais um pouco e abaixei o fogo. A cozinha estava com um cheiro maravilhoso, um aroma que perfumava todo o ar. Dei uma olhada no relógio acima do fogão. Seis e meia. Ainda tinha meia hora.

Estava pronta depois de uma ducha e uma troca de roupas. Sentia meu estômago se revirando enquanto aplicava uma camada de máscara de cílios, e só quando já estava de volta ao andar de baixo para dar uma olhada no curry é que me dei conta de que esquecera de avisar Kieran sobre a visita de Will.

Ele ainda estava jogando quando escancarei a porta da sala de estar.

— Tô acabando — ele disse, e eu revirei os olhos. Será que ele achava mesmo que eu não sabia que ele tinha jogado pelo menos mais duas partidas desde que me dissera que ia desligar? Deixo passar desta vez. Já tinha aprendido a escolher minhas batalhas.

— Tudo bem. Pode só pausar um pouco?

Esperei ele interromper o jogo e se virar para mim.

— Um amigo meu está para chegar aqui em casa. Quer comer com a gente?

— Quem é?

— Um antigo colega de escola. Um amigo de infância.

Tentei fazer aquilo soar como algo corriqueiro, mas o fato era que eu raramente saía em encontros, e, nas raras vezes em que comecei a me envolver com alguém durante os últimos anos, sentia-me hesitante em levar para casa. Não queria ficar apresentando a Kieran uma penca de homens que não tencionava ver mais que algumas vezes. Então, para ele, aquilo era um acontecimento.

Observei suas feições mudarem conforme absorvia o que eu acabara de dizer. Por um instante, parecia estar prestes a fazer um comentário. Mas depois sua expressão se alterou outra vez e ele disse:

— Posso comer no meu quarto?

Detestava quando ele não comia na mesa, mas estava desesperada por cooperação naquela noite.

— Tá bom, só desta vez. Mas, por favor, seja educado e venha pelo menos dizer um oi, certo?

— Eu sou sempre educado. — Abriu um sorrisinho e pestanejou, todo inocente.

— Com toda certeza.

— Vou desligar agora. Preciso fazer a lição de matemática para amanhã.

— Muito bem. Eu te chamo quando a pizza estiver pronta.

A sala mergulhou na escuridão quando a tela da tevê se apagou e ele se desenrolou do pufe. Conforme se alongava por inteiro, fiquei embasbacada por quão alto ele estava se tornando e, infelizmente, com como começava a ficar tão parecido com o inútil do pai. Eu o segui com os olhos quando ele passou por mim e me estiquei para despentear seu cabelo.

— Sai! — disse, fugindo de mim como costumava fazer quando era pequeno.

Esperei até ouvir a porta dele se fechando, depois fui para a cozinha e enchi uma panela com água para fazer o arroz. Verifiquei se o vinho já estava gelado e dei uma olhada nas minhas playlists. Qual é a trilha sonora para quando alguém que se amava mas passou anos sem ver chega para uma visita?

Por fim, me decidi por Amy Winehouse, e, conforme as primeiras notas da melodia familiar preenchiam a sala, me servi uma taça de vinho. Por que estava tão nervosa? Era uma mulher adulta, meu pai amado. Já enfrentara um parto, desilusões, doenças — todo o tipo de provação desde que pusera os olhos em William Poulton pela última vez. Com certeza poderia lidar bem com uma noite em sua companhia, não?

Se ao menos não parecesse que havia tanto em jogo.

Bebi o vinho de um gole e limpei os lábios com as costas da mão antes de quase cair da cadeira ao som da campainha. Ajeitei a blusa, pus o cabelo no lugar e me dirigi à porta. Prendi o fôlego enquanto abria, sem ter certeza do que falaria.

— Você veio.

— Eu vim! — A luz do sensor de presença a suas costas projetava sombras em seu rosto e, conforme adentrava a casa, entregando-me um buquê de lindas rosas brancas, pude ver o sorriso que levava nos lábios. Encolhi-me para deixá-lo passar e, ao fazer isso, ele tocou meu ombro e se curvou para um leve beijo em minhas bochechas. Fechei a porta atrás dele, feliz por poder me virar e esconder o rubor no rosto.

— Pode me seguir — falei, marchando pelo corredor. Meu Deus, qual era o meu problema? Estava me comportando como uma diretora de escola. Precisava relaxar, me lembrar de que se trata de Will. Ninguém especial. Apenas Will.

Não estava dando certo. Não havia nada de "apenas" naquela situação.

— Que graça — disse Will, dando uma olhada ao redor quando entramos na cozinha.

— Obrigada. Acabei de reformar. — Coloquei as flores, por ora, na pia e abri a geladeira para pegar o vinho. — Sente-se, por favor.

Ele se ajeitou em um dos bancos e, por fim, consegui parar para analisá-lo outra vez. Foi um baque perceber como era estranho que aquele homem me parecesse tão familiar: o formato das maçãs do rosto, suavizado pelos anos, mas ainda assim relativamente anguloso e esculpido; a curva do arco do cupido; a luz de seus olhos. Ele tinha mais marcas de expressão, é claro, e já chegara a ter a raiz dos cabelos mais cheia, mas eu conhecia o homem que tinha diante de mim como a mim mesma. Chegara a amá-lo.

Afastei o pensamento e tirei a rolha da garrafa.

— Tudo bem vinho branco? Não sei o que costuma beber. Pensei que não seria mais sidra com cerveja.

Ele concordou, abrindo um sorriso.

— Sei não, talvez devêssemos beber algumas garrafas de chope de vinho em nome dos velhos tempos.

— *Ugh*, nem me lembre. Não sou mais capaz nem de pensar nisso depois daquela festa.

— A festa em que você vomitou tanto que estragou sua bolsa e seus sapatos?

— Essa mesmo. Trauma suficiente para uma vida inteira. — Assim estava bom. Agradável, seguro, uma provocação afetuosa. Era um bom começo. Servi a Will uma grande taça e completei a minha. — Saúde. Aos velhos tempos.

— A nós e ao encontro acidental de hoje de manhã — disse Will, e então brindamos. Tentei ignorar a menção a "nós".

Bebericamos o vinho em silêncio por um instante em que quase não ousava encará-lo. De repente, Will voltou a falar:

— Kieran está em casa?

— Sim, lá em cima. Preciso levar a pizza ao quarto dele daqui a pouco. — Pareceu um bom sinal que ele se lembrasse do nome dele.

— Ah. Espero que isso não seja por minha causa.

— Não, não se preocupe. Ele é um garoto de treze anos, não consigo imaginar tortura maior para ele do que ficar com a mãe e um velho amigo dela. Ele está mais do que satisfeito em se empanturrar de pizza no quarto enquanto conversa com os amigos no WhatsApp, pode acreditar. Embora eu tenha lhe dito para descer e vir dizer oi.

Will balançou a mão diante do rosto.

— Não precisa. Os meus treze anos podem ter sido há muito tempo, mas ainda me lembro de como me sentia e entendo completamente, não se preocupe.

— Obrigada, Will.

Pus a pizza de Kieran no forno e programei o alarme para dez minutos enquanto me esforçava para não pensar no Will de treze anos.

— Conte-me mais sobre ele. Como ele é? Tem uma personalidade parecida com a sua?

Dei de ombros.

— Em partes. Ele é teimoso.

Deparei com Will sorrindo quando ergui os olhos.

— Quê?

— Nada — ele disse, assumindo uma postura de fingida seriedade.

— Está insinuando que eu sou teimosa?

— Bom… — A cara de Will se abriu em um sorriso novamente, incapaz de contê-lo por muito mais tempo, e tentei não reparar em como seus olhos se acendiam quando sorria. — Quero dizer, sim, eu me lembro de algumas ocasiões em que você demonstrou sua teimosia.

— Continue.

Will ergueu as mãos e contou nos dedos.

— Em primeiro lugar, a vez em que me acusou de beijar Leanne Stacey numa festa e, quando nós dois lhe dissemos que nunca tinha acontecido e que na verdade ela tinha ficado de amasso com outro garoto, e você se recusou a pedir desculpas, mesmo quando ficou claro que estava equivocada. — Ele fez uma pausa, como se precisasse pensar. — E daí teve a vez em que se recusou a assistir aos fogos comigo porque sua mãe não queria deixá-la usar as novas botinhas e a estava obrigando a ir de galochas.

— Eu tinha nove anos!

— Seja como for, isso não muda o fato de que você é, sempre foi assim. — Ele ficou quieto, de repente mais sério. — É claro que não faço ideia de como você seja hoje em dia, também não acho que seja capaz de adivinhar. Quer dizer, todos nós mudamos com a vida, e acho que seria uma péssima ideia imaginar que você se pareça em alguma coisa com a Franny que eu conhecia e amava. Especialmente depois... — Ele se calou.

Concordei com avidez, querendo desviar o assunto da rota que pensava estar tomando.

— Devo dizer que é uma acusação justa, isso da teimosia. — As palavras saíam apressadas. — Não houve muitas mudanças nesse departamento. Quando brigo com Kieran exatamente por causa dessas coisas, às vezes sinto que estou tendo uma discussão desnecessária comigo mesma. Mas você está certo. Já aconteceu tanta coisa desde os meus dezoito anos que eu provavelmente não me reconheceria se encontrasse essa minha versão.

Dando de ombros, Will passou a mão pelo rosto.

— É, acho que eu também não me reconheceria.

No intervalo de um instante, encontrei os olhos de Will e desviei com rapidez. Se ao menos ele soubesse de metade da história.

Destampei a panela do curry e permiti que o vapor inundasse meu campo de visão por um segundo.

— Enfim — disse. — Você perguntou sobre o Kieran. A verdade é que ele é, sim, teimoso, e com certeza é capaz de me tirar do sério de vez em quando, mas é um adolescente, e adolescentes são assim mesmo. Ainda que a vida tenha se tornado um pouco mais difícil depois que ele nasceu e meu ex deu o fora porque "não queria lidar com a responsabilidade" — fiz as aspas com as mãos —, no fundo Kieran é um menino amoroso, gentil, engraçado e cuidadoso, e não abriria mão dele por nada.

Encontrei Will me observando com uma expressão estranha, indecifrável. Prendi o fôlego, imaginando o que ele diria na sequência. Então o olhar se desanuviou e ele me ofereceu um sorriso e um aceno de cabeça, e uma sensação de alívio tomou conta de mim.

— O curry está com um cheiro maravilhoso — disse, inclinando-se na direção da panela.

— Obrigada. Não é nada de mais.

— Lembra aquela vez que você tentou cozinhar para mim?

— Ai, meu Deus... — Balancei a cabeça, minhas bochechas pegando fogo pela lembrança. — Precisa me lembrar disso? — Tínhamos apenas dezesseis anos quando passamos de amigos a namorados, mas eu queria lhe provar como era madura cozinhando para ele no nosso primeiro encontro oficial. Mamãe e papai tinham saído, e tínhamos a casa para nós. Escolhi uma receita que tinha visto no programa de culinária da Delia Smith e a segui, achava eu, ao pé da letra. Mas o suflê não cresceu, a lasanha tostou que nem batatinha e fez disparar o alarme de incêndio no meio da nossa entrada à luz de velas, e teve ainda o cachorro, que fez cocô na cozinha, pois esqueci de deixá-lo sair para o quintal.

Will concordou, o olhar cheio de divertimento.

— Na teoria, parecia tão romântico. Nunca vou me esquecer do tanto que abanei o ar com um guardanapo, para afastar o cheiro de queimado e de cocô de cachorro, enquanto o alarme de incêndio nos ensurdecia e o cachorro ia à loucura. — Ele estava rindo tanto que eu mal conseguia entender o que dizia; não pude me conter e comecei a rir com ele. Tinha sido tudo tão ridículo... Fazia anos que não pensava naquilo. Quis morrer de vergonha na ocasião, é claro, e o fiz prometer que não contaria nada a ninguém. Pelo que sabia, ele havia mantido a promessa.

— Com sorte hoje à noite serei mais bem-sucedida — comentei, secando as lágrimas dos olhos.

— Bem, não sei direito, mas acho que no fim deu tudo certo, na minha opinião. — Ele pegou nas minhas mãos, e me lembrei de como trocamos nosso primeiro beijo naquela noite, e da sensação de que iria explodir de felicidade. — Talvez esta noite seja uma repetição daquela, no fim das contas.

Eu o encarei por um instante, sem saber se ele estava só brincando. Não havia aquele indício do sorriso torto, e seu rosto estava bastante sério.

Mas, antes que eu pudesse responder, o clima foi rompido por um bipe alto e insistente, e pulei de susto.

— Ah, a pizza! — disse, desvencilhando-me dele e abrindo a porta do forno. Uma vaporada me rodeou. Ao mesmo tempo, a porta da cozinha se abriu e Kieran entrou.

— É minha?

— Sim, só um minutinho. — Joguei a forma na bancada e peguei um prato. — Ah, desculpe, Kieran, este é o meu amigo Will. Estudamos juntos. Will, este é o meu filho, Kieran.

Will estendeu a mão para Kieran, que, vamos ser justos, hesitou por apenas um segundo antes de cumprimentá-lo.

— É muito bom te conhecer, Kieran. Sua mãe falou muito de você.

Kieran só acenou.

Pareceu aliviado quando eu lhe entreguei o prato.

— Pode ir comer lá em cima se quiser. — E havia sumido antes mesmo que eu pudesse terminar a frase. — Desculpe, ele não é muito bom em puxar assunto — falei, virando-me para Will.

— Não precisa pedir desculpas. Está tudo bem. Ele tem treze anos. Quem quer perder tempo jantando com dois adultos chatos como a gente quando poderia estar conversando com os amigos? — Fez uma pausa. — Seja como for, talvez eu tenha bastante tempo para conhecê-lo melhor depois.

Não respondi. Como poderia? Já estava sozinha havia tanto tempo, e eu e Kieran tínhamos uma rotina, nosso jeito de fazer as coisas, e não parecia haver espaço para mais ninguém. Isso sem mencionar que, até a manhã daquele dia, fazia vinte e cinco anos que não eu não via aquele homem, e ainda não tínhamos falado sobre a coisa mais importante que havia acontecido com a gente.

Em vez de responder, abri a tampa da panela do arroz.

— Acho que está quase pronto.

— Bem, então o que eu posso fazer? — ele se ofereceu. Eu lhe entreguei talheres e pratos.

— Pode ir colocando a mesa.

Fiquei grata pelos poucos segundos que tive para me recompor enquanto ele me dava as costas e posicionava com cuidado garfos, facas e colheres na pequena mesa de madeira. Inspirei fundo e soltei o ar aos poucos pela boca.

— Certo, vamos comer. — Coloquei as tigelas de arroz e curry na mesa e nos sentamos frente a frente, naquele local onde eu passara tantas horas conversando com Kieran depois do jantar, fazendo uma bagunça só com tintas e outras formas de artesanato, e até brigando com ele por causa do dever de casa. Era estranho ter outra pessoa ali.

— Bem, parece que deu mais certo do que da outra vez — comentou Will, sorrindo.

— Só um pouquinho. E não tenho cachorro, então não precisa se preocupar com esse detalhe. — Levei uma garfada de curry à boca e o observei por um instante. Ele continuava sendo tão bonito, e eu ainda era capaz de ver o velho Will por baixo das mudanças impostas pelos anos. Fiquei pensando no que minha mãe diria se nos visse naquele instante. Ela sempre havia amado Will, mas nunca chegara a entender a intensidade do que eu sentia por ele. Só tinha o casamento com meu pai em que se basear, suponho, e, ainda que se amassem, era um tipo de amor confortável, um amor de pantufas aconchegantes e capas de chuva com a mesma estampa e caminhadas estimulantes de mãos dadas no frio do interior. Fiquei pensando se mamãe entenderia a contradição de emoções que eu sentia naquele momento, considerando os acontecimentos de tantos anos antes, ou se apenas me diria para ficar bem longe.

— Sinto muito, sabe? — disse Will, erguendo os olhos para os meus.

Não respondi. O curry de repente se tornara um bolo seco na garganta. Não queria falar sobre o passado, torná-lo real outra vez. Precisei de muito tempo para superá-lo.

— Não... — Minha voz falhou. Will baixou o garfo e me estendeu a mão sobre a mesa. Recolhi a minha, sem sequer me dar conta do que fazia. A dele permaneceu ali, perto do meu prato, e fiquei encarando aqueles dedos compridos com unhas roídas. Enfim, ergui o olhar até o dele.

— Por que não podemos falar sobre isso, Franny? — disse ele, usando o apelido que apenas ele e Mags usavam comigo.

Podia sentir o ardor das lágrimas nos olhos e pisquei várias vezes.

— Eu... — Parei. — Não sei. Só não consigo.

— Bem, pode ao menos me deixar explicar?

Balancei a cabeça, agora com as lágrimas caindo pelo rosto, respingando na tigela de arroz. Vislumbres passaram por minha mente como relâmpagos: a expressão brava de Will enquanto eu me afastava, sem saber, nenhum dos dois sabia, que seria pela última vez; a carta em que ele me contava que se mudaria para a Austrália com o pai e o irmão; as lágrimas que borraram as palavras no papel depois de infinitas releituras, muito tempo depois que ele partira.

Will esperou. Entre nós, o curry esfriava. Então falou:

— Eu errei por ter partido daquele jeito. Quero dizer, eu escrevi uma carta. Deveria ter ido te ver, explicado melhor a situação. Devia ter feito mais do que fiz. Você não merecia ter passado por aquilo.

— Isso não é mais importante, Will. Foi há muito tempo.

— Claro que é importante. Eu fui muito covarde. — Ele deu um gole no vinho. — Queria te ligar, queria ter ido te visitar, dar a notícia pessoalmente. Não, esquece o que eu disse. Eu não queria ter ido embora. Mas... — Fez uma pausa. — Eu estava arrasado pela morte da minha mãe e pela vontade que o meu pai tinha de mudar daquela maneira. Não estava com a cabeça no lugar. E depois tive vergonha.

— Vergonha?

— De como agi. De tudo. — Balançou a cabeça. — Eu estava com tanta raiva, Fran.

— De mim?

Ele sacudiu a cabeça com força.

— Não, claro que não. De você nunca, meu Deus. Da minha mãe, por ter morrido. Do meu pai. — Ele fez outra pausa, e esperei que organizasse os pensamentos. — Meu pai perdeu o chão depois da morte dela. Pensando agora, acho que ele deve ter tido uma espécie de colapso nervoso. Mas naquela época tudo o que eu e Jim enxergávamos era um pai enfurecido com o qual nos ressentíamos, a quem culpávamos por tudo. Hoje entendo que ele precisava ir embora, sentia tanto a falta dela quanto nós, e precisava recomeçar. Mas na época fiquei furioso com ele por arruinar a minha vida. E não tive forças para explicar tudo a você. Especialmente considerando que... — Ele engasgou.

— Will, está tudo bem. Mesmo. Nós nunca teríamos permanecido juntos. Éramos crianças. Precisávamos sair para explorar o mundo, viver um pouco, cometer erros. — Sorri. — Só Deus sabe quantos deles eu cometi. Mas aqui estamos, e vai saber se não era para nos encontrarmos agora? Quem sabe não é a nossa chance?

Meu coração martelava tão forte que não me espantaria se ele o ouvisse. Mal acreditava no que acabara de dizer. Não fazia ideia que ia acabar falando aquilo; tinha falado sem pensar. Mas as palavras haviam sido ditas, e eu sabia que eram exatamente o que eu queria dizer. Sabia que, mesmo que agora tivesse que pensar em Kieran, cada uma daquelas palavras era verdade.

Will estava ali, eu estava ali. Talvez aquela fosse a nossa chance, e o passado poderia continuar no passado.

De repente, um barulho insuportável cortou o ar, e eu me levantei de um salto, as mãos trêmulas.

— O detector de fumaça! — berrei, pegando um pano de prato do balcão e sacudindo-o com violência sobre a cabeça. O cômodo se encheu de fumaça, e vi que Will se ocupava de fechar a porta do forno com rapidez.— Acho que você se esqueceu dos pães *naan* — disse, a boca se retorcendo em um sorriso enorme. Esticou o braço e desligou o forno no mesmo momento em que a porta da cozinha se abria de uma vez.

— Mãe, qual é o problema? — perguntou Kieran, tapando os ouvidos.

— Nada, querido, eu só queimei uma coisa — respondi, me matando de abanar o ar enquanto Will abria a janela. Kieran voltou de fininho lá para cima, balançando a cabeça.

O alarme enfim parou, e o silêncio foi tão súbito que nós dois nos assustamos. Sentindo-me exausta, deixei-me cair no banco mais próximo e encostei a cabeça nas mãos.

— Sei que estávamos falando sobre a última vez que você cozinhou para mim, mas não esperava que estivesse tentando recriar a cena dc um modo tão real — disse Will, bem-humorado. Ergui os olhos para ele e, assim que o encarei, comecei a gargalhar. Por alguns instantes, ambos perdemos o ar, chorando de tanto rir. Cheguei a ter câimbras no rosto e minha barriga doía, mas aos poucos fui me acalmando, e, conforme nós dois nos recompúnhamos, a fumaça se dissipou e deu lugar ao ar gelado de outubro que entrava pela janela. Will se levantou para fechá-la e depois se sentou outra vez à minha frente, repousando os cotovelos sobre a mesa. Estendeu as mãos, oferecendo-me as palmas.

— Então, o que faremos?

— A respeito de quê?

— A respeito de nós, Fran.

A testa dele estava enrugada, e linhas finas se espalhavam a partir dos olhos. Eu queria ser capaz de ler sua história ao encarar aqueles olhos azuis e profundos, descobrir o que se passara com o meu Will desde os tempos em que éramos próximos. As coisas boas e más, os amores, as risadas e os corações partidos pelos quais passara. E, embora não soubesse de nada daquilo, pelo menos por enquanto, ainda sentia como se conhecesse aquele homem quase tão bem como conhecia a mim mesma. E então soube que o que eu mais queria no mundo era saber se, daquela vez, poderíamos chegar a algum lugar. Juntos.

4

PASSADO

Fevereiro de 1989

— Minha mãe pensa que a gente um dia vai se casar.

— Quê? — Tirei os olhos do livro que estava tentando ler e encarei Will.

Ele deu de ombros.

— Nojento, né? Eu sei. Mas eu a ouvi falando isso numa conversa ontem com a sua mãe.

Ele se encolheu, como se tivesse se lembrado de outra coisa.

— Que foi? O que mais elas disseram?

Ele ficou vermelho como um pimentão enquanto fingia enfiar os dedos goela abaixo.

— Comentaram qual seria a aparência da criança se um dia a gente tivesse um filho.

— Ai, eca! — Joguei o livro no carpete de tanto nojo e me debrucei para descansar os cotovelos sobre os joelhos. — Por que estavam falando uma coisa dessas?

— Acho que já tinham tomado algumas doses de licor. — Ele sorriu ao dizer aquilo, e eu o imitei. Nossas mães eram sorrateiras, e sabíamos quando tinham colocado licor nas canecas e apenas fingiam tomar café, porque ficavam descontraídas e alegres.

— Meu Deus, acho que vou vomitar.

— Eu também.

Nós dois ficamos quietos por um tempo. Não sabia o que Will estava pensando, mas eu me perguntava como seria me aproximar dele e beijá-lo ali mesmo. Ele podia ter achado revoltante ouvir nossas mães falando sobre nos casarmos e termos um bebê algum dia, e, até pouco tempo atrás, eu me retorceria de horror com ele. Mas agora eu tinha treze anos. Eu e Will éramos inseparáveis havia seis anos e meio, e começava a enxergá-lo de uma maneira completamente diferente.

E o fato de minhas melhores amigas, Mandy e Jane, serem caidinhas por ele não ajudava em nada.

— Como assim, você não tem uma queda por ele? — elas tinham me dito enquanto assistíamos a uma partida de futebol em que Will dava de dez a zero nos outros garotos. — Ele é um gato.

— Ele é como um irmão; seria muito estranho — eu dissera a elas.

E era verdade. Por um tempo. Mas, conforme o tempo passava, comecei a enxergar o que elas viam nele. Will era *mesmo* um gato.

Peguei o livro de novo e fingi voltar a lê-lo, mas meus pensamentos estavam em outro lugar. De tempos em tempos, lançava olhadelas furtivas a Will por cima do livro e me permitia criar situações imaginárias. Talvez não estivesse pronta para pensar em casamento, mas não havia nada de mais em pensar em beijá-lo, havia?

Ainda bem que ele não podia ler mentes.

5

PRESENTE

Outubro de 2018

Mais tarde naquele noite, quando estávamos sentados no sofá, próximos mas sem nos tocar, Will tomou um gole de vinho e virou-se para mim.

— Você se pergunta como ele seria?

Perdi o ar dos pulmões e congelei.

Sabia exatamente a que ele se referia, mas não era capaz de ter aquela conversa. Não naquele momento. Nem nunca. Era o assunto que eu passara a noite toda evitando.

Mesmo assim, ali estava ele, inevitável.

Me sentia incapaz de falar. A cada tentativa, as palavras ficavam entaladas na garganta e eu as engolia, perturbada.

Sabia que Will me observava, à espera.

— Fran?

Respirei fundo e senti o ar adentrar os pulmões enquanto meu coração batia forte no peito. Precisei de todas as minhas forças para não me levantar e sair correndo dali, e a única coisa que me impedia é que não havia lugar algum aonde eu pudesse ir.

— Fran, você está bem? Você ficou branca.

Balancei a cabeça.

— Estou bem.

— Me desculpa, não queria ter te pegado tão desprevenida. Mas íamos ter que falar sobre isso em algum momento, certo?

Não. Por que precisaria vir à tona? Por que não podíamos apenas deixar aquilo enterrado no passado, como estivera por vinte e cinco anos? Por que tínhamos que falar sobre algo que nós dois jamais conseguiríamos mudar?

Mas não falei nada disso. O que fiz foi dar de ombros como uma adolescente rebelde, esperando que ele falasse outra coisa. A meu lado, Will se ajeitou para ficar de frente para mim, encostando a perna na minha coxa. Senti o calor dela penetrando a minha pele.

— Penso no nosso bebê o tempo todo — disse ele. Ali estava. Nosso bebê. O assunto no qual jamais desejaria tocar. — Você não?

— Não.

— Não?

— Eu tento evitar.

Ouvi Will puxando o ar; vi como ele fechava as mãos.

— Bom, eu penso. — Baixou os olhos para as mãos. — Eu… não a culpo, por não querer mantê-lo. No fim das contas, você tinha razão. Mas com certa frequência me pergunto como esse bebê, nosso filho ou nossa filha, seria. Se ia se parecer mais com você ou comigo, se ia gostar mais de esportes ou de atividades intelectuais, se ia ser engraçado ou sério, ter o cabelo loiro ou castanho… — Sua voz foi diminuindo. — Às vezes, quando olho para Elodie, não consigo evitar pensar…

— Foi uma decisão acertada, Will. — Meu tom foi cortante.

— Eu sei, Fran. Mas isso não me impede de pensar a respeito. Quer dizer... É só que, de vez em quando, fico imaginando como a nossa vida seria se as coisas tivessem sido diferentes. Se tivéssemos continuado juntos, tido o nosso bebê.

— Eu teria me tornado uma mãe solo e teria que desistir da faculdade, é isso o que teria acontecido. Porque você não ficou, Will. Você foi embora e nunca mais voltou. — A raiva suprimida não estava tão soterrada quanto eu gostaria. Era capaz de senti-la vindo à tona, tão intensa quanto no dia em que me vi abandonada.

Em que *nos* vimos abandonados. Eu e o bebê.

A memória me veio, invocando a mesma dor que sentira no dia do ocorrido. Tinha vindo da universidade fazer uma visita para o Will, mas a mãe dele piorara e ele me ligara para dizer que ela não sobreviveria por muito mais tempo. Estava arrasada e era incapaz de imaginar como Will devia estar se sentindo, mas tinha outro motivo para voltar para casa: havia uma coisa que eu precisava lhe contar.

E assim, quando cheguei, eu o arrastei até o quarto dele e nos sentamos na cama, lado a lado, encarando a parede.

— Estou grávida. — Não estava olhando para ele quando contei.

A frase pairou entre nós por alguns segundos, e me sentia zonza enquanto esperava o que ele diria. Já havia decidido que manter a gravidez estava fora de cogitação e pensava que ele teria a mesma opinião.

— Que boa notícia — murmurou, enfim.

— Quê? — Minha cabeça latejava.

Ele se virou para mim e me ofereceu as mãos.

— Não é?

— Não, Will. Não é uma boa notícia. É um problema enorme.

— Mas... pensei que estivesse me contando porque queria... — Ele não chegou a terminar a frase.

Envolvi as mãos dele com as minhas.

— Não posso ficar com o bebê. Não podemos ter um filho agora.

— Por que não?

— É sério que está me fazendo esta pergunta?

Ele assentiu.

— Will, nós temos dezoito anos. Eu estou na faculdade, nenhum de nós dois trabalha, a sua mãe está à beira da morte... — Fui contando cada uma das razões nos dedos.

— Tá bom! — Ele arrancou as mãos das minhas e as enfiou no bolso da calça jeans. — Você foi clara.

— Eu só... — Fiz uma pausa. — Não acredito que ache isso uma coisa boa.

Ele deu de ombros.

— Só pensei... que seria legal.

Balancei a cabeça, negando.

— Não. Você está completamente equivocado. Mais para a frente, algum dia, seria uma ótima notícia. Mas agora, não.

— E então o quê? Vai fazer um aborto?

A palavra me fez estremecer, ainda mais dita com a raiva que havia na voz dele. Não era esse o rumo que eu imaginava que a conversa tomaria.

— Acho que vou ser obrigada.

Ele se levantou de súbito, fazendo a cama sacudir.

— Não consigo lidar com isso agora. Você vem me dizer isso quando a minha mãe está morrendo no quarto ao lado? — Ele balançou a cabeça.

— Não planejei tudo isso.

— Eu sei, mas não consigo fazer isso agora, Fran. — Então ele foi embora, saindo do quarto, me deixando em um turbilhão para ir ver a mãe.

As coisas não melhoraram durante todo o fim de semana, e não havíamos decidido nada antes que eu precisasse voltar para a universidade, dois dias depois. Will mal falava comigo. Ao embarcar no carro do meu pai, que me levaria à rodoviária, vi Will me observando da janela de seu quarto. De tão longe, não consegui interpretar sua expressão. Ele não viera se despedir, e para mim isso era resposta suficiente. Não estávamos juntos nessa. Eu estava por conta própria.

Com o passar dos anos, me arrependi de não ter prestado mais atenção nele naquela noite. Queria ter me demorado em suas mechas de cabelo sob a luz do poste, ter reparado na roupa que ele vestia: era uma camisa de time, como sempre, ou uma camiseta amarrotada qualquer? Estava sorrindo ou parecia triste? Será que me amava ou não?

Porque aquela foi a última vez que o vi. Pouco depois da morte da mãe dele, o pai decidiu se mudar para o mais longe possível com a família. Will me contou a notícia por carta e foi embora antes da minha próxima visita.

Naquele instante, a meu lado, Will assentiu. Minhas mãos estavam trêmulas.

— Sinto muito, Fran. Por tudo. Pela carta, por não ter te procurado para conversarmos. Por não ter te apoiado. Eu deveria estar ao seu lado quando... — Ele ficou em silêncio.

— Quando eu me livrei do bebê? — Minhas palavras eram cortantes como adagas. Ele fez que sim, baixando os olhos. — Sim, você deveria ter ficado ao meu lado. Do nosso lado. Mas eu tinha a Mags. Eu sobrevivi.

Ele ficou quieto por um tempo. Depois disse:

— Eu te escrevi, sabe, depois da mudança.

Assenti.

— Eu sei.

— Você chegou a ler as cartas?

— Não. Pedi para Mags botar fogo nelas antes que eu as abrisse.

Ele assentiu, parecendo triste.

— Também tentei lhe fazer uma visita antes que... antes que fizesse o aborto, logo depois que voltou para a universidade.

— É mesmo?

Ele confirmou.

— Mas não tive coragem. — Ele buscou meus olhos. — Teria feito alguma diferença, se eu tivesse ido?

Será que teria? A verdade é que eu já não fazia ideia. Mas talvez tivesse sido o suficiente para salvar a nossa relação. Impedido tudo aquilo.

— Não sei. Foi há tanto tempo.

— Não consigo acreditar que não deu certo.

O silêncio se impôs outra vez. Will procurou a minha mão, e permiti que ele a pegasse, entrelaçando meus dedos nos dele.

— Não vamos mais falar nisso. Já passou. Ficou no passado. — Fiquei de frente para ele. — Vamos nos concentrar em nós no presente.

Ele me observou por um momento, parecendo triste, e depois sorriu.

— É possível que haja um "nós", então?

— Não sei. Talvez. — Então algo me veio à mente. — Não há nada que nos impeça de tentar, há?

— O quê? Não, claro que não. O que está querendo dizer?

— É só que você mudou de assunto tão rápido quando mencionou a mãe da Elodie hoje cedo, o que me faz pensar...

— Ah, entendi! Juro que não contei nenhuma mentira. É só que... bem, acho que você precisa saber de uma coisa.

— O quê?

Will esfregou as mãos pela face.

— Eu e a Amy, a minha ex, bom, nós... — Ele parou, respirou fundo. — Nós ainda moramos juntos.

Eu o encarei como uma estátua.

— Certo.

— Estamos separados. Isso é verdade. Estamos no processo de nos divorciar. É só que... eu ainda não me mudei.

— Ah.

— Sei que parece estranho, mas é uma casa antiga e enorme, as parcelas do financiamento são astronômicas, e eu não tenho condições de pagar um aluguel ao mesmo tempo, então concordamos que eu ficaria lá por algum tempo. Também facilita as coisas com a Elodie. É só... bem, não tivemos problemas. Nenhum de nós dois tinha encontrado outra pessoa. Até agora.

Assenti, sem saber o que dizer.

— Ela sabe que está aqui?

Will franziu o cenho.

— Não. Por que deveria saber?

— Eu sei lá. Parece... — Fiquei quieta. Parecia *o quê*? Ninguém estava traindo ninguém, já que Will acabara de me dizer que ele e Amy não estavam mais juntos. Então, por que eu me sentia tão culpada?

— Está tudo bem — Will me garantiu.

— Se você diz.

— Gostaria de vê-la de novo. Se você também quiser — disse Will.

Havia tanto que deixamos sem dizer, e sabia que voltar a vê-lo seria difícil. Não sabia se queria esse tipo de complicação na minha vida naquele momento. Por outro lado, cada parte de mim desejava encontrá-lo de novo. Achava que fazia mais de vinte anos que havia superado meu relacionamento com Will, mas, ao que parecia, ainda carregava comigo todos aqueles sentimentos.

— Vou pensar — falei.

6

PRESENTE

Novembro de 2018

— Não acha um pouco estranho você dois estarem, por acaso, no mesmo café, no mesmo dia e na mesma hora? — perguntou Mags, dando um gole em seu chá de hortelã.

— Não acredito que justo você está me falando uma coisa dessas. Não acredita em destino?

— Acredito. Mas algumas coisas são coincidência demais. — Bebericou outra vez, sorvendo o líquido de modo audível. — Pensa bem. Londres é uma cidade enorme. Com o quê? Oito milhões de habitantes? E ele não mora nem trabalha perto do lugar. Não acha isso um pouco estranho?

— Agora acho, depois de tudo o que você disse.

— Desculpa. Só quero te proteger.

— Eu sei. — Na verdade, parecia que Mags estava sempre fazendo isso: me protegendo. Éramos grandes amigas desde que tínhamos nos conhecido, quando eu lhe passei um bilhete em que estava escrito zzzzzz no meio de uma aula, logo na primeira semana da faculdade. Ela sempre me ajudou a enfrentar tudo, inclusive os desdobramentos da história com Will. Pode nem ter chegado a conhecê-lo, mas sempre entendeu o amor que eu sentia por ele. E também viu como fiquei devastada quando Will foi embora, então entendia por que estava se mostrando tão cautelosa.

— Você perguntou para ele?

— Perguntar o quê?

— Se ele deu de cara com você de propósito.

Observei o vapor que subia do meu próprio chá e neguei com a cabeça.

— Claro que não. Tínhamos muito sobre o que falar.

Mags assentiu.

— E falaram sobre… você sabe. Tudo o que aconteceu?

Fiz que não.

— Não. Conversamos um pouco, mas eu não contei tudo.

— Então, na cabeça dele, você estava grávida e ia interromper a gravidez, e ele nunca mais te viu?

Concordei.

— Uau.

— Parece horrível falando desse jeito.

— Foi horrível, Fran. Você por acaso não se lembra? Porque eu lembro.

— É claro que me lembro. Mas foi há tanto tempo. Muita coisa já aconteceu.

— É, tem razão. Só quero que tenha cuidado, Franny. Sei que eu já repeti isso várias vezes, mas você não o conhece mais. Ele é um desconhecido. E deve ter seus segredos. Aliás, ficaria surpresa se não tivesse.

Estremeci. Não queria pensar a respeito de segredos. Já tinha tido minha cota deles na vida.

— Eu sei. Vou tomar cuidado, prometo.

— Então vai se reencontrar com ele?

Não conseguia pensar em outra coisa desde a noite em que Will fora em casa. Eu tinha os meus receios. Estava hesitante em trazer alguém para a vida de Kieran, sem falar que me parecia muita coisa para lidar de uma só vez. Por outro lado, parecia ter sido coisa do destino, como se estivéssemos destinados a ficar juntos. Por isso, embora ainda não estivesse convencida de que era a decisão certa, *tinha tomado* uma decisão.

— Sim. Na semana que vem. É só um jantar.

Mags me analisou por um segundo.

— Vai ser bom. Pelo menos vai ajudá-la a conhecê-lo melhor... Digo, o Will do presente, não o Will de sua infância, antes que se jogue de cabeça.

Sempre quis ter a sensatez de Mags. No início da nossa amizade, acreditava que ela fosse capaz de lidar com qualquer situação, mas àquela altura já conhecia sua faceta mais vulnerável. Sabia o que a preocupava, o que atrapalhava seu sono: a ideia de que os filhos dela poderiam se ferir de alguma maneira; de que Rob, seu marido, pudesse deixá-la; pensar na morte dos pais. Ela sabia que eu também estaria ao lado dela quando mais precisasse. E, embora eu soubesse que ela estava certa em desconfiar de Will, também sabia que precisava vê-lo pelo menos uma última vez.

— Obrigada, Mags.

— Não seja boba. Apenas lembre-se: me liga se precisar e não fique nesse encontro se não estiver feliz. Combinado?

— Combinado.

♥

— Tenho que confessar uma coisa.

Will estava sentado diante de mim à mesa de um restaurante italiano, parecendo bastante pálido. Era o nosso primeiro "encontro" de verdade. Eu já estava nervosa o suficiente, mas Will, que retorcia as mãos na frente do corpo, contribuía ainda mais para o meu nervosismo.

— Diga.

Ele abaixou os olhos e encarou o prato antes de voltar a me olhar. Estava de olhos arregalados.

— Eu… não fui completamente honesto com você.

— Ah, minha nossa — deixei escapar. Meu coração estava a mil. Estaria eu prestes a descobrir que ter ido até ali havia sido um engano terrível? — É sobre sua relação com a Amy? Ainda são casados, é isso, né?

Will negou com a cabeça.

— Não. Bem, sim, ainda somos casados, mas você já sabe disso e sabe que não estamos mais juntos. Não tem nada a ver com isso.

— Então o que é, Will? Vai voltar para a Austrália? Está endividado até o pescoço? — Sentia-me cada vez mais em pânico.

Will ergueu os braços.

— Espera um pouco, me deixa terminar.

— Desculpa.

Ele respirou fundo.

— Nosso encontro não foi exatamente uma coincidência.

— Como assim?

— Quando nos encontramos semana passada. Não foi por acidente.

— Quer dizer que estava me seguindo?

— Bem, eu não descreveria dessa maneira. Mas queria que esse reencontro acontecesse. — Ele sorriu.

Eu brincava com o garfo sobre a toalha de mesa.

— Mags tinha razão.

— O quê?

Encontrei o olhar dele.

— Mags é minha melhor amiga. Ela disse que nosso encontro, do jeito que foi, não podia ser mera coincidência. E tinha razão.

— Certo. — Ele olhou ao redor como se estivesse em busca de apoio moral. — Está brava por isso?

Estava? Que diferença fazia? Afinal, não era até melhor que ele tivesse vindo atrás de mim? Aquilo não queria dizer que ele queria mesmo me encontrar, que não tinha sido apenas uma situação promovida pelo destino?

Dei de ombros.

— Não sei por que ficaria brava. Deveria me sentir lisonjeada.

Ele sorriu.

— Que bom.

E então um pensamento me ocorreu.

— Mas por quê? O que o fez querer vir atrás de mim depois de tanto tempo? Quero dizer, você disse que faz dez anos que voltou da Austrália. Por que não tentou me contatar antes?

Ele demorou um pouco para responder.

— Eu… não sei. Tinha medo, acho.

— Medo de quê?

— De que você não ia querer me ver.

— E o que mudou? O que o fez pensar que agora eu ia querer?

— Não sei. — Ele estava olhando para a vela que havia entre nós na mesa, e fiquei observando a chama se refletir nos olhos dele. — Mas estou feliz por ter feito isso.

— Eu também. — E me dei conta de que estava mesmo.

Ele deixou escapar um longo suspiro, e a vela bruxuleou.

— Ainda bem.

— Mas como você me achou? Eu não sou muito ativa nas redes e sei que você também não… — Me calei, dando-me conta do que acabara de dizer quando ele me olhou nos olhos, as sobrancelhas erguidas.

— Hum?

Meu rosto estava pegando fogo.

— Quero dizer... Bem, digamos que busquei seu nome na internet depois que nos encontramos no café. Eu só... queria ter certeza de que você não era um assassino ou coisa do tipo.

— E descobriu algo?

— Nadinha.

— É, eu quase não uso redes sociais. Sou praticamente um dinossauro.

— Mas então *como* me achou? — Agora eu estava intrigada.

— Trabalho investigativo à moda antiga. — Havia um sorriso em seu rosto enquanto me olhava. — Ah, e usei o Google. Descobri que não há muitas mulheres chamadas Francesca Gordon por aí; foi bem fácil descobrir seu trabalho. Então um belo dia liguei para o escritório, pedi para falar com você e fingi que tínhamos um almoço combinado, mas que eu não me lembrava do lugar. Um colega de trabalho seu, muito solícito, me disse que você costumava ir ao café, então fui algumas vezes até lá na hora do almoço na esperança de te encontrar. E aí te encontrei.

— Uau.

— Sim, foi bem fácil. Talvez seja melhor pedir mais discrição aos seus colegas daqui em diante, mas fico contente por não ter sido o caso dessa vez.

— Eu também — falei.

O encanto foi quebrado pela chegada do garçom. Enquanto fazíamos nossos pedidos e discutíamos sobre o vinho, evitei ficar pensando no motivo de Will ter demorado tanto para me procurar. Será que Mags tinha razão? Estaria escondendo mais alguma coisa ou só tinha tomado coragem?

Comemos e conversamos. Dei detalhes da minha vida para Will, contando como conheci Sean e como ele foi embora quando Kieran tinha meses de vida, decidindo que, no fim das contas, não queria ser pai.

— Sempre soube que ele era um inútil, mas precisei disso para perceber o tamanho da inutilidade.

— E Kieran tem contato com o pai?

— Não muito. Sean costumava vir visitá-lo regularmente, mas não fiz nada a respeito quando isso mudou. Sean acabou decepcionando Kieran tantas vezes que mandei ele se afastar. — Respirei fundo. — Não me orgulho disso, mas não podia deixar Kieran sair ferido.

— E hoje em dia?

— Hoje eu acho que pode ter sido um erro. Não me leve a mal, eu amo o Kieran de paixão, mas é uma pena que ele não tenha uma figura paterna.

— Me parece que está se saindo maravilhosamente bem sozinha.

— Talvez, pode ser. — Dei de ombros. — É que às vezes tenho medo de que a vida dele... de que a nossa vida seja muito limitada.

— Como assim?

— Nada acontece. Eu vou trabalhar, Kieran encontra os amigos na escola, e depois nós dois voltamos para casa. E assim por diante, repetidamente. Nunca saímos ou fazemos alguma coisa porque nunca me sobra dinheiro, mas eu queria poder oferecer mais coisas para ele, fazer mais por ele. Queria poder ser mais para ele.

— Ah, Fran. Ele já chegou a dizer que sente falta de alguma coisa?

— Não. Não, ele é um bom menino, nunca me diria se chegasse a pensar assim. Mas isso só piora as coisas, de certa forma, como se eu o decepcionasse ainda mais. — Fiquei quieta, com medo de que tivesse falado além da conta. — Eu me preocupo muito com ele. Nunca... — Limpei a garganta. — Nunca mais deixei um homem entrar na minha vida. Desde Sean. Não... não quero que Kieran se sinta abandonado outra vez.

Will assentiu.

— Entendo. — Bebericou o vinho. — Mas, sabe, não estou pedindo que deixe eu me enfiar na sua vida. Nunca ia querer te forçar a fazer algo. Eu só...gostaria de voltar a conhecê-la, Fran. Sinto que ainda pode existir algo entre nós... e gostaria de pagar para ver. Mas só se você também quiser.

— Eu também sinto isso.

— Mas?

— Como assim? Não tem nenhum mas.

— Parecia, pelo jeito que você falou.

Soltei um suspiro.

— Acho que só não entendo por que você me procurou. Agora, eu quero dizer, e não dez, cinco anos atrás. Entendo como chegamos a perder contato. Afinal, não que pudéssemos ficar trocando e-mails ou mensagens naquela época. Mas hoje... Não sei. Tenho a sensação de que você não está me contando alguma coisa.

Will permaneceu em silêncio por um minuto, passando a mão pela cabeça. Ele fez uma careta, depois voltou os olhos para mim.

— Não estou escondendo nada. Juro. Ok?

Assenti, mesmo não estando convencida.

— Ok.

O garçom veio para levar os pratos embora e nos entregou o cardápio de sobremesas, no qual nos enterramos por alguns instantes, pensativos.

— Você ainda odeia tiramisu?

Por cima do cardápio, encontrei Will sorrindo para mim.

— Sim. Por quê?

— Só para saber. Talvez eu peça, para você não poder roubar nada.

— Ah, que romântico — comentei, rindo.

— Não há nada romântico em roubarem sua sobremesa.

Baixei o cardápio.

— Você lembra aquela vez que sua mãe fez o bolo de chocolate crocante?

Will franziu o cenho e ficou pensativo por um momento, depois abriu um sorriso.

— Sim! Para a gente levar naquele passeio da escola. Mas estava impossível de comer.

— E não tivemos coragem de contar pra ela, porque tinha dado um trabalhão, então jogamos o bolo pela janela do ônibus da escola e você acertou aquele pato.

— Foi você!

— Não fui eu, *não*!

— Claro que foi. — Will deu uma risadinha. — Nossa, aquele bolo estava intragável. Geralmente, ela acertava nos doces.

— Minha mãe acha que ela deve ter se esquecido do açúcar. Seja lá o que for, quase quebrei o dente mordendo aquilo.

— Tadinha da mamãe.

— Ah, Will, sinto muito. Você ainda deve sentir a falta dela.

— Diariamente.

— Eu também penso muito nela, sabe? Eu amava a sua mãe.

— Ela também amava você.

Era verdade. Nossas mães eram grandes amigas e, assim como a mãe dele me adorava, a minha mãe adorava Will. Nossos pais se davam bem, mas eram elas que mantinham as duas famílias unidas.

— Lembra quando você brigou com o seu pai e a minha mãe o deixou passar algumas noites em casa? — falei conforme as memórias vinham à tona.

— Meu Deus, sim. Tinha me esquecido disso.

— O que seu pai tinha feito?

Will fechou a cara.

— Não faço ideia.

O clima se transformou de repente.

— Está tudo bem?

— Sim. Tudo bem.

— Eu disse alguma coisa que não devia?

— Não. É só que... Eu e o meu pai não nos falamos mais.

— Ah. Desde quando?

Will pigarreou e se remexeu no assento.

— Faz vinte e quatro anos que não o vejo.

Fiquei imóvel.

— O quê? Um pouco depois que foi embora? — Ele assentiu. — O que aconteceu?

Will balançou a cabeça.

— Não gosto de falar disso. Nós apenas... nos desentendemos. Estava com raiva por ter que ir embora, nunca quis ir para a Austrália. Mas meu pai tinha acabado de perder a mamãe e acabei concordando, pelo bem dele, mesmo... — ele fez uma pausa — ... mesmo havendo tantos motivos para ficar. — Respirou fundo. — Ele acabou fazendo e dizendo algumas coisas que considero imperdoáveis, e acabei indo embora.

— Para onde você foi?

— Fiquei em Sydney. Não queria me afastar muito de Jim. Ele só tinha quinze anos e ainda precisava de mim. Eu ainda o via. Só não via mais meu pai. E ainda não o vejo.

— Meu Deus. — Não podia sequer imaginar o que o pai dele poderia ter dito para que ainda continuassem sem se falar depois de todos aqueles anos. Sem dúvida, porém, aquela não era a hora de perguntar.

— E como anda o Jim? Continua por lá?

— Não. Ele voltou para cá antes de mim. Ele e o meu pai voltaram há uns doze anos. Eu voltei porque sentia muita falta do meu irmão caçula. E não havia nada que me prendesse por lá.

Assenti, tentando entender tudo aquilo. Will fizera tantas coisas, conhecera tantos lugares. Se fosse comparar, minha vida parecia ainda mais limitada. Será que ele ainda se interessaria por mim se soubesse quão pouco eu havia feito?

— Mas o Jim está bem. Vive na Cornualha com Karen, a mulher dele, e as duas meninas, Soraya e Olivia. Acho que ele sentia falta da praia, então nunca mais voltou para a cidade.

— Vocês se veem muito?

— Não o bastante.

Ficamos em silêncio por um tempo enquanto pedíamos as sobremesas e bebíamos o vinho. Estava gostando de voltar a conhecer Will, mas, quanto mais eu aprendia sobre a vida dele, mais evidente ficava quanto tempo havia se passado desde que estivemos juntos. Minhas memórias dele eram de quem éramos quando jovens — felizes, cheios de esperança e expectativa. Não só estávamos mais velhos, como também carregávamos conosco agora o peso de relacionamentos anteriores, dores e segredos. Eu me perguntava como poderíamos passar por cima de tudo isso e seguir em frente. Eu me perguntava se isso seria possível.

Mas havia outra coisa em minha mente e, conforme a noite ia chegando ao fim, o frio que eu sentia no estômago ia aumentando. Will ainda não fizera menção de me beijar, mas tinha certeza de que faria isso naquela noite. Eu queria beijá-lo. Tanto que era incapaz de pensar em outra coisa enquanto pagávamos a conta e vestíamos os casacos após o jantar.

— Eu te acompanho até em casa — disse ele, tremendo ao deparar com a brisa gelada do lado de fora do restaurante enquanto procurava pelo brilho alaranjado de um táxi desocupado.

— Nem pensar, você mora do outro lado da cidade. Vou ficar bem; eu pego um táxi.

— Deixe-me no mínimo chamar um Uber para você. — Ele pegou o celular e apertou alguns botões antes que eu pudesse negar. — Certo, pronto. Chega em cinco minutos.

— Obrigada, Will. Depois eu te pago.

— Não, eu já paguei. Fora de cogitação.

Ficamos ali por um momento, ambos imóveis, então Will se aproximou e jogou os braços ao meu redor, me envolvendo com seu casaco. Senti seu corpo musculoso, a firmeza dos braços dele, e estremeci. Me afastei de leve e ergui os olhos para ele, de feições borradas em meio às luzes do restaurante. Às nossas costas, alguém assoviou e gritou que arranjássemos um quarto, e nós dois rimos.

— Talvez devêssemos.

— O quê?

— Arranjar um quarto.

Neguei com a cabeça.

— Ainda não.

Ele passou os dedos pela minha bochecha.

— Tem razão. Mas posso te beijar, não é?

Fiz que sim de modo quase imperceptível, e então a boca de Will estava na minha; os lábios dele eram tão macios, tão quentes, com gosto de sal, vinho tinto e algo mais familiar, mas que não consegui identificar. De repente, havia voltado a ter dezesseis anos, e Will estava me beijando pela primeira vez na cozinha dos meus pais. Meus joelhos fraquejaram e minha mente foi tomada por todas as coisas que eu queria lhe contar e… ele se afastou e meus lábios sentiram o ar frio da noite. Ficara sem ar, tamanha a empolgação, e depois fiquei constrangida. Voltara a me sentir como uma adolescente bobinha e sabia que tinha arranjado uma encrenca. Sabia que não havia como voltar atrás, não importava o que se passasse, quaisquer que fossem as ressalvas que chegara a ter.

Will deu um passo para trás e se virou para a rua.

— Eis sua carruagem, *madame* — disse, indicando um BMW compacto que havia parado perto de nós.

— Consegue voltar para casa?

— Pedi outro carro, está tudo certo — disse ele, pressionando as minhas costas com as mãos e me conduzindo até a porta traseira do Uber.

— Obrigada por esta noite — falei, inclinando-me em sua direção.

— Obrigado por me perdoar por te perseguir.

— Você não me perseguiu.

— Você entendeu.

— Vou te ver de novo em breve? — Estava prendendo a respiração quando dei por mim, torcendo para que ele não dissesse não.

— Eu te ligo amanhã — ele falou, beijando-me na bochecha enquanto eu deslizava para o banco. A porta se fechou com uma suave batida, e, conforme o carro se misturava ao trânsito, encostei a cabeça no banco e observei as luzes passarem pelo retrovisor.

Will Poulton.

Tinha visto Will Poulton outra vez. E ele ainda fazia eu me sentir do mesmo jeito de sempre. Sabia que estava sorrindo quando fechei os olhos e tentei evocar seu rosto em pensamento, como costumava ser antes e como estava agora, as duas faces se mesclando, o passado e o presente misturados.

Meus pensamentos foram interrompidos pela vibração que vinha da minha bolsa. Peguei o telefone e entreabri os olhos para a tela, o coração a mil de ansiedade. Será que já era o Will?

Como foi? Mx

A mensagem era da Mag. Digitei uma resposta apressada.

Foi ótimo. Nos beijamos. Vou me encontrar com ele de novo. Mas você estava certa. Nosso encontro não foi por acidente, ele que me achou.

Eu sabia. Ele disse por quê?

Não. Só disse que queria saber como eu estava.

Não houve resposta por um minuto, mesmo sabendo que ela tinha lido. E depois chegou a notificação de outra mensagem.

Só tenha cuidado e vá com calma. Promete? bjs

Prometo. Bjs, boa noite

Mas eu sabia que não iria perder tempo, apesar dessa promessa. Tomaria cuidado, claro, sempre pensando no bem de Kieran. Mas, outra vez, estava me apaixonando por Will e sabia que, assim como em uma fileira de dominós, não havia nada que eu pudesse fazer para impedir o avanço daquela situação.

7

PRESENTE

24 de dezembro de 2018

As luzinhas piscavam na árvore e o aroma de vinho com especiarias perfumava a sala. Deixei minha cabeça pender para trás no sofá, as pálpebras pesadas. Se ao menos pudesse tirar uma sonequinha…

— Vamos lá, sua preguiçosa! — Acordei de repente, sentindo tapinhas no tornozelo e ouvindo alguém rir. Me ajeitei no lugar, desorientada, e tentei fazer a pessoa que estava diante de mim entrar em foco.

— Will, o que está fazendo aqui?

— Desculpa, cheguei um pouco cedo e Kieran abriu a porta para mim. Você não se importa, né?

— Não, claro que não. Eu só… — Me calei, encarando-o em choque. — O que diabos é isso?

— O quê? É o meu suéter natalino.

— Você vai… — Fiz uma pausa, tentando conter o riso. — Vai mesmo sair na rua assim?

Ele baixou os olhos na direção das renas que dançavam em seu torso e deu de ombros.

— Parece que vou.

— Ah, meu Deus… — Sorrindo, me forcei a levantar e o puxei para perto de mim. Nariz com nariz, ergui a cabeça para plantar um leve beijo em seus lábios. — Acho que vou ter que fingir que não te conheço, não acha?

— Como seria capaz de fingir que não conhece alguém tão bem-apessoado assim? — Ele se aproximou e me beijou com vontade.

— Arrggghhhh!

A voz de nojo de Kieran arruinou o momento, e nos separamos em um salto, cheios de culpa.

— Desculpa, meu amor — falei, seguindo Kieran até a cozinha e despenteando seu cabelo conforme ele tentava se afastar.

— Você disse que não ia fazer nada nojento — disse ele, atacando o porta-pão.

— Desculpe, Kieran, a culpa foi minha — falou Will.

Resmungando, Kieran enfiou duas fatias de pão na torradeira.

— Espera, o que está fazendo? Nós já vamos sair para jantar.

Kieran deu de ombros.

— Tô morrendo de fome. É só um lanchinho.

Revirei os olhos. O tamanho do apetite de um garoto de treze anos me parecia um grande mistério. Tudo o que sabia era que ele era capaz de comer o triplo que eu comia e ainda assim continuar um palito.

— Bom, se apresse, a reserva é para as seis. Vovó e vovô vão estar nos esperando.

— Aham. Já estou pronto.

Dei uma boa olhada em sua calça jeans rasgada e no moletom da Champion, decidindo não fazer nenhum comentário. Escolhia minhas batalhas, e aquela não era uma delas.

Além disso, já tinha a cabeça cheia.

Meus nervos à flor da pele não me deixavam esquecer a importância daquela ceia de Natal.

Will e eu tínhamos nos encontrado muitas vezes ao longo daqueles dois meses, mais do que eu pretendia. Saímos várias vezes. Ele se dava bem com Kieran e, apesar de minha relutância a princípio, eu estava feliz. Mas aquela seria a primeira vez que minha mãe e meu pai encontrariam Will desde que ele tinha me abandonado e me deixado de coração partido — sem mencionar o fato de estar também grávida aos dezoito anos.

Só tinha tomado coragem para ligar e contar a eles sobre Will havia duas semanas.

— Você não pode simplesmente deixar de contar para eles. O que vai fazer, fugir deles pelo resto da vida? — questionara Mags, e eu sabia que ela tinha razão. Mas saber e agir são duas coisas completamente diferentes. Por fim, ganhei coragem e sentia minhas veias pulsarem nas têmporas enquanto esperava pela reação deles.

— Certo — dissera mamãe numa voz fraca, distante. Eu havia lhe pedido que colocasse o telefone no viva-voz para que papai também ouvisse e eu não precisasse repetir a novidade, mas ela ainda não tinha dominado por completo a arte de posicionar bem a boca junto ao microfone.

— Certo bom ou certo ruim? — Praguejei mentalmente diante do tremor em minha voz. Sentia o mesmo nervosismo de quando precisei contar que a filha deles havia engravidado na adolescência. Pelo amor de Deus, agora eu era uma mulher de quarenta e três anos.

— Acho que eu preciso de um tempo para digerir a notícia, querida — foi o que mamãe dissera. Havia fraqueza em sua voz, e depois ouvi uma movimentação antes que dissesse, com clareza e de alguma distância: — Fale com ela por alguns instantes, Pete.

E, então, a voz de meu pai soou alta em meus ouvidos.

— Sua mãe foi se servir de uma xícara de algo — disse, e, pelo tom, soube que ele estava sorrindo. Nós dois sabíamos que aquilo significava que minha mãe fingiria fazer café, mas que se serviria de algo muito mais forte para acalmar os nervos.

— Então, o que acha disso?

— Eu acho que é incrível, meu amor.

— Acha mesmo? — Não era isso que eu esperava. Meu pai se enfurecera pela partida de Will. Não que tivesse falado muito a respeito, esse não era o estilo dele, mas sua fúria silenciosa era do tipo que nunca se apagava, apenas diminuía até que voltasse a se acender. Eu achava que essa notícia apenas atiçaria sua raiva mais uma vez.

— Acho que é incrível porque faz muito tempo que você não parece tão feliz, então em alguma coisa ele deve estar acertando.

— Não está bravo?

— Bravo? Não, já passou tempo suficiente para ficar bravo. — Ele fez uma pausa, e consegui ouvir o chiado de seu peito. — Você está bem agora, não está?

— Sim, estou. — Limpei a garganta. Sentia minha voz embargada, mas não queria deixar meu pai constrangido com essa minha reação emotiva. — Você... você acha que a mamãe vai ficar bem com isso?

— Ela vai se acostumar, como sempre. Você sabe como ela é.

Eu sabia. Fofa, gentil e leal, mas às vezes sua lealdade não a deixava enxergar as coisas pelo ponto de vista alheio. O que a tornava uma pessoa inflexível, capaz de guardar rancor de um jeito que eu nunca vira.

— Mas, enfim, queria fazer uma pergunta para vocês dois.

— Pode fazer.

— Eu e Will queremos passar a ceia de Natal com vocês, e eu... eu preciso ter certeza de que não vão dizer nada. — Não era preciso explicar o que eu queria dizer com aquilo. Papai ficou quieto por um instante.

— Eu não vou falar nada, querida.

— E quanto à mamãe?

— Vou falar com ela. Ela vai concordar. — Acreditei nele. Se havia alguém capaz de convencer mamãe, era o meu pai.

— E vocês vão tratar bem o Will?

— Claro que vamos. É isso que pensa da gente, Francesca?

Houve um breve silêncio, repleto de tudo o que poderíamos dizer, mas que nenhum de nós diria. Eu sabia que meu pai ficaria pensando em como eu havia ficado arrasada depois que Will fora embora, como aquilo me destruíra, e que voltaria a se preocupar. Mas o fato de que ele não precisasse dizer aquilo em voz alta e, em vez disso, me apoiasse, me fazia amá-lo ainda mais.

E agora, quando nos preparávamos para ir encontrá-los, eu me sentia completamente insegura, com medo de que mamãe dissesse algo que não deveria, apesar de todas as precauções que eu tomara.

Só me restava rezar para que tudo corresse bem.

— Ô mããããe, nós já vamos? Tô morrendo de fome. — O chamado de Kieran nos interrompeu, e vi que ele esperava impaciente ao lado da porta de casa, segurando sua fatia de pão.

— Certo. Vamos lá.

Saímos para o ar gelado de dezembro. Enquanto caminhávamos até o ponto de ônibus, Will pegou minha mão. A mão dele estava fria, e a apertei com mais força enquanto lhe oferecia um sorriso.

— Tudo bem?

Ele assentiu.

— Só com um pouco de medo de que seu pai me desafie para um duelo por ter partido o coração da filha dele. Tirando isso, tudo bem.

— Acho que não precisa se preocupar com isso. Contratar um matador de aluguel seria mais do feitio dele.

Ele abriu um sorriso.

Fomos os últimos a chegar ao restaurante e, enquanto circundávamos as mesas, baixando a cabeça para desviar da quantidade obscena de adornos decorativos que poderiam fazer o teto desabar, vi as feições de todos aqueles que eu amava observando nossa aproximação.

Sabia que meus pais já estariam lá. Eles nunca se atrasavam, porque meu pai era do tipo que obrigava todos a serem pontuais.

— Não passa de uma questão de educação, Francesca — vivia dizendo, naquele sotaque galês dele. Ele odiava atrasos. Devia tê-lo tirado muito do sério.

Mamãe e papai estavam sentados de um lado da mesa. Papai mantinha os grossos fios brancos afastados do rosto com sua sempre amada brilhantina e trajava seu uniforme composto de casaco, camisa e gravata. Mamãe usava o mesmo e elegante corte chanel de todas as minhas memórias, ainda que agora seu cabelo fosse branco, e não castanho-escuro como costumava ser, além de uma blusa verde-escura de cetim. Mags, Rob e as filhas deles se encontravam do outro lado da mesa, e fui invadida por uma onda de alívio. Havia implorado a Mags que viesse diluir a tensão com sua presença, e ela logo se prontificara. Mags adorava os meus pais, e eles a adoravam também.

— Ela é a melhor amiga que alguém poderia encontrar — dizia minha mãe, e às vezes eu me perguntava se ela gostaria que, em vez de mim, Mags fosse filha dela. Só havia vantagens na presença de Mags ali hoje.

Também me senti aliviada ao ver que Rob pensara o mesmo que Will e vestia um suéter que rivalizava com o dele em sua feiura, com uma espécie de boneco de neve cintilante no peito. A expressão de Mags dizia tudo.

Meu coração martelava à medida que nos aproximávamos da mesa, e precisei de todas as minhas forças para não dar meia-volta e sair correndo do restaurante, fugindo da minha família, dos meus amigos e de tudo o que aquela noite representava para mim.

Surpreendentemente, foi papai quem amenizou a tensão. Quando chegamos à mesa, ele se levantou, se curvou e me abraçou sem jeito, dando tapinhas nas costas de Kieran.

— Olá, Kier — disse, todo carinhoso.

— Tudo certo, vô?

Depois ele se voltou para Will, e meu coração quase saiu pela boca. Passou-se um segundo, depois outro… e então meu pai lhe ofereceu a mão em cumprimento.

— Olá, meu jovem — falou num tom formal. — É bom revê-lo.

— Eu digo o mesmo, sr. Gordon — disse Will, apertando a mão do meu pai.

— Por favor, me chame de Pete.

Will concordou com a cabeça.

Ao meu lado, minha mãe estudava Will, esquadrinhando o rosto dele com os olhos emoldurados pela franja. Ela foi se erguendo, pouco a pouco. Will deu um passo na direção dela, o braço estendido, e por um instante nada aconteceu. Senti uma pontada no estômago. Será que ela tornaria tudo mais difícil, apesar do que prometera?

Mas então ela deu um passo à frente e, com as mãos espalmadas, envolveu as bochechas de Will.

— Eu reconheceria esse rosto em qualquer lugar. Você não mudou nada. — Ela sorriu. — Que bom revê-lo, William.

— Igualmente, sra. Gordon.

— Por favor, me chame de Stephanie.

Meu coração retumbava de alívio enquanto nos ajeitávamos em nossos lugares. Tínhamos conseguido superar o primeiro obstáculo. Agora eu só precisava torcer para que o resto do jantar corresse bem.

Quando a comida começou a ser servida, já me sentia mais relaxada.

— As coisas estão indo bem — disse Mags discretamente enquanto Will falava com minha mãe e meu pai sobre a filha dele, Elodie.

— É cedo demais para falar, não quero correr o risco de estragar tudo.

— Sua mãe também está se comportando. Nunca pensei que viveria para vê-la ter uma conversa civilizada com o Will.

— Eu também não. Espero que continue assim.

— Acho que vai. Sua mãe foi ficando mais calma com a idade. E, além disso, sabe que ela sempre me escuta.

Lancei a ela um olhar inquisidor.

— Você disse alguma coisa para ela?

— Só falei como isso é importante para você e como ficou contente com o apoio dela. — Minha amiga deu de ombros. — Só isso.

Sorri. Mags sabia tão bem quanto eu que minha mãe a achava a última bolacha do pacote. Não importava que papai já a tivesse feito prometer não mencionar o passado — o pedido de Mags com certeza tinha sido o que encerrara a questão.

Voltei a prestar atenção à mesa, de onde podia ouvir minha mãe falar:

— E como anda o seu pai?

— Mãe! — Eu já lhe dissera que eles não se falavam, mas, pelo visto, ela era incapaz de se controlar.

— Tá tudo bem, Fran — disse Will. Ele ficou quieto por um instante, e observei suas feições enquanto se digladiava com as palavras que deveria dizer. — Ele está bem, pelo que sei — falou, cobrindo a boca com o punho e tossindo. — Já faz um bom tempo que não nos falamos.

— Como assim, vocês não se falam?

Will fez que não com a cabeça.

— Ah, ele ainda está do outro lado do planeta? Isso deve ser bem difícil para você.

— Não, ele voltou para a Inglaterra.

— Ah. E mesmo assim você não o visita?

— É. — Will espetou uma batata com o garfo.

— Ah, que pena. Podemos não nos falar com a frequência que gostaríamos com a Fran… — Meu pai buscou meu olhar e revirou os olhos diante da crítica descarada da minha mãe. — Mas, ao menos, sempre conseguimos falar com ela. De vez em quando até o Kieran nos manda mensagem, não é mesmo, querido?

— É, vó. — Kieran encarou o próprio prato, sem graça. Senti uma fúria crescer dentro de mim. Olhei para papai, que dava de ombros, sem poder fazer nada.

— Mãe, acho que isso não ajuda em nada — falei. — Eu te disse que o Will não vê o pai há um bom tempo, lembra?

Eu sabia que sim, ela lembrava, mas ela pareceu chocada enquanto levava a mão ao peito.

— Ah, sinto muito, é verdade, você disse mesmo, mas me esqueci completamente. — Ela tocou de leve o braço de Will. — Perdoe a minha insensibilidade, por favor.

— Sem problemas, sra. Gordon. Stephanie.

Minha mãe se calou por um tempo, claramente ponderando se perguntava o que tinha acontecido, mas decidindo que não ao olhar para o meu pai.

— E como está o seu adorável irmão caçula, James?

— Ah, o Jim continua igual — respondeu Will, com um sorriso que ia de um lado a outro da boca. — Ele agora é professor e mora na Cornualha com a esposa, Karen, e as duas filhas, Soraya e Olivia.

— Ah, que adorável. E você o vê com frequência?

— Não tanto quanto eu gostaria.

— Sei como é — disse mamãe, dando uma garfada numa couve-de-bruxelas e a abocanhando.

O restante do jantar foi tranquilo, em meio a um silêncio confortável graças às conversas dos outros clientes. Fiquei observando minha mãe do outro lado da mesa, imaginando o que estaria pensando. Apesar das perguntas espinhosas que fizera, eu entendia como ela devia estar se sentindo. Sabia que eu teria vontade de estraçalhar alguém que ferisse Kieran do mesmo jeito que Will fizera comigo. E o fato de que Will não apenas era o filho de sua melhor amiga, mas alguém que passara a também considerar um filho só devia piorar tudo. Nem de longe eu seria capaz de culpá-la por ficar brava.

Enquanto o garçom recolhia os pratos, encontrei o olhar de minha mãe do outro lado da mesa, o resquício de um sorriso em seu rosto ao me observar.

— Tudo bem? — perguntei, só mexendo os lábios.

Ela assentiu, e naquele instante eu soube que tudo ia dar certo. O passado estava em segurança no passado e, no que dependesse de mim, continuaria assim.

O jantar chegara ao fim, papai ergueu a taça.

— Um brinde — disse, e todos nós olhamos para ele. Seus olhos encontraram os meus, e ele sorriu. — Não sou dado a longos discursos, vocês sabem. Mas só queria lhes agradecer pela noite incrível e dizer feliz Natal.

— Feliz Natal! — responderam todos em uníssono.

Em vinte minutos, estávamos indo embora de estômago cheio e, no meu caso, com o coração explodindo de felicidade. Quando fui pegar meu casaco e me virei para Will, percebi que ele parecia pálido, a pele acinzentada na luz difusa.

— Você está bem? — perguntei, vestindo as mangas do casaco.

Ele esfregou o rosto com as mãos e fez uma careta.

— Acho que sim. Só estou um pouco tonto e com dor de cabeça. — Abriu um sorriso. — Acho que passei um pouco da conta no vinho.

— Eu também. Vamos para casa.

Passei o braço pelo dele e o outro pelo de Kieran, que, para minha surpresa, não se afastou. Eu estava sorrindo quando, depois das despedidas, fazíamos o caminho de volta pela rua. Sentia-me afortunada por ter esses dois homens maravilhosos na minha vida.

A vida de fato estava num ponto alto.

Fechei a porta da entrada e me joguei no sofá.

— Não sei vocês, mas eu estou acabada — falei, tirando as botas e ligando a tevê. — Querem ver um pouco de bobagem natalina?

— Eu topo — disse Kieran, jogando-se na poltrona e passando as pernas por cima do braço dela.

— Will? — perguntei, erguendo os olhos para ele, que ainda estava junto da entrada, de cenho franzido e sobrancelhas unidas.

— Sinto muito, mas acho que vou ter que acabar indo para casa. — Passou a mão pela cabeça outra vez. — Parece que isso não vai passar.

— Quer um analgésico? Devo ter algum no banheiro. — Fiz menção de levantar, mas ele balançou as mãos.

— Não, não precisa. Eu vou para casa. — Ele se inclinou, apoiando-se no batente da porta. — Só preciso dormir cedo e vou acordar me sentindo melhor amanhã. — E, me olhando com remorso, disse: — Desculpe por estragar a noite.

— Deixa de ser bobo. Vá para casa e descanse para se sentir melhor amanhã — falei.

— Pode deixar — respondeu ele, aproximando-se e me dando um beijo na bochecha.

Depois que ele saiu, eu me virei para Kieran.

— Somos só eu e você, filho. Como nos velhos tempos — disse, aproximando-me e apertando os ombros dele. — Feliz Natal, querido.

— Feliz Natal, dona pileque — disse, suavizando as palavras com um sorriso.

♥

Eu me virei, resmungando, e olhei o relógio. Sete horas. Nossa, ainda era cedo.

Saí da cama e fui para a sala. Liguei as luzinhas da árvore de Natal, preparei uma xícara de chá e me sentei para assistir o dia clarear pela janela, o céu lá fora passando de roxo a rosa, laranja, amarelo e, por fim, ficando azul-claro, como um espetáculo de luzes particular. Adorava esse horário, quando não havia ninguém pela rua — que costumava ser movimentada —, quando era possível se sentir como a única pessoa no planeta, observando enquanto, uma a uma, em cada casa ao redor, o mundo voltava à vida.

É claro que, naquele dia, não haveria ninguém na rua, já que quem não saíra de Londres para visitar a família bem longe ficaria no aconchego do próprio lar para comer e abrir presentes. Tomei um gole do chá e deixei o vapor envolver meu rosto, me aquecendo.

— Você acordou cedo.

Dei de cara com Kieran no corredor, segurando a meia que eu ainda insistia em providenciar, mesmo sabendo que já fazia anos que ele não acreditava mais em Papai Noel.

— Oi, rapaz — falei, me ajeitando no sofá para abrir espaço. Ele se sentou, e senti o estofado tombar, me fazendo cair um pouco na direção dele.

— Devo esperar pelo Will para abrir estes?

Will ia ficar com Elodie e Amy de manhã, mas passaria a tarde conosco. Eu já havia confirmado com Kieran se não havia problema em Will passar a noite em casa pela primeira vez.

— Você que sabe, querido. Por que não abre os presentes da meia enquanto estamos só nós dois, e daí abrimos os que estão embaixo da árvore quando o Will chegar?

Os olhos dele brilharam, ainda uma criança por baixo da casca grossa de adolescente, e o observei abrir os presentes menores todo feliz. Um livro, um novo macacão de pijama, uma laranja de chocolate, pares de meia propositalmente diferentes. No fim, quando ele tirou da meia a tangerina, como mandava a tradição, deu um sorriso.

— Sabe que vou comer isso só para poder abrir a de chocolate, não sabe? — comentou, descascando a fruta com cuidado.

— Lógico — falei, me aproximando e beijando-o na bochecha. Fiquei observando a cara dele enquanto mastigava devagar, perdido em pensamentos.

— Uma moeda por eles.

Ele me olhou, sobressaltado.

— O quê?

— Você estava com cara de quem está pensando em algo importante.

— Ah, não. Não é nada.

Observei-o por um minuto, as feições familiares dele, os meus olhos e o nariz do pai, o lindo rosto de menino que se transformava no de um homem mais rápido do que eu gostaria. Eu o perdia um pouco a cada dia que passava.

— Se pudesse pedir qualquer coisa de presente de Natal, o que pediria? Se dinheiro não fosse um problema.

Kieran deu de ombros.

— Sei lá.

— Deve ter algo que você queira mais do que qualquer outra coisa no mundo, não? Uma bela viagem? Um Xbox novo?

Kieran ergueu os olhos para o teto por um instante, pensativo. Depois os baixou para o chão, perto dos meus pés.

— Acho que tem uma coisa.

— Diga.

Ele olhou do chão para as paredes, e delas para o teto, antes de voltar a olhar para baixo, e comecei a me indagar sobre que diabos ele diria.

— Eu gostaria de ver o meu pai.

Senti como se o cômodo tivesse se afastado de mim por um momento e agora as paredes se fechassem ao meu redor.

— Ah... Eu... — Fechei a boca, as palavras se entalando na garganta.

Kieran continuou a encarar a parede, concentrado num ponto um pouco acima do meu ombro esquerdo.

— Tenho pensado um pouco nele nos últimos tempos. Gostaria muito de vê-lo. — Deu de ombros, como se não fosse nada importante.

— Eu... não fazia ideia. — Minha voz saiu mais como um sussurro, e precisei tossir. — Desde quando, Keeks?

Ele olhou para mim, encolhendo os ombros outra vez.

— Um tempinho.

— Por que não me falou?

Ele olhou para os próprios pés.

— Sabia que você ia ficar chateada.

Meu coração se apertou. Meu filho tinha medo de me dizer que queria ver o próprio pai? Que tipo de mãe eu era?

Kieran continuou:

— Sei que ele não está nem aí para mim, mas seria legal conhecê-lo mais. — Coçou os olhos, nervoso. — Tipo, ele está por aí e é uma parte de mim. Parece estranho não o conhecer.

— Ah, meu amor. — Eu me levantei e cruzei os poucos passos necessários até a poltrona da sala de estar, agachando-me a seu lado e acariciando seu braço. — Eu peço desculpas. Nunca tive a intenção de manter seu pai longe. Ele só... Nós... — Me calei, sem querer contar que, na verdade, o pai simplesmente não estava interessado nele. — Ele é um homem complicado. Mas, quem sabe, no ano que vem, podemos tentar entrar em contato com ele, ver se a gente pode se encontrar.

Kieran encarava a tevê, mas assentiu.

— Valeu, mãe.

Fiquei de pé e lhe dei um beijo no alto da cabeça.

— Vamos lá tomar café?

— Sim, vamos.

Fui para a cozinha e preparei mais um pouco de chá. Enquanto adicionava leite, pensei no que Kieran dissera. Mesmo que eu não tivesse nada a ver com o fato de Sean ter ido embora, ainda assim sentia toda a culpa do mundo. Nunca impedira Kieran de ver o pai, poderíamos dizer assim, mas também nunca o encorajara a isso. Tinha ficado muito brava e ferida pela partida de Sean, e vê-lo de tempos em tempos a cada visita ocasional, vê-lo seguir com a vida dele sem a gente, me deixava enfurecida. Eu sabia que não tinha facilitado as coisas para ele. Mas simplesmente não era capaz de fazer isso. Ele me machucara tanto, e eu precisava machucá-lo também. Nunca me passou pela cabeça que aquilo fosse um problema para Kieran. Ele nunca falava sobre o pai.

Agora, porém, percebia como tinha sido ingênua. É óbvio que ele sentia falta do pai. É óbvio que queria vê-lo.

Que garoto não ia querer?

Will esticou as pernas e suspirou.

— Meu Deus, estava uma delícia — disse, esfregando a barriga. — Não sei nem se sobrou espaço para respirar.

— Você não é fraco, hein? — comentou Kieran, chegando para pegar a última batata assada e a enfiando na boca de uma vez. Suas bochechas inflaram enquanto ele mastigava.

— Para você, que ainda está em fase de crescimento, não tem problema. Mas eu agora só cresço para os lados.

Abri um sorriso. Will continuava esguio, sem nunca ter perdido o físico de jogador de futebol, e imaginá-lo como alguém com sobrepeso beirava o absurdo. Mas entendia o que ele queria dizer. Eu estava tão cheia que não sabia se conseguiria sair do sofá.

— Que bom que a dor de cabeça passou — falei, me esticando ao lado dele.

— Ainda bem.

— O que acha que foi?

— O quê? Ah, não foi nada de mais. Acontece, acho.

— Talvez tenha sido o estresse de voltar a sair comigo e a minha família — falei, rindo.

— O suficiente para deixar qualquer um doente — disse Kieran, e joguei um bombom que pegou na cabeça dele.

Sua atenção foi capturada por algum programa de perguntas e respostas na tevê, e me virei para Will.

— Que bom que conseguimos passar o dia com você — falei.

— Também gostei. Obrigada pelo jantar.

— Imagina.

Joguei a cabeça para trás e fechei os olhos, lembranças dos Natais passados me chegando à mente, algumas mais bem-vindas que outras. Espantei a memória do Natal em que Will fora embora e, no lugar, recuperei o Natal de um ano antes, quando estávamos apaixonados e achávamos que íamos passar o resto da vida juntos. Tínhamos passado o dia em casa, fazia anos que as nossas famílias se revezavam na ceia, e estávamos desesperados para sair de fininho e ficar um tempo a sós, apenas nós dois.

— Aonde vão os dois pombinhos? — perguntou a mãe dele enquanto saíamos da mesa e colocávamos os casacos. Trocamos um olhar, fingindo inocência.

— Só vamos dar uma volta.

— Bom, não demorem. Logo mais vou fazer sanduíches.

— Mas acabamos de almoçar.

— Já faz uma hora.

— Tá bom, tá bom. Voltamos em meia hora.

— Certo. Agasalhem-se bem.

Reviramos os olhos ao bater a porta, ofendidos pela maneira infantil com que nossos pais nos tratavam, mesmo que já tivéssemos dezessete anos.

Envolvi a mão de Will, sentindo como estava fria mesmo através das luvas de lã.

— Então, aonde vamos?

— Sei lá, qualquer lugar.

Caminhamos pela rua escura, deserta a não ser pelo gato que atravessava a rua sinuosamente e o protesto de uma janela de cozinha sendo aberta. Foi quando, do nada, Will me puxou para um beco escuro, em direção ao bosque que ficava atrás de nossa casa.

— O que está fazendo? Não podemos ficar aqui no escuro.

— Por que não? Está com medo?

— Sim, um pouco.

Estávamos bem embrenhados no bosque quando Will parou. Uma coruja gritou lá no alto e algo rastejou na relva, mas, tirando isso, estava um completo silêncio. Will me puxou para si e senti as batidas de seu coração pela jaqueta estofada, lentas e cadenciadas. Respirei fundo. Era ali que eu queria estar. De repente, o bosque não parecia mais tão assustador.

— Sabe que eu te amo, não sabe, Fran? — A boca dele estava encostada em meu cabelo, e as palavras saíram abafadas. Ergui o rosto para encará-lo e nossos lábios quase se tocaram.

— Eu também te amo, Will.

— Você nunca vai me deixar, não é?

Me afastei de leve.

— Por que está dizendo uma coisa dessas?

— Eu não sei. É só que, às vezes, vejo você com outros garotos, vejo o jeito como olham para você e fico pensando... — fez uma pausa — ... fico pensando em como vai ser quando nós dois formos para a faculdade no ano que vem.

— Will Poulton, não estou interessada em mais ninguém. Sabe disso, não sabe?

— Na maior parte do tempo.

— O tempo todo. Você é a única pessoa que vou amar.

— Promete?

— Claro que prometo. Seja como for, talvez seja você quem me deixe.

— Nunca. Nada vai me fazer deixar você, Franny.

Fiquei na ponta dos pés e beijei seus lábios com delicadeza.

— É bom mesmo. Agora vamos, aqui fora está frio e eu quero ver quantos quadradinhos de chocolate mentolado consigo comer antes que o seu pai coloque os olhos neles.

— Aposto que como mais do que você.

— Quero só ver.

Aquele foi o último Natal que passamos juntos, o melhor que já tinha tido.

E agora este. Abri os olhos e observei Will, depois Kieran, e fui tomada por uma sensação de contentamento. O que tinha feito para merecer aquilo?

Mais tarde, depois que Kieran foi dormir, Will parecia pensativo.

— O que foi? — perguntei, pegando uma fatia de queijo que eu poderia muito bem ter dispensado.

— Nada, só… — Ele parou. — Deixa a gente reflexivo, não deixa? Quero dizer, esta época de Natal.

— Sobre o quê?

Ele deu de ombros.

— Família e afins. Você sabe…

Lembrei-me de Kieran pedindo para encontrar o pai.

— É, acho que sim. Kieran pediu para ver o pai.

— Foi? E você vai deixar?

— Sim, prometi que ia arranjar esse encontro.

Will suspirou.

— Eu não o culpo. Também não consigo tirar meu pai da cabeça; deve ser contagioso. — Ele tamborilava os dedos na coxa. — E, bem, por ora, tenho a sorte de poder sempre estar com Elodie. Mas não posso ficar lá para sempre, dividindo o teto com Amy. E o que será que vai acontecer quando eu sair de lá? Com que frequência vou conseguir vê-la? Como vou poder viver sem ver a minha menininha todos os dias? Não pode ser assim. E sei que é diferente quando os filhos já são mais velhos, quando decidem se afastar em vez de serem afastados contra sua vontade, mas… — Deu outro suspiro. — Sei lá. Às vezes, fico pensando em como meu pai deve estar se sentindo. Sobre tudo o que aconteceu.

Pus as mãos nas dele.

— O que foi que ele fez, Will? Seu pai. O que foi que ele fez de tão terrível assim para não o perdoar?

Ele deixou um segundo se passar.

— Ele… — Will cutucava a unha. — Todos nós ficamos arrasados quando mamãe morreu, eu, Jim e papai. Eu tinha apenas dezoito anos, mas Jim só tinha catorze, caramba. Nós dois precisávamos do papai. Precisávamos de tempo para viver o luto, para falar sobre mamãe, lembrar dela. Mas, em vez de nos deixar fazer isso, papai nos reprimiu. Nunca falava dela e também não nos deixava fazer isso. Foi como se tivesse aparecido uma muralha na cabeça dele. Eu e meu irmão estávamos furiosos quando nos mudamos. Papai dizia que era porque precisávamos recomeçar do zero, porque continuar naquela casa, convivendo com as memórias de mamãe, era muito difícil para ele. Para *ele*. Mas em momento algum ele considerou o que seria bom para nós. Eu precisava daquelas lembranças, precisava ser capaz de entrar em um cômodo e me lembrar de uma ocasião em que tivesse estado ali com mamãe, as vezes em que ela lia histórias para mim na hora de dormir, o momento em que ela servia o jantar ou as ocasiões em que jogamos juntos na mesa de jantar. Cada móvel, cada quarto daquela casa continha um pouco de mamãe para nós. E tanto eu como Jim precisávamos daquilo. Mas papai decidiu que tínhamos de ir para a droga do outro lado do mundo antes mesmo de nos dar a chance de assimilar o que havia acontecido. Fomos embora. De uma hora para a outra.

Sustentei o olhar dele, perscrutando seus olhos. Tudo o que eu via era dor.

— No fim das contas, acho que íamos acabar desculpando-o por isso. Mas ele começou a beber. E, por isso, se tornou violento. Ele sempre foi de lua... Costumávamos ouvir ele e mamãe gritando um com o outro, mas, pelo que sei, ele nunca a agrediu. Mas a bebida fez com que ele mudasse. Ele virou uma pessoa amarga, repulsiva. Passou a nos negligenciar. Eu já era grande e conseguia me virar, mas Jim ainda era muito jovem e vulnerável. Fiz o melhor que pude para cuidar dele, mas, de vez em quando... — Will se calou. — Ele disse umas coisas bem horríveis. Fez acusações imperdoáveis. Ele não me conhecia de verdade se pensava aquilo de mim, e deixei de querer participar da vida dele. Então fui embora e, no dia em que parti, jurei nunca mais falar com meu pai. E nunca mais falei.

— O que foi que ele disse, Will? O que é tão horrível a ponto de fazer você romper contato por vinte e cinco anos?

Will, entretanto, só balançou a cabeça.

— Não importa.

Ficou claro que ele não queria que eu insistisse naquilo.

— E onde ele está agora? — perguntei, mudando de assunto.

— Agora? Para ser honesto, eu não sei. Sei que ele vive no país porque voltou para o Reino Unido com Jim. Mas fiz meu irmão prometer que nunca falaria dele para mim. Me pareceu mais fácil assim.

— O que mudou, então?

Ele deu de ombros.

— Não sei. O fim do meu casamento. Ter passado este Natal com você e Kieran, e o fato de ele querer se reaproximar do pai. Ter percebido que, no fundo, talvez eu me importe de verdade com o meu pai. Ou que, pelo menos, deveria.

Will expirou profundamente, relaxando o corpo, aparentando estar exausto.

— Uau. — Eu estava em choque. O pai dele sempre tinha parecido tão carinhoso. Tão gentil e caloroso. Ainda me lembrava do dia em que ele dissera que me considerava a filha que nunca teve, e fiquei muito feliz em me sentir de verdade como parte da família. Ele trabalhava bastante, mas sempre pareceu presente: nos ensinando a jogar críquete, construindo uma casa na árvore no quintal, nos levando ao zoológico. Eu o imaginava uma pessoa engraçada e divertida, alguém que faria tudo pela família. No fim das contas, talvez ele tivesse um lado sombrio. Talvez a morte da mãe de Will tivesse colaborado para essa parte vir à tona.

Mas eu sabia que não cabia a mim dizer o que Will deveria fazer. Bastava ficar ao lado dele e ouvi-lo.

— Você tem meu apoio se decidir se reencontrar com ele — falei então.

Ele apertou minha mão.

— Obrigado, Fran.

Esperava que ele tomasse a decisão certa.

♥

Depois, quando estávamos indo para a cama, comecei a sentir um certo nervosismo. Já estávamos saindo havia alguns meses, mas tínhamos concordado em esperar um pouco para passar a noite juntos. Naquele instante, eu me perguntava se aquela era a noite certa. Sem dúvida, estávamos mais próximos do que nunca.

Ficamos cada um de um lado da cama, encarando o outro.

— Bem... — falei.

— Eu que o diga. — Um sorriso se insinuava nos lábios de Will.

— Qual é a graça?

— Ah, nada. Só que nem em um milhão de anos acharia que ia passar outra noite com você. Vinte e cinco anos.

— Por favor, não... — Olhei para a minha barriga, inchada pela comilança natalina. No fim das contas, talvez aquela não fosse mesmo a hora certa. Como seria voltar a ter tamanha intimidade com este homem com quem eu estivera pela última vez quando ainda era adolescente? Haveria muitas expectativas? Ele ainda se sentiria atraído por mim, ou a flacidez da minha pele, a falta de firmeza de minha barriga, as coxas mais grossas que eu tinha agora o afugentariam? Ergui os olhos e analisei a expressão de Will. Os cílios, o cabelo cacheado e o arco das sobrancelhas ainda me faziam reconhecer o lindo rapaz por quem me apaixonara havia tantos anos. Senti um frio na barriga.

Pensei na primeira vez em que dormimos na mesma cama, como inocentes crianças de oito anos muito animadas pela festa do pijama. Naquela época, achávamos graça em encostar os pés gelados na pele quente para fazer o outro gritar, e deixamos a roupa de cama coberta de farelo de salgadinho enquanto nos banqueteávamos na madrugada, jurando que nossos pais não sabiam de nada. Vivíamos dormindo um na casa do outro, isso nunca foi problema. Mas, um dia, aquilo começou a parecer estranho, como se estivéssemos fazendo algo errado. Devíamos ter por volta de catorze anos, e só começamos a achar estranho dormir na mesma cama depois de um comentário de um colega da escola. Então deixamos de fazer isso e passamos a usar um colchão inflável sempre que ficávamos um na casa do outro, um de nós dois passando frio num colchão fino no chão, só para ninguém achar que estivéssemos fazendo algo inapropriado.

Pensei na primeira vez em que dormimos na mesma cama como um casal de namorados. Tínhamos dezessete anos, e estávamos de férias em casa. Os pais de Will estavam viajando naquele fim de semana, e nos deixaram cuidando de Jim. Mas, sem que eu soubesse, Will providenciara que o irmão fosse passar a noite na casa de um amigo, para que eu e ele pudéssemos passar a noite juntos. E, mesmo que aquela não fosse a primeira vez, mesmo que eu conhecesse o corpo dele tão bem quanto o meu depois de todo o tempo que passamos nos familiarizando um com o outro no carro dos pais dele, no bosque e em qualquer lugar em que pudéssemos ficar juntos, havia algo de especial, de proibido, em dormir na cama dele.

Nossos pais descobriram, é claro. Mas, em vez de ficarem bravos como esperávamos, eles nos chamaram para conversar sobre a nova "configuração", nas palavras deles. Em resumo, disseram que nos deixariam ficar juntos de vez em quando desde que prometêssemos ter cuidado. Queríamos morrer de constrangimento, mas ficamos contentes. Mas nunca mais foi como naquela primeira e ilícita noite juntos, quando senti o calor da pele de Will na minha e passamos a noite toda grudados como um só. Será que desta vez seria igual?

Will se sentou na cama e indicou que eu fizesse o mesmo. Aproximando-se, passou os braços pela minha cintura, me puxando para junto de si. O antebraço repousava de leve em minha barriga, e ele raspava o queixo em meu pescoço. Os tecidos da camiseta dele e da minha regata pareciam uma barreira a nos separar, e pressionei meu corpo no dele.

— Tudo bem? — A voz dele saiu rouca, como se sua garganta estivesse seca.

Me virei de leve para ele.

— Sim — sussurrei.

Ele me puxou para ainda mais perto e roçou os lábios no meu pescoço, o que me fez suspirar. Virei-me ainda mais para encará-lo de frente, e, abrindo os olhos, ele disse:

— Você parece um Ciclope assim de tão perto.

Levou os lábios ao meu nariz e deixou um rastro de beijos do maxilar até o pescoço. Seu toque me deixou trêmula. Fazia tanto tempo que não ficávamos tão próximos, mas aquilo ainda parecia tão familiar. Nossos corpos ainda se encaixavam perfeitamente. Os lábios dele continuaram seu caminho, descendo por meu colo, meu peito, roçando de leve neles por cima da blusa.

— Acho que você deveria tirar isso — sussurrou ele, e então passei a blusa pela cabeça e abri o sutiã.

Pensei que ficar nua diante dele depois de tanto tempo fosse me fazer sentir exposta, envergonhada. Ainda carregávamos a lembrança de como costumávamos ser, mas será que íamos gostar do que víamos depois de passados tantos anos? Will mantivera o tônus de seus tempos de futebol, e eu permanecia magra e forte, ainda que um tanto mais arredondada, mais macia. Fazia muito tempo que eu não me exercitava e, depois de vinte e cinco anos e uma gravidez, tinha medo de que ele não fosse gostar da mulher de meia-idade que eu me tornara, dos pneuzinhos antes inexistentes, dos peitos antes firmes, mas que agora começavam a perder a batalha para a gravidade.

Mas, conforme nos beijávamos, imprimindo ao ato uma cadência tanto sexy quanto conhecida, quase não pensei em nada disso.

E, depois, enquanto estávamos lá deitados, encarando o teto, meu coração acelerado, eu me lembrei do que acontecera numa das últimas vezes em que tínhamos passado a noite juntos. Tínhamos feito um bebê.

Perguntava-me se Will estaria pensando a mesma coisa.

8

PRESENTE

Fim de janeiro de 2019

Nunca fui muito de fazer resoluções de Ano-Novo. Meu ponto é: as pessoas realmente conseguem mantê-las? Qual é o sentido de decidir que, em janeiro, você vai tentar mudar tudo o que detesta em si mesmo? Uma coisa dessas está fadada ao fracasso.

Mas algo neste ano parecia diferente. Este ano prometia ser especial. E, ainda que não tenha feito nenhuma resolução de Ano-Novo, fiz uma promessa a mim mesma. Neste ano, eu me permitiria ser feliz.

Mas Will tinha uma notícia a dar.

Já fazia uns dias que ele vinha agindo de modo estranho, desviando o olhar, permanecendo calado, inventando desculpas para não vir em casa. Estava começando a me preocupar com o fato de ele talvez ter mudado de ideia, de aquilo ser muito para ele, de as coisas estarem rápidas demais, então decidi que iria conversar com ele. O que estávamos fazendo naquele instante — em um bar, com uma taça de vinho em mãos, e eu disposta a passar tudo a limpo.

— Nada pode ser tão ruim assim, Will, seja lá o que for. Preciso saber se você quer que a gente diminua o ritmo, que as coisas não fiquem tão sérias... Por favor, só me fala.

Ele seguiu encarando as próprias mãos, que estavam apertadas no colo. Uma gotícula de condensação escorria pela lateral do copo de cerveja, que esquentava na atmosfera abafada do pub. Senti um nó na garganta ao observá-lo. Nada que ele pudesse dizer seria tão ruim quanto as coisas que eu estava imaginando, seria?

Mas então ele ergueu os olhos para os meus e tive certeza de que estava preocupada com razão. Nunca o vira parecendo tão preocupado, tão perturbado.

— O que foi, Will? Por favor, me conte. — Inclinei-me para pegar as mãos dele, mas ele as afastou, quase se encolhendo. — Está me deixando assustada.

— É... — Ele parou, engoliu em seco e recomeçou: — Preciso te contar uma coisa. Eu... não estou sendo completamente honesto com você.

Senti uma vertigem, como se estivesse prestes a cair da cadeira, então me segurei com firmeza na beirada do assento e esperei que ele se explicasse. Tentei me impedir de adivinhar as palavras que ele estava prestes a dizer.

— Fran, não existe uma maneira fácil de te contar isso. Eu... — Fez outra pausa e baixou os olhos antes de voltar a erguê-los. — Estou morrendo.

Apertei ainda mais a cadeira, sentindo como se o lugar estivesse ficando menor. As paredes cediam, prestes a me soterrar. O burburinho ao redor desapareceu por completo. Éramos só eu e Will — e o que ele dissera, palavras que pareceram cacos de vidro lançados no meu coração.

Engoli em seco.

— O que isso quer dizer?

— Estou com câncer. Um tumor no cérebro. Inoperável.

Eu o encarei por um momento. Meus olhos subiram para a cabeça dele, como se assim eu pudesse ver a localização do tumor. Era incapaz de falar: havia um nó em minha garganta, não havia o que dizer.

— Não vai falar nada?

Pegando a taça, tomei um grande gole de vinho e senti o líquido descer queimando pela garganta. De mãos trêmulas, baixei a taça com mais força que o necessário, derramando algumas gotas sobre a mesa.

— O que quer que eu diga?

— Eu não sei. Qualquer coisa.

Respirei fundo e soltei o ar pelo nariz, tentando conter a sensação de pânico que sentia se alvoroçar dentro de mim. Era por *isso* que nunca me envolvia com ninguém. Porque as pessoas sempre me decepcionavam. Eu devia saber que isso aconteceria. Não que Mags já não tivesse me avisado de que ele devia estar escondendo algo. Não que ele já não tivesse me abandonado antes.

— Há quanto tempo você sabe?

Will me observava atento ao responder. Parecia preocupado com a minha reação, e estava certo.

— Desde o verão passado.

Agora era raiva que eu sentia despertar dentro de mim, queimando como fogo no estômago, subindo e atingindo a garganta, a boca, a língua, os lábios.

— Como você *ousa*? — falei entredentes, sibilando enquanto me esforçava para não causar uma comoção. Meu corpo começou a tremer, e me mantive engolfando grandes lufadas de ar para abafar a raiva.

— Eu lamento, Fran. Nunca quis que as coisas fossem tão longe. Eu... — Ele se calou.

— Lamenta? *Você* lamenta? — Estava segurando a haste da taça com tanta força que ela não se quebrou por milagre. — Sabe o que eu lamento, Will?

Ele balançou a cabeça.

— Lamento ter permitido que você se reaproximasse de mim. — Respirei fundo pelo nariz. — Não que não tivesse antecedente, não é?

Ele se inclinou, mas arranquei a mão de seu alcance, sem me importar com como aquilo o machucaria. Uma parcela de mim sabia que eu precisava tentar ser compreensiva, confortá-lo. O homem que eu amava estava morrendo, estava prestes a morrer; em breve, eu me daria conta da extensão daquilo. Mas, por enquanto, essa parte estava tão soterrada pela fúria, pela raiva e pela sensação de traição que custaria ainda a vir à tona.

— Sinto muito, Fran. Por não ter contado antes.

Era a dissimulação que me enfurecia. O fato de ele ter me dito que me procurara sem nenhum motivo específico, de ter feito parecer que só estivesse a fim de voltar a me ver.

— O que você queria quando resolveu me procurar? Estava em busca de algum tipo de redenção antes de ir se encontrar com o criador? — Sabia que estava sendo cruel, disparando palavras como projéteis, mas era incapaz de me conter.

— Não. Não foi nada disso. — Will parou para pensar. — Eu sempre me senti muito culpado pelo que fiz com você. Por ter ido embora com o meu pai, sem nunca ter ido ao menos dar a notícia pessoalmente. Por te mandar aquela carta como um completo covarde, por não ter estado ao seu lado quando você foi abortar. Eu... sempre pensava em como você estaria. Pensei em tentar te reencontrar muitas vezes desde que voltei para a Inglaterra, mas nunca consegui. Acho que não queria arruinar a sua vida outra vez.

— Então por que decidiu fazer isso agora?

— Mesmo na época do meu casamento com Amy, sempre me perguntei se antes eu não deveria ir atrás de você, só para ter certeza de que estava fazendo a coisa certa. Mas não fiz isso, e o tempo foi passando. Só que no verão passado... eu tive a notícia no verão e... bem, senti que era a hora certa. Só queria me reconciliar, ter certeza de que você estava feliz. Me certificar de que viveu a vida que sempre mereceu ter. Não estava nos planos voltar a me apaixonar.

Pelo rosto dele escorreu uma lágrima, que ele logo secou. Cada parte de mim queria se aproximar e abraçá-lo, dizer a ele que eu também o amava, mas me contive. Ainda me sentia traída e com raiva, precisava de um tempo para digerir aquela notícia.

— Quanto tempo você tem?

Will me fitava com os olhos marejados.

— Os médicos não têm certeza. Disseram que, por ora, o tumor está crescendo devagar. Pode ser questão de meses, mas é mais provável que sejam alguns anos.

— Meses?

— Sim. Mas acho que vai demorar mais. No momento, estou me sentindo bem, melhor do que em muito tempo. Tenho dores de cabeça de vez em quando. Tirando isso, me sinto normal. Saudável.

Fechei os olhos e respirei fundo. Não conseguiria lidar com aquilo. Precisava ir embora dali. Me levantei, arranhando o pé da cadeira no chão. Minhas pernas estavam bambas.

— Eu preciso ir.

— Fran. — Will também se levantou. — Por favor, não vá embora assim.

— Eu não tenho escolha, Will. Não vou conseguir fazer isso.

— Mas eu te amo. Eu...

— Não. Para. Você não tem esse direito. Não pode me fazer voltar a me apaixonar por você de novo e esperar que eu não fique assim depois de me contar que está morrendo. Não pode. Não posso passar por isso.

Peguei a bolsa que havia caído no chão e fui embora, de pernas trêmulas e zonza. Sem nem olhar para trás. E, conforme voltava pisoteando o chão no caminho para casa, onde Mags estava para fazer companhia a Kieran, deixei que todas as lágrimas corressem soltas.

Horas mais tarde, deitada no sofá, encolhida e com a cabeça apoiada no colo de Mags, sentia-me exausta, um trapo. Sentia os dedos gentis de Mags acariciando meu cabelo, o leve rumor das risadas artificiais que vinham da tevê, ligada ao fundo num volume baixo. Senti a vibração do celular dela, e seu colo sacudiu um pouco enquanto ela pegava o aparelho e pressionava alguns botões. Abri um dos olhos e tentei focalizar o relógio que ficava acima da tevê. Era uma da manhã.

Levantei-me para sentar e me virei para a minha melhor amiga, que me observava com a preocupação estampada no rosto.

— Oi, dorminhoca — disse ela, sorrindo.

— Está muito tarde. Por que ainda está aqui?

— Não podia deixá-la nesse estado. — Ela ajeitou as mechas de cabelo que estavam grudadas em minha bochecha. — Está se sentindo um pouco melhor?

Dei de ombros. Será que estava? Ao voltar para casa, tinha contado a Mags o que Will me dissera e depois tinha chorado por horas, ou pelo menos foi assim que me pareceu. Tinha os olhos inchados e doloridos, e sentia um aperto no peito. Mas a raiva havia perdido a força, deixando para trás apenas um formigamento.

— Acho que sim, um pouco.

— Que bom.

— Você deveria ir para casa.

— Eu vou daqui a pouco. — Ela pegou o telefone. — Deixe-me só responder a mensagem do Rob.

Eu a esperei contar ao marido que estava tudo bem.

— E então, quer conversar?

— Já não te aborreci o suficiente?

— Quero dizer, conversar direito. Você só me contou o que ele disse.

— Está tarde.

— Eu sei. Mas é importante, Fran. E, de todo modo, eu começo a trabalhar tarde amanhã, então não se preocupe. — Ela coçou os olhos. — Quer saber a minha opinião, agora que tive tempo para absorver a notícia?

Eu sempre queria saber o que Mags pensava a respeito das coisas. Ela quase sempre tinha razão, e, mesmo quando não era o caso, ela me ajudava a elaborar meus próprios sentimentos. Era a minha voz de sabedoria, a pessoa em quem eu mais confiava no mundo. Concordei com a cabeça.

— Sim, por favor.

— Certo. Você está se sentindo com raiva e traída. Lógico, com motivo. Mas talvez isso seja bom.

— Como isso pode ser bom? O homem que eu amo, que está morrendo, me manipulou a voltar a me apaixonar por ele. Não vejo nada de bom nisso.

Com a mão, Mags indicou que eu parasse.

— Me escuta.

Esperei que ela continuasse.

— Pensa bem. Você sabe que eu não sou a maior fã do Will. Quero dizer, tudo que ouvi foi que ele era o cara que te abandonou e partiu o seu coração. Lembra que eu estava lá, juntando os cacos com você? Mas, de verdade, não acho que ele tenha feito isso de propósito. Não acho que ele planejou machucá-la, enganá-la.

— Não vai dizer "Eu bem que te avisei"? Você bem que disse que ele devia estar escondendo alguma coisa.

Mags me atingiu com o olhar.

— E desde quando eu digo "Eu bem que te avisei"?

Balancei a cabeça.

— Desculpa. Você nunca diz isso. Continue.

Mags pegou minha mão e a segurou em seu colo. Seu toque era tão suave, reconfortante, familiar.

— Acho que você precisa dar a ele uma chance de se explicar, Fran. O cara está morrendo. Ele talvez só quisesse te ver. Talvez só não quisesse chegar ao fim da vida com arrependimentos. E o que ele fez com você deve estar bem no topo dessa lista.

— Acredito que sim.

— Provavelmente, ele não esperava se apaixonar. Sei que o que vocês tiveram na adolescência foi bem intenso, mas as pessoas mudam. Só que... bem, aconteceu.

— Mas ele devia ter me contado antes.

— Qual seria um bom momento? No dia em que vocês se reencontraram? "Ah, oi, não te vejo há vinte e cinco anos e, adivinha só, estou morrendo." Ou, quem sabe, logo depois do primeiro beijo de vocês, ou no Natal? — Ela parou. — Você entendeu.

Eu entendia. Ela tinha razão. Agora que a raiva havia diminuído, podia entender como tudo acontecera, o que não significava já estar pronta para perdoá-lo.

— Não posso voltar a vê-lo. Simplesmente não posso. Não posso me permitir passar por tudo aquilo outra vez. Preciso me proteger, e proteger o Kieran.

— Justo. Mas talvez, quando estiver pronta, possa dar a ele uma chance de se explicar. Imagine como você ficaria arrasada se ele morresse antes que se vissem outra vez.

Meu coração se contraiu só de pensar. Poucos meses antes, eu pensava que estava tudo bem. Não havia ninguém além de Kieran com quem me preocupar, ninguém para partir meu coração. Tudo estava protegido. E então baixei a guarda para Will, me permiti me envolver, me apaixonei. Cheguei ao ponto de envolver Kieran. E agora aquilo.

Não achava que teria forças suficientes para passar por aquilo outra vez.

— Vou pensar.

— Faz bem. — Ela se levantou. — Escute, querida, se importaria se eu chamasse um táxi?

— Não, claro que não. Você precisa descansar.

Depois que Mags foi embora, fiquei no sofá deitada olhando para o teto, a cabeça ainda a mil. Fiquei pensando em Will, no que ele provocara em mim quando nos reencontramos, na expressão dele quando nos beijamos. Pensei no tumor que crescia em sua cabeça e em como ele devia ter sentido medo quando recebeu a notícia, em como devia ter se preocupado em me contar. Pensei nas dores de cabeça que ele vinha tendo, o temor que devia estar sentindo, e depois me lembrei de como me senti quando ele me escreveu contando que ia se mudar para o outro lado do planeta, me deixando lidar com a gravidez sozinha. Peguei uma almofada para abafar o grito que soltei, liberando toda a raiva, tensão, dor e confusão, até que minha garganta doesse e minhas forças se exaurissem. Ainda não sabia o que faria. Ainda me sentia com tudo muito à flor da pele — com muita raiva por ele ter escondido isso de mim — para refletir a respeito. Mas sabia que, mais cedo ou mais tarde, teria que voltar a encarar Will.

9

PASSADO

Setembro de 1993

Todo adolescente pensa que ninguém já amou tanto alguém como ele amou seu primeiro amor, e, sentada com a cabeça repousando no ombro de Will e enquanto as lágrimas caíam no meu colo, na véspera de minha partida para a faculdade, era exatamente assim que eu me sentia. Eu o amava tanto que meu coração parecia cheio, inchado.

As lembranças de tudo o que havíamos feito ao longo dos últimos onze anos me passavam pela mente. O acampamento que montamos no jardim quando tínhamos nove anos e que abandonamos às dez da noite, porque tínhamos assustado um ao outro com histórias sobre assassinos da machadinha; a primeira vez que passei mal por ter bebido muito, quando Will segurou meu cabelo enquanto eu vomitava numa moita; a correria para o pronto-socorro depois que comi uma ostra, e foi assim que descobri minha alergia; a viagem para Londres em que fomos escoltados para fora do Covent Garden depois de Will ter tentado atrapalhar a apresentação do artista de rua várias vezes; a festa à fantasia em que aparecemos vestidos de Salsicha e Scooby Doo, mas lá descobrimos que o tema não era personagens de desenho animado, mas estrelas de cinema. Tudo aquilo estava chegando ao fim, e parecia que o mundo estava prestes a acabar. Era o fim do meu mundo.

— Ainda vou estar aqui quando você vier para casa — disse Will, acariciando meu cabelo. Meu peito saltou por conta de outro soluço. — Nada precisa mudar.

— Eu sei. É só que… eu vou sentir tantas saudades.

— Também vou sentir saudades. Mas são só seis semanas até a sua visita.

Levantei a cabeça e o encarei.

— Vai ficar bem sem mim? Quer que eu fique?

— Não diga uma besteira dessas, você viaja amanhã. E, seja como for, vou passar a maior parte do tempo cuidando da minha mãe. Você precisa ir, estudar, se divertir. Ainda vou estar por aqui quando voltar.

— E se não estiver? E se não quiser mais saber de mim?

Ele ergueu meu queixo com os dedos.

— Por que eu faria isso?

Dei de ombros.

— Talvez você conheça alguém.

— Sim, vou ter bastante oportunidade para romance em todas as noitadas que terei enquanto cuido da minha mãe com câncer terminal. — Sua voz saiu cortante.

— Ah, Will, desculpa... Você está passando por tudo isso e eu estou me comportando de um jeito patético. — Endireitei o corpo e ajeitei minha camiseta. — Vamos ficar bem, é claro que vamos. — Corri os olhos pelo quarto dele, que pouco havia mudado desde a primeira vez em que estivera ali, quando era uma garotinha tímida de sete anos e montamos um castelo de Lego, e Will se irritou porque usei as peças vermelhas, e não as azuis. Respirei fundo.

Para falar a verdade, não conseguia imaginar minha vida sem Will. Ele era parte de mim, assim como minha mãe e meu pai também eram.

Sabia que tudo ficaria bem, não importava o que houvesse. Porque nada seria capaz de nos separar.

Nada.

10

PRESENTE

Fevereiro de 2019

Um mundo pequeno como o meu — trabalho, Kieran, Mags, e tudo se repete — passa uma sensação de segurança. Há pouca margem para as coisas saírem dos trilhos, tirando um eventual erro no trabalho ou as ocasionais reclamações do filho adolescente, e, por conta disso, há poucas coisas que podem machucar. Minha vida era simples, descomplicada, e eu passara muitos anos cuidando para que ela permanecesse exatamente desse jeito. Mas assim que, contra a minha vontade, abri uma porta para o passado, tudo começou a entrar em um colapso completo.

Passei alguns dias tentando voltar a fechar as portas, vedá-las contra a dor, a desilusão e o desastre que se anunciavam. De alguma forma, porém, os fantasmas do passado seguiam lutando para mantê-las escancaradas, me obrigando a confrontar justamente o que eu tentava tanto ignorar.

Me encontrava deitada na cama, encarando o teto, com as cortinas do quarto fechadas para reter a claridade do dia. Era sábado, meio-dia. Kieran estava no treino de futebol e depois de lá iria para o centro da cidade com os amigos, o que me dava a oportunidade de chafurdar na tristeza que vinha tentando esconder dele.

Will Poulton, que ódio.

Todos os anos que passei tentando me esquecer da existência dele, só para deixá-lo invadir minha vida uma vez mais e me machucar tudo de novo.

— Os homens não são todos farinha do mesmo saco — Mags me repetira muitas vezes ao longo dos anos. — Nem todos vão machucá-la.

— Mas nunca pensei que Will seria capaz disso — eu respondia. Will costumava ser o meu mundo. Meu melhor amigo, minha infância, parte da minha família, e mesmo assim, de repente, ele sumiu, mesmo sabendo que me deixaria assustada e grávida de um filho dele.

Me virei e trouxe os joelhos até o peito. Fechei os olhos e tentei apagar a sensação de estar com Will nos últimos meses passado juntos. Fazia mesmo só dez dias que eu não o via? Já parecia ter se passado uma vida. E aquilo não estava me servindo de nada. Tinha algumas horas para me permitir sofrer, depois precisaria me recompor e cuidar do meu filho.

O edredom estava tão aconchegado sobre a minha cabeça que demorei alguns minutos para perceber que o distante som de batidas vinha da porta da minha própria casa. Seria um entregador? Um entregador poderia deixar qualquer pacote que tivesse nos degraus da entrada, mas as batidas não cessavam, e, quando me dei conta de que ficavam mais insistentes, tirei o edredom de cima de mim e fiquei prestando atenção. Batidas cadenciadas que depois pararam. E, de novo, pancadas, seguidas da campainha tocada com insistência.

Não estava esperando ninguém. Podia só ignorar. Voltei a cobrir a cabeça, mas não conseguia mais deixar de lado o barulho uma vez que o havia notado. Quem quer que fosse, não parecia que desistiria tão cedo. Soltando um suspiro alto, joguei a coberta para longe, pondo os pés no chão e logo me dirigindo para a porta, me preparando para afugentar a visita indesejada.

Ao chegar, abri a porta com tudo, mas, quando vi quem era, deixei escapar um grito de surpresa, e nós dois pulamos, assustados.

Will, parado diante de mim na porta de casa, ergueu as mãos para o alto na frente do corpo, fingindo rendição.

— Não feche a porta, por favor, não feche a porta na minha cara, Franny — disse ele, afastando as mãos para o lado.

Congelei no lugar, bloqueando a passagem. Ele deu um passo para mais perto, e me encolhi antes de recuar, o que o fez desistir.

— Franny. Posso entrar?

Fiz que não com a cabeça.

Ele tombou a dele para o lado, um gesto tão familiar que me fez perder o fôlego.

— Preciso falar com você. Por favor? Só por alguns minutos.

Me mantive no lugar, determinada a ser firme. Por acaso me fizera bem ter feito isso da última vez, deixar que este homem voltasse à minha vida?

— Não posso. — Minha voz soou áspera, grave.

Will voltou a se aproximar de mim e, daquela vez, não me afastei. Encostou a palma da mão no meu ombro com delicadeza.

— Por favor, Franny. Só preciso de cinco minutos.

Hesitei por mais um pouco e depois, indo contra todo o meu juízo, assenti de leve e lhe dei passagem. Ele entrou e eu o levei até a cozinha.

— Senta.

Ele se sentou, obediente como um cachorro, e eu permaneci de pé do outro lado do balcão da cozinha, de braços cruzados. Já não conseguia mais parar de pensar que meu cabelo estava sujo e que usava um pijama velho.

— Você tem cinco minutos.

— Ok. — Ele passou as mãos pelo rosto, e vi a dor em seus olhos quando ele me encarou. — Eu sinto muito mesmo, Fran. Não tinha a intenção de que as coisas acontecessem desse jeito. Nada disso — falou, gesticulando.

— O que você queria, Will? Quero dizer, você me procurou, é evidente que queria alguma coisa de mim.

Ele concordou e olhou para os pés, que faziam círculos no piso.

— Eu não sei. Quando descobri que meus dias estavam chegando ao fim, percebi que não queria morrer com arrependimentos.

— E eu era um deles?

— Eu me arrependo de ter te machucado. Não do nosso amor. Jamais.

— Então queria fazer as pazes, resolver as coisas antes de morrer, é isso?

Ele deu de ombros.

— Sim, em parte. Queria mais que isso. Queria… sei lá. — Ele balançou a cabeça. — Eu queria vê-la. Pode me chamar de egoísta, mas, no fundo, era isso. Eu sentia… como se devesse a mim e a você me certificar de que estivesse bem, apesar de tudo o que aconteceu.

— E o que faria se eu não estivesse bem?

Ele encolheu os ombros.

— Não faço ideia. Acho que não pensei tão à frente. Mas nunca quis voltar para te fazer mal. Essa nunca foi minha intenção.

Sentia-me zonza, então me apoiei na bancada em busca de equilíbrio e me inclinei para a frente.

— E o que faremos agora?

Will se remexeu como se estivesse prestes a falar algo, mas hesitou.

— Acho que cabe a você dizer. Estou aqui se me quiser.

Deixei meus pensamentos correrem soltos por mais alguns instantes, depois tentei ordená-los brevemente para conseguir refletir melhor. Por um lado, tudo o que eu queria, tudo o que sempre quis, se fosse ser completamente honesta comigo mesma, era ficar com Will. Foram tantas as vezes que imaginei um futuro com ele, um envelhecendo ao lado do outro.

Ainda assim…

Tudo pesava para o outro lado da balança. A desilusão e a dor causadas pelo passado. As decisões que ele abandonara nas minhas mãos. E as feridas que me infligira novamente, pela segunda vez.

Mas eu seria mesmo capaz de dizer que não gostaria de estar com ele?

Ele correu os olhos pela cozinha e olhou para trás, na direção da porta.

— O Kieran está em casa?

— Não. Vai demorar um pouco para voltar.

Will assentiu, e então, parada como uma estátua, eu o observei vindo em minha direção. Mantive as mãos onde estavam, sobre as geladas tábuas de madeira da bancada, e prendi o fôlego quando ele parou logo atrás de mim e me envolveu pela cintura. Fiquei sem ar quando ele afundou os lábios em meu pescoço e, enfim, me virei para encará-lo, para me lançar naquele corpo firme e caloroso.

— Não quero desperdiçar mais nenhum segundo longe de você — sussurrou ele ao meu ouvido, e senti seu hálito quente.

— Eu também não — falei, erguendo o rosto para ele e beijando seus lábios, tão suaves e macios, tão familiares, com gosto de café e limão.

Ele me pressionou contra o balcão e me beijou com mais força. Mas, antes de continuarmos, eu precisava fazer uma pergunta. Precisei de todas as minhas forças para colocar as mãos sobre seu peito e afastá-lo um pouco.

— O que foi? — indagou ele, de cenho franzido.

— Antes, preciso de algumas respostas.

Ele se afastou ligeiramente.

— Tudo bem. Vamos lá — disse, me pegando pela mão e me conduzindo até a sala de estar, onde nos sentamos lado a lado no sofá, sem nos tocar.

Respirei fundo.

— Me conte sobre o câncer.

Ele deixou o ar escapar.

— Puxa. Bom, não há muito o que dizer. — Coçou os olhos com os punhos antes de voltar a me olhar. — Comecei a ter dores de cabeça há cerca de um ano. Por volta da mesma época em que comecei a ter problemas com Amy. Achei que não fosse nada de mais no início... estava trabalhando muito no escritório, com bastante afinco. Na verdade, isso era parte do motivo das brigas, e, sendo franco, estava trabalhando mais do que precisava só para poder passar menos tempo em casa. Mas isso é uma outra história. De vez em quando, as dores de cabeça ficavam tão insuportáveis, que resolvi procurar um médico. Ele não pareceu preocupado a princípio, mas disse que me pediria uns exames só para descartar algumas hipóteses. Então fiz uma tomografia e os exames não descartaram nada. Na verdade, confirmaram o pior resultado possível.

Ele balançou a cabeça com a lembrança.

— E o que aconteceu depois? Você me contou que é inoperável. Tem certeza de que eles não podem fazer nada?

Ele voltou a mexer a cabeça.

— Infelizmente, o tumor está num local que seria muito perigoso operar; tudo o que podem fazer é um tratamento para prolongar minha expectativa de vida. Mas, como o tumor está crescendo devagar e os médicos não sabem estimar quanto tempo eu tenho, não vejo por quê. O tratamento vai me deixar enfraquecido, e não quero de jeito nenhum passar meus últimos anos, meses ou sabe-se lá quanto tempo me sentindo tão mal.

— Mas deve... — intervim, ao que ele ergueu a mão.

— Confie em mim, já tive essa discussão com quase todas as pessoas que conheço. Foi a gota d'água para Amy, que me considerou um completo egoísta por não querer viver mais para ver Elodie crescer. E Jim... bom, ele se comportou da mesma maneira de sempre. Ficou visivelmente chateado, mas soube que não iria adiantar me fazer mudar de ideia. Ele sabe quanto eu sou teimoso.

— Então é isso? Você desistiu?

Will buscou minhas mãos e as envolveu.

— Não foi uma decisão fácil. Sei que a quimioterapia ou qualquer outro tratamento que eles possam me oferecer pode ajudar a diminuir o tumor por um tempo. Mas ele não vai desaparecer. Sempre vai continuar existindo essa coisa que cresce na minha cabeça e que pode me matar a qualquer momento, e, sendo honesto, não gosto da ideia de me sentir fraco e doente, nem de ver as pessoas sentindo pena de mim pelo resto da minha vida. Acho que prefiro só aproveitar o tempo que me resta.

Olhando para as nossas mãos entrelaçadas no sofá, senti uma pontada — seria arrependimento, dor, inveja, ou uma mistura dos três? Dava para ver que era tarde demais para tentar convencer Will de que ele deveria fazer o tratamento, que o tratamento poderia salvar a vida dele. Mas não podia dizer aquilo, não apenas porque não era verdade, mas também porque eu estaria sendo egoísta. Agora que ele havia me encontrado, não queria voltar a perdê-lo, mas não fazia ideia de como traduzir aquilo em palavras, por isso fiquei aliviada quando Will abriu a boca.

— Eu compreendo se quiser voltar atrás. Não é o que eu quero, mas compreendo totalmente. — Ele roçou o polegar no dorso da minha mão, me fazendo estremecer. — Mas a verdade é que nunca tive a intenção de que isso acontecesse. A gente, eu quero dizer. Não sei determinar o que eu esperava quando decidi ir atrás de você… talvez perdão? Permissão para me perdoar pelo que fiz com você? Vai saber. Mas foi egoísta de minha parte. Agora sei. Me arrependi de não ter te contado logo de cara, mas, quanto mais eu adiava, mais difícil ficava.

Por um instante, as palavras de Will recaíram sobre nós, e ninguém falou nada.

Havia tanto a considerar. E se Will fosse morrer logo? E se não fosse o caso e eu acabasse me envolvendo demais? E quanto a Kieran? Será que queria mesmo uma situação dessas na vida dele?

Mas, no fundo, eu sabia a resposta.

— Eu não quero que isso acabe. — Minha voz falhou ao pronunciar a última palavra, e Will soltou minha mão para tocar meu rosto.

— Eu também não.

E, pela primeira vez desde que me tornara mãe — quem sabe até mesmo desde antes disso —, soube que precisava escolher o que seria melhor para mim. Kieran entenderia, eu o faria entender. E talvez não fosse um ensinamento tão ruim para um garoto adolescente — que, às vezes, o amor é mais importante que todo o resto.

Kieran ainda não tinha voltado depois de três xícaras de chá. Will e eu havíamos conversado sobre tudo — a vida de cada um, o câncer dele, Amy, o pai dele, e falei até não poder mais sobre como estava preocupada com Kieran —, até não termos mais o que falar. Minhas pernas estavam entrelaçadas nas dele, minha cabeça, recostada no sofá.

— Acho que vou escrever uma lista de coisas que quero fazer — disse Will.

Voltei a erguer a cabeça.

— O quê?

— Por que não? Não tenho ideia do tempo que me resta, mas há tantas coisas que eu queria fazer antes de... — fez uma pausa antes de dizer em voz alta o que nós dois estávamos pensando — ... antes de morrer.

Sentia a cabeça girar em um turbilhão.

Will de repente se ajeitou no sofá, desentrelaçando as pernas das minhas e sentando-se com os pés no chão.

— Você se lembra da lista que fizemos anos atrás?

— Claro que me lembro.

Will pareceu surpreso.

— Você lembra? Achava que não fosse se lembrar. — Sorriu. — Eu me pergunto quanto daquela lista nós realmente fizemos. Não sei nem se consigo me lembrar do que escrevemos.

Eu me sentei, depois me levantei.

— Espere aqui.

Deixei Will com uma expressão confusa e voltei, minutos depois, carregando um velho pedaço de papel que estava quase se desfazendo de tanto que fora dobrado e desdobrado.

— Que diabos é isso?

Me joguei ao lado dele.

— Leia.

Ele o abriu com cuidado, e vi um sorriso se formar em seu rosto.

— Minha nossa, você guardou.

— É.

— Não acredito que guardou.

Senti o rosto pegar fogo.

— Sabe, eu guardei algumas coisas. As recordações que eu não queria jogar fora.

Ele leu em voz alta a primeira linha, escrita na minha caligrafia feia:

— Vinte e cinco coisas para fazermos antes dos quarenta. — O "dos quarenta" estava riscado, e "de envelhecer" tinha sido escrito no lugar, com a letra de Will.

Ele passou os olhos sobre a página, e me debrucei para ler junto. Conseguia ouvir sua respiração enquanto líamos a lista que havíamos feito quando tínhamos apenas dezoito anos.

— Vai, leia em voz alta — disse Will, cutucando minha perna.

Limpei a garganta e peguei o papel da mão dele.

— Vinte e cinco coisas para fazermos antes de envelhecer, por Francesca Gordon e William Poulton. — Dei uma olhadinha para Will e sorri antes de continuar: — Número um: participar de uma maratona. — Me virei para ele de sobrancelhas erguidas. — Já fez isso?

Ele negou com a cabeça.

— Não, mas já completei mais de uma meia maratona. Isso conta?

— Talvez. Vamos ver quantas mais fizemos.

— E quanto a você?

Balancei a cabeça.

— Você sabe que eu detesto correr. Mas já corri atrás do ônibus, será que vale?

— Vai sonhando. E o que vem depois?

Voltei a olhar para o papel e li o restante de uma vez só:

— Número dois: aprender a esquiar. Três: conhecer Nova York. Quatro: ir a um festival. Cinco: aprender a cozinhar. Seis: pular de paraquedas. Sete: fazer tatuagens de casal. Oito: fazer um passeio de balão. Nove: andar na tirolesa mais longa do mundo. Dez: ver a aurora boreal. Onze: aprender a surfar. Doze: comprar uma bolsa Chanel. Treze: aprender um truque de circo. Catorze: aprender a dar um mortal para trás. Quinze: transar em um local público. Dezesseis: construir um castelo de areia tão grande que daria para se sentar dentro dele. Dezessete: comer doze donuts de uma só vez. Dezoito: solucionar um cubo mágico. Dezenove: nadar pelado. Vinte: ver uma estrela cadente. Vinte e um: casar. Vinte e dois: pedir todos os itens do cardápio de um restaurante. Vinte e três: dormir ao relento. Vinte e quatro: salvar a vida de alguém. Vinte e cinco: ter um filho.

Eu me recostei, a cabeça a mil. Fazia anos que não pensava nessa lista, mas, de repente, uma imagem do dia em que a terminamos, deitados enquanto tomávamos sol no parque, eu com a cabeça na barriga de Will: tudo isso ressurgiu em minha mente. Faltavam poucas semanas para que eu tivesse de ir para a faculdade, e Will já decidira abrir mão da vaga dele para ficar cuidando da mãe. Havíamos começado a trabalhar na lista alguns dias antes, para distrair a cabeça.

— Mamãe é a prova de que a vida é curta demais para não se divertir — disse Will. Senti a barriga dele se movendo e me ajeitei para ficar mais confortável.

— Fico pensando o que ela colocaria nessa lista — falei. — Se tem algo que ela se arrepende de não ter feito.

Will não respondeu, e ergui o papel com ambas as mãos, tentando evitar que se dobrasse pela brisa veranil. A lista havia mudado tanto ao longo dos últimos dias, mas achava que enfim tínhamos terminado.

— Então esta é a versão definitiva? — perguntei.

— Sim, por que não? Há muito mais coisas que eu quero fazer, mas... — Ele deu de ombros. — Esse é um bom começo.

— Como será que estaremos daqui a vinte e dois anos? Acha que vamos ter filhos?

Senti os músculos do abdômen dele se contraírem enquanto ele se curvava para ver meu rosto.

— O que você acha?

Olhei para ele e sorri, tímida.

— Gostaria de pensar que sim.

Ele me observou por um instante antes de voltar a se deitar na grama.

— Eu também.

Ficamos muito orgulhosos dessa lista; tínhamos certeza de que riscaríamos tudo com facilidade. Naquele momento, Will me encarava de sobrancelhas em pé.

— Puxa, fomos bem ambiciosos, não?

Concordei.

— Quantos itens você acha que realmente fizemos?

— Tem uma caneta? Vamos repassar.

Peguei uma caneta de um pote que ficava no parapeito da janela e repassamos cada um dos itens.

— Certo, sabemos que pelo menos um deles nós dois com certeza fizemos. — Will abriu um sorrisinho e eu franzi o cenho, confusa. Olhei o ponto do papel em que ele batia com a caneta. Transar em um local público. Meu rosto pegou fogo.

— Ah!

Ele mexeu as sobrancelhas como se estivesse num filme de comédia.

— Para com isso! — falei, procurando em desespero algo para jogar nele. Minha mente voltou para a noite em questão. Foi maravilhoso e totalmente inesperado. Já tínhamos feito amor antes, é claro. Tardes após a escola na casa de um dos dois ou luxuosas noites quando meus pais saíam para jantar e tínhamos a casa só para nós. Mas daquela vez foi diferente. Daquela vez estávamos nos preparando para a despedida, tentando não pensar em como seria a vida depois do dia seguinte, quando estivéssemos a centenas de quilômetros de distância. Entramos no bosque que ficava atrás de casa, de mãos dadas e em silêncio. Eu estava tentando captar a sensação do momento: os esquilos saltitando na relva, a sensação da pressão da mão de Will na minha, a familiaridade da presença dele, sólida e ao meu lado, para que eu não me esquecesse até o dia em que o reencontrasse. Mas de repente ele parou e eu parei também, a articulação do braço sentindo o tranco. Olhei para trás.

— O que foi?

Um sorriso havia se infiltrado no rosto dele.

— Quer criar memórias de verdade?

— O que quer dizer com isso?

— A gente podia… — Ele havia se afastado um pouco, apontando com a cabeça para um arbusto que sempre usávamos como esconderijo para dar uns beijos. Mas eu ainda não tinha entendido.

— Podia o quê?

Ele suspirou e revirou os olhos.

— Está tentando dificultar as coisas para mim? A gente podia… você sabe. Ali.

— Ah. Certo. — Sabia que estava ficando vermelha. Por um lado, aquilo era o que eu mais queria no momento, sentir o corpo de Will no meu. Mas ali? No bosque ao lado de casa, onde qualquer um pudesse nos ver? Podíamos fazer aquilo?

♥

No fim, é claro que fizemos, e foi exatamente como eu esperava, incluindo os gravetos se grudando no meu traseiro e o terror de tirar o fôlego enquanto uma senhora passeava tranquilamente com seu gorducho terrier e rezávamos para que ela — ou o cachorro — não nos visse no chão.

— Bom, enfim, podemos riscar essa — disse Will, fazendo um grande visto em vermelho ao lado do item. Só podia torcer para que Kieran não encontrasse a lista e se deparasse com a ideia de sua mãe transando por aí.

— Hum — murmurei.

Will voltou a me olhar.

— Bom, definimos que nenhum dos dois participou de uma maratona de verdade, mas vou ticar de qualquer forma. Meia maratona já está de bom tamanho, e fiz isso mais de uma vez. — Colocou outro visto vermelho na página. — E quanto a esquiar?

Fiz que não.

— Não, nunca fiz isso.

— Eu também não. Nova York?

— Negativo. Sempre tive vontade, mas nunca fui.

— Eu também. — Ele baixou a cabeça e passou o dedo por toda a lista. — Já fui a um festival na Austrália, em 1995, logo depois… — Ele se calou, sem querer terminar a frase, ainda que ambos soubéssemos ao que ele se referia. Logo depois que ele tinha partido. — Também aprendi a cozinhar, me casei, obviamente, e, hum... — Levou o dedo até o fim da lista. — Já salvei a vida de uma pessoa.

— Sério? De quem?

— Já faz uns anos. Um cara estava bêbado e cambaleando pela rua quando quase caiu na frente de uma van, mas eu o tirei do caminho bem a tempo. — Ele flexionou os músculos do braço. — Me senti um verdadeiro herói. Uma pena que o cara tenha vomitado nos meus sapatos antes de sair berrando coisas sem sentido. — Will me encarou. — Também tive um filho... bom, não exatamente um filho, mas você sabe o que quero dizer. Então só fiz sete. O que é bem patético para alguém de quarenta e três anos.

— Hum.

— E quanto a você? Quantas você fez? — Apontou para a lista.

Me virei e passei o dedo pelo pedaço de papel.

— Vejamos, eu também já fui a um festival: Glastonbury, em 2004, e Reading, em 1996. Também aprendi um truque de circo...

— Aprendeu? A fazer o quê? — Ele estava de olhos arregalados.

— Foi na despedida de solteira de uma amiga, há alguns anos. Havia uma espécie de trapézio montado no East End e todas nós fomos uma vez. Foi aterrorizante e maravilhoso demais.

— Uau. Você se saiu bem?

— De modo algum, zero habilidade, mas foi bem divertido.

— O que mais?

Voltei a olhar para a lista.

— Hum, ainda menos que você. Já resolvi um cubo mágico, tive um filho. — Eu me ajeitei no lugar. — Acho que é isso. Quatro. — Suspirei. — Meu Deus, somando as minhas e as suas são nove. Que lástima.

Will concordou.

— Realmente. Acho que as nossas versões adolescentes iam ter vergonha de nós, não acha?

— Teriam. Quero dizer, quando escrevemos isso achávamos que com quarenta anos já seríamos muito velhos. Como seria possível não ter conseguido fazer tudo isso a essa altura?

Por um momento, Will ficou em silêncio.

— Você não disse que se casou.

— Porque não me casei.

— Ah, eu pensei... quando me contou sobre o seu ex... — Ele parou de falar.

— Nada disso. Sean e eu ficamos juntos por sete anos, mas ele nunca quis se casar. — Dei de ombros. — Eu não ligava muito e também nunca trouxe o assunto à tona. Achava que ele me amaria, fosse como fosse. Mas, quando engravidei de Kieran, ele entrou em pânico e desapareceu, me deixando com um filho para criar e sem lugar para viver. Então, no fim, vi que julguei bem mal o caráter desse aí. — Tinha consciência de que minha voz soava furiosa, cortante.

— Você costuma vê-lo?

Fiz que não.

— Ele costumava aparecer a cada dois meses, mais ou menos, quando Kieran era pequeno; aí me entregava um punhado de dinheiro e depois sumia de novo. Em certo momento, ele parou de fazer até isso. Mas... — detive-me por um instante — ... agora que Kieran pediu para se encontrar com ele, entrei em contato. Me sinto mal por tê-lo deixado longe do pai por tanto tempo.

— Não me parece que a culpa disso seja sua.

— Não, a princípio não. Mas nunca o encorajei a manter contato. Talvez devesse ter feito isso.

— Bom, agora você fez. Não acho que mereça sofrer por conta disso.

— Não, talvez não. Precisei começar a abrir mão dele.

Encarei a lista de desejos diante de nós, a que tínhamos feito juntos havia tantos anos, tão esperançosa quanto ao futuro. Tentei me lembrar de onde, naquela época, nos imaginávamos quando tivéssemos chegado aos quarenta. Chegamos a pensar que teríamos uma casa enorme, carreiras espetaculares, carrões na garagem, ou que daríamos jantares refinados a cada fim de semana, faríamos viagens fantásticas e discutiríamos sobre política e economia? O que será que pensaríamos sobre os adultos que de fato nos tornamos? Não conseguia deixar de pensar que a adolescente que eu fui ficaria desapontada se tivesse a chance de espiar o futuro...

A porta de casa bateu com força e, segundos depois, Kieran entrou na sala, as calças esportivas cobertas de lama, a camisa de time toda suja e amassada. Eu sempre ficava impressionada com a capacidade dele de parecer um andarilho mesmo usando roupas relativamente caras.

— Oi, querido — falei, me levantando. — Quer alguma coisa para beber?

— Não, tô de boa, valeu. — Ele se jogou em sua poltrona preferida, a que ficava perto da janela, e fez uma careta quando as nuvens de poeira se ergueram do estofado antigo. Pela primeira vez em muitos anos, começava a ver minha casa com os olhos de alguém de fora: a velha mobília que continha tantas histórias, tantas memórias, e nunca cheguei a renovar; o papel de parede desbotado do corredor, se descolando nos cantos em que a umidade de fora se infiltrara pela janela sobre a porta; a maçaneta do banheiro, há anos quebrada, mas que jamais tinha me dado ao trabalho de consertar porque Kieran e eu pegamos o jeito de lidar com ela. Essas coisas que antes me pareciam invisíveis mostravam-se visíveis agora que Will estava passando tanto tempo em casa, e me perguntava o que será que ele pensava de tudo aquilo.

Afastei o pensamento enquanto observava Kieran rolar a tela do celular, as pernas pendendo de um lado da poltrona. Meu coração se inundou de amor.

— Como foi o treino, querido?

— Foi bom.

Assenti.

— Comeu alguma coisa na rua?

— Hum, hum.

Ele ergueu os olhos para a mesa. Curvou-se e pegou a lista de desejos antes que eu pudesse me dar conta.

— O que é isso? — Passou os olhos pela lista que eu e Will havíamos feito quando éramos só um pouco mais velhos do que ele próprio.

— Ah, é... uma lista de coisas para fazer na vida. Minha e do Will.

— Uma lista de coisas para fazer na vida? Por acaso ele está à beira da morte ou algo assim?

Meu coração parou. Estava querendo contar a notícia a Kieran desde que Will tinha me contado, havia uma semana, mas fui incapaz de encontrar a maneira certa, a hora certa. Naquele momento, me inclinei para a frente e apoiei os cotovelos nos joelhos.

— Na verdade, meu bem, ele está, sim.

Kieran ficou quieto por um tempo, me olhando com uma expressão confusa.

— O que está querendo dizer?

Respirei fundo e coloquei a mão em sua coxa, sentindo a pele quente por baixo do tecido da calça.

— Will me contou uma coisa na semana passada, e desde então venho tentando encontrar uma maneira de te falar. — Engoli em seco e o olhei nos olhos. — Na verdade, o fato é que Will tem um tumor no cérebro.

— Câncer?

Como ele já podia saber tanto sobre a vida?

— Sim, meu amor. Ele está com câncer.

— Mas eles não podem fazer alguma coisa? Curá-lo ou algo do tipo?

Eu balancei a cabeça, cheia de tristeza.

— Este não. Não dá para tirar.

Kieran ficou alguns minutos sem dizer nada.

— Ele acabou de descobrir?

— Não. Ele sabe faz um tempo.

— Ah, certo. — Ele deixou o ar sair pela boca. — Bom, que merda.

Não pude deixar de rir. Se ao menos todos nós pudéssemos ver o mundo e aceitar as coisas com a facilidade de um garoto de treze anos. Seria muito mais fácil lidar com a vida desse jeito.

— É mesmo.

Kieran voltou a olhar para o papel que tinha em mãos.

— Então foi por isso que fizeram isso?

— Não, essa aí é bem antiga. Eu e Will a fizemos quando éramos só um pouco mais velhos que você.

Ele a estudou por um momento.

— E o que vocês ticaram...?

— São as coisas que já fizemos. Não são muitas, né? — Sorri quando o rosto dele se retorceu numa careta.

Ele apontou para o papel.

— Eca, essa aqui... já fez isso?

Cheguei mais perto e fiquei corada quando percebi para onde ele apontava.

— Sim, bem, nós já fomos jovens também, sabia? — falei, me inclinando e tentando pegar o papel da mão dele.

Ele o tirou de alcance e continuou lendo.

— Comer doze donuts de uma só vez... você nunca fez isso?

— Não. Acho que essa foi o Will que escolheu.

— Eu faria isso.

— Bom, talvez possa fazer isso com ele, porque ele quer zerar a lista.

Kieran assentiu e me devolveu o papel.

— Isso parece legal.

Sorri e li os itens mais uma vez.

— Se fosse escrever uma dessas, o que colocaria? — perguntei.

Kieran dirigiu os olhos para o teto por um instante, pensativo. Depois os baixou para os meus pés.

— Eu já tenho tudo o que eu quero. Tenho você, e agora tenho o papai de novo.

Senti um nó no estômago. Depois da conversa que tivemos no Natal, cumpri a promessa que fizera a Kieran de voltar a entrar em contato com Sean. Demorei mais tempo do que deveria: fazia anos que não falava com ele, mas ainda sabia por onde ele andava. Sabia que estava vivendo em Londres, trabalhando como taxista, e, algumas semanas depois do Natal, por fim liguei.

— Fran — dissera ele ao atender o telefone, soando surpreso. — Que bom falar com você.

Engoli todas as respostas sarcásticas que eu poderia ter dado, sobre como ele poderia muito bem ter me ligado, sobre como sempre poderia ligar para saber a respeito de Kieran, que ele tinha abandonado o filho por vontade própria. Mas era por Kieran que estava fazendo aquilo, e comprar briga não ia adiantar nada. Eu precisava fazer direito.

— Oi, Sean. Como vai?

— Eu vou bem. Tudo certo. E você?

Estava feliz de ver que ele parecia tão nervoso quanto eu.

— Bem. — Respirei fundo. — Escute, estou ligando para falar do Kieran.

— Ok...

— Ele quer ver você. Sei que já faz tempo que vocês não se veem, mas... bem, ele sente sua falta, Sean.

Por alguns segundos, ouvi só o chiado do telefone, uma batida aqui e um grito ali ao fundo, e fiquei imaginando a cara de Sean conforme assimilava o que eu acabara de lhe dizer. Esperei que ele falasse alguma coisa.

— O que trouxe isso à tona?

— Nada trouxe isso à tona. Acho que ele só quer ver o pai. — Respirei fundo outra vez. — Ele está com treze anos. Está numa idade em que se questiona as coisas. E uma delas parece ser por que ele nunca vê o pai mesmo que, pelo que saiba, o pai ainda continua vivo. — Tentei manter a voz calma e não deixar minha raiva transparecer.

— Certo. — Eu o escutei inalar e o imaginei tragando um cigarro, as cinzas se acumulando na ponta e caindo em sua camiseta. É um hábito que sempre detestei, mas ele nunca quis parar. Fiquei pensando se ele chegaria a dizer mais alguma coisa. — Tá certo. Quando?

Fiquei tão chocada que não sabia o que dizer.

— Ah, hum...

— Semana que vem? Vou tirar uns dias de folga, ia descer para o litoral, mas, bom, posso ir ver o rapaz. Quem sabe posso levá-lo comigo.

Enquanto ele falava, percebi que uma parte de mim — uma parte cruel, claro — torcia para que Sean apenas se recusasse, e tudo aquilo acabaria. Eu ainda teria Kieran para mim, sem jamais ter que me preocupar com o fato de ele estar longe. Mas sabia que aquilo era muito injusto. Aquela era a vontade de Kieran, e era o que ele deveria ter na vida dele.

— Tudo bem, vou ver com ele.

— Ótimo. Na verdade, ele tem um celular?

— Claro. Ele tem treze anos.

Outra tragada, depois:

— Eu mesmo ligo para ele, pode ser? Pra combinar tudo?

— Ah, sim, tudo bem. — Aquilo estava indo muito melhor do que eu havia esperado.

Sean parecia quase feliz com a perspectiva de ver o filho. Não sabia o que havia mudado, mas deveria ficar contente. Não precisaria de uma batalha. E Kieran ficaria muito feliz.

— Tá certo, então. Me passa o número dele que eu mando uma mensagem.

Recitei os números do telefone de Kieran e, alguns instantes depois, quando desliguei, me dei conta de que o que eu sentia era ciúme — ciúme porque Kieran iria fazer algo que não me envolvia, ciúme da ideia de que ele criasse um vínculo com alguém além de mim. Sabia que de vez em quando ele ia com os meninos no clube do bairro, ou passava a noite jogando videogame na casa dos amigos, mas sempre voltava para a nossa casa. Ainda precisava de mim. Se ele ficasse com o pai, as coisas poderiam ser, *seriam* diferentes, e nada disso teria a ver comigo.

Mas eu também sabia que precisava aprender a abrir mão dele, especialmente levando em conta todo o tempo que agora passava com Will.

Ele foi para a praia e se divertiu. E então estava prestes a vê-lo outra vez, maravilhado por ter o pai de volta em sua vida. Estava feliz por Kieran, ainda que de coração partido.

Pus a mão no joelho dele e ele não a afastou.

— Fico contente por estar conhecendo melhor seu pai, meu amor. Só... vá com cuidado, está bem? Ele não é a pessoa mais confiável do mundo.

— Ele é legal. Eu gosto dele. — Ele me olhou com sinceridade no olhar. — Acho que ele também está gostando de passar esse tempo comigo.

— É claro que sim. Você é incrível. — Eu me inclinei e o envolvi num abraço, inalando o perfume de suor adolescente, gel de cabelo e desodorante barato, o aroma que eu mais amava no mundo todo.

— Valeu, mãe. — Ele se afastou e voltou a atenção para o celular, para a própria vida, e, pensando em meu menininho, senti uma pontada.

— Tem certeza de que está bem com o que contei sobre Will? Em relação ao câncer dele? — falei, preocupada que aquilo ainda estivesse na cabeça dele.

Ele ergueu os olhos, já quase imerso na conversa virtual que estava tendo.

— Sim, mãe, totalmente. Está tudo bem. Bom, não exatamente, mas, você sabe, né? — Deu de ombros e voltou a baixar os olhos para a tela.

Eu sentia muito orgulho de perceber quanto ele era forte. Apenas torcia para que ele soubesse o tamanho do meu orgulho.

Alguns dias depois, Mags telefonou.

— O que Kieran achou de ficar com Sean desta vez? — indagou.

— Ah, imagino que tenha sido ótimo.

— Você não me parece muito feliz com isso.

— Minha nossa, e eu não sei? Eu sou uma bruxa? Fico com ciúmes que eles estejam se dando tão bem.

— É claro que sente; quem não sentiria? Mas sabe muito bem que o que está fazendo é o certo.

— É, eu sei, você tem razão.

— Costuma ser assim.

Sorri.

À primeira vista, Mags não parecia a melhor escolha como conselheira. Sempre usava dreads ou tranças no cabelo e passava a maior parte do tempo vestindo camisetas e jardineiras com estampa *tie dye*. Ainda se arrumava como uma adolescente dos anos 1990, do mesmo jeito de sempre, e eu amava isso nela. Ela não dava a mínima. Passara os últimos vinte e cinco anos tentando me fazer acreditar em todo tipo de terapias alternativas esotéricas, fases que oscilavam bastante entre reiki, cura pelos cristais, velas auriculares e florais. Jamais seria capaz de me convencer, mas isso não a impedia de tentar.

— Vai me oferecer um elixir do pensamento positivo ou algo assim? — perguntei.

— Ha, ha. Na verdade, não, espertinha. Ia só te perguntar se já chegou a riscar alguma coisa daquela lista.

— O quê? Não. Nos dê uma chance para tentar.

— É exatamente o que estou fazendo.

— O que está querendo dizer?

— Talvez eu consiga ajudá-los com um dos itens. Um amigo da minha mãe trabalha no simulador de paraquedismo aqui da rua e pode descolar três entradas na faixa, se quiser.

— Ah, Mags. Seria incrível, muito obrigada — falei.

— Bom, não é como saltar de paraquedas de verdade, mas pensei que seria melhor que nada.

— Não, é perfeito! De qualquer maneira, não há quem me convença a pular de um avião.

— Foi o que eu pensei. — Mesmo pelo telefone, dava para perceber que ela estava sorrindo. Ela sempre tirava sarro da minha falta de coragem. — Também pensei que, se eu não te ajudasse a dar o primeiro passo, você jamais se mexeria.

— Você é demais. Obrigada, Mags.

E foi assim que, em um dia claro e frio de fevereiro, eu, Will e Kieran nos encontrávamos de macacão de corpo inteiro, capacete e óculos de proteção, prontos para nos jogar em um túnel de vento. Elodie era muito nova para ir com a gente, mas prometemos lhe contar todos os detalhes.

Will e Kieran mal se continham de entusiasmo, mas eu tremia apavorada enquanto esperávamos sentados, observando a vez do grupo que estava à nossa frente.

— Ah, meu Deus, não vou conseguir — falei apenas mexendo os lábios para Will por conta do barulho da ventania que vinha do túnel.

— Não seja boba, vai dar tudo certo. É seguro, o instrutor vai ficar o tempo todo com você.

Assenti, meio anestesiada. Pelo menos aquilo era melhor do que me jogar de um avião a muitos nós de altura e despencar em queda livre até o chão. De verdade, acho que jamais seria capaz de fazer algo assim. Quando é que tinha ficado tão medrosa? Inalei fundo, tentando me manter calma.

Mas, no fim, foi uma experiência incrível, e, enquanto eu flutuava dentro do túnel vertical, o vento passando por meu corpo e lançando-o cada hora para um lado, me erguendo para o alto, mais alto e mais alto, antes de me fazer despencar, meu espírito criou asas.

Depois, quando tirávamos os trajes e a adrenalina começava a baixar, Will abriu um sorriso.

— E então, foi tão ruim quanto você pensava?

Fiz que não com a cabeça.

— Não, foi incrível.

— Viu só, mãe? Eu sabia que você ia adorar — comentou Kieran, que também tinha um sorriso no rosto.

— Bom, isso quer dizer que você me conhece melhor do que eu mesma. — Dobrei o macacão e voltei a guardá-lo no armário. — Tenho uma ideia.

— Tem a ver com comida? Porque estou faminto.

— Na verdade, meu amor, tem, sim. Sigam-me.

Pouco depois, estávamos no restaurante favorito de Kieran, de culinária asiática.

— Pois bem, acho que a gente devia tentar riscar mais um item da lista de desejos — falei, colocando as mãos espalmadas sobre o cardápio.

Esperei por um momento, enquanto os rapazes me encaravam, confusos.

— Acho que devemos pedir tudo do menu.

Kieran deu um soco no ar.

— Siiimmm! Este é o melhor dia da minha vida.

Will ergueu as sobrancelhas.

— Aqui? Tem certeza? Quero dizer... — Ele apontou para a enorme lista de pratos.

— Escuta, esta é uma das suas ideias de quando escrevemos essa lista. Sei que na época você estava provavelmente pensando em ir ao Pizza Hut, mas... bem, por que não fazer isso aqui? Pedir tudo e ver quanto aguentamos. E, vamos ser francos, temos muito mais chances de ser bem-sucedidos com o saco sem fundo que é este garoto de treze anos conosco.

Will deu de ombros, derrotado.

— Ok, você é quem manda. Só espero que estejam com fome.

— Morrendo — disse Kieran, esfregando a palma das mãos.

Um garçom veio até a mesa.

— Já escolheram?

— Pode nos trazer um prato de cada item do cardápio, por favor?

Ele me encarou por um tempo, sem saber se eu estava falando sério.

— Mesmo?

Assenti.

— Sim. Estamos fazendo um desafio. Não enlouquecemos, não se preocupe.

— Tá... — Ele deu de ombros. — Um prato de cada item do cardápio, incluindo entradas e porções?

Olhei para Will, que lavou as mãos.

— Não venha me perguntar, essa loucura foi ideia sua.

— Vamos ficar só com os pratos principais — falei. — Obrigada.

Quando o garçom se afastou, tirei um pedaço de papel amassado da bolsa e o coloquei sobre a mesa. Depois revirei a bolsa um pouco mais até achar uma caneta e fiz dois tiques enormes na folha.

— Dois coelhos de uma vez só — falei.

— Você sabe que não vamos conseguir comer tudo, não sabe? — disse Will.

— Não tem problema. Não está escrito em nenhum lugar na nossa lista que temos que comer tudo de um cardápio. Só precisamos pedir.

— Eu vou tentar, de qualquer maneira.

— Tenho certeza disso, querido.

Não demorou muito para que os pratos começassem a chegar, preenchendo a mesa. Conforme vinham mais e mais — porções de curry, *ramen* fumegante, tigelas de macarrão —, as pessoas começaram a nos encarar, curiosas por verem três pessoas pedindo tanta comida. Peguei meus *hashis*, levei-os até a tigela de macarrão e provei. Do outro lado da mesa, Kieran se refestelava com cada porção generosa de arroz com curry que abocanhava, e senti uma pontada de saudade do menino que sonhara com isso muitos anos antes. Will, com apenas poucos anos a mais do que os que Kieran tinha, decidindo que uma das coisas que ele mais queria fazer antes "de envelhecer" era comer a maior quantidade de comida possível de uma tacada só. Duvidava de que fosse algo que ele escolheria fazer no presente, e me perguntei o que mais ele mudaria da lista se pudesse, agora que sua morte estava próxima.

Prometi a mim mesma que lhe perguntaria.

11

PRESENTE

Março de 2019

Era como se o câncer de Will soubesse que alguma coisa havia mudado, porque ele decidiu se manifestar com mais intensidade logo após Will ter me contado. Tanto que, apenas três semanas depois que fiquei sabendo de tudo, antes mesmo que eu tivesse a oportunidade de absorver de verdade a notícia, as dores de cabeça de Will começaram a piorar. Às vezes, duravam o dia todo, apenas um incômodo permanente que não parecia passar nem com analgésicos. Outras vezes era uma dor agonizante, que não o deixava sair da cama.

— Nunca tiro folga — ele protestou, voltando para a minha cama pela terceira vez em poucas semanas.

— Você precisa ir ao seu médico ver isso — falei.

— Não tem por quê, eles só vão tentar me convencer outra vez a fazer a quimioterapia.

— É só dizer que não vai fazer. Mas precisa mesmo ir, mesmo que eles só te deem algo para a dor, para te ajudar a voltar ao trabalho.

— Vou pensar.

Sabia que ele tinha medo do que pudessem lhe dizer — nós dois tínhamos esse medo.

E sabia que ele pensava na mãe dele, que era adorável e feliz, que sempre fora o ponto de equilíbrio da família, até que recebeu o diagnóstico de câncer e a doença foi lhe tirando a vida aos poucos, tornando-a uma sombra do que um dia fora. Will não havia falado muito sobre isso desde o nosso reencontro, mas costumávamos conversar o tempo todo sobre esse assunto naquela época. Fora uma das coisas que marcaram nosso relacionamento no passado — o que contribuíra para que ele se tornasse ainda mais intenso, ainda mais especial, uma oportunidade que ele tinha de falar comigo sobre como estava se sentindo, sobre como estava assustado por ver sua amada mãe desaparecendo com tanta rapidez. É claro que na idade que tínhamos nos achávamos invencíveis, sem passar pela cabeça que algo do tipo poderia nos acontecer um dia também. Mas ali estávamos nós, duas pessoas de meia-idade, cada uma com os próprios filhos, morrendo de medo de que a história se repetisse.

— Vai ficar tudo bem, Will — falei, envolvendo-o num abraço. — Não importa o que aconteça, não importa o que essa doença maldita nos reserve, ficaremos bem. — Eu me esforçava para manter a voz firme, para não deixar que ele percebesse como eu me sentia paralisada.

Observei uma lágrima escorrer do canto do olho e escorregar por sua face. Ele a secou com a mão.

— Não quero que tenha que passar por tudo isso.

— Eu quero estar ao seu lado. — Coloquei a mão sobre a dele, sentindo o contraste entre a frieza de sua pele e o calor da minha.

— Mas a culpa é toda minha. Estou fazendo você passar por tudo isso. Devia ter continuado longe.

Por um instante, refleti sobre o que ele dizia. E se ele tivesse continuado longe e eu nunca o tivesse reencontrado? Será que eu estaria mais feliz do que agora, com a ameaça de perdê-lo pairando sobre nós? Estaria mais feliz sendo apenas eu e Kieran?

Não, a verdade era que, por mais que eu amasse Kieran mais do que tudo, ele tinha a própria vida para levar, e, aos poucos, fui me tornando uma pessoa entediada e solitária. Não conseguia me imaginar permanecendo daquela maneira pelo resto da vida. Não importava o que viesse a acontecer, agora eu estaria ao lado de Will, sem voltar atrás.

— Eu quero estar aqui, com você. Juro. Eu só...

— Só o quê? — Will se afastou e me encarou.

— Só queria que não recusasse todo tipo de tratamento com tamanha facilidade.

— Eu... — Ele ia continuar, mas ergui a mão.

— Não, eu deixei que me explicasse os seus motivos da última vez, agora você pode muito bem me ouvir. Sei que está com medo e que não quer perder o tempo que lhe resta se sentindo doente. Entendo tudo isso, de verdade. Mas há mais pessoas em quem pensar. Pessoas que se importam com você. Elodie, para citar uma delas. — Dei de ombros. — Kieran e eu. Eu... não entendo por que não volta, ao menos, a conversar com os médicos, para ver se eles podem fazer alguma coisa que lhe dê um pouco mais de tempo. — Minha voz enfraqueceu quando engasguei com um soluço.

— Você acha que estou sendo egoísta. — Era mais uma afirmação do que uma pergunta.

— Sim, acho. Me desculpa. Só queria que ao menos considerasse. Por mim. Por nós.

Will me observou por um momento, e desejei ser capaz de ler seus pensamentos. Estaria furioso comigo, prestes a sair espumando daqui?

— Tudo bem — disse ele.

— Tudo bem?

— Vou considerar. Eu prometo. Ok?

— Ok. Obrigada. — Era o melhor que eu podia esperar. Só queria passar o maior tempo possível com ele.

Então tive uma ideia.

— Como vão as coisas com Amy?

Will franziu o cenho, confuso, como seria de esperar, pela súbita mudança de assunto.

— Hum… tudo bem, por quê?

— Eu… — Fiz uma pausa, sem saber a melhor maneira de dizer aquilo. Will me dissera que seguia vivendo com Amy porque não conseguiria bancar um lugar para morar sozinho. Entendi que ela o deixara ficar por conta da doença, sem querer piorar a situação. Mas me parecia insustentável que ele permanecesse lá pelo resto da vida, não importava quanto tempo tivesse. Respirei fundo e tentei voltar a pronunciar as palavras. — Queria saber se gostaria de vir para cá. Para morar. — Sentia o rosto quente enquanto Will me observava. — Ah, não. Você acha isso uma péssima ideia. Esquece. Foi só algo que me passou pela cabeça, ainda é muito cedo… — Fiquei quieta quando um sorriso de divertimento apareceu nos lábios de Will. — Qual é a graça?

— Você é engraçada — disse ele gentilmente.

— Valeu.

Ele se sentou na cama e pegou as minhas mãos.

— Está falando sério?

— Bom, sim.

— Uau. — Seus lábios se abriram em um sorriso. — Eu adoraria. Mas espera…

— O quê?

— Você já perguntou ao Kieran se tudo bem para ele?

Kieran. Nunca tinha feito nada sem me certificar de que ele estivesse contente. Como pude fazer uma oferta dessa magnitude sem nem ao menos considerá-lo? Era prova de como a doença de Will estava me afetando.

— Não, você tem razão, vou perguntar para ele. Mas tenho quase certeza de que ele vai ficar feliz.

— Bem, se tudo bem por ele, eu adoraria vir morar com você. Está tudo bem com a Amy. Ela é uma pessoa gentil e nunca vai me botar para fora. Mas não me parece certo permanecer lá, ainda mais agora que estou passando tanto tempo aqui. Viver aqui, com você, seria muito melhor para todos nós, tenho certeza disso.

— E em relação a Elodie?

— A gente dá um jeito. Amy jamais me impediria de passar tempo com ela. Ela sabe como é ter um pai ausente.

— Bom, então me deixe falar com Kieran. E, se ele concordar, vamos em frente.

Era um grande passo. Estávamos juntos — pela segunda vez — há apenas quatro meses. Mas, levando em conta o nosso histórico e o diagnóstico de Will, não parecia haver nenhuma razão para esperar.

Agora só me restava torcer para que Kieran ficasse feliz com a ideia.

De início, Kieran não teve tanta certeza.

— Mas faz só alguns meses que vocês se conhecem.

— Bom, tecnicamente, eu o conheço há muitos e muitos anos — falei, consciente de que não queria que Kieran se sentisse forçado a concordar com algo com que não estivesse contente, mas, ao mesmo tempo, querendo muito que Will viesse morar conosco. — E ele precisa de mim. Ele precisa de nós dois.

— Mas por que ele não pode só morar na própria casa e ficar aqui de vez em quando, como já está fazendo? — Enquanto falava, ele chutava uma pequena bola amarela contra o rodapé repetidas vezes. Bang, bang, bang.

— Pode parar com isso, por favor? — As palavras saíram mais ríspidas do que eu pretendia, e ele me lançou um olhar que me avisou de que aquela não era a hora de falar assim com ele. Ele parou e se jogou na cama, esticando-se como um leão deitado ao sol. Eu o observei ficar ali, olhando para o teto, digerindo o meu pedido. Claro que isso o deixara ansioso. Por que não o deixaria? Durante tantos anos fomos apenas eu e ele, e ninguém mais nunca chegou perto de penetrar nossa pequena e sólida unidade. Mas ali estava eu, naquele momento, jogando essa enorme responsabilidade para ele e esperando que entendesse. Sentei ao lado dele e afastei seu cabelo do rosto.

Ele não demonstrou resistência.

— Sei que é difícil de entender, Keeks. Sei que não teve muito tempo para conhecer Will, mas ele é muito importante para mim. Como você sabe, éramos grandes amigos quando tínhamos a sua idade. Ele era como um irmão para mim.

— Como o Luca, você quer dizer? — disse, referindo-se ao garoto que conhecia desde os três anos de idade, quando começou a ir para a escola, e de quem ainda era muito próximo, apesar de todas as diferenças.

— Exatamente assim. Só tirando o fato de que Will se tornou meu namorado quando éramos crescidos.

— Ah, eca. — A testa dele se enrugou, mas depois ele me encarou. — Então por que vocês não se viam há tanto tempo?

— Bom... — Vacilei, sem saber como explicar aquilo de um jeito que ele entenderia. — O Will se mudou para longe de um dia para o outro. A mãe dele tinha falecido, e o pai dele ficou tão triste que decidiu ir morar na Austrália, e assim foi. A gente não se encontrou até pouco tempo atrás.

— E ele nem ligou ou mandou mensagem?

Sorri.

— Não. Infelizmente, meu rapazinho, sou tão dinossaura que, na minha época, ninguém tinha celular, muito menos Skype ou qualquer outra coisa dessas. O único jeito para entrar em contato comigo seria se ele me mandasse uma carta ou telefonasse para a casa dos meus pais, mas eu já estava na faculdade. Além do mais, acho que ele ficou bastante envergonhado.

— Mas por quê? Ele não teve culpa que o pai dele quis ir embora.

— Não, não teve. Mas havia… havia outras coisas acontecendo. Eu fiquei muito chateada por ele ter sumido, e nós só… nunca mais nos vimos. Até agora. E agora… bem, agora ele está bem doente, e eu só quero garantir que o tempo que ele tenha seja proveitoso, não importa quanto dure. Quero que ele esteja feliz.

Kieran encarou o teto por um tempo, a expressão inescrutável. Depois virou-se para me olhar.

— Então, você o ama?

— Eu, hum… — Parei de falar, pensando em como responder. Por sorte, não foi preciso.

— Ahá, você ama! Você ficou que nem um pimentão! — Ele sorriu e, de repente, sentou-se dobrando os joelhos junto ao tronco. — Você é apaixonada por ele, e agora ele está doente e quer vir morar aqui?

— Basicamente, sim — falei. Tanta coisa para quem não devia entender de relacionamento. Talvez precisasse dar mais crédito ao meu menino.

Ele assentiu.

— Bom, já que é assim, acho que tudo bem. Mas… — segurou o dedo em riste entre nós —, ele não pode arruinar o filme de sexta-feira.

Gargalhei, aliviada. Kieran e eu amávamos nossa tradição de escolher um filme a cada noite de sexta-feira e nos aconchegarmos no escurinho para assisti-lo com um pote de guloseimas e pipoca entre nós. Estendi a mão, e Kieran a sacudiu com solenidade.

— Nada poderá arruinar o filme de sexta-feira, prometo — disse.

Ele recolheu a mão e senti falta do toque dele de imediato. Aqueles toques já eram algo quase raro, e seus abraços, que um dia tinham sido bem prolíficos, tornaram-se, na melhor das hipóteses, esporádicos.

— Então tudo bem.

— Obrigada, Kieran. — Pus a mão na coxa dele. — Eu te amo.

— Eu também te amo, mãe.

Não fazia ideia de como pude, um dia, achar que a minha vida era vazia. Naquele momento, me senti como a mulher mais afortunada da face da Terra.

As últimas malas estavam dentro de casa e, finalmente, pudemos sentar, exaustos.

— Pensei que tinha dito que só ia trazer umas coisinhas para cá — falei, rindo.

— Foram só algumas coisinhas — disse Will.

Inspecionei as quatro ou cinco malas e as três caixas empilhadas em minha pequena sala de estar e revirei os olhos.

— Não quero nem ver o que para você seria um montão de coisas.

— Mesmo? Eu mostro, se quiser.

— De jeito nenhum. Se trouxer mais alguma coisa que seja não vamos conseguir mais entrar em casa.

— Desculpa, Fran. E obrigado.

— Pare de me agradecer. Kieran e eu estamos muito contentes com você aqui.

— Tem certeza? Kieran realmente está bem com tudo isso?

— Está, de verdade. Às vezes ele se mostra surpreendentemente maduro.

Will se levantou.

— Certo. Antes de começar a desfazer as malas, vou ser prestativo e preparar um chá.

— Acho que eu preferia vinho.

Ele olhou o relógio.

— Cinco e meia. — Deu de ombros. — Por que não?

Enquanto o esperava servir as duas taças de vinho, permaneci sentada, observando minha sala. Uma sala que continha tantas memórias: de mim e Kieran quando ele era recém-nascido, encarando o vazio durante as intermináveis mamadas noturnas; de manhãs de Natal que passamos abrindo presentes; de festas de aniversário. E de discussões, berros, do bilhete que Sean me deixara pouco antes de sumir, quando Kieran tinha meses de vida.

Agora estávamos prestes a fazer um montão de novas memórias. Era o início de uma nova era. E, apesar de tudo, eu não via a hora.

— Pronto — disse Will, aparecendo com uma taça de vinho branco úmida de condensação.

— Obrigada.

— No que está pensando?

— Ah, na gente. E, você sabe... no que o futuro nos reserva... não importa quanto ele dure.

— Espero que seja muita felicidade. Já esperamos o bastante.

— Um brinde a isso. — Batemos nossas taças, e suspirei ao sentir o líquido gelado descer garganta abaixo.

Nenhum de nós dois trouxe a doença de Will à tona. Não queria impregnar a atmosfera de felicidade com preocupação.

Will roncava ao meu lado e, me apoiando sobre o cotovelo, fiquei observando-o dormir. Mal era capaz de acreditar que ele estava ali, na minha cama. Will, que um dia fora parte tão importante da minha vida e que, desde então, passara tantos anos ocupando meus pensamentos. Ele estava ali. Comigo. De vez.

Eu o olhava, percorrendo o contorno de suas feições e me questionando sobre se nosso filho teria se parecido com ele. Afastei o pensamento de imediato. Demorei muito para conseguir parar de pensar no que havia acontecido, mas o retorno de Will à minha vida havia liberado muitas daquelas memórias, e nem todas eram bem-vindas. Por ora, precisávamos pensar no futuro. E, para o dia seguinte, havíamos planejado um passeio com Elodie pelo zoológico.

— Comprei entradas para o zoológico — dissera Will todo animado mais cedo naquele dia. — É o lugar favorito de Elodie.

— Ah, eu também adoro — foi o que respondi. Estava nervosa com a ideia de conhecer Elodie. Ela podia ter apenas seis anos, mas a aprovação dela era importante para mim. Para nós.

No fim das contas, sem conseguir dormir, me levantei assim que começava a clarear lá fora, preparei uma xícara de chá e vi o sol nascer por trás dos prédios de frente à minha casa. Era um novo dia, repleto de esperança e expectativa.

— O que está fazendo acordada tão cedo? — Vinda de trás de mim à luz difusa da cozinha, a voz de Will me fez pular de susto.

— Não consegui dormir.

Ele me envolveu num abraço e me deu um beijo na testa.

— Eu também não. Estou muito animado. — Ele se aproximou da chaleira. — Café?

Eu já tinha tomado duas xícaras, mas algo me dizia que iria precisar de toda a energia possível naquele dia.

— Por favor.

A manhã se demorou, e me senti uma criança esperando pela chegada do Natal. Will saiu de casa um pouco antes para buscar Elodie e, enfim, os ponteiros do relógio indicaram as onze horas.

— Então, vamos? — Kieran apareceu às minhas costas, e apertei o braço dele de leve. Ele tinha concordado em se juntar a nós naquele dia, e eu estava mais animada do que deixava transparecer. Sabia que Will também se sentia assim.

— Sim, querido, vamos nessa — concordei, abrindo a porta de casa. Estava um dia ensolarado e, embora ainda lhe faltasse calor, o sol tinha o poder de fazer tudo parecer mais iluminado, mais agradável. Meia hora depois estávamos na porta do zoológico, vinte minutos antes da hora que havíamos combinado de nos encontrar com Will e Elodie. Eu me agarrava ao braço de Kieran.

— Por que está com tanto medo assim, mãe?

— O que te faz pensar que estou com medo?

— Você está agarrada em mim como se eu fosse um colete salva-vidas.

— Ah, desculpa. — Aliviei um pouco a pressão dos dedos. — Só estou um pouco nervosa porque vou conhecer Elodie.

— Ela só tem seis anos!

— Eu sei. Mas e se ela não gostar de mim?

Kieran se desvencilhou e me encarou.

— É claro que ela vai gostar. Você pode ser um pouco chata às vezes, mas, no fundo, é legal.

Aquele elogio torto me fez sorrir.

— Você também não é tão ruim.

Não tivemos muito mais tempo para preocupação, porque, de repente, Will apareceu vindo em nossa direção e, a seu lado, estava Elodie, cujo tamanho batia apenas um pouco acima da cintura de Will, com cachos loiros que queriam escapar da touca de um vermelho vivo, segurando firme na mão do pai e sorrindo, toda alegre. Ela olhava para o alto, na direção dele, como se esperasse pela resposta a uma pergunta.

— Oi, pessoal — disse Will. Depois se agachou ao lado da filha. — Elodie, esta é a Fran, uma amiga do papai, e este é o filho dela, Kieran. Fran, Kieran, esta é Elodie.

Elodie deu um passo para trás e, conforme Will voltava a se levantar, escondeu-se atrás das pernas do pai. Curvando-me para ficar da altura dela, estendi a mão.

— Oi, Elodie. Muito prazer. Seu pai me falou bastante de você.

Ela sorriu de um jeito tímido, se aproximou só um pouquinho e esticou o braço em riste à sua frente.

— Oi. — Ela olhou para Kieran, que estava um pouco sem graça logo atrás de mim, e sorriu.

— Kieran, diga olá para Elodie.

— Oi. — Ele acenou um breve tchauzinho, e percebi que ele também não tinha ideia de como deveria se comportar.

Voltei a me erguer.

— Certo, então vamos ao zoológico?

— Sim! — Elodie bateu palmas e deu alguns pulinhos. — Eu adoro o zoológico!

— Eu também, Elodie. Qual é o seu animal preferido?

E, enquanto descíamos a rua a caminho da entrada, Elodie começou a sair da concha e me presenteou com relatos sobre todos os animais que ela já vira e quais eram aqueles de que mais gostava.

Eu achava que aquele seria um ótimo dia.

♥

Sempre amei o zoológico de Londres. Havia algo que me parecia especial na paz e tranquilidade inesperadas deste pequeno oásis, contido por suas grades e seus prédios vitorianos no coração de uma das maiores e mais agitadas cidades do mundo. Era um dos lugares que me faziam bem.

Naquele dia, porém, e apesar da brisa gelada do início da primavera, o lugar estava cheio de grupos de turistas carregando mochilas enormes, e havia filas quilométricas em cada quiosque de comida.

— Não creio que está tão cheio — falei, pedindo licença com o cotovelo para passar por uma família de turistas que bloqueava a entrada. — Está tão frio.

— É porque está sol — disse Will, observando o pálido sol que brilhava tímido no céu.

— Bem, queria que todas essas pessoas dessem o fora daqui. — Multidões me deixavam mal-humorada.

— Podemos ver as girafas? — pediu Elodie, puxando a manga da camisa de Will.

— Sim, claro, minha linda.

— Posso ver os lagartos também? — disse Kieran.

— Claro, meu amor. — Ele vivia me implorando para ter um lagarto de estimação desde que tinha sete anos, e eu sempre dizia não, incapaz de contemplar a ideia de alimentá-lo com insetos vivos. O mínimo que podia fazer era deixar que ele os visse no zoológico.

— Vamos fazer isso primeiro? — falei, virando-me para Will, que parecia branco e abatido. — Você está bem?

Ele assentiu.

— Sim, só um pouco zonzo.

— Tem certeza de que é só isso?

Ele voltou a assentir, mas depois franziu o cenho e esfregou a cabeça.

— Desculpa — disse ele, duro como pedra enquanto hordas de pessoas se espremiam ao nosso redor. — Também estou com bastante dor de cabeça.

— Vem — falei, puxando-o pelo braço com delicadeza. — Vamos nos sentar um pouco. Vou arranjar um analgésico.

— Não, não se preocupe. Elodie quer ver as girafas.

— A gente pode ir mais tarde, não é verdade, Elodie?

— Sim, eu não ligo, papai — disse ela, vindo atrás de nós enquanto eu conduzia Will para um banco que uma família acabara de liberar. Will sentou-se com um baque. Me sentei ao lado dele enquanto Elodie se colocou às nossas costas e Kieran pairava à nossa frente, todo sem graça.

— Kieran, querido, se importaria de pegar uma garrafa d'água para Will? — Eu lhe entreguei uma nota e ele saiu sem demora, visivelmente aliviado por não ter que lidar com o que quer que estivesse acontecendo. Will dobrou o corpo, colocando a cabeça entre os joelhos, e respirou fundo algumas vezes enquanto eu fazia carinho em suas costas. Depois de um tempo, voltou a erguer a cabeça, bem devagar.

— Céus, desculpe. Eu não sei o que foi isso. — Ele ainda estava pálido, mas um pouco de cor havia voltado ao seu rosto, e já não parecia mais prestes a desmaiar.

— Acho que deveríamos voltar para casa.

— Mas acabamos de chegar.

— Você não está se sentindo bem, Will.

Ele negou com a cabeça.

— De jeito nenhum. Prometi a Elodie que passaríamos o dia no zoológico, e é exatamente isso que faremos. — Disse aquilo de modo contundente, enquanto nós dois observávamos Elodie dar cambalhotas no gramado que havia logo atrás.

— Mas...

— Não. — Ele ergueu a mão. — Sem discussão. Não vou permitir que isso destrua ainda mais as coisas. Vai ficar tudo bem comigo.

— Certo. Bom, vamos pelo menos descansar por uns minutos — respondi, tentando encontrar Kieran no quiosque lotado. Só o que me faltava era ele acabar se perdendo. E, de repente, lá estava ele de novo, vindo em nossa direção com duas garrafas d'água e um pacote de Doritos embaixo do braço.

— Quer dizer que vou ficar sem o troco? — comentei quando ele se aproximou.

— O quê? Ah, desculpa, achei que não fosse ligar.

Revirei os olhos e sorri enquanto ele abria a embalagem e enfiava a mão no saco. Peguei uma das garrafas de água, abri a tampa e entreguei para Will.

— Tome, beba isto.

— Sim, chefinha — disse ele, tomando um analgésico sem discutir enquanto secava meia garrafa de uma só vez.

Foi quando Elodie subiu no banco e se aconchegou ao lado de Will, que a envolveu com os braços, deixando que ela sentasse em seu colo. Fazia muito tempo que ele não parecia tão feliz.

— Muito bem, minha linda — disse ele.

Ela sacudiu a cabeça para cima e para baixo, depois o encarou de olhos arregalados.

— Eu te amo, papai — falou.

— Também te amo, Els. — Ele pousou os lábios no topo de sua cabeça.

Eu me recostei e fechei os olhos, mostrando o rosto para o calor do sol. Então uma memória me veio à cabeça sem ser convidada, uma memória da nossa infância, de mim e Will em outro zoológico, junto dos pais dele. Devíamos ter só nove ou dez anos, e os detalhes já não eram tão nítidos, mas eu me lembrava de estar sentada em um banco como aquele, o sol nos fustigando enquanto assávamos no calor do verão, o protetor solar fator quatro que havíamos passado quase nada fazendo para evitar que torrássemos. Tínhamos comido os sanduíches de presunto que a mãe de Will preparara e estávamos acabando com pacotes de salgadinho sabor cebola, a trilha sonora das mordidas crocantes nos meus ouvidos enquanto observava o leão tirar um cochilo do outro lado da grade. Eu não ousava tirar os olhos dele porque não queria perder caso ele se levantasse, embora ele não desse indícios de que faria aquilo.

— Aqui diz que os leões chegam a dormir vinte e duas horas por dia — comentou o pai de Will, curvando-se para ler a placa ao lado da jaula.

— Eu queria poder dormir tanto assim e nunca ter que ir para a escola — disse Will.

— Tenho certeza de que não ia querer isso, querido. Que vida desperdiçada. — Eu me virei para a mãe de Will enquanto ela falava aquilo, o rosto voltado para o sol e o chapéu de palha um pouco grande demais tombado para trás sobre a cabeça.

— Quero, sim.

Ela balançou a cabeça.

— Você não ia gostar se sua vida fosse assim. Pense em todas as coisas que não teria tempo de fazer. — Ela deu de ombros. — A vida já é curta demais.

Naquela época, o tempo se estendia à nossa frente como um caminho em meio ao deserto, nada a não ser dias intermináveis para preencher, e pensávamos que seria assim para sempre, o tédio dos longos dias de verão entremeado por viagens à praia, banhos de rio e sessões para escutar discos no meu quarto. Mas já naquela época eu sabia o que ela queria dizer. Que, eventualmente, o tempo se acabaria, e se o passássemos dormindo nunca faríamos nada ou seríamos alguém para os outros.

Não consegui deixar de pensar, então, em todas as semanas e meses e anos que Will e eu já tínhamos desperdiçado sem estar juntos. Pelo menos agora poderíamos compensar o tempo perdido, não importava quão limitado fosse o nosso prazo. E aquela era outra razão pela qual eu torcia para que ele reconsiderasse a quimioterapia ou qualquer outro tratamento que nos desse a chance de ter mais semanas, meses, quem sabe até anos, juntos.

— Você está bem? — Abri os olhos e dei de cara com Will me observando com curiosidade, e assenti, deixando um sorriso se desenhar em meus lábios.

— Sim, tudo bem. Só pensando.

— Em quê?

Balancei a cabeça.

— Nada de mais. Você se lembra de quando fomos ao zoológico com sua mãe e seu pai, quando tínhamos... o quê? Nove? Dez anos?

Will franziu o cenho, tentando desenterrar a memória.

— Neste zoológico?

— Não, acho que não. Tinha leões. E chimpanzés. E tomamos sorvete... — Eu me contive, sabendo que não estava ajudando em nada com minhas observações vagas.

— Não, eu não me lembro. Por quê, o que aconteceu?

— Nada de especial, só estava pensando nisso.

— Você pensa bastante na nossa infância?

Fiz que sim.

— Sim, o tempo todo. E você?

— Cada vez mais. — Então ele se virou para me encarar com uma expressão séria. — Sabe que eu sempre achei que iríamos nos casar?

— É mesmo?

Ele assentiu.

— Achava que era assim que as coisas funcionavam. Que todos se casavam com a pessoa de quem mais gostavam no mundo todo, e todos eram felizes para sempre. Nunca imaginei que, depois dos dezoito, ficaríamos sem nos encontrar até… — A voz dele ficou entrecortada. — Bem, até agora.

À nossa volta, a multidão começava a diminuir enquanto hordas se dirigiam para ver uma apresentação na grande tenda. Ao meu lado, Kieran assistia a uma partida de futebol no celular. Elodie voltara a dar suas cambalhotas e, toda vez, a saia dela acabava sobre sua cabeça.

— Eu não tinha ideia. — Minha voz saiu num sussurro.

— Bem, estava na lista. Mas não queria que soubesse que era comigo que eu queria que se casasse — disse ele, sorrindo. — Mas queria que soubesse da existência dele. Do pensamento.

— Fico feliz. — E era verdade. Era algo que também me passava pela cabeça, evidentemente, como ocorreria com qualquer adolescente apaixonada. Mas com Will era diferente.

Eu me inclinei para lhe dar um beijo na bochecha e encostei a cabeça em seu ombro.

— Está bem para continuar?

— Sim. Vai passar, e não posso desapontar Elodie. Vamos ficar um pouco mais, e quem sabe compramos chocolate quente no caminho de volta?

Assenti, mas continuei ali por mais alguns minutos, sorvendo o suave perfume de Will misturado ao odor forte do ar gélido londrino. O burburinho foi aos poucos diminuindo, e, de olhos entreabertos, fiquei observando as pessoas passarem: uma mãe que carregava incontáveis sacolas na mão, com criancinhas se agarrando a ela como primatas; um casal caminhando lado a lado enquanto conversavam; um menininho correndo até um viveiro de aves, onde enfiou o nariz por entre as grades antes que seu pai o arrastasse para longe. O céu se estendia sobre nós, pontilhado por nuvens compridas e alguns pássaros, e o rastro de um avião que há muito já se fora riscava o pálido azul, os passageiros já a meio caminho de uma semana que seria aproveitada tomando sol. O zumbido distante de uma máquina ao longe se infiltrava pelo muro de sebe, recordando que ainda estávamos no meio de uma cidade movimentada, e, enquanto isso, eu sentia a bunda fria e úmida, pois o metal gelado do banco pouco se esquentava sob o sol daquele início de primavera. Me indagava se os detalhes daquela memória iriam se gravar em minha mente junto à da outra visita ao zoológico, tantos anos atrás. Esperava que sim. Seria como começar um novo álbum de fotos.

— Certo, vamos lá ver alguns animais — anunciei, levantando de repente.

— Vamos ver as girafas? — perguntou Elodie, dando pulinhos e me puxando pela mão.

— Girafas, depois lagartos? — comentei, com os olhos em Kieran.

— Claro. — Ele se levantou do banco e outra vez fui surpreendida por como ele parecia ter crescido tanto de uma hora para outra.

Depois da visita aos animais prometidos, ficou óbvio que Will estava se sentindo ainda pior. Seu rosto ganhara uma tonalidade cinza e, embora ele achasse que eu não havia notado, reparei nas caretas que fazia a cada movimento brusco, logo antes de passar a mão pela nuca. Mas, enquanto nos dirigíamos à saída, Elodie estacou.

— Posso ir naquilo? — perguntou, toda animada.

Ela apontava para as camas elásticas a um canto, alinhadas atrás de uma rede retangular. Várias crianças subiam e desciam enquanto uma fila curta se estendia ao lado da cerca viva adjacente.

— Acho que seu pai está cansado — falei.

— Pooor favoooor, papai. Posso ir só um pouquinho? Vou poder te mostrar o que aprendi na aula de ginástica artística, a cair sentada e ficar de pé.

Rugas apareceram pela testa de Will enquanto ele considerava a ideia, mas depois sumiram.

— Tudo bem, meu amor. Só uma vez.

Dirigimo-nos às camas elásticas.

— Só se importa de ficar na fila com ela enquanto fico sentado? — Will perguntou quando estávamos chegando perto. Ele parecia prestes a desmaiar. Pus a mão em sua bochecha.

— Tem certeza de que não quer ir para casa?

— Não, está tudo bem.

Vasculhei seus olhos por um instante, sabendo que ele estava se fingindo de forte na frente de Elodie.

— Ok. Kieran, tá a fim?

— Sim, vamos lá.

Fiquei surpresa. Teria pensado que ele já se achava grande demais para ir à cama elástica, mas passar o tempo com Elodie o fizera parar de se importar com coisas assim por um dia. Não era a primeira vez que me assustava por perceber quanto ele me lembrava de Will na mesma idade, os membros alongados, hormônios e garotas na cabeça. Mas o fato é que Will me tinha como melhor amiga e não precisava de mais ninguém, pelo menos por um tempo. Fiquei imaginando como Kieran estava transitando por aquele campo minado e prometi que o deixaria saber que podia vir conversar comigo sempre que quisesse. No entanto, por ora, me alegrava que, por baixo da carapuça adolescente, ele ainda pudesse ser apenas o meu menininho de vez em quando.

— Então vamos lá, o que estão esperando? — falei, rindo enquanto corria na frente deles e deixava Will procurar um espaço em um dos bancos próximos. Eles me alcançaram sem dificuldades no fim da fila.

Dez minutos depois, enfim éramos os primeiros, e paguei para os dois.

— Posso entrar com ela? — perguntei.

— Sim, só deixe os sapatos aqui.

Tirei os sapatos e segui Elodie e Kieran até as duas camas elásticas vazias no fundo.

— Olha só isso! — disse Elodie, pulando para cima e para baixo e caindo de bunda graciosamente. Ela começou a gargalhar. Ao lado, Kieran saltava tão alto que pensei que fosse bater a cabeça nos galhos acima, observando, maravilhada, como ele caía para a frente, voltava para trás e pousava de pé sem fazer nenhum esforço.

— Onde aprendeu a fazer isso? — perguntou Elodie, os olhos arregalados de admiração.

— Educação física — respondeu Kieran, inflando de orgulho.

— Pode me ensinar?

Ele deu de ombros

— É fácil.

— Não é, não. Nunca consegui fazer isso quando era criança — falei, rindo. — Eu fui a criança com menos habilidade para esportes do mundo.

— Aposto que conseguiria se tentasse agora, mãe.

— Não. De jeito nenhum. — Foi então que algo me ocorreu. — Por outro lado, acha que contaria como dar um salto para trás, mesmo na cama elástica, e não no chão?

— Contar? Como assim?

— Está na lista — falei, revirando a bolsa atrás do frágil pedaço de papel com a lista de desejos. — Olha só: aprender a dar um mortal para trás. Tenho quase certeza de que esse foi um dos itens escolhidos por Will, mas ele disse que nunca chegou a fazer. Portanto, acha que contaria se eu conseguisse fazer isso agora, em uma dessas camas elásticas?

Kieren me encarou antes de voltar a olhar para a cama elástica, depois assentiu bem devagar.

— É, acho que contaria.

— Bom, então vamos nessa. — Deixei a bolsa no chão e, tomando cuidado, pisei no tecido elástico. Fiquei zonza só de ficar parada enquanto ele oscilava e, por um momento, permanecendo ali em pé, me perguntei que diabos estava fazendo. Não tinha aptidão para esportes e não fazia ideia de como chegara a acreditar que seria capaz de dar uma volta no ar, jogando o corpo inteiro para trás num negócio como aquele. Mas agora já tinha dado o primeiro passo, e desistir era algo que eu não gostava de fazer.

— Certo, por onde começamos?

— Bom, primeiro você precisa ganhar certa altura — disse Kieran, me mostrando na cama elástica de Elodie.

Eu me movi de um lado para o outro, bem devagar, e senti o material mudar sob meus pés. Depois me lancei ao ar e logo desci, para cima e para baixo, cada vez mais alto, o coração aos saltos.

— Vamos lá, mãe. Você mal tirou os pés da superfície — comentou Kieran, rindo.

Parei de súbito, dobrando os joelhos. Estava sem fôlego.

— O quê? Eu estava bem alto!

Kieran balançou a cabeça.

— Você precisa ir bem mais alto do que isso para começar a pensar em pular para trás — observou. — Vai lá, tenta de novo.

Comecei a pular de novo, me impulsionando com os braços conforme ia chegando mais alto, espiando por cima da rede a cabeça das pessoas que estavam no zoológico a cada vez que eu chegava no topo, depois voltando a cair na superfície macia, antes de subir mais uma vez. Era, ao mesmo tempo, aterrorizante e empolgante.

— E agora? — gritei. Kieran e Elodie me observavam, erguendo e baixando a cabeça no mesmo ritmo que eu.

— Precisa levantar os joelhos até o topo da cabeça, que precisa estar para afrente quando você fizer a volta — gritou Kieran. — Mas pare antes disso, deixa eu te mostrar.

Mas agora eu não queria mais parar. Me sentia indo cada vez mais alto, e sabia que, se eu parasse, ia perder a coragem. Então ergui os joelhos, depois voltei a abaixá-los, depois os ergui outra vez no salto seguinte, mais alto daquela vez, tentando simular a sensação de me deixar levar pelo movimento. Estava morrendo de medo e não fazia ideia de como ia dar uma cambalhota no ar, torcendo para aterrissar do jeito certo. E se eu caísse de cabeça, quebrasse o pescoço e acabasse paralisada? E se eu quebrasse um osso, atravessasse as molas ou me machucasse de alguma outra maneira? Não conseguiria fazer aquilo, não era corajosa o bastante, tinha que parar. Mas percebi que Will me observava, os olhos arregalados de espanto, mexendo a cabeça de leve para acompanhar meu movimento. Tinha as mãos dobradas sob o queixo, e eu sabia que tinha compreendido o que eu estava tentando fazer. Não podia dar uma de medrosa àquela altura.

E teria que fazer aquilo logo, porque já estava respirando com dificuldade, meus pulmões sedentários se mostrando desesperados por ar enquanto eu pulava alto e mais alto. Então, sem parar muito para pensar, no salto seguinte, ergui os joelhos bem junto ao peito, baixei a cabeça, levantei os braços e me impulsionei para trás. Houve um grito, uma batida de braços e um estrondo, seguidos de uma dor aguda no pulso, e então caí na cama elástica num emaranhado de roupas, antes de quicar alto outra vez e cair de bunda, mas agora sem tanta força, e de novo e de novo, até que enfim parei. Estava de olhos fechados e apertados, ouvindo a voz de Kieran vindo do alto.

— Mãe, você está bem? — Ele parecia estar se esforçando para não rir, então abri um olho e espiei na direção dele. Quando seu rosto se tornou visível, reparei que, ao seu lado, mais abaixo, estava Elodie, a expressão enrugada como uma batata chips. Virei a cabeça e abri o olho que faltava, fechando-os de leve por conta do sol.

— Ahn, acho que sim? — Minha resposta saiu mais como uma pergunta. O pulso sobre o qual eu estava doía, mas estava começando a suspeitar de que o que mais sairia machucado seria o meu orgulho quando eu assimilasse o que acabara de acontecer. Eu me ajeitei no lugar e notei que todas as pessoas haviam parado de pular e agora me observavam.

— Hum, vamos indo? — Sofri para me levantar, um desafio quando se está numa cama elástica com pressa e suas pernas insistem em escorregar. Senti meu rosto corar e fui inundada por um grande alívio quando senti Kieran passar o braço por baixo do meu e me levantar com cuidado. Pisei em terra firme entre as duas camas elásticas.

— Você se machucou?

— Meu pulso está um pouco dolorido. — Olhei ao redor. A maioria das pessoas já havia desistido de me assistir e seguiam em frente com a vida, mas eu não conseguia parar de pensar em como a cena deveria ter parecido: uma mulher de meia-idade tentando dar um mortal e caindo de cara, sem nenhuma graça, a bunda para o ar. Senti o rosto arder, ainda mais envergonhada. — Fique aqui com Elodie até o fim, vejo você daqui a pouco — sibilei, tentando recuperar um pouco de dignidade enquanto saía aos tropeços da cama elástica, recolhia as botas e seguia com dificuldade até o lugar em que Will estava sentado.

Lágrimas desciam pelo rosto dele, que ganhara um tom vermelho-vivo. Por um minuto, tive medo de que estivesse se sentindo mal a ponto de chorar. Mas depois me dei conta.

Ele estava rindo de mim. Com gosto, se contorcendo e rindo tanto, que mal conseguia respirar direito. Fiquei parada e olhando de cima para ele, sem graça e com os braços cruzados diante de mim, minha bolsa pendurada pelo cotovelo. Aos poucos, ele foi erguendo os olhos e enxugou o rosto com o dorso da mão.

— Ah, meu Deus... — gaguejou, e mais lágrimas escorriam por seu rosto. — Me... me desculpa. — Então sucumbiu de novo, o rosto todo vermelho, segurando a barriga.

Eu me sentei ao lado dele, cruzei as pernas e esperei que terminasse. Quando ele, enfim, conseguiu controlar o ataque de riso, senti seu toque em meu braço. Não o afastei, mas tampouco fui receptiva.

— Desculpa, Franny — disse Will. — Você... você se machucou?

Me virei para ele com violência.

— Ah, por que agora está preocupado?

— Eu estava preocupado! Estou preocupado! É só... desculpa, foi tão engraçado; eu não esperava que fosse fazer aquilo... — Parou de falar de novo. — O que estava tentando fazer, afinal?

— Estava tentando dar um mortal para trás. Por você. — Minha voz saiu fraca.

— Por mim?

Assenti.

— Estava na lista, e pensei... Bem, pensei que, já que estava ali, poderia aproveitar para ticar outro item.

Ele não estava mais rindo, mas os olhos riam por ele.

— Me desculpa. Não ri por querer. É só que... — Ele se calou, os ombros trêmulos. Contra a minha vontade, apesar da minha vergonha, me percebi erguendo os cantos da boca.

— Você acha que conta? — Minha voz saiu trêmula pela risada que eu tentava segurar, sem ainda estar pronta para deixar Will saber que eu o havia perdoado. Mas ele já se dera conta e virou-se sorrindo para mim.

— Vamos só dizer que sim e nunca mais voltar a falar sobre isso?

Não podia mais me conter. A risada explodiu de mim, e ver a sensação de alívio no rosto de Will me fez rir ainda mais.

— Chegou perto, pelo menos? — gaguejei, quase cuspindo as palavras em meio a ondas de riso.

— Quase. Metade do caminho.

Segurei a barriga e apertei as bochechas doloridas, esperando que o ataque de histeria passasse.

— De qualquer forma, parece que Elodie conseguiu dominar a prática.

Ergui e estreitei os olhos na direção das camas elásticas, observando como, sob a supervisão de Kieran, Elodie deu um salto para a frente e voltou a cair de pé.

— Bem, na verdade, é aí que você se engana — falei, sorrindo. — Veja bem, ela está fazendo um simples salto frontal, ao passo que eu estava tentando realizar um mortal para trás complicadíssimo, exatamente como estava na lista, conhecido por ser muito mais complexo de executar.

Will assentiu, exalando sabedoria.

— Ah, claro. Sim, eu nunca sonharia em comparar os dois. Estava apenas pontuando que Elodie parece ser capaz de dar uma cambalhota no ar e cair de pé, duas coisas que você não conseguiu fazer.

— Ah, não cheguei nem perto, né? — Suspirei, passando a mão pelo rosto. — Sei que foi um fiasco, e sinto muito. Deveria ter deixado você mesmo tentar.

— Com essa dor de cabeça? Sem chance!

— Com ou sem dor de cabeça, você teria conseguido se sair bem melhor que eu.

— Ah, mas aí não teria nem metade da graça.

— Verdade.

— Seja como for, eu te amo por tentar.

Bati na coxa dele.

— Bem, sim. Obrigada. — Ainda não tinha conseguido superar de verdade a vergonha e sentia as bochechas queimando no vento frio invernal.

— Ah, olha só para esses dois — comentou Will, interrompendo meus pensamentos. Ergui os olhos e vi Kieran e Elodie vindo na nossa direção. Elodie segurava a mão de Kieran, que não parecia muito incomodado com aquilo. Meu coração inflou.

— Kieran me ensinou a dar cambalhota no ar. Você viu, papai? — indagou Elodie, toda entusiasmada.

— Sim, querida, parabéns. Você se saiu muito bem — disse Will, me soltando e colocando a filha no colo. Kieran se sentou ao meu lado, e senti o calor que vinha dele.

— Tem certeza de que está bem, mãe? — ele indagou.

Fiz que sim.

— Sim, estou ótima. — Mexi o pulso dolorido, agora certa de que não passava de uma leve contusão. — A única coisa que saiu ferida foi o meu orgulho. — Sorri.

— Foi mesmo muito engraçado. Você caiu toda torta.

— Mas dei uma cambalhota?

O rosto dele se contorceu, pensativo.

— Nem um pouquinho?

— Sim, só um pouquinho.

— Então contou?

Ele assentiu.

— Contou.

E, com um floreio, desdobrei a lista e risquei o item. Mais um feito. Treze, e contando. Não havia tempo a perder.

12

PRESENTE

Abril de 2019

Quando éramos crianças, era sempre Will que surgia com ideias do que fazer. Um bate e volta para a praia, construir uma casa de árvore no bosque atrás de casa, sair de fininho para ir a um show para o qual não recebemos permissão para ir. Desde os meus sete anos, eu raramente tinha que me preocupar sobre como preencher meus dias: Will fazia isso por mim.

Mesmo com a doença, esse aspecto dele não havia mudado, e, agora que tinha colocado na cabeça essa vontade louca de completar a lista de desejos, ele estava determinado a ir até o fim.

Dado o seu futuro incerto, parecia insensível discutir com ele. E era por isso que, naquele momento, Will estava digitando em seu computador enquanto eu assistia a um documentário sobre pássaros migratórios com uma cerveja em mãos e os pés enfiados debaixo das coxas dele.

— Meu Deus, que pés gelados — disse ele, se afastando.

— É, e é por isso que quero que você os esquente. — Sorri e tomei um gole da cerveja.

— Certo, marcado — disse Will, pressionando uma última vez o teclado cheio de pompa e depois relaxando com um sorriso satisfeito no rosto.

— O que está marcado?

Ele passou os dedos sobre a boca, como se fechasse um zíper.

— Você vai ver.

— Ah, por favor, se quiser que eu faça algo, precisa ao menos me contar o que é!

— De jeito nenhum. Você não vai concordar se eu te contar.

— Minha nossa, isso não parece nada bom.

Ele sorriu e fechou o laptop.

— Mas você vai ficar feliz depois.

Enquanto Will saía da sala, me virei para Kieran, que estava jogando um jogo que parecia bem complexo no celular.

— Tem alguma ideia do que ele está aprontando?

— Não tenha a mínima ideia.

Mas eu logo descobri, quando, dois dias depois, estava parada ao pé de uma montanha enorme, me sentindo um pouco enjoada.

— Veja só. — Will apontava pelo vidro, e baixei a cabeça para ver... mais... e mais para trás. Eventualmente, consegui alinhar os olhos com o topo do monte de neve.

— Nem a pau, Will. Impossível. Não vou conseguir fazer isso.

— Claro que consegue. Vai ser tranquilo. — Ele apertou os meus ombros.

— Mas... olha só para esse lugar. É tão... tão... alto. E íngreme. Eu vou acabar quebrando o pescoço. Ou as pernas. Ou os dois. — Percebi que minhas pernas estavam ficando bambas e moles como gelatina.

— Você não vai quebrar o pescoço. Prometo. — Ele sorriu. — Bem, pelo menos ali, não.

— Como sabe disso?

Ele apontou com a cabeça para um monte menor, muito menos íngreme, atrás de uma barreira.

— Porque é ali que nós vamos.

Bati no braço dele.

— Seu merdinha! — Will viera por todo o caminho até o centro de esquiagem me provocando e contando como as descidas eram altas, como seria divertido descer zunindo pela neve. Fui ficando cada vez com mais medo e, quando estacionamos o carro, estava quase a ponto de desistir. Aquela era a gota d'água.

— Desculpa — disse ele, mas não parecia nada arrependido. Voltou-se outra vez para mim: — Não achou que começaríamos dali, achou?

— Bem, por que não? Eu não sabia que havia outro lugar!

— Não se preocupe, vamos para a pista dos iniciantes. Vamos precisar de algumas semanas até nos deixarem ir para a outra.

— Algumas semanas? Mas eu vou uma vez só. Esse era o combinado.

— Vamos lá, você pode acabar adorando. Parece ser incrível.

— Eu não vou. Colocar esquiar na lista foi ideia sua, não minha. Por mais engraçado que possa parecer, nunca tive uma vontade desesperada de me lançar sem controle montanha abaixo.

— Ah, Fran. O que aconteceu com você? Costumava ser tão destemida.

— Costumava? — Estava quase certa de que aquilo não era verdade. Tinha a impressão de que passara a maior parte da vida com medo de quase tudo.

Mas Will assentiu.

— Você não se lembra daquela vez em que entramos escondidos no porão da escola e acabamos presos?

Recordar aquilo me fez sorrir. A escola ficava em um edifício de arquitetura vitoriana, e o porão era, como bem sabíamos, estritamente proibido para os alunos. Havia um rumor de que era assombrado por um dos órfãos que costumavam viver no prédio, e Andrew Machin, um garoto da nossa turma, jurava que uma vez ouvira uma garotinha chorando atrás da porta, ainda que ninguém acreditasse no que ele dizia. Um dia, no almoço, nos desafiamos a descer para descobrir qual era a do lugar. Lembro que sentia as veias das têmporas latejando rápidas e prendi a respiração conforme empurrávamos as portas velhas e barulhentas. O que será que iríamos encontrar ali? No fim das contas, afinal, a descoberta foi decepcionante: não havia nada além de um armário empoeirado com figurinos e acessórios de antigas peças da escola e alguns instrumentos musicais bem velhos. Mas não havia iluminação, e as pequenas janelas que davam para fora tinham sido pintadas muitos anos antes. Por isso, quando a pesada porta de madeira fechou com um baque forte às nossas costas, ficamos em pânico. A maçaneta parecia ter desaparecido por completo em meio à escuridão e, quando enfim a achamos, parecia não funcionar: a porta não abria por nada. Tentamos muitas vezes, cada vez mais desesperados, com medo de acabarmos presos ali por dias até que alguém nos encontrasse, e sermos aos poucos devorados por ratazanas. Mas, felizmente, fomos descobertos pelo zelador e, assim que ele abriu a porta e deixou a luz entrar, nós dois suspiramos, divididos entre alívio e medo da punição que receberíamos. É claro que ele nos levou direto para a diretoria, e ambos pegamos duas semanas de detenção. Foi o ápice da minha rebeldia.

— Tenho quase certeza de que isso também foi ideia sua. — Foi o que respondi então para Will.

Ele deu de ombros.

— É provável. Mas lembro que você não teve nenhum objeção. E aquela vez que pixamos o muro do mercado.

— É, bom… isso não me torna corajosa. Uma idiota, talvez.

Will se aproximou e me deu um beijo no nariz.

— Ah, mas eu gostei. Então vamos lá: convoque sua idiotice interior e pare de ser tão medrosa, Francesca Gordon.

— Tá bom, seu mandão. Vamos nessa.

— Saúde. — Will ergueu sua xícara de chocolate quente e a brindou com a minha.

— Saúde — respondi com um sorriso enorme no rosto.

— Não precisa se mostrar tão orgulhosa assim.

— O quê? — perguntei, fingindo inocência.

— A sua cara. — Ele soprou o chocolate e deu um gole, fazendo uma careta ao encostar o líquido escaldante nos lábios.

— Não sei do que está falando — falei, observando as pessoas descendo rapidamente pela encosta através do vidro atrás de Will.

— Ah, muito engraçado, espertinha. Só porque se saiu melhor do que eu.

— Não tenho certeza disso. Quer dizer, vai depender muito da sua definição de “melhor”. Se quisesse ganhar o prêmio por cair mais vezes de bunda, você com certeza se saiu melhor do que eu. — Sorri enquanto Will me dava um soquinho no braço. — Sinto muito, Will, mas esta é a primeira vez na vida que sou melhor do que você em alguma coisa. Num esporte, pelo menos. Não venha me culpar por querer tirar proveito.

— Sim, é verdade — concordou. — Pelo menos você não é do tipo que não vai parar nunca de falar disso.

Sorri e bebi meu chocolate.

— De qualquer forma, achei que ficou lindo esquiando de bunda.

— Você estava muito ocupada rindo para reparar se eu estava lindo.

— Justo.

— Mas é outra coisa para riscar da lista. Bom, em partes.

— Por que *em partes*?

— A lista diz "Aprender a esquiar", e não tenho certeza de que o que fui capaz de fazer me qualifica como alguém que sabe esquiar. Sinto que aprendi mais a escorregar uma encosta deitado.

— Está insinuando que quer fazer mais aulas?

— Meu Deus, nem pensar. Amanhã vou acordar todo roxo. Nunca mais vou me fazer passar por isso. — Will sorriu, um sorriso que lhe iluminou todo o rosto. — Mas você aprendeu, na minha opinião, então podemos riscar da lista, não podemos?

— Sem dúvida. — Eu me levantei. — Certo, melhor irmos nessa. Precisamos chegar em casa antes de Kieran.

Soltei um suspiro. Kieran estava passando o dia com o pai, e, por mais que eu estivesse tentando ficar contente com todo o tempo que os dois estavam tendo juntos, não conseguia atenuar a pontada de ciúmes que sentia toda vez que pensava a respeito. Kieran era o meu menino, não o menino do Sean. Eu o criara, fizera todo o trabalho árduo: as noites em claro, as visitas médicas cheias de preocupação, as corridas ao pronto-socorro na calada da noite quando ele estava com febre; fui eu que consolei o choro de quando ele e o melhor amigo pararam de se falar, limpei os machucados nas vezes que ele caiu e o levantei quando estava para baixo. Fizera tudo isso e muito mais, todos os dias durante os últimos treze anos, e agora Sean aparecera do nada e tentava fazer parte da vida de Kieran e eu me sentia a pessoa mais invejosa do mundo. Sabia que aquilo era errado, e também sabia que o que estava acontecendo seria bom para o meu filho, mas nada parecia ser capaz de tornar a situação mais fácil.

— Ele vai ficar bem, sabia? — comentou Will.

Assenti.

— Eu sei. É só que... — Me calei, sem querer admitir como aquilo estava sendo difícil para mim. Afinal de contas, que tipo de mãe não quer a felicidade do próprio filho?

Mas não havia nada que eu pudesse esconder de Will.

— Entendo como você está se sentindo. Mesmo. Mas o fato de Kieran ter uma relação com o pai não vai mudar a relação que vocês dois já têm. Ele te ama, Fran. Sempre vai te amar.

— Eu sei. Me sinto uma pessoa horrível.

— Você não é horrível. Apenas o ama. Mas está fazendo o que é certo. — Ele esfregou a cabeça. — Eu faria de tudo se pudesse ter uma relação com o meu pai.

Não disse nada em resposta. O que poderia dizer? Will deixara claro como se sentia em relação ao próprio pai, e também sobre falar a respeito disso. Só me restava esperar que ele estivesse pronto para se abrir comigo.

— Enfim, aonde Kieran e Sean foram hoje? — perguntou Will, mudando de assunto.

— Não sei dizer ao certo. Sean comentou algo sobre levá-lo ao parque de trampolins, mas o Kieran já está um pouco velho para isso. Vê só, ele não o conhece nem um pouco.

Will hesitou por um instante, depois me ofereceu a mão.

— Bem, vamos para casa antes que ele chegue, e daí ficaremos sabendo. Vamos?

Peguei na mão dele, muito grata por tudo aquilo, e o segui até o carro.

Mais tarde, naquela noite, nos encontrávamos na sala de estar com tigelas de chilli já devoradas e abandonadas sobre a mesa de centro, e com o chiado de um disco girando em falso na vitrola, porque nenhum de nós estava disposto a levantar para tirar a agulha.

Will suspirou ao meu lado, e me virei para ele.

— Você está bem?

— Sim, só com sono. E minha cabeça está doendo um pouco.

Senti um nó no estômago, como sempre acontecia quando os sintomas da doença se manifestavam.

— Precisa de alguma coisa? — Eu me sentei, ajeitando a postura.

— Não, está tudo bem. — Ele passou a mão pela cabeça e fez uma careta de dor.

— Talvez você devesse ir falar com os médicos, ver se talvez não podem lhe dar algo para a dor, não? — Eu não queria me intrometer, mas detestava como ele sempre resistia a ir ao médico.

— Pode ser. — Ele fechou os olhos e jogou a cabeça para trás. A dor estava estampada em sua expressão.

Me virei para Kieran, que estava rindo de alguma coisa na tela do celular.

— Você se divertiu hoje com seu pai, querido?

Ele ergueu os olhos e assentiu.

— Sim.

— Isso é tudo o que vai me contar?

— O quê? Desculpa, mãe. Espera aí, deixa eu terminar isso aqui. — Revirei os olhos enquanto os dedos dele dançavam pela tela. Por fim, ele baixou o telefone e se virou para mim. — Desculpa, o que você disse mesmo?

— Eu perguntei se se divertiu com o seu pai.

— Sim, foi legal. Nós fomos no parque de trampolim.

— Ah, foram, é?

— Sim.

— Mas você sempre disse que era muito infantil.

— Sim, bem, eu achava que era. Mas o papai parecia tão a fim que concordei em ir, e acabou sendo divertido. Ele brincou comigo. Você devia ter visto só, ele ficou se exibindo e fez vários truques. Foi muito engraçado.

Senti um aperto no peito ao perceber o carinho em sua voz.

— Que legal, querido. Fico contente que vocês dois estejam se dando bem.

— Sim, estamos mesmo. Ele é maneiro.

Assenti, dobrando a língua. Queria dizer que *Não foi tão maneiro quando ele foi embora e nos abandonou*, mas me contive. Kieran estava feliz, e isso era tudo o que importava.

— Que bom.

O telefone de Kieran vibrou, e já estava esperando que ele voltasse a trocar mensagens com os amigos, mas, em vez disso, ele se dirigiu a Will.

— Acho que você deveria tentar fazer as pazes com o seu pai.

Will ergueu a cabeça com tanto ímpeto que senti o sofá se mexer. Ele franziu o cenho.

— O quê?

— O seu pai. Tenho certeza de que ele ia querer falar com você se tentasse conversar com ele.

— Kieran!

— O quê? — Ele me encarou, confuso.

— É só que... — Fiquei quieta, sem saber o que dizer. Talvez a abordagem nada sutil de um garoto de treze anos fosse justo o que Will precisava para parar de fugir da questão que o incomodava.

Will chegou a abrir e a fechar a boca para responder algumas vezes, parecendo um peixinho dourado, obviamente ponderando bem o que iria dizer.

— Não posso — disse ele por fim.

— Mas era isso o que eu pensava a respeito do meu pai — respondeu Kieran. — Que eu não podia vê-lo, que nem queria me encontrar com ele. Achava que eu não estava nem aí. Mas agora que eu o vejo sempre e estou conhecendo como ele é, está sendo mais legal do que eu pensava.

Will assentiu de leve.

— Isso é ótimo, Kieran. De verdade. Mas não é o que é melhor para mim. É uma situação completamente diferente. Meu pai teve a chance dele e mandou tudo pelos ares. Na verdade, ele teve mais de uma chance, e destruiu todas. Ele não merece o meu perdão, e é algo que jamais vai ter. Não enquanto eu estiver vivo. — E, ao terminar, Will se forçou a levantar. Estava pálido. — Sinto muito, Kieran. Sei que suas intenções são as melhores possíveis. Mas não vai acontecer, ok?

Kieran assentiu, depois olhou para as mãos sobre o colo. Parecia constrangido.

— Desculpa.

— Está tudo bem, não precisa se desculpar. — Will se abaixou e despenteou os cabelos de Kieran, depois os ajeitou. — Estou indo dormir. Bom sono.

E, ao dizer isso, saiu da sala, fechando a porta atrás de si.

Era o aniversário de Will e eu tinha uma surpresa para ele, uma que eu esperava ser capaz de animá-lo. O problema é que ele estava de mau humor por conta disso.

— O que é? — perguntou.

— Bem, se eu te contar vai deixar de ser uma surpresa, não?

— Mas eu detesto surpresas.

Revirei os olhos.

— Dessa você vai gostar. Agora venha, me siga.

Eu o arrastei para fora de casa na direção da estação de metrô. Me recusei a lhe dizer aonde estávamos indo durante todo o trajeto até o centro da cidade, apesar de seus constantes protestos, até que, enfim, chegamos a um restaurante em Covent Garden.

— Esta é a surpresa? — perguntou Will, conferindo a entrada conforme nos aproximávamos.

— Em parte. — Eu o observava enquanto ocupávamos nossos lugares no salão movimentado. — Queria fazer algo legal para o seu aniversário. É o primeiro que passamos juntos desde que nos reaproximamos.

— E provavelmente vai ser o último.

— Não diga isso.

— Mas nós dois sabemos que é verdade.

Me debrucei sobre a mesa e peguei as mãos dele.

— Não sabemos, não. Ninguém chegou a dizer isso. Você pode ter anos pela frente. Não sabemos de nada. Então pare com isso, pelo menos por hoje, tudo bem?

Ele baixou a cabeça.

— Me desculpe. — Quando ele reergueu a cabeça, reparei como aparentava estar exausto. As olheiras mais escuras e as faces do rosto pareciam mais profundas em vez de esculpidas. Senti uma pontada no peito.

— Tudo bem. Mas, me escuta, vamos tentar aproveitar, ok? Nos divertir um pouco.

— Sim. Vamos sim. — Ele pegou o cardápio e passou os olhos pela carta de vinhos. — Começando com uma garrafa de champanhe. Por minha conta.

Enquanto esperávamos pela bebida, Will estudava os grupos de pessoas reunidos nas mesas ao redor — as famílias, os casais e os grupos de amigos —, e parecia haver tristeza em seus olhos. Eu sentia o coração pesado ao pensar em tudo que ele poderia perder.

Will voltou os olhos para mim.

— Mas e aí, qual é a outra parte da surpresa? Vai me contar em algum momento?

Olhei por cima do ombro de Will e sorri.

— Não vai ser preciso. A surpresa chegou.

E, antes que ele pudesse se virar, uma mão firme pousou no ombro de Will e um braço o envolveu pelo pescoço. Will se levantou de súbito, retribuindo o abraço.

— Jim!

— Will. — Jim se afastou, deixando as mãos nos braços do irmão mais velho e olhando-o de cima a baixo. — Você está horrível.

— Uau, muito obrigado. Foi a coisa mais gentil que já me disse.

Jim sorriu e se virou para mim. Não nos víamos desde que eu tinha dezoito anos, quando ele tinha só catorze, mas sua expressão ainda me parecia familiar, agora bem-formada em um rosto bonito, o maxilar definido e linhas de expressão que apareciam no canto dos olhos quando ele sorria.

— Olá, Jim — falei, abrindo os braços.

Em vez de me dar um beijo na bochecha, ele colocou as mãos no meu rosto e me deu um beijo na testa.

— É tão bom te ver de novo, Fran. Obrigada por cuidar do meu irmão mais velho. — Havia bastante dor em seu olhar. Ele falava com uma leve entonação australiana, algo que Will não parecia ter incorporado.

— Não há de quê. É bom te ver de novo também. Você mudou um pouco com os anos.

Ele sorriu.

— Já você não mudou nada. Continua sendo linda demais para um idiota que nem o Will.

Will bateu de leve no braço do irmão enquanto se sentavam.

Jim guardou a mala debaixo da mesa e colocou as mãos sob o queixo.

— Então, me contem as novidades — disse, observando com cuidado o rosto do irmão.

Will contou a Jim sobre o nosso reencontro, e sobre a decisão de morarmos juntos, e sobre como suas dores de cabeça estavam piorando.

Eu os observava enquanto os dois conversavam, e só conseguia ver os adolescentes que eram na última vez em que vira Jim: o garoto um pouco triste que havia perdido a mãe e receava perder o irmão também; Will, o menino engraçado, perdido em luto, que sempre tinha adorado fazer as pessoas rirem, e que sempre fora a pessoa mais importante da vida do irmão, apesar dos quatro anos de diferença de idade. Eram como unha e carne.

Quando pararam de falar, Jim dirigiu-se a mim:

— Então, me fala mais dessa lista de desejos sobre a qual Will comentou. Foi algo que vocês dois fizeram juntos nos velhos tempos, é isso?

Assenti e expliquei o que era a lista.

— Não chegamos a fazer quase nenhum dos itens, por isso decidimos tentar ticar todos eles antes que eu bata as botas — disse Will.

— Will, por favor.

— O quê? Deixar de falar não vai mudar a situação em nada — falou ele, olhando para Jim antes de se virar outra vez para mim.

— Eu sei, mas… — Parei de falar, sem saber o que queria falar ao certo. De que servia a discrição? Will iria morrer, disso não havia dúvidas, e seria em breve, não importava se dentro de anos ou meses. Evitar o tópico não faria diferença. — Você está certo. Desculpa. Eu só acho difícil falar assim.

— Eu também, Fran — disse Jim. — Quer dizer, isso não é justo, é? Como que algo do tipo pode lhe roubar do resto da sua vida sem que você possa fazer alguma coisa a respeito? É uma merda, isso sim. Uma grande merda.

Houve um instante de silêncio enquanto o mundo se reordenava ao redor da gente, e ninguém discordou.

Então Jim me perguntou:

— E aí, qual o próximo item da lista?

Peguei o papel da bolsa e o entreguei para Jim, que o leu, passando o dedo sobre o que estava escrito.

— Bem, vocês não estão indo tão mal, mas precisamos dar um gás enquanto ainda estão em forma. O que estão planejando fazer a seguir?

— Não sei. — Will sacudiu a cabeça. — Não consigo acreditar que foi preciso uma doença terminal para que a gente saísse do sofá e de fato fizesse essas coisas.

Jim concordou, e eu mordi o lábio.

Jim voltou a olhar para a lista.

— O quê? Não acredito. — Nós dois esperamos que ele continuasse. — Não acredito que nunca aprendeu a surfar, Will.

Will parecia envergonhado.

— Pois é.

Jim balançou a cabeça.

— Você passou quinze anos morando na Austrália e nunca aprendeu a surfar. Não acredito que deixei essa passar. — Ele bateu as mãos uma na outra. — Bem, está decidido, então. Vocês podem viajar lá para casa, e aí vamos riscar um monte de coisas dessa lista. — Voltou a passar o dedo sobre a lista. — Surfar, confere... castelo de areia, confere... — Parou outra vez. — Nadar pelado?!

— Haha, sim, eu sei. Não tenho certeza se ainda gosto da ideia, mas é o que está na lista — disse Will, ficando todo corado.

— Bem, vocês podem matar dois coelhos de uma vez e ir surfar pelados — comentou Jim, abrindo um sorriso.

— Podemos mesmo ir passar uns dias por lá? — disse Will. — Quero dizer, nós adoraríamos, não é mesmo, Fran?

Assenti.

— Seria incrível. Se tiver lugar para a gente.

Jim e a esposa moravam num chalé no topo da montanha, junto a uma trilha que acompanhava toda a costa, e por isso havia pessoas passando diante de seu jardim a todas as horas do dia. Will me mostrara algumas fotos, e a vista parecia incrível. Não via a hora de ver com meus próprios olhos.

— A gente se aperta. As meninas podem dividir um quarto e vocês ficam com o outro. Vai dar tudo certo.

— Bem, se é assim, obrigada, Jim — falei.

Jim retomou a lista mais uma vez.

— Vocês mudariam alguma coisa dessa lista agora, se pudessem? — perguntou. — Quero dizer, se fossem refazê-la, há algo que gostariam de escrever em que nunca teriam sido capazes de pensar antes?

Will parecia pensativo do outro lado da mesa, e fiquei curiosa sobre o que ele acabaria dizendo. Aquela lista agora ganhara tanto mais significado. Era um indício do que Will era capaz de fazer, uma balança de seu eventual declínio.

— Não sei dizer — respondeu Will. Olhou para mim. — E quanto a você, Franny?

Balancei a cabeça.

— Nada que me venha à cabeça.

Jim permaneceu em silêncio por um minuto, perdido em pensamentos.

— Eu gostaria de adicionar uma coisa — falou quase num sussurro, e por isso tive que me inclinar um pouco para poder ouvir por cima do burburinho. Então ele se virou para Will, encarando-o nos olhos. — Eu gostaria que fizesse as pazes com papai.

Will se enrijeceu e sua expressão se fechou a olhos vistos. Eu o observei por alguns segundos, imaginando qual seria a reação. Será que iria sair correndo, tentar fugir da situação como sempre? Ou ficaria bravo e se recusaria a tocar no assunto? Os segundos se passaram sem que ninguém abrisse a boca. E então Will finalmente falou:

— Não posso.

Jim bateu o punho na mesa e os talheres tilintaram.

— Pelo amor de Deus, Will. Desculpa, eu sei que essa situação é uma merda completa, sei que está doente, mas por que você é sempre tão teimoso em relação ao papai?

Will afastou a cadeira e jogou o guardanapo de pano na mesa, mas Jim o segurou pelo braço e o manteve no lugar. Observei, fascinada, essa cena se decorrer entre os dois irmãos. Segundo Will, Jim sempre tomava o cuidado de não mencionar o pai em sua presença. Fora uma lição que aprendera anos atrás, e agora os dois sabiam bem como desviar do assunto.

Mas agora tudo havia mudado, e era evidente que Jim estava frustrado. Não pude deixar de concordar com ele, mas não ousava falar nada.

— Não, Will — disse Jim. — Não só se levante e saia correndo. Passei anos sem falar dele na sua frente e passei a aceitar que você não quer ouvir nada sobre a vida dele, mas não posso simplesmente ficar assistindo a isso sem fazer nada.

— Assistindo ao quê? Nada mudou. Pelo menos, não com ele. Ainda é o mesmo homem que sempre foi.

— Tudo mudou! Tudo. Pelo amor de Deus, Will, você está morrendo, e nada que possamos falar ou fazer vai mudar isso. Não acha que o papai ia querer a chance de vê-lo antes de partir? Acha que ele não merece a chance de dizer adeus ao filho primogênito?

— Merece? Ele não merece nada depois da maneira como se comportou.

Jim balançou a cabeça e tirou a mão de cima do braço de Will, que, por sua parte, nem se mexeu.

— Escute, eu nunca entendi por que você tem tanta raiva do papai, ainda não entendo. Ainda mais agora. Sei que ele cometeu erros. Sei que era muito difícil conviver com ele nos meses que se seguiram à morte da mamãe. Mas não acho que ele tenha feito algo por maldade. Ele também estava lidando com o luto. Todos nós estávamos. Eu só acho... agora, dado ao que aconteceu, dado que você não vai permanecer conosco por muito tempo, que devia pensar sobre se reencontrar com ele. Nem que seja só uma vez. Para se despedir.

Will encarava a mesa, completamente imóvel. Havia uma máscara sobre o rosto dele, cuja expressão era inescrutável. Jim e eu aguardamos, apenas imaginando o que aconteceria depois.

Por fim, Will ergueu os olhos para o irmão.

— Não vou prometer nada.

Pareceu ser o bastante, por ora. Assentindo de leve, Jim pegou o cardápio e o entregou a Will, um gesto de conciliação. Will aceitou e o estudou como se ali estivessem gravadas as palavras mais importantes do mundo.

A conversa estava encerrada. Por ora. Mas algo me dizia que, uma vez que Will se acalmasse e pudesse refletir com calma, veria que Jim talvez pudesse ter conseguido abrir uma brecha na grossa armadura que ele passara muitos anos construindo ao seu redor. Torcia para que esse fosse o caso.

Pelo resto da tarde, esquecemos da conversa por completo e desfrutamos de nossa refeição. Esquecemos sobre Will e o pai de Jim, esquecemos do câncer, esquecemos de tudo que eram águas passadas, e só comemos, rimos e bebemos como se fôssemos um grupo qualquer de pessoas.

E, por aquela fração do tempo, pudemos fingir que éramos.

Mais tarde, já em casa, tirei um lençol extra do armário para arrumar o sofá-cama para Jim enquanto Will tomava um banho.

— Tem certeza que não é mais fácil se eu ficar em uma pousada? — perguntou Jim, pegando a pilha de lençóis e fronhas das minhas mãos.

— É claro que não, você é mais do que bem-vindo aqui — falei. — Desde que não se importe em dormir em um sofá-cama cheio de calombos por algumas noites.

— Eu conseguiria dormir até sobre um varal de chão.

— Acho que posso providenciar isso.

Jim deixou os lençóis em um canto e ficou me encarando. Estendeu as mãos e pegou nas minhas, apertando-as de leve. Tinha a expressão séria.

— Obrigada, Fran.

— Pelo quê?

— Por cuidar de Will. Eu... fiquei tão feliz quando ele me contou que vocês dois tinham se reencontrado. Ele ficou tão arrasado depois que partimos. Nunca o vi tão fragilizado, e ele precisou de muitos anos para superar tudo. Sei que foi errado, ir embora sem nem te contar direito, mas... bem, você sabe... A Austrália fica muito longe, ainda mais naquela época. Acho que era mais fácil simplesmente só ir embora sem olhar para trás.

— Eu sei. Já conversamos um pouco sobre isso.

Ele assentiu.

— O que eu quero dizer... essa coisa com o papai. Eu acho difícil de entender, para ser honesto. — Ele soltou as minhas mãos, e as deixei cair ao lado do corpo. — Sei como Will se sente, mas não consigo entender bem o que papai fez para merecer uma raiva tão profunda. — Ergueu os olhos para mim, fazendo um apelo com os olhos. — Entende o que quero dizer?

— Acho que sim. Ele não fala muito a respeito, só que tudo ficou difícil depois que a mãe de vocês faleceu e que seu pai desapontou a vocês dois, que ele disse a Will algumas coisas imperdoáveis. Eu sei que Will sentia culpa por ter deixado você para trás.

— Eu sei que sentia. Mas não precisava. Estava tudo bem comigo. Papai e eu nos entendemos, no fim das contas. Mas eu ainda quero muito que ele concorde em ver o papai.

Foi então que algo me ocorreu.

— Ele sabe? Sobre Will, quero dizer. Você chegou a contar para ele?

— Para quem? Para o papai?

Assenti.

— Não. Já faz um tempo que não o vejo. Ele vive... — Fez uma pausa, considerando visivelmente se me deixaria numa posição desconfortável em relação a Will ao me revelar alguma coisa. — Ele mora bem longe, então já faz alguns meses que não o vejo. E, sem sombra de dúvida, isso é algo que se deve contar pessoalmente. — Ele parou de falar, dando de ombros. — Mas me desculpe por ter feito Will ficar irritado mais cedo, por ter tocado no assunto. Não faço isso nunca, mas, agora, parece importante demais para continuar assim.

— Não tem problema. Eu entendo. Só... não se anime muito, ok? Sei que você acha que Will precisa ir visitar o pai de vocês, e eu concordo, em partes. Mas acho que não nos ajuda em nada o forçar a fazer algo que ele não quer. Nós só queremos que esses últimos meses, sejam quantos forem, sejam especiais. Cheios de felicidade.

Jim assentiu.

— Eu sei. E prometo não fazer mais nada que vai chateá-lo. Mas, caso tenha a chance de falar sobre o assunto, pode aproveitar, não pode?

Assenti.

— Vou fazer o possível.

— Obrigada, Fran. — Jim voltou a pegar os lençóis. — Bem, onde colocamos isto?

— Pode deixar ali naquele canto. Vou preparar a sua cama depois.

Com cuidado, ele os deixou na mesa de canto e se sentou.

— Posso ajudar? Com os itens da lista?

— Claro que pode.

— Não quero me meter nos planos de vocês, tenho certeza de que têm tudo sob controle, mas eu adoraria dar uma mãozinha, se possível.

Sentei ao lado dele.

— Jim, nós adoraríamos a sua ajuda. Você é o irmão do Will. Por que seria diferente?

— Minha orelha deveria estar vermelha? — perguntou Will ao passar pela porta, antes de se jogar na poltrona.

— Claro que sim, nós sempre estamos falando de você — eu disse.

— Não sou tão interessante assim.

Fiquei reparando em Will quando ele passou as pernas por cima do braço da poltrona, acomodando-se do mesmo jeito que Kieran costumava fazer. De longe, ele poderia ser o mesmo Will que eu conhecia na adolescência. Poderia ser o mesmo garoto que me perseguiu pelo bosque até me fazer perder o fôlego só porque roubei um doce da mochila dele, que me fez chorar de rir com sua imitação do sr. Simpson, o professor de inglês cuja cabeça tinha formato de nabo e que achava que tudo que estava escrito nos livros era eufemismo. Enquanto eu o observava, senti um aperto no peito, porque o jovem adolescente que eu conhecia e tinha passado todos aqueles anos amando agora estava bem ali, um homem-feito, ainda tão cheio de vida e energia e, no entanto… no entanto, sua luz estava sendo extinta, um pouco a cada dia, o que me parecia quase insuportável. Ainda tinha tanto a lhe dizer.

— Por que vocês dois estão com essa cara séria? — questionou Will.

Dei um olhar cheio de culpa para Jim.

— Eu estava com cara de séria? Desculpa. — Abri os lábios em um sorriso e mostrei os dentes.

— Muito atraente — disse Will, rindo.

Eu me levantei do sofá, alisando a saia.

— Querem um chá?

— O que acham de algo mais forte? — perguntou Jim, tirando uma garrafa de gin da mala e sacudindo-a.

— Por que não? Só se vive uma vez — disse Will. E ele sabia mais do que ninguém a verdade do que dizia.

♥

A garrafa de gin quase vazia repousava sobre a mesa, evidência de que havíamos todos bebido demais.

— Nossa, amanhã eu trabalho — falei. As luzes dos postes lá fora pareciam apenas borrões pela janela.

— É, foi mal, acho que a gente se empolgou — disse Jim, sorrindo que nem bobo ao se esticar ao meu lado no sofá-cama.

— Tive uma ideia — disse de repente Will, que se levantou rápido e cambaleou um pouco — Ooopa. — Então saiu da sala.

Olhei para Jim.

— Tem alguma noção do que ele está aprontando?

— Não faço a mínima.

Mas não tivemos que esperar muito para descobrir. Poucos minutos depois, Will voltou para a sala trazendo consigo Kieran, que parecia relutante.

— Kieran e eu vamos dormir acampados no quintal hoje à noite — anunciou Will, arrastando um pouco as palavras.

— O quê?

— Está na lista, a lista de desejos — disse Will, sacudindo os braços de modo frenético para indicar a lista que estava na minha bolsa.

— Ceeeeerto. — Olhei para Kieran, que deu de ombros, sem saber o que mais fazer. — E você está a fim de fazer isso, Kieran?

— Acho que sim. Tipo, vai ser divertido, acho. — Olhou pela janela. — Mas não vai estar muito frio?

— Não vamos ter problemas — disse Will. — De todo modo, podemos levar muitos e muitos cobertores lá para fora. — Ele me encarou. — Você tem muitos e muitos cobertores, não tem?

— Alguns. E umas duas capas de edredom de sobra. Mas acho que esse não é o meu maior problema com esta ideia, Will. — Busquei a ajuda de Jim com o olhar, mas ele continuava sorrindo alterado.

— Qual é o problema? É uma ótima ideia. Dá para ticar mais um item da lista e observar as estrelas com esse rapazinho.

Kieran revirou os olhos, completamente constrangido por ter sido chamado de rapazinho.

— Não espera que eu vá com vocês, espera?

— Pode vir, se quiser. Mas vamos ficar bem só nós dois, não é mesmo, Kieren?

Kieran assentiu.

— Tudo bem. Mas vê se dorme, amanhã você tem aula — disse, me levantando e me dirigindo ao armário de roupas de cama. — Venham pegar uns cobertores, e depois vou fazer uma garrafa térmica de café para levar lá fora. — Dei uma olhada em Will. — Acho que vai precisar.

Will pareceu envergonhado.

— Quê? Não estou tão bêbado assim. — Ele se inclinou em minha direção e senti o hálito quente, um misto de odor cítrico e amadeirado com um toque inconfundível de álcool. — Vou cuidar dele, prometo.

— Eu sei que vai. E também não vai acontecer nada de mais naquele jardim minúsculo.

— Obrigado, Fran. É bom, sabe? Riscar as coisas. Me dá a impressão de estar conquistando coisas. Com você. — Will me deu um beijo desajeitado na testa e sorriu. — Certo, me dê essas cobertas e vamos lá para fora.

E, assim, ele marchou porta afora, espalhou as cobertas pela pequena área gramada e se deitou.

Quando Kieran chegou carregando uma garrafa de café e outra de chocolate quente, Will já estava roncando baixo, dormindo de boca aberta.

— Hum, isso quer dizer que posso ir dormir no meu quarto?

Olhei para Kieran.

— Você quer? Posso ficar e dormir com você aqui, se quiser.

— Vão para a cama, vocês dois. Eu fico aqui com o ridículo do meu irmão. — A voz de Jim surgiu atrás de nós. Olhei para Kieran, que assentiu de leve.

— Obrigada, Jim. Acho que nós dois ficamos contentes de poder ter uma boa noite de sono. Mas tem certeza de que vai ficar bem aqui? Podemos acordar Will e trazê-lo para dentro.

— Não, vão vocês. Deixa ele ticar o item de dormir ao ar livre. Vamos deixar o menino feliz.

E, então, Kieran e eu voltamos para dentro, fechando a porta com cuidado atrás de nós e deixando os dois irmãos dormirem sob o céu estrelado.

Duas noites depois, quando Jim já partira e tanto Will como Kieran dormiam, eu estava na sala de estar com uma taça de vinho, encarando meu próprio reflexo fantasmagórico na janela. Lá fora, tudo em silêncio, e pela primeira vez em semanas eu tinha tempo para pensar. Sem saber se queria mesmo fazer aquilo.

Estava pensando em Will, em como tanta coisa acontecera desde o nosso reencontro. Em como tanto acontecera desde a última vez em que tínhamos nos visto. E como eu iria lidar quando a vida voltasse a ser como era depois que ele se fosse.

Tomei um gole do vinho e fiquei observando um avião cruzar o céu, sobrevoando os telhados dos prédios em frente. Meus olhos seguiram as luzes tremeluzentes das estrelas, a anos-luz de distância, em outras galáxias. Aquilo sempre me fascinara, a ideia de que alguém a milhares de quilômetros de distância pudesse estar olhando ao mesmo tempo para quaisquer estrelas no meu campo de visão. Milhares de pessoas, ou mesmo milhões delas, olhando para o mesmo ponto, ao mesmo tempo, em todo o mundo.

Foi quando veio à tona uma memória de muitos anos antes, em que estava deitada no telhado da garagem que ficava entre a minha casa e a de Will, observando as constelações e bebendo sidra quente.

— Qual é a aquela? — disse Will, arrastando as palavras e agitando os braços com tudo pelo ar.

— Sei lá. Talvez seja aquele tal de cinturão. Sabe? Cinturão de Orion ou seja lá qual for o nome.

— Hum, hum.

Ficamos ali deitados durante horas naquela noite, com as curvas das telhas se enfiando em nossas costas, falando da vida, das nossas famílias, do nosso futuro. Achávamos que sabíamos tudo o que a vida tinha a nos oferecer.

Outra memória surgiu sem aviso, sem convite, indesejada. Outro céu noturno observado por uma janela sem cortinas. Uma lembrança que, com um pouco de esforço, sempre fui capaz de reprimir, de descartar, até que ela parasse de me incomodar. Não era o caso naquela noite. Naquela noite, ela veio com tudo e não houve como impedi-la.

Fechei os olhos e, me preparando para o que viria, deixei que ela viesse em ondas.

Um lampejo. Estrelas vistas por uma pequena janela.

Um lampejo. Luzes fortes, uma cama de hospital.

Um lampejo. Gritos. Que eram meus.

Um lampejo. Uma cabeleira de cachos loiros, um corpo quente, uma mantinha.

Um lampejo. Meus braços vazios.

Um lampejo. Encolhida na cama, sozinha, machucada... observando as estrelas pela claraboia...

— Não!

As memórias se foram, repentinamente, e abri os olhos, com o coração tão acelerado que achei que estivesse passando mal. Me reclinando, coloquei a cabeça entre os joelhos e respirei fundo algumas vezes. Minha pulsação foi voltando pouco a pouco ao normal, e voltei a me reerguer e a encarar minha imagem borrada na janela. Eu parecia translúcida, pálida, uma alma penada, quase irreal num cômodo cheio de mobílias imaginárias. Se esticasse os braços, será que me perceberia ali?

Fazia muito tempo que eu não permitia que essas memórias ocupassem a minha mente daquela maneira, mas agora elas estavam de volta, e eu não parecia ser capaz de afugentá-las daquela vez.

Talvez fosse chegada a hora de encará-las.

A questão era: como diabos eu contaria a verdade a Will?

E será que o perderia para sempre quando o fizesse?

13

PASSADO

Dezembro de 1993

Querida Franny,

Não sei bem como te dizer isso então vou dizer logo de uma vez. Vou me mudar para a Austrália. A ideia não foi minha e, sim, do meu pai, mas não posso deixá-lo neste momento.

Não quero te insultar com a tentativa de achar desculpas e mais desculpas sobre por que não vou ficar nem por que não vou lhe dizer isso pessoalmente. Apenas não tenho coragem. Se a vir, eu vou querer ficar, e não posso. Meu pai precisa de mim, o Jim precisa de mim. Sinto muito, do fundo do meu coração.

Considerando como sou covarde, acho que tomou a decisão certa a respeito do bebê. Você tinha razão, nós somos muito jovens e isso teria arruinado nossa vida. Mas nunca vou me esquecer de como poderia ter sido.

Sei que a Austrália fica muito longe, mas talvez seja mais fácil dessa maneira. Ainda assim, espero que me escreva. Eu vou escrever de qualquer maneira, você querendo ou não.

Espero que seja feliz, Franny. Acho que, sem você, eu não vou ser. Mas você vai sempre estar no meu coração.

Seja tudo o que puder ser, Franny. Sempre vou te amar.

Do seu Will.

Fechei o pedaço de papel no punho, os vincos bem marcados porque já o havia amassado e voltara a alisá-lo depois de tirá-lo do cesto de lixo.

Meu coração doía.

Observava a paisagem árida de fachadas comerciais cinza e terraços dilapidados passar pela janela do ônibus com a cabeça recostada no vidro.

Não conseguia acreditar que Will tivesse ido embora.

Will tinha ido embora e só se dignara a me escrever uma carta.

Por instinto, minha mão desceu até minha barriga quase inexistente, onde nosso bebê crescia dentro de mim. Pensava todos os dias naquele serzinho minúsculo crescendo cada vez mais, formando os dedos dos pés e das mãos, o nariz e os lábios.

Como Will pudera nos deixar justo naquele momento?

Nos separamos brigados. Eu tinha voltado para casa alguns dias antes da morte da mãe de Will, para me despedir dela. O câncer a havia dominado, e eu queria ter a chance de vê-la uma última vez antes que fosse tarde demais.

Mas eu também precisava contar a Will sobre o bebê.

Tinha achado que ficaria tão em pânico quanto eu, e aliviado quando eu contasse que não queria ficar com a criança. Mas, em vez disso, ele ficara superfeliz, e furioso quando falei sobre o aborto. Passamos toda a noite discutindo, andando em círculos, até que não houvesse mais para onde ir. Saí para ver a mãe dele, e Will quase não falou comigo quando eu estava indo embora. E aquela fora a última vez que o vi. Àquela altura, Will achava que eu já havia interrompido a gravidez e, embora tivesse tentado me ligar várias vezes, e eu ignorara todas elas, ele não tinha de fato se esforçado muito para me encontrar, ficar comigo e me apoiar.

Dissera a mim mesma que tudo bem, que iríamos nos resolver quando eu voltasse para passar o Natal em casa, tentar consertar as coisas. Porque havia algo que eu queria lhe contar.

Havia mudado de ideia em relação ao bebê.

— Tem certeza de que está tomando a decisão certa? — Mags me perguntara.

— De jeito nenhum. — Foi o que respondi. — Mas também acho que não sou capaz de fazer um aborto.

— Nossa. Um bebê. É uma baita responsabilidade.

— Eu sei.

Na verdade, eu tinha quase certeza de que estava cometendo um erro ao decidir ter o bebê. Ainda achava que aquela não era a hora, que aquilo arruinaria a vida de nós dois. Mas, quanto mais pensava no entusiasmo de Will quando eu lhe contara, assim como no que de fato significava interromper a gravidez, mais me dava conta de que, no fim, não seria capaz de fazer aquilo. Ainda estava brava e chateada com Will, mas tinha certeza de que íamos achar uma maneira, construir uma vida juntos, nós três. Sabia que ele ia transbordar de felicidade quando eu lhe contasse.

Mas então aquela carta chegara e levara tudo pelos ares.

O ônibus parou no meu ponto e eu desci. Agora chovia forte, mas mal me dava conta enquanto fazia a caminhada de cinco minutos até a casa de Mags.

— Venha, entre — disse ela, me tirando da chuva. Usava os dreads em um coque no topo da cabeça e um suéter com estampa *tie dye* com buracos nos punhos, por onde escapavam os polegares. Sua presença familiar rompeu a barragem de lágrimas em mim.

Ela me levou ao quarto dela e me fez sentar em sua cama. Água pingava no carpete marrom-escuro. Sem delicadeza, ela se sentou ao meu lado e cruzou as pernas, descansando os cotovelos nos joelhos.

— Agora me conte o que diabos aconteceu.

Balancei a cabeça e lhe entreguei a carta, agora ensopada, esperando enquanto ela lia.

— Que porra é essa, Fran? — Ela me encarava. — Que baita merda.

— Eu sei. — Minha voz saía fraca, tinha um nó na garganta.

Mags se levantou e ficou andando de um lado para o outro de seu pequeno quarto, virando com afetação a cada vez que chegava a um canto, depois dando outros três passos na outra direção. Sacudia a carta nas mãos quando falou:

— Eu não *acredito* que ele fez isso. — Virou-se. — Tipo, que cagão. — Virou-se de novo. — Quem acaba com uma amizade de uma vida toda... — virou-se — e ainda mais termina com a namorada grávida... — virou-se — ... por uma bosta de *carta*? — Virou-se, e aí parou. Ergui os olhos para ela, cuja raiva estava estampada no rosto e, se eu ainda não tivesse certeza, soube então, sem sombra de dúvida, que Mags continuaria sendo minha melhor amiga por toda a vida. Me senti grata e orgulhosa de ter uma pessoa tão forte, tão leal ao meu lado.

Ela voltou a se sentar e passou o braço por cima dos meus ombros.

— Isso é ultrajante. Sou incapaz de expressar quanto estou *enfurecida*.

— Acho que deu para ter uma ideia — disse, sem conseguir deixar de sorrir.

— Me desculpa. Só não consigo acreditar. — Ela balançou a cabeça, e um dreadlock escapou do coque, atingindo sua bochecha. Ela o afastou com a mão. — Então, o que vai fazer?

Dei de ombros.

— Vou ter que ter o bebê de qualquer jeito a essa altura. Quero dizer, olhe para mim. Já estou no fim do quinto mês. — Apontei para a barriga levemente inchada que só era evidente para aqueles que sabiam.

Mags concordou.

— Você tem razão. Mas tem certeza de que quer ficar com ele?

Ergui a cabeça com tudo.

— O quê?

— Bem, você sabe. Sem querer ser insensível, mas o que você disse antes continua sendo verdade. Não é uma idade nada boa para se ter um filho, mas você pensava que pelo menos o pai da criança estaria por perto. Ele pode ter dito aqui — ela apontou para a carta — que vai te escrever, mas de que adianta? Isso não é ser pai. Você vai fazer tudo sozinha.

— Mas e se eu contar para ele? Talvez ele volte… — Parei quando vi a cara de Mags.

— Ele tomou uma decisão, Franny. — Ela afastou uma mecha de cabelo molhado do meu rosto. — Ele escolheu o pai e o irmão. Sinto muito mesmo, mas não parece que ele voltaria.

— Mesmo se soubesse? Quero dizer, ele ainda acha que eu… você sabe… me livrei do bebê.

— Não, querida. Acho que ele não voltaria. Pelo amor de Deus, ele está na *Austrália*. Já está do outro lado do mundo.

Ela tinha razão. É claro que ela tinha razão. Embora eu soubesse que minha mãe e meu pai fariam tudo o que estivesse ao alcance deles, eu também sabia que teriam vergonha do que havia acontecido, e não queria impor esse fardo. No final das contas, estava por conta própria.

— Eu vou te ajudar. Não importa o que decida fazer, eu vou te ajudar.

Encarei a parede à minha frente por alguns minutos. Che Guevara me encarou em resposta do pôster colado nela. Será que eu conseguiria, com a ajuda de Mags?

— Quais são as opções? — Me virei para encará-la. — Me diga o que fazer, Mags. Não sei o que fazer. — Um soluço escapou da minha garganta.

Mags contou nos dedos.

— Opção um, você aborta. Já está tarde, não é o ideal, mas é uma opção.

Balancei a cabeça.

— Não consigo.

— Bem, então, a meu ver, você tem mais duas opções. Ter o bebê e criá-lo sozinha, e para isso provavelmente vai ter que voltar para a casa dos seus pais. Mas eu posso te ajudar. Ou colocar o bebê para adoção depois que ele nascer.

— Dar o bebê para outra pessoa?

Ela assentiu.

Encarei os meus pés, estendidos à minha frente em meu par de All Star batido. Ainda era uma criança, mal era capaz de me virar sozinha. Como poderia cuidar de outro ser humano?

A verdade era que eu não poderia.

— Se optar por isso, você vai me ajudar?

— Claro que vou. Não tenho a mínima ideia de como, mas, se decidir que é o que quer fazer, vou te ajudar até o fim.

— Obrigada, Mags. Não sei o que eu faria sem você.

E aquilo era verdade. Não sabia mesmo.

Tinha uma grande decisão a tomar.

14

PRESENTE

Maio de 2019

Algumas pessoas — entre elas, Mags — acreditam no poder do pensamento positivo: que, se nos concentrarmos bastante no que queremos, o universo vai atender o pedido de alguma maneira. Eu nunca acreditei muito nisso — e agora tinha certeza absoluta de que nada daquilo era verdade.

Porque, apesar de toda a minha vontade de que o tumor de Will passasse a crescer mais devagar, ou até mesmo se estagnasse, e nos permitisse ficar juntos por muito mais tempo do que esperávamos, o que os médicos nos diziam era o exato oposto daquilo.

O tumor de Will estava crescendo a um ritmo acelerado, e o provável era que ele não tivesse muito mais tempo.

Depois de semanas de dores de cabeça que só pioravam, Will se convencera a voltar ao médico, que dera a notícia de forma muito contundente. O tumor de Will não só passara a crescer muito mais rápido, mas começara também a pressionar o cérebro. O câncer agora também se espalhara para os linfonodos. Na verdade, o médico se mostrou surpreso pelo fato de Will ainda conseguir falar normalmente e de não ter apresentado nenhuma alteração da personalidade.

— Então você não presenciou nenhuma crise de raiva ou violência, nem impaciência diante de pequenos problemas? — o médico perguntara diretamente para mim.

— Não — foi o que respondi, negando com a cabeça.

Mas desde então, conforme os dias passavam, Will parecia ter dificuldade de se lembrar das palavras ocasionalmente ou, mesmo que lembrasse delas, tinha dificuldade de articulá-las. Ele ficava bravo e frustrado, e comecei a temer que aquele seria o início do fim.

— Sei que não quer realizar o tratamento, mas estamos prestes a iniciar uma rodada de tratamento com uma droga experimental, caso esteja interessado — oferecera o médico.

Depois de ouvir mais sobre os possíveis efeitos colaterais, Will se mantivera firme.

— Eu não quero passar os últimos meses da minha vida me sentindo horrível — disse ele. — Se vou morrer de qualquer forma, quero viver de verdade pelo máximo de tempo possível. Você entende isso, não entende, Franny?

— Não. Na verdade, não entendo. — O nó que eu tinha na garganta tornava difícil colocar as palavras para fora. Mas eu não podia amenizar minha opinião. Não podia compreender por que ele não parecia disposto a pelo menos tentar estender seu tempo de vida, um pouco que fosse. Para mim, mesmo apenas algumas semanas a mais fariam toda a diferença.

Ele segurara meu rosto entre as mãos.

— Eu te amo e quero estar com você pelo máximo de tempo possível. Mas não quero passar o tempo que nos resta, seja lá quanto for, sofrendo ou com você tendo de cuidar de mim. Não é assim que eu quero que se lembre de mim, e com toda certeza não é como eu quero passar os últimos meses da minha vida.

Senti uma lágrima escorrer pelo rosto, mas mesmo assim assenti. Entendia tudo o que ele dissera. Mas isso não me impedia de querer, do fundo do coração, que conseguíssemos espremer todo o tempo possível juntos até a última gota.

Mas a verdade era que, de todos os ângulos pelos quais olhássemos, estávamos nos aproximando do fim da linha.

Will iria morrer.

— Todos nós vamos morrer — disse ele quando comecei a chorar durante o café da manhã do dia seguinte. — Eu só tenho uma ideia mais clara de quando o meu fim vai chegar. — Ele tentou sorrir, mas seus lábios mal se mexeram, e ele desistiu antes mesmo de começar. — Me desculpa. Não sei por que preciso transformar tudo em piada.

Dei de ombros.

— Tudo bem. Eu também não queria estar chorando. — Além do mais, manter-se bem-humorado era melhor do que o contrário. Respirei fundo pelo nariz e fui soltando o ar aos poucos pela boca. Mesmo que me sentisse completamente vazia por dentro, era meu dever me manter forte. Will precisava que eu continuasse de pé.

Ele levou um croissant à boca e deu uma baita mordida, fazendo migalhas caírem do queixo até o prato.

— Decidi que vou parar de trabalhar — disse Will enquanto mastigava.

— Desde quando?

— Desde ontem. Fiquei pensando sobre isso desde que estivemos no hospital, e é a melhor decisão a tomar. Já estou ficando tanto tempo afastado mesmo, e não preciso mais de muito dinheiro, agora que a casa está à venda. Só... acho que chegou a hora.

Engoli em seco. Parecia outro indício do inevitável declínio de Will, e não fazia a menor ideia do que eu poderia dizer em resposta. Por isso, só respirei fundo.

— Já contou ao Jim que o câncer se espalhou?

— Ainda não.

— Você precisa contar para ele. Não pode esperar até irmos lá visitá-lo.

— Eu sei, vou fazer isso. Só... preciso de um pouco mais de tempo. Para assimilar tudo. — Abanou as mãos em torno da cabeça em um movimento circular.

Pensei em Jim lá na Cornualha, bem ao sul, alheio a tudo pelo que o irmão estava passando, sem nem suspeitar que o fim da vida dele de repente se tornara uma sombra muito mais próxima, muito mais ameaçadora, e aquilo me deixou enjoada. Jim ficaria arrasado.

— Quer que eu conte?

Will balançou a cabeça.

— Não, muito obrigado. Isso é algo que eu mesmo tenho que fazer.

— Ok. — Fiquei aguardando, incerta sobre o que dizer a seguir. Will se levantou, derrubando as migalhas do colo no chão da cozinha.

— Não há hora melhor que o presente, creio.

— Boa sorte. — Peguei a mão dele e imprimi uma leve pressão nela quando ele passou por mim.

Fiquei ali sentada por alguns minutos, deixando a mente vagar.

Não conseguia imaginar como Jim reagiria à notícia. Ele havia perdido a mãe tão jovem. Agora encarava a perspectiva de também perder o irmão mais velho.

Se eu achava tudo aquilo tão horrível, quanto pior não seria para ele? Isso sem falar de Elodie. Dar a notícia a Jim era uma coisa, mas como alguém poderia explicar a uma garota de seis anos, de forma compreensível, que ela estava prestes a perder o pai? Com Kieran, tinha sido diferente. Embora eu tivesse ficado preocupada sobre como contar a ele, receosa de que ele se sentisse abandonado justamente quando começara a aceitar a presença de Will na sua vida, ele tinha se mostrado surpreendentemente maduro quando lhe contei tudo no dia seguinte à nossa visita ao hospital. Ele se aproximou e deitou a cabeça no meu colo, algo que não fazia havia muito tempo, de alguma forma intuindo que nós dois precisávamos daquilo. E, enquanto eu inalava o aroma de desodorante Axe com um fundo de suor, meus olhos se encheram de lágrimas. Eu o amava muito, mas não pude deixar de pensar na sorte que fora Sean estar de volta à vida dele. Talvez isso o protegesse um pouco da tristeza que estávamos prestes a ter que enfrentar.

Em meio a tudo aquilo, não havia muito tempo para pensar em mais nada. Mas havia uma coisa me atormentando desde que Will ouvira que seu tempo estava se esgotando, e eu precisaria lidar com aquilo logo.

Então, na noite seguinte, enquanto Will dormia e Kieran estava com o pai, tirei do fundo do guarda-roupa uma caixa que eu raramente pegava. Era de metal, com chave, e soprei a grossa camada de pó que a cobria antes de colocá-la sobre a cama. Pus as mãos sobre ela e senti a frieza do metal se aquecer com meu toque. Aquela caixa continha informações que poderiam abalar as estruturas da minha vida, e não tinha certeza estava pronta para destrancá-la.

Mas não tinha escolha.

O tempo se esgotava.

Respirando fundo, desgrudei a pequena chave do fundo da caixa, enfiei-a na fechadura e girei. Abri a tampa devagar e por um tempo fiquei encarando o seu conteúdo, sobrepesando se teria coragem de revirar tudo. Já fazia anos desde a última vez em que olhara para aquilo, preferindo trancafiar tudo, tanto física como metaforicamente. Daquela forma, era mais fácil fingir que aquilo nunca acontecera, que não importava.

Mas agora importava, sim. Mais do que tudo.

Peguei a pequena pilha de papéis da caixa. Havia uma coleção de cartas dobradas, cujas bordas estavam amareladas; cartões com orelhas e cantos rasgados, fotografias desbotadas pelo tempo. Conforme colocava a pilha sobre o edredom, uma foto caiu virada para cima, me fazendo arquejar. Eu a peguei com as mãos trêmulas e a estudei, passando o indicador com cuidado sobre ela: sobre os cachos loiros, compridos, bem compridos, se derramando desajeitados sobre um dos olhos. Um macacão vermelho, uma camiseta branca e um triciclo com empurrador, sem pedais. Meus olhos seguiram os contornos das bochechas: arredondadas, mas não cheias, a fofura típica dos bebês já se esvaindo, as faces do rosto se desenhando. Mas eram os olhos que me faziam perder o fôlego. Os incríveis olhos azuis, com os cantos levemente angulados, reluzentes, vivazes. Exatamente como os do pai.

Exatamente como os de Will.

Aquele era o nosso filho. Eu o chamara de William, sabendo que provavelmente o mudariam, mas sem deixar de torcer para que não o fizessem, para que ele pudesse ficar com algo do pai, sabendo disso ou não.

Depois, passou a ser chamado de Jacob pelos novos pais, que me escreveram religiosamente duas vezes por ano por intermédio da agência de adoção, exatamente como haviam prometido, e me enviaram fotos como aquela. Quase chegava a desejar que não fizessem aquilo, pois era quase incapaz de suportar saber do filho do qual eu abrira mão, incapaz de vê-lo crescendo longe de mim, um lembrete de tudo o que eu havia perdido. Por outro lado, tampouco imaginava ficar sem poder vê-lo, aqueles retratos que eu passava horas e horas devorando com os olhos, à procura de qualquer semelhança que pudesse encontrar, qualquer coisa que me vinculasse àquele bebê, depois àquele menino, depois àquele rapaz. Qualquer coisa que o vinculasse a Will. Cheguei a escrever para ele uma vez, mas nunca enviei a carta. Não havia palavras para expressar como eu me sentia vazia por dentro.

Quando Jacob completou dezesseis anos, as cartas pararam de chegar.

Achamos que chegou a hora de deixar Jacob decidir por conta própria se quer permanecer em contato com você, foi a mensagem que me enviaram. *Sentimos muito.*

E foi isso. Nunca mais tive notícias deles, ou dele.

Mas era chegada a hora.

Precisava tentar encontrá-lo para lhe contar o que acontecera. Contar a ele que seu pai estava morrendo. Ele tinha o direito de saber, e Will tinha o direito de saber a respeito do filho.

Mesmo que isso me custasse tudo o que eu tinha.

Devolvi a foto à pilha e me forcei a não olhar para mais nenhuma. Peguei um pedaço de papel fino, dobrado várias vezes, e, ainda que eu soubesse o que estava escrito ali, meu coração martelava conforme o desdobrava. Era uma carta que havia escrito para o meu bebê, logo depois que ele fora tirado de mim.

> *Não acredito que você foi embora. Não acredito que nunca mais vou poder tê-lo em meus braços, sentir a maciez e o calor de sua pele na minha, roçar os lábios em seus cabelos. Vê-lo se tornar o homem maravilhoso que sei que um dia será. Ser parte da sua vida, do jeito que sempre sonhamos.*
>
> *Meus braços sempre vão parecer vazios.*
>
> *Não sei mais o que dizer. Me desculpe.*
>
> *Estou devastada.*
>
> *Espero que sua vida seja mais feliz do que teria sido comigo.*

E, lembrando como me sentira arrasada ao escrever aquilo, lágrimas escorreram pelo meu rosto e molharam o papel, esparramando-se devagar, borrando a tinta consigo. Voltei a guardar tudo na caixa, incapaz de olhar para aquilo por mais um segundo que fosse, e a enfiei de novo no fundo do armário. Já sabia o que tinha que fazer. Entrar no site do Registro de Contato de Adoção e ver se meu filho havia se registrado — ver se um dia ele teve vontade de me encontrar. Porque aquela era a minha única chance.

— Isso é ridículo — resmungou Will enquanto eu vasculhava a mala, verificando pela décima vez.

— Só estou me certificando de que pegamos tudo — falei, tirando cada um dos itens de uma vez.

— Eu sei, mas você já conferiu um milhão de vezes.

Coloquei tudo de volta na mala e suspirei.

— Só quero ter certeza de que não estamos nos esquecendo de nada. Você sabe que precisa de analgésicos suficientes para passar a semana, só para garantir.

Will suspirou.

— O que aconteceu com os seus momentos de espontaneidade, hein?

— Se acabaram assim que engravidei de Kieran.

Ele deu um sorriso tímido.

— É, acho que é assim mesmo. Só que, nos últimos tempos, tudo parece tão dramático. Cada saída de casa tem que ser planejada nos mínimos detalhes levando em conta que pode ser muito esforço para mim. Não é mais só sair e ver o que o dia nos reserva.

Sentia a irritação borbulhar no peito. Sabia que Will estava se sentindo frustrado e entendia por quê. Só nos últimos dias, ele havia pedido demissão do emprego e combinado com Amy que, quando vendessem a casa, ela compraria um lugar menor. Eu sabia que nenhuma dessas mudanças era fácil para ele. Mas estava dando o melhor de mim para tornar a vida dele o mais feliz possível.

— Eu não tenho culpa — foi o que acabei dizendo, a voz trêmula.

Will ergueu os olhos, levantou do sofá e me envolveu com seus braços esguios.

— Eu sei, meu amor, me desculpa. — Enterrou o rosto no meu pescoço, o que me fez retorcer toda. — Só estou cheio de estar sempre me sentindo péssimo, quando sei que só vai piorar.

Meus dedos foram parar no rosto dele, acariciando sua barba por crescer.

— Eu só queria... — Não completei o que dizia, sem saber o quê, dentre as várias coisas que eu queria, gostaria de dizer em voz alta. Queria que ele não estivesse morrendo? Queria que nunca tivéssemos nos separado?

Queria que tivéssemos nos reencontrado antes? Tantas coisas que eu queria, gostaria, desejava. Nada daquilo faria diferença.

Havíamos decidido visitar Jim na Cornualha, como prometido, numa tentativa de espairecer, de ter momentos de diversão com a família dele. Também esperávamos poder riscar mais alguns itens da lista, receosos de que Will não teria a energia necessária para completá-la se não lidássemos com ela logo, mesmo que algumas das coisas que havíamos escolhido agora parecessem tolas ou irrelevantes. Por que aprender a surfar era mais importante que ler mais livros, assistir a mais peças de teatro, passar mais tempo com entes queridos? Ou se reconciliar com o pai depois de tanto tempo...?

Mas havia uma boa notícia também. Elodie iria conosco à Cornualha.

— Vai ser bom para ela passar um tempinho com o pai — dissera Amy.

Então ali estávamos, nos aprontando para a longa viagem de carro até Bude, esperando Amy chegar para deixar Elodie. As mãos de Will se recusavam a permanecer paradas — ele as esfregava, passava-as pelo rosto, cutucava as unhas. Era evidente que estava preocupado de que algo desse errado antes mesmo de chegarmos à estrada.

Levantou-se em um salto quando a campainha tocou, mais rápido do que se movera em dias.

— Fica sentado, querido — falei, me encaminhando para a porta. — Deixa que eu atendo.

Sentia o coração martelando enquanto me aproximava da entrada. Aquele era meu primeiro encontro com Amy, e não sabia qual seria a reação dela ao me ver. Abri e porta, deixando o brilho do sol entrar, e dei de cara com uma mulher de cabelo louro-escuro puxado em um rabo de cavalo e vestindo roupas de ginástica fúcsia. Elodie estava a seu lado, de mãos dadas com a mãe e me encarando de olhos arregalados e com um imenso sorriso estampado no rosto. Na outra mão, tinha uma malinha rosa.

— Oi, Amy. Oi, Elodie — disse, escancarando a porta.

— Você deve ser a Fran — falou Amy, oferecendo a mão. Tentando disfarçar minha surpresa, peguei a mão dela e a cumprimentei.

— Um prazer enfim te conhecer — disse.

— Igualmente.

Amy se agachou, tirou o cabelo de Elodie da frente do rosto e plantou um beijo gentil no nariz da filha.

— Obedeça ao seu pai e não fique com muitas saudades de mim.

— Vou obedecer, prometo — disse Elodie.

— Boa menina. Não se esqueça de me ligar todos os dias, tudo bem?

— Sim, mamãe. Eu te ligo no Skype, vai ser como se a gente estivesse no mesmo lugar.

Sorri ao ouvir as palavras de Elodie, claramente repetindo uma frase que ouvira de Amy.

Amy puxou Elodie para um abraço, depois a soltou e se levantou.

— Vocês vão cuidar dela, né? — disse baixinho.

— Claro que vamos. — Estendi a mão para Elodie, que, mesmo envergonhada, largou a mão de Amy e segurou a minha.

Ela se virou para a mãe.

— Fran me deixa tomar sorvete e ir no pula-pula. A gente vai se divertir.

— Certo, muito bem. Me avisem quando chegarem lá.

Assenti com a cabeça, então Amy se virou e desceu correndo os degraus que levavam à calçada. Deu um tchauzinho, e então a observamos se afastar, o rabo de cavalo balançando atrás dela e reluzindo à luz do sol. Senti Elodie apertar minha mão de leve.

— Certo, quer falar oi para o seu pai?

— Sim! — disse ela, me seguindo até a sala de estar, onde Will esperava em pé, um pouco sem graça. Um sorriso iluminou seu rosto quando ele viu Elodie, que foi correndo até os braços dele.

— Papai!

— Oi, meu amor — disse ele com a boca no cabelo dela. Seus olhos estavam úmidos de lágrimas, e notei como ele parecia pálido em contraste com o brilho bronzeado de Elodie. Ele se afastou. — Pronta para partir em uma aventura?

— Sim! E podemos voltar a pular num trampolim? Foi divertido.

Enrubesci ao me lembrar da ocasião.

— Sim, acho que não tem problema.

Will sorriu enquanto Elodie batia palmas, animada.

— Certo, vou levar tudo para o carro. — Will começou a me seguir. — Onde você vai?

— Ajudar.

— De jeito nenhum. Fique aqui com a Elodie. — Will odiava ser tratado como incapaz, mas de forma alguma ele teria força para ficar carregando malas para cima e para baixo. E, mesmo que conseguisse, aquilo o afetaria pelo resto do dia. Ele titubeou por um instante, dividido entre discutir e obedecer. Por fim, ele voltou ao sofá e pegou Elodie no colo. Enquanto conversavam sobre todas as coisas que fariam na praia, saí da sala e fui bater à porta do quarto de Kieran. Sem resposta. Abri e enfiei a cabeça. Kieran estava deitado na cama, com fones de ouvido grudados na cabeça, de olhos bem fechados. Dei tapinhas no pé dele, fazendo-o pular de susto.

— Hum? — Ele arrancou os fones. — Já estamos indo?

— Pode vir me ajudar a colocar todas as coisas no carro, por favor, meu amor?

— Ahhh, preciso mesmo?

Cruzei os braços na frente do peito.

— Não, não precisa. Mas, se não vier, vou ter que fazer tudo sozinha.

— O Will não pode te ajudar?

Arqueei as sobrancelhas e esperei que ele refletisse. Ele soltou um suspiro, passou os pés pela beirada da cama e calçou os chinelos.

— Tá booooom.

Quinze minutos depois, o carro estava explodindo com mais coisas do que o necessário para passarmos alguns dias na Cornualha, lanchinhos o bastante para alimentar toda a vizinhança (com os quais Kieran provavelmente acabaria nas primeiras duas horas) e embarcávamos no veículo.

— Todos prontos? — perguntei, sentando atrás do volante.

A resposta foi uma profusão de gritos animados e, devagar, saí com o carro. Mal podia esperar para passar os próximos dias viajando. Só torcia para que Will ficasse bem.

Longas sete horas e meia depois, estávamos, finalmente, estacionando na frente da casa de Jim e Karen. Várias paradas e o inevitável tráfego intenso tornaram a viagem mais demorada do que o esperado, mas pelo menos havíamos chegado. Will dormia profundamente ao meu lado, a boca ligeiramente entreaberta, o rosto suado. Kieran ouvia música e Elodie assistia a *Frozen* pela terceira vez em seu iPad.

Antes mesmo que eu desligasse o motor, Jim, Karen e as duas filhas já estavam lá fora para nos receber. Abri a porta do carro e desci, alongando braços e pernas, que protestavam por terem ficado dobrados e espremidos no carro por horas a fio.

— É incrível finalmente poder te conhecer — disse Karen, estendendo os braços e me abraçando como se fôssemos velhas conhecidas. Quando se afastou, manteve as mãos nos meus braços. — Ouvi tanto a seu respeito.

Observei com atenção a mulher que havia se casado com Jim, um homem gentil e adorável, e logo percebi por que ele havia se apaixonado. Ela irradiava calor, e o modo como os olhos reluziam me dizia que íamos nos dar muito bem. Ela se virou para as filhas; uma esperava para ser apresentada, toda tímida, às suas costas; a outra, mais velha, mexia no celular, fingindo desinteresse.

— Esta é a Olívia... — A mais nova deu um passo adiante e fez um aceno discreto. — E esta é a Soraya, que sem dúvida vai dizer oi se um dia conseguir tirar os olhos da tela. — Soraya ergueu a cabeça e deu um sorriso envergonhado.

— Desculpa. Olá. — Ela se aproximou e apertou minha mão, um comportamento surpreendente para uma jovem de treze anos.

Atrás de mim, Kieran abriu a porta do carro e saiu, esticando os braços e as pernas compridas.

— Oi — disse, quando se deu conta de que todos olhavam para ele.

— Este é o Kieran, o meu filho — falei, e todos o cumprimentaram. Eu o observei analisando o grupo de pessoas na calçada em frente a ele. Ficou todo vermelho quando botou os olhos em Soraya. Ah, dois adolescentes de treze anos cheios de hormônios juntos por alguns dias na mesma casa. Aquilo ia ser interessante.

Dei a volta no carro e deixei Elodie sair; ela segurou na minha mão com força enquanto era recebida pela família que ainda não tivera a chance de conhecer muito bem por conta da distância.

— Meninas, por que não mostram para Elodie e Kieran onde eles vão dormir? — disse Karen, e esperamos os quatro marcharem até adentrarem a casa.

Jim se virou para mim, de cenho franzido, e indicou o carro com um leve aceno de cabeça.

— Como ele está? — A voz dele não passava de um sussurro, como se estivesse preocupado com que Will fosse nos ouvir de dentro do carro.

Dei uma olhada no interior do veículo. O que deveria dizer? Deveria mentir e dizer que ele estava bem para que não o tratassem como alguém debilitado? Ou deveria lhes contar a verdade, que ele tinha dias bons e dias ruins, e que, nos dias ruins, eu ficava apavorada de verdade com o fato de poder ser o início do fim?

— Ele está... bem — falei. — Sempre exausto, e com muita dor, mas segue determinado a continuar fazendo as coisas. Eu nunca iria impedi-lo de vir até aqui para visitar você, custasse o que custasse.

Jim assentiu e coçou a barba.

— Não consigo acreditar. Meu irmão mais velho. — A voz dele estava tomada de tristeza.

— Eu sei, querido — disse Karen, entrelaçando o braço no de Jim e encostando o rosto no ombro do marido. — Mas nós vamos cuidar dele.

Todos levamos um susto quando a porta do carro se abriu e Will botou a cabeça para fora, protegendo os olhos do sol, que, aos poucos, baixava no horizonte atrás da casa.

— Will! — disse Jim, aproximando-se para pegar a mão dele enquanto ele começava a sair do carro. De mau humor, Will afastou a mão do irmão, que se retraiu.

— Pode deixar! — Jim deu um passo para trás e esperou Will se endireitar aos poucos, ficando de pé na calçada à nossa frente. — Viu só? Nós viemos.

Jim voltou a se aproximar e jogou os braços fortes e bronzeados ao redor do debilitado irmão mais velho, e o contraste quase me deixou sem ar. Quando se testemunha algo diariamente, as mudanças são tão ínfimas que chegam a passar quase despercebidas. Mas, ao longo de muitos dias, essas pequenas mudanças se somam, causando uma diferença bem maior, e, por mais que só fizesse um ou dois meses desde a última vez que Jim e Will se encontraram, muitas coisas haviam mudado. Vi Jim respirar fundo ao abraçar Will, parecendo magro nos braços do irmão.

— Você está ótimo — disse Jim, soltando-o.

— Para alguém com câncer, com certeza — respondeu Will, e me encolhi ao ver a dor na expressão de Jim.

— Não fale assim.

— Mas é verdade. Pareço bem para alguém com câncer, péssimo em comparação a qualquer outra pessoa. Está tudo bem.

Karen se aproximou e deu um abraço rápido em Will.

— Venham para dentro, vocês dois, vamos beber alguma coisa.

Grata a ela por ter mudado de assunto, segui os três para dentro da casa.

O lugar era espetacular. A sala de estar dava para uma cozinha enorme de plano aberto, com janelas que percorriam toda a largura da casa. Mas o que roubava toda a atenção era a vista: um pequeno topo verde, uma parte de arbustos baixos, e depois um repentino trecho de colinas pinceladas de marrom, cinza e roxo na direção do mar, que reluzia e brilhava na estonteante luz do entardecer.

— Uau, que lindo! — Fiquei parada diante da janela por um instante, sorvendo aquela cena.

— Demais, né? — disse Karen, ao meu lado. — Isso é o que me fez querer a casa. Eu cresci no litoral da Austrália e sempre quis ficar perto do mar quando vim para o Reino Unido. E olha só... Quem não ficaria feliz olhando para isso?

Pensei na vista da janela da minha casa — uma cerca viva, carros estacionados e as janelas e portas das casas do outro lado da rua, muros que não diziam nada. Ali até a luz parecia diferente; o ar parecia mais alegre, capaz de convencê-lo de que tudo estava a seu alcance, quase fazendo crer em milagres.

Atrás de mim, Will se jogou numa cadeira da mesa de jantar.

— Maravilhoso, não?

— É mesmo.

— Chá? Café? Vinho? — Karen e Jim reviravam a cozinha, pegando tigelas de gavetas e despejando nelas pacotes tamanho família de batatinhas.

— Vinho está ótimo — disse Will.

Titubeei. Já fazia algumas semanas que Will havia parado de beber porque dizia que o álcool o deixava enjoado. Torci para que isso fosse um bom sinal, e não apenas uma manifestação do comportamento defensivo de Will, irredutível em esconder de Jim como de fato estava doente.

— Para mim também, por favor — falei, ficando em pé. — Mas vou pegar as malas antes que eu comece a relaxar demais.

— Eu te ajudo — disse Jim.

— Maravilha, obrigada.

Sabia que para Will era difícil deixar que fizéssemos as coisas por ele, mas fiquei contente em ver que daquela vez ele nem tentou argumentar. Então Jim e eu os deixamos na casa e fomos tirar as malas do porta-malas que Kieran me ajudara a encher.

— Minha nossa, vocês estão de mudança?

— Bem, estávamos pensando nisso, se não se incomodarem — respondi, batendo a mala mais pesada no chão de cascalho. Passei as mãos na testa por conta do calor. Ao meu lado, Jim permanecia imóvel. Me virei para ele com cara de ponto de interrogação.

— Vocês sabem que poderiam, né? Quero dizer, se mudarem.

Aquilo não me fez rir porque vi em sua expressão que ele estava falando com sinceridade.

— Obrigada, Jim.

— Estou falando sério. Aqui é bem agradável. Como pode perceber. E Will ama o mar, sempre amou. E... e... — A voz dele falhou, interrompida por um arquejo alto que o fez tossir. — Ele não tem muito mais tempo, tem?

Voltei a sentir as lágrimas arderem nos meus olhos e fiz que não com a cabeça, fixando o olhar no topo do joelho de Jim, para não ter de encará-lo.

— Não, acho que não. — Ergui o olhar e deixei meus ombros caírem, sem saber mais o que dizer.

Jim concordou, tenso.

— O que está acontecendo de verdade, Fran? — Ele tossiu e juntou as mãos. — Você realmente acha que não há mais esperança? Que não há um modo de conter essa coisa?

O desespero na voz dele era de partir o coração, mas como eu poderia mentir? Neguei com a cabeça.

— Sinto muito, Jim, mas não há como. Os médicos têm certeza disso. — Respirei fundo, trêmula. — Não há nada que possam fazer por conta da posição do tumor e da forma como está crescendo, nem que Will quisesse tratamento. E, como o crescimento está bastante acelerado, é difícil dizer quanto tempo vai levar para as coisas começarem a piorar. A única coisa de que eles têm certeza é que vai acontecer, e em pouco tempo. — Me calei por um segundo. — Dá para ver como ele enfraqueceu desde a última vez que o viu.

— Sim. Eu... — Ele passou as mãos pelo rosto outra vez, um gesto que percebi que ele fazia quando tentava se recompor. — Porra, o que é que a gente vai fazer sem ele, Fran?

Balancei a cabeça. As palavras que eu queria dizer não saíam, minha boca parecia estar cheia de bolas de algodão. Jim deixou cair a mala que segurava, jogou os braços ao meu redor, e eu chorei no seu ombro enquanto meu cabelo abafava os soluços dele. Parecia uma espécie de catarse, de alguma maneira, deixar que tudo aquilo saísse. Depois de um tempo, me afastei e enxuguei o rosto com a manga da roupa.

— Só temos que tentar nos manter fortes e fazê-lo o mais feliz possível enquanto ele ainda é capaz de fazer qualquer coisa — falei. — Ele quis muito vir aqui para te ver, então, durante a nossa estadia, vamos tentar fazer tudo o que Will quiser fazer, mesmo as coisas que achamos que ele não deveria. — Dei de ombros. — Não faz diferença, ele acaba se esgotando de qualquer jeito.

Jim assentiu.

— E quanto à lista de vocês? Desistiram?

— Da lista? De jeito nenhum. Riscar mais itens da lista é o que Will mais quer. — Sorri.

— Que cabeça-dura. Determinado a fingir que está bem só para conseguir fazer as coisas do jeito dele.

— Sabe como ele é.

— Sei bem. E então, quais são os itens da semana?

Peguei o telefone do bolso. Tive medo de que o pedaço de papel se estragasse ainda mais ou se perdesse, por isso, para ficar mais tranquila, cedi à tecnologia moderna e digitei a lista no meu aplicativo de notas. Abri e passei pelos itens concluídos.

— Certo, aqui vai. — Fechei um pouco os olhos para conseguir ler a tela. — Esta semana ele vai querer aprender a surfar, nadar pelado e construir um castelo de areia grande o bastante para se sentar dentro.

Jim balançou a cabeça.

— Ainda não acredito que ele nunca aprendeu a surfar... Ele gostava tanto de esportes. — Deu um sorriso. — Vamos trabalhar nisso logo amanhã de manhã, se o tempo estiver bom. — Olhou para o alto, na direção do céu que escurecia. — Se não estiver, temos uma porção de trajes de surfe. Não somos de açúcar.

Eu não lhe contei que estava muito preocupada com o esforço que Will ia fazer para aprender a surfar. Tinha certeza de que ia ser muito para ele, mas também sabia como ele estava determinado a experimentar e não podia arruinar tudo. Quanto aos outros dois, falando comparativamente, ia ser fácil.

— Tem mais alguma coisa que podemos fazer por aqui? — disse Jim, conferindo os itens da lista.

— Vamos com calma, um passo de cada vez — falei, sorrindo. — Enfim, é melhor a gente levar essas malas para dentro antes que eles pensem que fugimos para beber alguma coisa no pub.

— Não é má ideia — disse Jim, retribuindo o sorriso ao colocar a mochila mais pesada no ombro. Depois pegou uma das malas e partiu em direção à casa.

♥

Acordei cedo na manhã seguinte. Sem ter certeza de onde estava por um instante, pisquei até que meus olhos se ajustassem à luz do sol que entrava pelas frestas da persiana, projetando listras nas tábuas de madeira do chão.

Dei uma olhada em Will, que ainda dormia tranquilamente ao meu lado. Estava de barriga para cima, roncando um pouco, o braço esquerdo jogado sobre a cabeça enquanto o outro descansava em cima do cobertor. Fiquei observando seu peito subir e descer debaixo das cobertas. Em momentos como aquele, era impossível pensar que Will estava perdendo a batalha conta a doença que o consumia por dentro, que muito em breve o coração dele pararia de bater e seu peito pararia de subir e descer. Como um homem desses, tão amoroso, inteligente e cheio de desejos, poderia se desfazer com tanta facilidade?

Me sentei, tomando cuidado para não acordá-lo. A noite fora divertida. Will permanecera disposto, rindo e brincando com Jim, como sempre faziam quando eram crianças. Tinha sido incrível voltar a vê-lo com um pouco de luz outra vez.

Sabia que Jim ficaria inconsolável quando perdesse o irmão mais velho, e, depois de vê-los todos juntos naquela noite, estava claro que Karen e as meninas também o amavam e sofreriam quando ele se fosse. E como será que Elodie reagiria quando o pai desaparecesse para sempre de sua vida?

Sempre que via Will interagir com a filha, meus pensamentos voltavam a Jacob. Isso me angustiava, mas estava nervosa de mencionar isso para Will, a não ser que tivesse alguma coisa tangível para contar. Não tinha ideia de se Jacob um dia entraria em contato mesmo se tivesse um cadastro, nem se, se por um milagre ele entrasse em contato, Will me perdoaria por manter a existência de nosso filho como segredo por tanto tempo. Não tinha a mínima ideia de como eu poderia lhe contar um dia.

Saí da cama e fui lá para baixo, deixando que Will dormisse. Ele precisava estar o mais bem descansado possível se quisesse ter alguma chance de aprender a surfar.

A cozinha estava vazia quando cheguei, e me demorei um instante junto às portas que davam para o quintal, observando as ondas baixando e crescendo, a espuma branca quebrando na praia. Assisti a uma gaivota pairar sobre a água antes de fazer um rasante e sair rumo a alguma missão longínqua e desconhecida. Podia ouvir o rugido suave do mar ao atingir a praia estreita de pedrinhas logo abaixo da casa, e o ruído mais alto do baque das ondas nas rochas dos penhascos, mais calmo hoje, com menos vento. Não era o dia ideal para um surfista exímio, mas seria perfeito para nós. Fiquei aliviada. Era quase como se os deuses estivessem sorrindo para nós.

Ouvi um barulho às minhas costas e, quando me virei, vi Karen cruzando a sala de estar.

— Dia!

— Ah, Fran, você me deu um susto — disse ela, levando a mão ao peito. Veio em minha direção e parou ao meu lado junto da janela. — Hoje está tão bonito quanto ontem, não acha?

— É muito lindo — concordei.

Permanecemos em silêncio por um tempo. Foi Karen que falou primeiro.

— Jim me contou o que você disse ontem à noite. Sobre o tumor de Will. — Eu a observei se virar para mim e senti seus dedos buscarem os meus. — Sinto muito, Fran. Por vocês todos. Por você, Will, Jim e Elodie. É uma... — Ela se calou e voltou a olhar pela janela.

— Eu sei. É uma merda.

— É mesmo. — Ela voltou a olhar para mim, e desse vez me virei na direção dela. — Você e Will se conhecem há tanto tempo.

Balancei a cabeça em afirmação.

Ela se demorou, claramente tentando decidir se deveria dizer mais alguma coisa...

— Eu só... — Ela hesitava. — Não sei se devia tocar nesse assunto... Jim vai ficar bravo se souber... Mas você faz ideia do motivo pelo qual Will não fala mais com o pai?

Respirei fundo.

— Não, na verdade, não. Ele não fala a respeito.

Ela se manteve imóvel, ainda admirando a paisagem.

— Você acha que existe uma chance de ele concordar em vê-lo? Antes que ele morra? Alan também não está muito bem, e eu sei que seria algo muito especial para ele. Para Jim, também.

— Não sei mesmo. Alguns meses atrás eu diria que isso estava fora de cogitação. Mas agora... as coisas mudaram de figura. Diria para irmos com calma, mas pode haver uma possibilidade. Pequena. — Dei de ombros. — Mas, sabe-se lá o que se passa na cabeça de outra pessoa. Não consigo me imaginar cortando alguém da minha vida para sempre desse jeito... Mas quem sou eu para julgar?

— É verdade. — Ela deu um passo na direção da cozinha. — Posso te oferecer um café?

— Eu adoraria, muito obrigada. — Quase contra a minha vontade, dei as costas para aquela paisagem, que já tinha entrado para a minha lista de lugares favoritos, e segui Karen até a cozinha.

— Você fica aqui, sentada. Deixa que eu faço isso, e depois pensamos no café da manhã para quando as crianças acordarem. Que tal panquecas?

— Acho uma ótima ideia — concordei enquanto ocupava a banqueta virada para a cozinha. — Obrigada.

Já era tarde quando estávamos todos despertos, alimentados e de banho tomado. Quando saímos para a calçada no fim da manhã, o sol estava forte, apesar de ainda ser maio.

— Certo, todos têm trajes de surfe? — perguntou Jim com a voz abafada enquanto revirava a cabine do quintal.

— Acho que sim.

Como tudo quando se trata de um grupo grande, simplesmente ir à praia parecia ser uma grande expedição.

Pensei no que Will me dissera na véspera, sobre como nada mais era espontâneo, e senti uma pontada ao pensar nos dias em que podíamos apenas fugir para a praia em um piscar de olhos, sempre que queríamos. Eu me lembrava de um dia em especial, quando devíamos ter por volta de quinze anos — era um dia parecido com aquele, de sol forte nas intermináveis férias de verão, quando ainda éramos apenas bons amigos e nada mais. A batida à porta ocorrera cedo, e escutei mamãe resmungar ao ir atender. Mas então seu tom se transformou, e, deitada na cama, fiquei ouvindo o murmurar de vozes, tentando imaginar quem era. Logo descobri.

— Fran, é o Will!

Uma parte de mim só queria virar, colocar o travesseiro sobre a cabeça e voltar a dormir, mas havia outra parte que queria saber o que fizera Will vir me procurar às oito da manhã.

— Fran, depressa — dissera ele, enquanto eu descia a escada batendo os pés, ainda de pijamas.

— Para que tanta pressa?

— Will disse que quer ir para a praia, querida — explicou mamãe, toda sorridente junto à porta.

Olhei para Will, dando-me conta de que ele carregava uma mochila nas costas com uma toalha presa no bolso lateral. Na cabeça, um boné.

— Tá a fim?

— Na verdade, não.

— Ah, vamos lá, molenga. — Ele ergueu os braços para o ar. — Está um dia lindo e ensolarado, e estou cansado de não fazer nada.

— Mas como vamos chegar lá?

— Tem um trem. Nós vamos até Londres, descemos em Waterloo e depois pegamos o trem para Brighton. Não demora muito.

Pensei um pouco e dei de ombros. Por que não, afinal? Também estava ficando entediada.

— Me dá dez minutos. — Foi o que eu disse antes de subir correndo e vestir uns shorts e uma regata. Enquanto escovava os dentes, fiquei ouvindo o papo familiar entre minha mãe e Will no andar de baixo. Quando voltei à cozinha, fiquei por um instante observando os dois. Minha mãe ralhava com Will por conta de algum mau comportamento, como se fosse a mãe dele. Aquilo me fez sorrir. Ela sempre disse que Will era como o filho que ela nunca tivera.

— Estou pronta! — falei, adentrando a cozinha. Minha mãe me entregou um recipiente repleto de sanduíches que ela tinha de alguma forma conjurado, e eu o guardei na mochila.

— Você tem dinheiro, querida? — minha mãe perguntou. Fiz que não, e ela pegou a bolsa e me deu uma nota de vinte.

— Certo, me escutem, vocês dois. Tenham cuidado quando estiverem sozinhos em Londres — disse, lançando um olhar severo. Assentimos, obedientes, e tentei segurar o riso quando vi que Will me olhava de canto de olho. — E estejam de volta às sete.

— Pode deixar, mãe. — Fiquei muito contente. Poderíamos passar um dia inteiro na praia, brincando no píer e tomando sorvete. Minutos depois, enquanto caminhávamos até a estação, estava tomada de entusiasmo pelo longo dia que teríamos pela frente. Íamos nos divertir muito, jogando bola na praia de pedregulhos, dando voltas na montanha-russa do parquinho e fugindo das gaivotas que tentassem roubar as batatas fritas que comeríamos.

Agora, sentia uma pontada de nostalgia pela tranquilidade que costumávamos ter — por nossas versões que podiam decidir ir até a praia de uma hora para a outra, sem nenhuma preocupação a não ser se gastaríamos nosso dinheiro comprando batata frita ou o desperdiçaríamos nas máquinas caça-níqueis. Parecia ter sido vidas atrás. Will e Fran pareciam ser duas pessoas completamente diferentes.

— Certo, vamos nessa, senão já vai ser hora de voltar quando chegarmos lá — falei, batendo palmas e conduzindo todo mundo para os carros. O sol já estava a pino, e o bafo do carro se espalhou como um líquido quando abrimos as portas. O volante estava pelando, e o estofamento de couro reclamava do atrito com a pele conforme todos se acomodavam. Quando me virei para trás, vi Kieran ajudar Elodie a colocar o cinto de segurança.

— Tudo bem, meu amor?

— Sim — eles respondem em uníssono, o que me fez sorrir.

Ao meu lado, Will também colocava o cinto. Havia semanas que não parecia tão feliz, e fiquei indagando se era apenas a brisa do mar que poderia ter tamanho efeito positivo. Fosse o que fosse, aquilo me alegrava, e eu estava ansiosa para o que dia nos reservava.

A praia já estava lotada quando chegamos e encontramos vaga, mas arranjamos o lugar mais próximo do mar que havia disponível, espalhando toalhas, esteiras e cadeiras de praia pelo trecho de areia fofa.

— Pronto, você fica aqui — indiquei para Will depois que abri uma cadeira debaixo de um dos guarda-sóis que havíamos trazido para nos proteger do sol escaldante.

— Não podemos perder tempo sentados — disse ele, lançando um sorriso travesso para a filha. — Podemos, Elodie?

— Não, papai — respondeu ela, pegando o balde e a pá que havíamos emprestado das filhas de Jim e correndo para pegar a mão de Will. — Vamos construir um castelo de areia gigante.

Olhei ao redor. A praia estava tão cheia que mal havia lugar para cavar, quanto mais construir um castelo de areia grande o bastante para se sentar. Sabia que Will estava ansioso para começar a trabalhar nele, mas não tinha certeza de que aquele era o melhor lugar.

— Tem certeza de que não prefere esperar a praia esvaziar um pouco? — falei.

— Nós vamos ali — disse Elodie, apontando para a beirada da água, onde as ondas se encontravam sem força contra a areia.

— Você vem nos ajudar? — quis saber Will.

— Quer que eu ajude?

— Acho que precisamos de toda a ajuda possível, levando em conta o ambicioso projeto arquitetônico de Elodie — comentou Will, sorrindo. — Quem mais quer vir ajudar?

— Eu! — disse Olivia.

— Kieran, querido? — perguntei.

Kieran deu de ombros e lançou um olhar rápido para Soraya, que já estava deitada sobre uma toalha, tomando sol de biquíni.

— Soraya, você vai ajudar, não vai? — disse Karen.

Soraya virou a cabeça de lado e protegeu os olhos do sol com o braço.

— Eu acabei de deitar.

— Tudo bem, você tem o dia inteiro para fazer isso. Vamos, vá ajudar seu tio Will a fazer o melhor castelo de areia do mundo.

Soraya se levantou a contragosto, e Kieran também se levantou.

— Tudo bem, eu também vou ajudar — disse ele.

Notei que ele mal olhava para Soraya e contive um sorriso. Me lembrava daquela sensação de estranheza da adolescência. Me perguntava se meu garotinho havia desenvolvido uma paixonite.

Jim e eu nos juntamos a todos eles até a beirada da água, enquanto Karen ficou para trás para guardar as coisas. Will então parou e declarou:

— Este parece ser o lugar perfeito!

Olhei ao redor. O pequeno trecho um pouco mais à esquerda estava mais tranquilo que o resto da praia. A areia era firme e a maré não a atingia de um jeito que destruiria o castelo antes que pudéssemos terminar de construí-lo.

— Pois bem, o que vamos construir? Um castelo mesmo?

— Tenho uma ideia melhor. — Will enfiou a pá que segurava na areia e a arrastou, desenhando um círculo. — Queremos algo em que podemos nos sentar, não é?

Concordei.

— Bem, vamos construir um carro de areia!

— Mas, pai, eu queria um castelo de princesa!

— Castelos são legais, mas não têm onde sentar. E se a gente fizesse um carro bem legal, um carro que uma princesa dirigiria, e todos nós pudéssemos ficar nele? Você vai poder até fingir que está dirigindo.

Elodie fez uma careta, como se pensasse a fundo sobre a ideia. Depois sorriu e disse:

— Tá bom.

— Certo, temos a aprovação real: vamos fazer um carro! — declarei.

— Mas um carro de princesa!

— Sim, Els, com certeza vai ser o carro de uma princesa — disse Will. — Certo, vamos nessa.

Passamos a hora seguinte cavando sem parar seguindo os comandos de Will, fazendo montes de areia, aplainando-os, nos afastando para admirar o serviço. Por um tempo, parecia apenas um amontoado de pilhas espalhadas ao acaso, mas Will tinha um plano, e, aos poucos, a coisa foi tomando forma. Fazia muito tempo que Will não parecia tão cheio de vida.

Uma hora depois, observávamos a distância.

Escutei um assovio baixo e me dei conta de que viera de Kieran.

— Ficou legal — disse ele.

Ele tinha razão. O carro que fizemos *ficou* bem legal mesmo. Despontava de um buraco na areia e era composto de quatro assentos, um volante e um para-brisa com limpadores esculpidos.

— Papai, posso entrar? — perguntou Elodie.

— Acho que todos nós podemos — disse Will.

— Hum, acho que não é grande o bastante para todos nós — comentei, rindo, enquanto Elodie e Olivia pulavam com cuidado a lataria. Elodie estava toda orgulhosa no banco da frente, Olivia estava logo atrás.

— Vai entrar, querido? — perguntei a Kieran.

— Não, tudo bem. Vou só tirar umas fotos.

— Ah, espere um minuto. — Entrei no carro de areia, seguida por Will, e todos nós posamos para as fotos que Kieran e Soraya tiravam.

Apesar do que havíamos conseguido fazer, e apesar da felicidade no olhar de Will por riscar mais uma tarefa da lista, só me restava torcer para que pudéssemos completar todas as outras antes que fosse tarde demais.

♥

— Agora vamos surfar? — quis saber Will quando nos juntamos ao grupo.

— Por que não descansamos um pouco e fazemos isso depois do almoço?

— Se está insinuando que eu preciso descansar, não se preocupe — disse ele. — Hoje estou me sentindo ótimo. — Ele esticou os braços e se espreguiçou.

— Eu sei, só não quero que acabe se cansando demais.

— Estou bem.

— Bom, toda aquela escavação acabou comigo, então vai precisar me dar alguns minutos — disse Jim, o que me fez lançar um olhar grato a ele. Compreendia de onde vinha toda a teimosia de Will: se ele se rendesse ao cansaço, estaria admitindo a gravidade da doença. Por outro lado, não queria que ele se extenuasse por pura teimosia.

— Tá bom, tá bom. Se todos vão se unir contra mim, acho que não tenho outra escolha — disse ele, abaixando-se para se sentar na cadeira. Elodie ficou no chão logo ao lado e começou a cobrir as pernas com areia para se transformar em uma sereia. Eu me sentei do outro lado. Ninguém falou por um tempo, deixando apenas que a conversa de outras famílias, o grasnado das gaivotas sobre nossas cabeças e a brisa gentil se derramassem sobre nós. Quem rompeu o silêncio foi Elodie:

— Pai?

— Huuuum? — O boné de Will protegia seu rosto do sol, e por isso sua voz saiu abafada. Ele parecia prestes a dormir.

— Aquele homem ali é um vovô?

Nós dois olhamos para onde Elodie apontava.

— Quem, meu amor? — disse Will.

— Aquele homem careca ali. O que está cavando um buraco.

— Sim, eu acho que ele é o avô de alguém. Por quê?

Elodie baixou os olhos e ficou vendo o círculo que traçava e retraçava na areia. Depois voltou a levantar a cabeça, os olhos arregalados e inocentes.

— Eu tenho um avô?

O silêncio que se seguiu pareceu durar uma eternidade, e por um momento tive dúvidas de que Will responderia, mas então ele se ajeitou, tirou o boné do rosto e se inclinou na cadeira. Estava pálido, e relanceei para Jim, preocupada com o que ele estava prestes a dizer. Jim me lançou um olhar indecifrável.

— É claro que você tem um avô. O vovô Fred.

Elodie assentiu.

— Sim, eu conheço o vovô Fred, bobinho. Ele é o pai da mamãe. Mas todo mundo que eu conheço tem dois avôs… Bem, tirando Josie Williams, mas isso é porque os dois avôs dela já morreram, e o pai dela também, mas a gente não pode ficar falando disso. Mas, no outro dia, a gente estava falando sobre árvores genealógicas na escola, e um monte de gente tem dois avôs e duas avós, mas eu só tenho um de cada. Eu sei que a vovó morreu, porque a mamãe me contou, mas ela nunca falou nada do meu avô. — Agora ela olhava para Will querendo uma resposta, e meu coração disparou enquanto eu me indagava sobre como ele explicaria aquilo a uma criança de seis anos.

— Bem, o que acontece é… — Ele se calou, encarou o chão de areia, e tossiu antes de continuar: — O que acontece é que você não tem outro avô, Els. Eu não tenho pai.

Ouvi Jim respirando bem fundo ao meu lado, e não tive coragem de olhar para ele.

— Por quê? Ele morreu? — Elodie franziu o cenho.

Will demorou um pouco para responder:

— Eu não sei, Els. Eu… eu e o meu pai… o seu avô… brigamos há muito, muito tempo, e não nos falamos mais… É isso. Não sei por onde ele anda.

— Mas… — Elodie se virou para mim, como se achasse que eu poderia explicar um pouco melhor. — Mas, pai, como é que você pode brigar com o seu próprio pai? E como é que não sabe por onde ele anda?

Will parecia querer desaparecer por completo, então achei que era hora de intervir:

— Elodie, às vezes as pessoas brigam até com quem mais amam. Não é uma situação agradável, mas acontece, e às vezes as pessoas fazem coisas que nos machucam tanto, que nunca conseguimos perdoar. Foi algo assim que aconteceu entre o seu pai e o pai dele.

— O seu pai te bateu? — perguntou Elodie, virando-se para Will e parecendo assustada.

— Não, às vezes as pessoas conseguem te machucar sem bater — disse Will por fim. — Às vezes, dizem coisas tão maldosas que são capazes de machucar.

Elodie pensou a respeito por um instante.

— Mas a srta. Dunhill vive nos dizendo que "palavras não atingem", e ela sabe de tudo.

— Tenho certeza de que é o que acontece na maior parte das vezes, mas, na verdade, às vezes as palavras podem machucar pra caramba. Às vezes tanto, que não dá para voltar atrás.

Ela olhou para as próprias pernas e bateu a areia delas cheia de fúria.

— O que foi que o meu avô disse de tão maldoso, então? — perguntou ela, levantando-se e deixando que o resto de areia escorresse das pernas.

Todos nós prendemos o fôlego, e um silêncio pesado preencheu o ar. Will pegou as mãos da filha e as encheu de beijos.

— Um dia, quando for mais velha, eu vou te contar — ele falou. — Mas não se preocupe com isso por enquanto. — Levantou-se com dificuldade. — Por que agora não vamos todos tomar um sorvete?

Elodie demorou alguns segundos para decidir se preferia continuar a conversa ou se gostaria de tomar um sorvete. Então abriu um sorriso.

— Tá bom, pai, mas só se eu puder pegar uma casquinha grande com granulado.

— É claro que pode, querida — disse Will, pegando-a no colo, aliviado, e enchendo-a de beijos no rosto, o que a fez rir por causa das cócegas.

— Para, pai! — exclamou ela, reclamando até que ele voltasse a colocá-la no chão.

— Certo, quem vai querer? — perguntou Will, que estava sorrindo, mas eu era capaz de enxergar a preocupação em seus olhos.

— Eu, e eu vou junto — disse Jim, ficando de pé.

Senti um aperto no peito. Sabia por que Jim queria acompanhar o irmão, e não era apenas para ajudá-lo a comprar os sorvetes. A tensão parecia palpável, e estava morrendo de medo de que aquilo fosse estragar tudo. Mas só me restava ficar ali, observando sem poder fazer nada enquanto os dois irmãos caminhavam devagar pela praia, traçando o caminho entre toalhas, cestas de piquenique e criancinhas, afundando os pés na areia fofa. Pareciam imersos em uma conversa, e queria ser capaz de ouvir o que falavam.

— Sobre o que acha que estão falando? — perguntou Karen, espiando para garantir que Elodie e Olivia não estivessem ouvindo. Kieran e Soraya estavam de fone de ouvido; não precisávamos nos preocupar com eles.

Balancei a cabeça.

— Eu bem que queria saber. Só espero que não briguem.

Karen ficou quieta por um instante, mas eu sabia que iria dizer mais alguma coisa. Pelo que vira nas menos de vinte e quatro horas desde que tínhamos nos conhecido, ela parecia ponderar cada palavra que dizia.

— Jim me parece furioso.

— Sobre a questão de Will com o pai?

— Sim. — Ela fez outra pausa. — Nem sei se ele mesmo se dá conta disso. Sempre que a questão entre Will e o pai deles vem à tona, vejo que Jim fica todo tenso e com o maxilar cerrado. É a única coisa que o deixa desse jeito. — Agora estava olhando para mim. — Acho que se ele soubesse a verdade, se pudesse entender o que de fato aconteceu entre os dois, talvez pudesse deixar isso de lado.

— Acho que Will sempre quis proteger Jim — comentei.

— Entendo isso, de verdade. Mas Jim já é adulto e só quer saber a verdade.

Peguei um punhado de areia e fiquei observando os grãos me escaparem por entre os dedos vagarosamente, bem devagar, ganhando velocidade perto do fim, até que voltassem a fazer parte da praia, indistinguíveis de todos os outros.

— Tinha a impressão de que Will está chegando a uma conclusão. Não sei se ele vai querer se encontrar com o pai, mas acho que pelo menos quer saber dele, para poder tomar essa decisão. Só tenho medo de que, se Jim o confrontar agora, Will vá se retrair outra vez, e... — Minha voz falhou, e tossi para limpar a garganta. — E daí já vai ser tarde demais.

Karen assentiu, e nós duas ficamos vendo os homens que amávamos na fila para comprar o sorvete, ainda conversando bastante. Eles estavam longe demais para sermos capazes de distinguir suas expressões, mas, pela postura de Will, era evidente que ele estava bravo, na defensiva. Eu sentia uma dor no coração ao observá-los. Os dois sempre tiveram figuras similares: eram altos, fortes, atléticos. Will costumava ter um condicionamento físico melhor do que Jim quando eram jovens, mantendo a forma nos anos seguintes por jogar futebol. Mas, naquele instante, a diferença entre os dois era gritante. Jim continuava alto e forte, e, ainda que tivesse ganhado um pouco de barriga, o ganho de peso era balanceado pela largura dos ombros. A seu lado, Will parecia ter encolhido, envelhecido — como se não tivessem apenas quatro anos de diferença, mas fossem de gerações distintas. A camiseta larga de Will lhe caía como um trapo. Suas pernas, que sempre tinham sido fortes e musculosas, agora estavam finas, parecendo dois gravetos saindo dos shorts. Meu coração parecia prestes a se partir.

Meus devaneios foram interrompidos por Elodie, que havia se aproximado correndo e me puxava pelo braço.

— Fran, o papai está voltando, posso pegar meu sorvete?

— Sim, tudo bem. Só tome cuidado com as outras pessoas — falei, grata pela distração. Fiquei observando Jim e Will voltarem, tentando decifrar no rosto deles se ainda estavam se falando ou não.

— Achei que tivessem ido para a Itália comprar esse sorvete — disse Karen, ficando em pé e pegando duas casquinhas das mãos de Jim para entregá-las a Olivia e Soraya.

— É, parece que metade das pessoas que vivem na Cornualha decidiram que queriam sorvete cinco minutos antes de nós — disse ele, entregando uma casquinha para Kieran. Havia sorvete escorrendo por seu braço, derretido pelo calor do dia.

Will voltou a se jogar na cadeira e eu busquei seus olhos, mas ele parecia determinado a mantê-los no sorvete diante de si.

— Vai querer tentar surfar um pouco mais tarde? — perguntei baixinho, me aproximando para que ninguém mais pudesse nos ouvir.

Ele relanceou para Jim e deu de ombros.

— Depende.

— Depende de quê? De Jim?

Ele assentiu e deu mais uma lambida no sorvete.

— Vocês chegaram a uma conclusão?

— Na verdade, não. Ele voltou a me perguntar sobre a questão do meu pai e eu disse que não podia contar. Ele ficou bravo e disse que voltaríamos a conversar antes que eu fosse embora. Foi isso.

— E você vai?

Ele olhou para mim.

— Vou o quê?

— Falar sobre isso com ele mais tarde?

— Não. Nada mudou, Fran. Eu ainda não quero contar a Jim o que foi que o nosso pai fez. Não vejo por que fazer isso.

— A não ser acabar perdendo o apoio de Jim, se continuar afastando-o desse jeito.

Will deu lambida no sorvete e virou o corpo de leve para longe de mim, deixando claro que a conversa estava encerrada.

Ele poderia não querer falar sobre isso naquele instante, mas eu não estava pronta para desistir. Aquilo poderia não ter nada a ver comigo, mas eu amava Will e não queria vê-lo desperdiçar a chance de fazer as pazes com o pai dele antes que partisse, se aquilo fosse de fato algo que ele quisesse, apesar de todo o medo e dor que sentia.

Eu só tinha que fazer Will enxergar tudo isso.

♥

Era início de tarde quando todos nós vestimos nossos trajes de surfe e partimos em direção ao mar, cada um segurando uma prancha. O vento havia aumentado um pouco, e Jim insistia que aquilo significava que as condições estavam melhores, mas só me deixara mais assustada.

Todos tentamos não reparar em como Will parecia pálido e franzino enquanto vestia o traje, em como o tecido emborrachado pendia largo de seu corpo. Era evidente que Jim e Will haviam decidido esquecer a briga, pelo menos naquela tarde.

Chegamos à beirada da água e fiquei observando os surfistas que pareciam se espalhar por quilômetros na água, pegando ondas enquanto se mantinham em pé nas pranchas sem esforço algum, surfando na crista até voltarem à orla. Faziam aquilo parecer fácil, mas eu sabia que não seria. Eu nunca nem conseguira me manter de pé com êxito sobre um skate. Não fazia ideia de como achava que seria capaz de fazer aquilo.

— Certo, vamos começar pelo começo — disse Jim, soltando a prancha, que fez um baque ao cair na areia. Will e eu fizemos o mesmo. — Em primeiro lugar, vou fazer vocês ficarem de pé na prancha parada. — Ele olhava de mim para Will. — É mais difícil do que parece, passar de deitado a de pé numa prancha estreita, podem acreditar.

Nós dois nos deitamos de barriga para baixo nas pranchas enquanto a água do raso nos cercava.

— Certo, me copiem — gritou Jim, erguendo o peito, depois a perna esquerda, depois a direita, antes de se levantar. Fez aquilo sem demonstrar esforço. Eu tentei levantar o peito, depois tentei trazer a perna esquerda para o lado da mão, como Jim tinha feito, mas não consegui nem chegar perto. Fiquei sobre o joelho direito e me levantei assim, por pouco não perdendo o equilíbrio conforme o vento tentava me derrubar.

— Não foi muito elegante, mas conseguiu — disse Jim, sorrindo. — Will, sua vez.

Will ergueu o peito e moveu a perna esquerda com facilidade antes de ficar de joelhos e ficar de pé. Parecia orgulhoso de si mesmo quando Jim o aplaudiu, mas eu conseguia ver como ele estava se esforçando.

— Excelente. Certo, agora vamos para a água. Mas, antes, prendam a prancha ao tornozelo. Assim.

Obedecemos, prendendo as tiras de velcro aos tornozelos, depois seguimos Jim para a água. Continuamos seguindo, as ondas tentavam nos levar para um lado enquanto continuávamos indo para o outro, avançando até o fundo. Senti a água fria que já passava dos meus joelhos, coxas e umbigo, e meu coração disparava quanto mais fundo íamos. Quando achei que a água não daria mais pé, Jim parou.

— Vamos voltar deitados para a praia primeiro — disse ele, e suspirei aliviada. Aquilo parecia possível. Observei Jim pular deitado para a prancha. Will fez a mesma coisa ao meu lado, os músculos de seus braços demonstrando o esforço para subir na prancha. Pulei logo em seguida, esperando que meu corpo saísse da água em direção à prancha com a mesma facilidade. Em vez disso, senti a pressão da água me puxar para baixo, deixando a prancha flutuar vazia sobre a superfície. Fiz outra tentativa e a mesma coisa aconteceu.

— Não consigo levantar — falei, o rosto ardendo de vergonha. Aquele era o primeiro passo. Como poderia ser tão difícil? Jim remou em minha direção, pulou da prancha, me agarrou pela cintura e me ajudou a me erguer ao mesmo tempo em que eu pulava. Só aí consegui parar com completa deselegância sobre a prancha, em verdadeiro emaranhado de braços, pernas e constrangimento.

— Não se preocupe, vai ficando mais fácil — disse Jim. Will estava sorrindo, o que me fazia querer atirar alguma coisa nele.

Me diverti mais do que esperava pela próxima hora, enquanto Jim nos explicava como pegar carona em uma onda até a praia. O balançar gentil enquanto deslizávamos pela superfície era calmante, e me senti segura com o rosto colado na água. De tempos em tempos, lançava um olhar para Will para garantir que ele não estivesse muito cansado. Na melhor das hipóteses, ele relutava em admitir. Só Deus sabia quanto ele estaria disposto a se fingir de forte na frente de Jim, ainda mais depois da briga. Eu sabia que ele achava que tinha que se provar.

Mas ele parecia bem. Na verdade, mais do que bem. Parecia estar se regozijando com a habilidade recém-descoberta.

— Não acredito que nunca fiz isso antes — disse ele, rindo quando estávamos todos em pé no raso.

— Eu também não acredito — comentou Jim. — É a sua cara.

A expressão de Will se transformou.

— O que foi? Está tudo bem? — perguntei.

— Nada, estou bem. É só que... Não acredito que demorei tanto para descobrir como gosto disso. — Ele olhou para o mar pontilhado de corpos, para o céu azul que se arqueava sobre nós, e limpou o rosto com a mão. Era difícil dizer se havia lágrimas misturadas à água do mar. — Desculpa, Fran. Fico arrasado em saber que logo não estarei mais aqui.

Perdi o ar dos pulmões e engoli fundo para conter o soluço que ameaçava escapar. Will raramente falava sobre sua vida estar chegando ao fim. Eu não sabia se era porque ele não tinha medo ou se estava tão apavorado que não se permitia pensar a respeito, mas agora estava claro. Ele estava furioso: com o mundo, com o universo, com o que quer que o estivesse consumindo por dentro. E naquele momento descobri que a minha fúria se comparava à dele. Como podia o destino ter nos separado por tanto tempo para arrancá-lo de perto de mim tão rápido daquele jeito?

Fui caminhando pela água na direção de Will, arrastando atrás de mim a prancha, que batia nas minhas canelas, e joguei os braços ao redor dele. Tentei solidificar a memória da sensação do corpo dele junto ao meu, o som das ondas quebrando na gente e o chamado das gaivotas lá no alto, a sensação dos braços deles envolvendo o meu corpo. Precisava reter essa lembrança para sempre, guardada à salvo e sempre à disposição quando eu buscasse consolo. Sabia que iria se embotar aos poucos, mas precisava me esforçar para mantê-la viva em mim. Para manter Will vivo.

Sentia os ombros de Will se mexerem conforme ele soluçava, mas não tive coragem de encará-lo. Em vez disso, abri os braços e fiz sinal para Jim se juntar a nós. Não havia tempo para brigar.

Nenhum de nós se importava com a cena que estávamos causando na beirada da água, no meio da praia, as crianças rindo e se molhando ao redor, três pranchas flutuando a esmo junto de nossas canelas enquanto nos segurávamos como se não fôssemos mais nos soltar. Mas, por fim, Will desfez o abraço e deu um passo para trás. Recobrou a compostura e respirou fundo logo antes de deixar um grande suspiro lhe escapar pelas narinas.

— Uau. Me sinto bem melhor. — Ainda segurava a mão dele de leve na minha, e depois a apertei. — Vocês dois me desculpem, eu normalmente não me deixo afetar. É só que... em momentos assim não consigo me controlar.

— Não precisa pedir desculpas, Will. Você está sendo tão forte.

— Estou? Não me sinto forte. Me sinto um covarde, como se estivesse deixando essa coisa acabar comigo.

— Não diga bobagens — disse Jim. — Não que possa ter controle de alguma coisa. Isso está acontecendo com você, e quer saber? A maioria das pessoas já teria desistido, teria se deixado dominar por essa maldita doença. Não é o seu caso. Você está se segurando aos últimos meses que tem e espremendo até a última gota de diversão e amor que puder obter. Onde diabos isso é ser covarde?

— Ele está certo, sabe? — comentei, erguendo a mão e tirando fios de cabelo molhados da frente dos olhos de Will. Quando é que o cabelo dele ficara tão comprido, e como eu não notara?

— Mas eu já estou exausto — disse ele, encarando nossas mãos entrelaçadas. — A lista de desejos, poder fazer tudo isso com você, é isso que me mantém firme. Mas tenho medo de que não vou conseguir seguir assim por muito mais tempo antes que o câncer me domine por completo. Quer dizer, olha só para mim. Nunca estive tão fraco. Quanto tempo eu de fato tenho?

— Ah, Will, não se preocupe com isso. Vou ajudá-lo a fazer o máximo possível, eu prometo, e Jim também vai, não vai? — Jim assentiu, a dor estampada no rosto. — Mas isso não importa. Nada disso é importante. Vai ser ótimo se terminarmos a lista. Mas tudo bem se não der. A única coisa que importa é a sua felicidade, e que você saiba que é amado.

Ele assentiu, depois ergueu os olhos.

— Se eu não terminar, vocês vão? Vocês dois? E Kieran?

Hesitei por um momento, pensando em como seria difícil fazer essas coisas sem Will ao meu lado. Mas também sabia quanto aquilo era importante para ele.

— Claro que vou. Todos nós vamos. Mas vamos deixar isso de lado por enquanto. Vamos fazer o máximo de coisas enquanto ainda puder. Combinado?

Ele assentiu, com a determinação de volta ao olhar.

— Ok. — Ele olhou para o irmão. — Agora você vai me ensinar a como ficar de pé nessa coisa estúpida?

— Tem certeza que consegue?

— Absoluta. — Ele olhou para mim. O sorriso travesso estava de volta. — Mas não tenho tanta certeza quanto a Fran.

— Oi?

— Quer voltar para lá com a gente, Fran? — quis saber Jim.

Sendo sincera, Will tinha razão. Não havia como eu ser capaz de conseguir ficar em pé sobre uma onda até o fim do dia. Talvez nunca fosse. Neguei com a cabeça.

— Não, não quero atrapalhar vocês dois. Por mim, chega. Tudo bem, Will?

— Acho que é melhor que seja assim, para sua segurança, querida. Não acha?

Mostrei a língua para ele e abri a fita de velcro. Depois fui caminhando de volta para praia, aliviada por não ter que continuar fazendo aquilo, aliviada por Will ter enfim dito como estava se sentindo.

Esperava que aquilo significasse que ele se abriria com Jim sobre tudo o mais.

Já estava tudo guardado no carro. Trajes de surfe foram tirados e minha pele torrada de sol estava grudenta pela água do mar e áspera pela areia. Não queria nem pensar em como estava meu cabelo. Estava contando os minutos para tomar um banho assim que voltássemos para a casa de Jim e Karen.

Mas parecia que Will tinha outros planos.

— Sabe o que não fizemos, não sabe? — disse ele, ficando ao meu lado e me pegando pela cintura. Sentia a respiração dele no meu ouvido.

— O quê?

— Nadar pelados.

Me virei para ele, que arqueava as sobrancelhas como se me indagasse.

— Agora? Está falando sério?

Seus olhos brilhavam e sua boca formava um sorriso.

— Por que não? Estamos aqui, a praia não está muito cheia, é a oportunidade perfeita.

Dei uma olhada na praia. Ainda havia várias famílias espalhadas pela faixa de areia, algumas guardando as coisas, outras tentando aproveitar os últimos raios de sol antes que ele mergulhasse no horizonte. Esperava que Will fosse estar acabado, apenas a fim de ir para casa e dormir. Mas tinha tirado um cochilo de uma hora depois da aula de surfe, o que, pelo visto, o revigorara.

— Não posso ir agora! — sibilei.

Ele me virou para me deixar de frente para ele.

— Ah, vamos lá, Franny. — Como ele me sempre me chamava quando queria me convencer a fazer algo. — Por que não? Está com medo?

Estava, para dizer a verdade, ainda que não soubesse de quê. Quer dizer, qual seria o pior que poderia acontecer?

— Só nós dois?

Ele relanceou para Jim e Karen, que já estavam dentro do carro deles.

— É, acho que sim. — Ele foi até o carro e bateu na janela.

— Vocês conseguem levar Kieran e Elodie para casa?

— Vai ficar apertado.

— Tudo bem, não é longe. Fran e eu precisamos fazer uma coisa antes de voltar para casa.

Jim me lançou um olhar. Eu sorri inocente, então ele concordou.

— Vamos lá, vocês dois, podem subir — disse, e Kieran ficou vermelho dos pés à cabeça quando se espremeu ao lado de Soraya.

— Obrigada, Jim. Não vamos demorar.

— Não façam nada que eu não faria — disse Jim, sorrindo enquanto saía devagar do estacionamento já quase vazio.

Will se virou para mim.

— Bem, vamos lá? — Ofereceu a mão para mim, e eu a peguei e assenti.

— Vamos nessa.

Voltamos para a praia caminhando lado a lado até a areia. O mar parecia bem distante, e eu não sabia quanto Will queria se aproximar antes de nos despirmos.

— Vamos ali perto daquelas rochas — disse, apontando para uma ponta da praia onde já não havia quase ninguém.

— Ficou tímido de repente, é? — comentei.

— Bem, não quero que o mundo todo veja a minha bunda. Ninguém precisa disso.

— Não sei, não. Acho que você tem uma bundinha linda. — Dei um apertão nela. Ele se inclinou e me beijou na boca, o que me fez derreter em seus braços, toda a preocupação das últimas semanas desaparecendo por alguns instantes pela mera sensação de seus lábios nos meus. Estavam com gosto de sal. Quando se afastou, ele me puxou pela mão.

— Vamos lá, então. — Depois começou a andar depressa pela praia na direção das pedras. Tive que correr para acompanhá-lo.

— De onde veio toda essa energia repentina? — falei, pulando pedras e rochas.

— Não faço ideia, mas preciso aproveitar — disse ele. Chegamos às pedras e paramos.

— Certo, pronta?

Assenti. Por que eu estava tão nervosa? Aquele nervosismo era ridículo. Respirando fundo, tirei a camiseta, abri a parte de cima do biquíni e abaixei a calcinha, deixando tudo empilhado na areia úmida. Will apenas me observava, sem se mexer, e comecei a ficar com vergonha de ficar ali completamente nua. Olhei por cima do ombro para conferir se alguém nos vira. Ninguém estava olhando para nós. Ainda.

— Sua vez. — Acenei e fiquei vendo ele tirar a camiseta, os shorts e a cueca. Éramos adolescentes quando nos víramos sem roupa pela primeira vez, e estávamos ambos explodindo de felicidade e morrendo de medo em igual medida. Tocamos partes em que nunca havíamos encostado, maravilhados e com medo de que alguém nos interrompesse a qualquer momento. Parecia igual naquele instante, ali, na praia, e fui tomada por uma onda de amor e nostalgia que eu achava ser capaz de fazer meu coração explodir.

— Eu te amo — disse Will, colocando a mão na minha bochecha. Estremeci ao toque dele, que, devagar, foi baixando a mão pelo meu pescoço, até parar no meu seio esquerdo. Depois ele grudou seu corpo no meu, exercendo uma leve pressão, me fazendo suspirar.

— Vamos lá. — E se afastou com a mesma rapidez que se aproximara de mim, saindo correndo em direção ao mar, espalhando areia com os pés enquanto eu corria para alcançá-lo.

Não paramos na beirada, os dois querendo entrar na água antes que alguém nos visse, e o frio me deixou sem fôlego conforme o mar cobria minhas coxas, barriga e peito. Por fim, paramos antes que ela chegasse ao meu pescoço, e Will se virou para mim e me abraçou. Senti o calor de sua pele enquanto a água fria nos circundava e tentava se emaranhar entre nós. Uma brisa gentil soprava, causando ondulações na superfície e me deixando arrepiada.

— Estou tão feliz que estamos juntos — disse Will, dando um beijo no meu nariz, depois outro na minha bochecha. Seu rosto estava tão colado no meu que eu podia distinguir cada um de seus cílios, pretos em contraste com seus olhos azuis, e sua pele clara parecia quase translúcida.

— Eu também. — Minha voz saiu como um sussurro, carregada pelo vento.

— Me promete uma coisa, Franny? — Fiz que sim, apoiando a testa na dele. — Promete que não vai sofrer por muito tempo?

Balancei a cabeça.

— Não posso prometer isso.

— Eu sei que vai ser difícil, mas não posso morrer sabendo que vou deixar um rastro de tristeza. — Fez uma pausa. — Você chegou a desejar que não tivéssemos nos reencontrado?

Eu me afastei enquanto soltava um arquejo.

— Não! E você?

Ele sacudiu a cabeça, negando com veemência.

— De jeito nenhum. Estou mais feliz do que estive durante muitos anos. Desde que... Bem, desde a primeira vez em que ficamos juntos. Não achava que voltaria a reencontrar esse tipo de felicidade, e me sinto tão grato por isso.

Pus as mãos em seu rosto, segurando-o no lugar.

— Eu também estou mais feliz do que nunca, apesar das circunstâncias. Jamais me arrependeria de estar com você, de termos esse tempo juntos. Nunca. Eu te amo, William Poulton.

— Eu também te amo.

— Mas posso te pedir uma coisa?

— Claro.

— Podemos sair daqui? Estou congelando.

Então Will jogou a cabeça para trás e deixou escapar uma gargalhada antes de me puxar consigo de volta às pedras na praia, onde voltamos a cobrir nossa pele úmida, apressados e tremendo de frio.

Mais uma missão cumprida.

Menos um dia até o adeus.

15

PRESENTE

Junho de 2019

Às vezes, os segundos, os minutos, as horas parecem passar tão devagar que quase é possível ouvir o tique-taque, tique-taque, tique-taque do relógio. Outras vezes, porém, os dias parecem correr como água e desaguar em semanas, e mal temos tempo de notar a passagem do tempo.

Foi isso o que aconteceu depois de nossa viagem à Cornualha. Parecia que o tempo estava fazendo um jogo cruel de aceleração para ver se éramos capazes de contê-lo, para fazer com que fosse mais devagar.

A viagem tinha sido ótima, mas também despertara muitas emoções novas, e, pelos dias que a sucederam, podia sentir o nó de ansiedade que se formara em meu estômago, como se soubesse estar prestes a ficar sem algo, mas não conseguisse me lembrar exatamente do quê. Will, por outro lado, ainda se recusava a desistir e se mantinha ocupado, ticando as coisas da lista de desejos.

E foi por isso que, em um dia quente de verão, eu, Will e Kieran nos encontrávamos em um descampado, aguardando para subir em um balão de ar quente.

— Não acredito na sorte que demos com o tempo hoje — disse Will, erguendo um pouco a cabeça na direção do sol forte. Havia um viço em sua pele, tão diferente de como estivera um pouco antes, pálida e sem cor.

— Você já disse isso umas vinte vezes hoje — falei, revirando os olhos.

— Eu sei, desculpa. — Ele se virou para mim, a expressão séria. — Só estou aliviado. Quero dizer, já conseguimos esse encaixe de última hora, então, se o tempo estivesse ruim, talvez fosse difícil conseguirmos remarcar a tempo de… — Ele ficou sem concluir. Não precisava terminar a frase para que eu entendesse o que queria dizer.

— Desculpa, meu amor. Estou te enchendo. — Dei um beijo no nariz dele. — Você tem razão, tivemos sorte. — Espiei o balão enorme que se espalhava, sem ar, como uma poça de seda sobre a grama. — Sempre quis fazer isso.

— Eu também. Mal posso esperar.

— Mãe, já podemos ir. — Fomos interrompidos pelo chamado de Kieran, e nos aproximamos dele, que estava junto dos instrutores. Peguei na mão dele e, pelo menos desta vez, ele não a afastou.

— Animado?

— Mal posso esperar. Mas também estou com um frio na barriga.

— Não precisa ter medo. É bem seguro. — Falei aquilo, mas, na verdade, também estava nervosa. Não conseguia tirar da cabeça o romance *Amor sem fim*, de Ian McEwan, que começa com a morte de uma pessoa que caiu de um balão desses e teve o corpo esmagado pelo impacto.

Enquanto prestávamos atenção às instruções de segurança, era possível ouvir às nossas costas o rumor do ar quente que inflava o balão. E então, enfim, era a hora de embarcar.

Entramos no cesto depois de mais dez pessoas e nos colocamos na beirada. O barulho do ar quente sendo bombeado era bem alto e, pouco a pouco, o tecido vermelho e laranja — e o cesto logo abaixo, onde estávamos — começou a sair do chão: devagar a princípio, como um senhor idoso sem muita firmeza nas pernas, e depois cada vez mais, conforme o ar enchia o tecido e o balão ondulava sobre nossa cabeça como um líquido. Peguei na mão de Kieran e, do outro lado, na de Will, plantando os pés no chão enquanto ascendíamos. O barulho era tão alto que eu precisaria gritar para ser ouvida, por isso apenas observei minhas duas pessoas favoritas no mundo, reparando na alegria estampada no rosto delas conforme subíamos cada vez mais na direção das nuvens. Assim que o balão se estabilizou, nós três nos aproximamos mais da beirada, nos apoiando com cuidado nas laterais. Abaixo de nós havia campos, arbustos e árvores que se estendiam por quilômetros, cada vez menores, pequeninos, e, a distância, dava para ver os arranha-céus de Londres que bruxuleavam sob o efeito óptico dos raios de sol. Arfei quando subimos ainda mais, arrebatada pela vista. Flutuamos ao sabor da brisa, acompanhados do rugido do ar quente e do vento que despenteava meu cabelo, e, sentindo o toque das mãos de Kieran e Will, fui tomada por uma onda de felicidade.

Uma hora depois, conforme descíamos devagar de volta ao campo de onde tínhamos saído, senti a descarga de adrenalina.

— Foi incrível — disse, com lágrimas nos olhos.

— Mãe, você tá chorando?

— Desculpa, me emocionei um pouco. — Limpei a bochecha com o dorso da mão e sorri. — Você gostou também?

Kieran fez que sim.

— Foi demais.

— Will?

Will encarava o céu, vendo as nuvens macias passando com a brisa. Voltou a baixar os olhos, encontrando meu olhar.

— Foi… — A voz dele falhou, e me dei conta de que ele sentia o mesmo que eu. — Não consegui parar de pensar em como não quero deixar nada disso para trás — disse ele baixinho, para que Kieran não ouvisse.

— Ah, Will. — Não sabia o que dizer. Nada, nenhuma garantia, nenhum lugar-comum seria o bastante. Ele *ia* deixar tudo aquilo para trás, e muito em breve — e deixaria também um grande rombo. Me aproximei e o abracei, encostando o rosto em seu peito. Dava para sentir o ritmo constante das batidas de seu coração. E, aos poucos, logo que sentimos o leve baque do pouso, Will foi relaxando o corpo.

♥

Já fazia anos que ninguém além de meus pais e Mags se lembrava do meu aniversário — pelo menos sem nenhum tipo de aviso. Por isso, quando notei que Will parecia tramar algo algumas manhãs depois, fiquei me perguntando o que estaria planejando.

— Aconteceu alguma coisa? — perguntei, indo na direção dele.

— Nadinha. — Havia um brilho em seu olhar, e ele se mexeu para esconder algo que estava no balcão, logo atrás dele.

— O que é isso? O que tem aí?

Will revirou os olhos.

— Pelo amor de Deus, garota, para de ser enxerida e vai se sentar na sala.

Obediente, segui até a sala de estar. Quando abri a porta, encontrei Kieran rodeado por dezenas de balões de hélio e centenas de fitinhas de decoração de festa. Ele sorriu quando cheguei.

— Feliz aniversário, mãe — disse ele, avançando para me dar um beijo na bochecha. Eu o puxei para um abraço rápido.

— Foi você que preparou tudo isso?

— Ajudei. — Ele deu de ombros. — Foi ideia do Will.

Ouvi um barulho às minhas costas. Quando me virei, dei de cara com Will carregando uma bandeja com uma pilha alta de croissants, geleia e um bule de chá. Ela balançou enquanto ele a baixava e a posicionava com cuidado na mesa de centro.

— Tã-dã!

Senti as lágrimas se formando e as afastei piscando os olhos.

— Não acredito que fez tudo isso por mim — falei. — Ninguém nunca se lembra do meu aniversário.

— Eu lembro — disse Kieran. Arqueei a sobrancelha, pensando no bilhete com os dizeres "foi mal" do ano anterior. — Bem, às vezes. — Ele sorriu, constrangido.

— Quer tomar o café da manhã ou abrir seus presentes primeiro? — perguntou Will, sentando-se devagar no sofá. Ele parecia cansado.

— Ah, tem presentes? — Corri o olhar pelo cômodo e vi uma pilha de presentes que claramente haviam sido embrulhados com pressa e nos quais não tinha reparado antes. — Vou abrir esses aqui primeiro.

Passei os cincos minutos seguintes toda feliz rasgando embrulhos — havia alguns livros, um vinil do meu disco favorito do Neil Young, um conjunto de pijama e uma garrafa de gim. E, quando achei que havia acabado, Will me entregou outro pacote, um embrulho impecável preso por um laço. Eu o olhei espantada, e ele sorriu, envergonhado.

— Esse não fui eu que embrulhei, como você deve ter percebido.

— O que é?

— Abra.

Rasguei uma tira no canto do embrulho, deixando que o papel se amontoasse aos poucos no chão. Devagar, foi aparecendo uma caixa preta com letras brancas gravadas na tampa. *Chanel*. Olhei para Will.

— Não! Você não fez isso, fez?

— Só abre.

Tirei a tampa: ali, repousando sobre papel de seda preto, estava o familiar padrão de matelassê de uma bolsa Chanel preta, igualzinha à que a mãe dele sempre usou e que eu sempre cobicei. Passei os dedos pelos cantos.

— Deve ter sido uma fortuna!

— É a que você queria, não é?

— Sim. Mas…

— Isso é o que importa.

Dei um beijo em seus lábios.

— Obrigada, Will. Isto é incrível.

— Bem, há outro motivo por trás disso.

— Qual?

— Significa que posso riscar outro item da lista.

Bati de leve em seu ombro.

— Você e essa maldita lista de desejos vão acabar me deixando doida.

— Podemos comer agora? Estou morrendo de fome — disse Kieran.

— Claro! Muito obrigada por terem feito isso, pessoal. É o melhor aniversário da minha vida.

— Melhor do que aquele em que você quebrou o braço depois de cair da árvore e passou o dia inteiro no pronto-socorro?

— Definitivamente melhor do que esse — respondi com um grunhido.

Kieran pegou um croissant e mordeu metade de uma vez.

— Feliz aniversário, mãe — disse de boca cheia.

Sentada ali com as minhas duas pessoas favoritas no mundo, eu me sentia o mais afortunado dos seres da face da Terra.

Apesar de toda a preguiça e mau humor adolescente de Kieran, às vezes ele me surpreendia. Foi o que ocorreu no dia seguinte, quando ele entrou pela porta quase oculto atrás de uma pilha de caixas brancas e verdes.

Ele as colocou no balcão da cozinha e abriu um sorriso.

— O que é isso? — perguntei, secando as mãos em um pano de prato e espiando pela folha de celofane que cobria a caixa do topo.

— Trinta e seis donuts — disse ele.

— Ah, o quê? Por quê?

— Dã. — Ele bateu o dedo repetidas vezes nas caixas. — Está na lista, lembra? Comer doze donuts de uma vez só. Eu disse que ia ajudar, então é isso que vou fazer. Somos em três, doze donuts para cada um. Trinta e seis. — Ergueu as mãos como se para demonstrar o argumento.

— Ah, pai amado. Pelo menos ainda não tinha feito o jantar.

Ele me olhou como se eu tivesse perdido o juízo.

— Essa não vai ser a nossa janta, vai?

— Bem… — dei de ombros —, só Deus sabe.

— Posso chamar o Will? Onde ele está?

— Está deitado. Estava se sentindo um pouco mal.

— Ah.

— Não se preocupe, querido. Eu vou acordá-lo. Pode ir preparando tudo. — Fiz menção de sair da cozinha, mas parei de repente. — Keeks, onde arranjou o dinheiro para comprar tudo isso? Essa loja não é barata.

— Eu, ahn… peguei dinheiro do meu cofrinho.

— Mas são as suas economias! — falei.

Kieran deu de ombros.

— Sim, eu sei. Mas isso é importante. E não queria pedir dinheiro para você.

Senti uma pontada de culpa. Nunca chegamos a ser pobres, mas o dinheiro sempre foi contado, e Kieran nunca me pediu que lhe comprasse coisas caras.

— Eu vou te reembolsar, Kier — falei.

— Não, não quero o dinheiro. Eu mesmo quero pagar.

Eu o encarei por um segundo, depois bati o dedo na ponta do nariz dele.

— Depois discutimos sobre isso, mocinho — falei, saindo para chamar Will.

Quando chegamos à cozinha, Kieran havia disposto as caixas na bancada da cozinha, cada uma acompanhada por um copo d'água, como se fosse um desafio gastronômico televisionado. Esperava ansioso sentado em uma banqueta. Eu não contara a Will sobre o plano de Kieran, então seu rosto se iluminou ao ver as embalagens.

— Donuts! — exclamou, abrindo um sorriso. — Foi você quem arranjou isto, Kieran?

Kieran fez que sim e baixou os olhos para os sapatos. Will foi até ele e lhe deu um tapinha no ombro.

— Obrigado.

O rosto de Kieran ficou vermelho como um pimentão.

— Não esquenta. — Deu de ombros. — Só queria ajudar.

— Bom, você alegrou o meu dia.

Will se sentou na banqueta mais próxima e eu ocupei a outra, enquanto Kieran ficou de pé na ponta do balcão, ao lado da terceira caixa. Os donuts na embalagem reluziam debaixo das luzes da cozinha, cujas lâmpadas se refletiam nas viscosas coberturas rosa, marrons e brancas.

— Há um limite de tempo?

Kieran buscou os olhos de Will, que deu de ombros.

— Diria que precisamos comer tudo no menor tempo possível, e, definitivamente, não podemos fazer pausas muito longas — disse Will. — O que acha, Kieran?

— Parece bom.

Engoli em seco. Como iria conseguir comer doze donuts de uma tacada só? Mas, se era tão importante para Will e para Kieran, faria o melhor possível. Peguei o primeiro, um com cobertura de Nutella, e dei uma baita mordida, deixando migalhas caírem enquanto mastigava.

— Vamos nessa, bundas-moles — provoquei de boca cheia e as palavras saíram abafadas.

— Que bela imagem — disse Will, sorrindo. Selecionou um donut de cobertura rosa e enfiou um terço dele na boca. Kieran fez o mesmo com um salpicado de açúcar. Durante um instante, ninguém conseguia falar, silenciados por bocados de massa enjoativa. Enquanto os assistia mastigando com desespero, senti vontade de rir e chorar ao mesmo tempo.

Mais tarde naquela noite, já deitada, minha mente estava a mil. Os últimos dias haviam sido incríveis, aproveitados ao lado de Will e Kieran, e também havíamos ficado com Elodie por uma tarde. Mags aparecera no meu aniversário, e até conseguira falar com minha mãe e meu pai pelo FaceTime, mesmo que tivesse passado a maior parte do tempo encarando as paredes das narinas de minha mãe.

Mas criar todas essas novas memórias também me fazia pensar em Jacob. Fazia cinco semanas que eu incluíra meus dados no Cadastro de Contatos do sistema de adoção e, mesmo que soubesse que ainda era pouco tempo, todo dia sentia a expectativa no estômago enquanto esperava pela chegada de algum e-mail, alguma resposta que me diria que Jacob gostaria de falar comigo. E então cada dia terminava com desapontamento, e mais um pedaço de mim perdia a esperança, acreditando que minha chance ficara para trás. Sabia que ele não me devia nada, mas sempre quis que ele soubesse que eu o amava, que nunca deixei de pensar nele.

E, naquele momento, evidentemente, havia algo ainda mais importante a lhe dizer. O pai dele tinha voltado e estava prestes a morrer.

Só me restava esperar e torcer.

16

PASSADO

Dezembro de 1993

A melhor coisa de se ter uma amiga como Mags é saber que você nunca vai estar sozinha. E foi assim também quando tomei minha decisão sobre o bebê.

— Mas ninguém pode saber — disse para Mags.

— O quê? Ninguém?

Balancei a cabeça em uma negativa.

— E quanto aos seus pais? Não vai contar nem para eles?

— Não. Vai ser mais fácil assim.

Mags refletiu um pouco.

— Acho que você deveria falar. — Mags ainda não conhecia meus pais, mas eu já lhe contara muito sobre eles. Se havia alguém que deveria entender por que eu não podia contar a eles sobre a gravidez, esse alguém era ela.

— Mas eles vão ficar tão desapontados.

— E daí?

— O que quer dizer com "e daí"?

— A maioria dos pais ficaria desapontada se a única filha adolescente contasse que está grávida de um cara que desapareceu e que vai colocar o bebê para adoção depois do nascimento. — Ela deu de ombros. — Quer dizer, não é a melhor das situações. Mas eles merecem saber.

Passei a mão pela barriga. Mags estava certa. É claro que estava. Mas me imaginar dizendo tudo aquilo para os meus pais, deparando com a tristeza e o desapontamento estampados no rosto dos dois, beirava o insuportável. Como eu poderia contar — principalmente para a minha mãe — que a vida com que ela sempre sonhou para mim e Will, juntos para sempre, tendo um filho juntos, havia dado tão errado? Por outro lado, como poderia manter um segredo assim deles?

— Você tem razão.

Liguei para eles naquela mesma noite. Para ser justa, eles não falaram muito, embora eu pudesse ouvir as fungadas da minha mãe ao fundo quando era meu pai ao telefone, e a voz dele saía tensa, como tivesse algo preso na garganta.

— Me desculpa, pai — falei com a voz embargada pelo choro.

Não voltei para casa naquele Natal e fiz meus pais prometerem não vir me visitar, garantindo que eu voltaria assim que tudo aquilo acabasse. Não queria que mais ninguém soubesse, e não queria infligir uma vergonha à família aos olhos dos meus pais. Então permaneci no dormitório estudantil e Mags ficou ao meu lado. Compartilhamos a ceia de Natal, cozinhamos no fogão temperamental da república onde ela morava e brindamos com suco de maçã gaseificado no Ano-Novo.

— Não acredito que está fazendo isso por mim — falei. — Só nos conhecemos há quatro meses.

— Você é minha melhor amiga — respondeu ela com simplicidade. — Além do mais, não é como se eu tivesse motivos para voltar para casa. — Os pais dela estavam no meio de um divórcio nada amigável. Ela estava contente de precisar ficar em outro lugar.

Pelos dois meses seguintes, continuei frequentando as aulas e escondendo a pequena barriga debaixo de moletons largos. Aos poucos, fui ficando grande demais e exausta demais para continuar fazendo isso, e Mags conversou com alguém que conseguiu me dar uma licença. Mags, na verdade, me ajudou a organizar tudo, inclusive a entrar em contato com a agência de adoção para me auxiliar a encontrar uma família para o bebê.

— Não sei se vou conseguir fazer isso — eu soluçava em encontro atrás de encontro para falar sobre abrir mão do meu bebê. Sabia que era o certo a fazer. Sabia que naquele momento não conseguiria dar uma vida digna àquele bebê. Mas a verdade era que eu não queria abrir mão dele. Como poderia? Aquele bebê já era parte de mim. Como eu poderia perder meu bebê, assim como perdera o pai dele?

Will me escrevera algumas vezes, como prometido, mas me recusava a ler as cartas e fazia Mags tacar fogo em todas elas antes que eu mudasse de ideia. E, quando ficou claro que eu não responderia, as cartas foram diminuindo. Acho que havia um limite de vezes para me pedir desculpas.

No dia 14 de março de 1994, minha barriga estava enorme e redonda como uma bola de praia e minha bolsa estourou, duas semanas antes do previsto. O alívio de saber que tudo acabaria em breve vinha acompanhado da noção de que aquele bebê deixaria de ser meu assim que nascesse. Enquanto ele ainda estivesse na minha barriga, eu poderia dizer a mim mesma que seria possível mudar de ideia. Que seria possível fugir do hospital e criar uma vida para mim e meu bebê longe de todo mundo.

Mas não era possível. Pelo bem do bebê.

O parto não demorou, mas doeu. Houve gritos — vindos de mim —, assim como dores, arfadas e arquejos. Até que, finalmente, meu menininho deslizou para o mundo, abriu os pulmões e encheu o quarto com seu choro. Enquanto permanecia ali deitada e recebendo cuidados, assistia a seu pequenino corpo rosado ser envolto em uma coberta antes de ser entregue a mim.

— Aqui está o seu filho — disse a parteira. — Parabéns.

As lágrimas molhavam meu rosto enquanto eu afundava a cabeça em seus cachos loiros, sussurrando um olá e um adeus.

— Vou te amar para sempre, carinha — falei, e achei que as lágrimas nunca cessariam. — Adeus, William.

Senti um vazio depois que o levaram, como se a vida que havia em mim tivesse sido drenada, deixando apenas uma casca de ossos e órgãos. Não achava que voltaria a viver. Que motivo havia para isso?

Mags tentou de tudo. Àquela altura, já estava de volta à casa dos meus pais, mas Mags continuava comigo, todos os dias, sentada ao meu lado, conversando comigo, me obrigando a comer. E ainda era preciso finalizar a adoção. Por ora, William estava em um lar temporário, esperando para encontrar seu lar definitivo. Eu ainda poderia mudar de ideia, se quisesse, e estive a ponto disso, mais de uma vez. Mas, no fundo, eu sabia que estava fazendo a coisa certa, então precisava me manter firme, passando horas no exame de registros de adoção, estudando as feições de casais que queriam dar ao meu menininho a vida que ele merecia. Quase não suportava imaginar, e meu peito doía quando eu pensava nele sendo levado de mim para sempre.

Mas acabei por escolher uma família. Um casal adorável, Roy e Sandy Campbell, de quarenta e poucos anos, que não poderia ter filhos biológicos. Não sabia ao certo o que me fez escolhê-los, mas talvez tenha sido o desejo em seus olhos. Algo me dizia que eram gentis, que amariam William do jeito que ele merecia ser amado. Portanto, mesmo achando que meu peito ia se abrir, meu menininho virou o menininho deles pouco antes de completar seis meses de vida. Havia terminado.

Foi Mags quem me fez seguir com a vida.

— Volte para a faculdade comigo — disse ela um dia enquanto eu me sentava toda encolhida na cama.

— Não consigo — solucei.

Ela levantou meu queixo, para que eu a olhasse.

— Consegue. Você consegue, sim, Fran. Você é uma das pessoas mais fortes que eu conheço.

— Eu não acho.

— É claro que é. Olha só o que acabou de fazer. E ainda está aqui.

— Faz meses que não sorrio.

— Pode ser, mas logo vai voltar a fazer isso, e depois de novo e de novo, até se dar conta de que pode voltar a sorrir para a vida. — Desceu a mão pelo meu cabelo e parou na minha bochecha. — Volte comigo.

Por fim, alguns meses depois que levaram meu bebê, eu voltei à universidade. Não poderia voltar a frequentar as aulas depois de tanto tempo afastada, mas recebi as tarefas que eu havia perdido e passei os meses seguintes tirando o atraso, consumida pelos estudos. Agradecia por ter algo em que me concentrar, sem a necessidade de encontrar muitas pessoas nem ter que explicar meu paradeiro. Mags seguia comigo dia após dia, me ajudando a superar aos poucos, me reerguendo, até que, nove meses depois do nascimento do bebê William, sentia como se tivesse recuperado um pouco de mim mesma.

Então uma carta dos pais adotivos de William chegou por intermédio da agência de adoção, e quase voltei ao ponto de partida. Tinha dito que não havia problema que entrassem em contato comigo, mas mesmo assim foi um choque.

Querida Francesca, dizia a carta. *Esperamos que não se importe, mas queríamos lhe mandar uma foto de Jacob, o nome que demos a ele. Foi tirada no batizado dele, que ocorreu na semana passada. Ele está crescendo tão rápido. Torcemos para que não ache isso inapropriado. Obrigado por tudo — você deu sentido à nossa vida. Com carinho, família Campbell.*

Não era mais William. Jacob.

Deixei a carta cair no chão como se estivesse me queimando os dedos. Minhas mãos tremiam, meu corpo todo tremia, e foi assim que Mags me encontrou quando veio me visitar um pouco depois. Ela recolheu a carta e a foto do chão usando a ponta dos dedos, como se fosse algo sujo, e as colocou com delicadeza sobre a cama.

— Sabia que eles iam mandar cartas?

— Eu acho... — Eu sibilava ao respirar. — Acho que eles chegaram a perguntar se poderiam. Só me esqueci, no meio de tudo o mais.

Ela pôs a mão sobre a minha e deu um apertão de leve.

— Sabe que pode pedir para eles pararem, não sabe?

Fiz que não com a cabeça.

— Não. Não, eu preciso delas. — Assenti de corpo inteiro, tentando me convencer. — Preciso, sim. Vai ser bom. Saber, quero dizer. Saber que ele está bem. Que está feliz. — Minha voz não soava como a minha, mas, quanto mais eu falava, mais me convencia do que dizia. Se eu pudesse ter alguma conexão com William — Jacob —, quem sabe ela tornaria tudo mais fácil.

E cada carta que chegava era guardada para quando eu precisasse me lembrar.

17

PRESENTE

Início de julho de 2019

O e-mail não lido brilhava como um farol, e sentia o ar sem poder sair conforme o encarava, congelada.

— Tudo bem, meu amor? — Baixei a tampa do laptop ao ouvir a voz de Will às minhas costas, logo antes de o mundo voltar à vida no tranco, o sangue correndo pelas veias como um trem desgovernado. Estava zonza, e me agarrei à beirada da mesa.

— Tudo bem.

Will reparou no computador fechado, nas minhas mãos trêmulas e no rosto, que sem dúvida estava lívido, e franziu o cenho. Mesmo se suspeitou que estivesse aprontando alguma coisa, acabou não dizendo nada, virando-se devagar e indo se sentar do lado oposto da sala. Tudo o que eu queria era me sentar ao seu lado, abrir o computador e ler com ele o e-mail do Escritório de Registros Gerais. Mas não podia, pelo menos por enquanto. Em vez disso, peguei o computador e saí correndo pelo corredor, indo até o banheiro. Tranquei a porta atrás de mim e me joguei sobre a tampa da privada com o coração martelando no peito.

Esperei que minhas mãos parassem de tremer, depois voltei a abrir o notebook e esperei que a tela, agora preta, voltasse à vida. Esperava, em parte, que tudo aquilo tivesse desaparecido, como se não passasse de mera imaginação. O que tornaria minha vida mais fácil. Segundos depois, porém, eis que lá estava o e-mail que poderia mudar a minha vida, independentemente do que dissesse.

Minha mão pairou sobre o *touchpad* por alguns segundos, enquanto eu conjurava a coragem para clicar nele.

Cliquei.

> Cara Francesca,
> Obrigado por entrar em contato com o Cadastro de Contato. Confirmo que Jacob Campbell também tem cadastro e aceita entrar em contato com você...

As demais palavras escaparam da tela enquanto meu cérebro processava o que eu acabara de ler. Jacob não me odiava.

Eu poderia estar prestes a conhecer o meu filho.

Enquanto eu esperava para receber mais informações sobre o meu primeiro encontro com Jacob, a vida continuou. Will devia achar que era a preocupação com ele que estava me deixando mais quieta do que o normal, fazendo minha mente vagar no meio de conversas, e parou de me perguntar o que havia de errado. Eu me sentia péssima. A ansiedade pelo encontro com Jacob me consumia, mas ainda era cedo demais para compartilhar algo com Will. Tinha medo de desapontá-lo.

Por sorte, Will estava outra vez tão feliz e entusiasmado com a lista de desejos que acabei sendo levada por ela sem me dar conta; era por isso que, poucos dias depois, eu me encontrava saindo do carro de Will e esticando as pernas depois de uma longa viagem. Meu pescoço, assim como cada membro do meu corpo, estava dolorido, e senti minha coluna estralar quando estendi os braços para o alto. Resmunguei.

— Parece que você tem cem anos — disse Will, saindo do lado do passageiro.

— É como me sinto.

A viagem de Londres até o norte do País de Gales demorara mais de seis horas, com obras na via que pareciam se espalhar pela maior parte da rodovia M40. Tinha meus receios em fazer uma viagem tão longa, mas Will insistira.

— Estou doente, mas ainda não morri — dissera ele. — Seja como for, se você dirigir, tudo o que vou precisar fazer é encarar a janela e trocar de música de vez em quando.

— Mas por que precisamos ir assim tão longe? Há várias tirolesas que ficam mais perto de Londres. Um montão delas.

— Eu sei, mas na lista diz "a tirolesa mais comprida do mundo". Não é qualquer tirolesa por aí. A maior. E ela fica aqui!

— Mas o que acontece se você piorar enquanto estivermos longe? O caminho de volta é uma baita pernada.

— Vamos lidar com isso quando for a hora. Por enquanto, vamos só torcer para que não aconteça, pode ser? Vamos imaginar que esse corpo idiota vai me dar uma trégua.

— Huum.

Eu não dissera mais nada, mas, no dia seguinte, Will me avisara que havia feito as reservas.

— E adivinha? Jim vai também, e Mags, Rob e as crianças também querem ir. Vai ser épico!

— Épico? Tá falando sério?

Will deu de ombros.

— Você sabe o que eu quero dizer. Ah, vamos, Fran, vai ser incrível, você sabe que vai. — Ele pegara as minhas mãos e me oferecera um olhar de filhotinho de cachorro.

— Tá bom. Vamos nessa.

Então agora estávamos ali, os oito, depois de uma longa e tediosa viagem feita em dois carros, prontos para nos atirarmos na maior tirolesa do mundo. Que diabos eu estava fazendo?

Era hora do almoço e, enquanto comíamos no café do centro, Will parecia uma criança, todo animado e agitado. Ao vê-lo assim, era impossível acreditar que estivesse tão doente — impossível acreditar que, dias antes, estivera tão exaurido que passara a maior parte do dia dormindo. O câncer era um maldito imprevisível.

Antes do que eu queria, um jipe enorme já nos levava até o alto da pedreira, ossos chacoalhando no caminho esburacado. Arreios pendiam e balançavam, e os capacetes se equilibravam no topo da cabeça, preparados para a descida. Tentei não pensar em por que os capacetes eram necessários, ou pensar sobre como seria mergulhar nas profundezas da pedreira logo abaixo, ossos se chocando contra as pedras. Encarei a paisagem através da janela aberta, tentando ignorar o nervosismo e, em vez disso, gravá-la na memória, pronta a ser invocada em algum dia do futuro em que me sentisse sozinha ou triste. Porque a beleza era inegável. As montanhas rochosas se elevavam com firmeza diante de nós, fruto de décadas de trabalho escavando a ardósia de sob a terra. Tentei criar na minha cabeça uma imagem de como teria sido aquele lugar tantos anos antes, fervilhando de homens, mas era quase impossível com os turistas esparsos e algum ou outro praticante de *mountain bike*.

Do meu lado, Kieran parecia animado e me aproximei, apertando a mão dele.

— Tudo bem, querido?

— Hum, hum.

— Não está com medo?

— Não. Por quê? Você está? — Ele estreitou os olhos para mim.

— Talvez. Um pouco.

Ele me observou um pouco mais.

— Medrosa.

Um grito sobre nossa cabeça nos silenciou e, quando olhei para o céu nublado, vi quatro corpos passarem zunindo e berrando, animados. Engoli em seco, nervosa.

Enfim chegamos ao topo e, enquanto ouvíamos as instruções de segurança, reparei que os filhos de Mags pareciam mais apáticos do que Kieran, que se agitava, animado, ao meu lado.

— Eles estão se sentindo bem? — sussurrei para Mags.

— Sim, estão ótimos. Estão falando disso há dias. Só acho que, agora que viram como é, acharam um pouco assustador.

Errados eles não estavam. Eu era quase incapaz de me forçar a olhar para o enorme cisma que se estendia à nossa frente logo atrás da cerca de metal, a única coisa que nos separava da queda. E embora eu soubesse que todas as medidas de precaução estavam sendo tomadas e que, na verdade, aquilo era mais seguro do que atravessar uma rua de Londres, naquele instante, não era como eu me sentia.

— Estou apavorada — sussurrei, e Mags sorriu e apertou minha mão.

— Seja corajosa, minha pequena. O que é o pior que pode acontecer?

— Ahn, despencar das alturas e meu corpo ser feito em pedaços ao bater naquelas malditas pedras pretas e imensas ali embaixo, logo antes de ser devorada por pássaros?

— Bem, tirando isso. Vai ser incrível, você vai ver só. Aposto que vai querer repetir.

Eu tinha minhas dúvidas, mas engoli o medo e esperei pela minha vez. Meu corpo parecia um amontoado de ansiedade — o terror iminente não ajudava, mas me consumia a preocupação com Jacob e sobre como eu contaria tudo para Will. Também queria contar para Mags. Pelo menos ela já sabia da existência de Jacob. Mas não podia contar a ela antes de falar com Will, isso seria muito injusto.

Voltei a me concentrar no presente e observei, uma a uma, as pessoas que eu amava se lançarem ao desconhecido. O dia era de Will, então ele foi na frente. Estava com o coração na garganta ao vê-lo se posicionar na plataforma de metal, indo aos poucos para a frente, até que seus dedos estivessem para fora da borda, pendurados no ar. E então ele foi! Zunindo pelo ar, nas alturas, sobre as pedras e as árvores e o cânion aterrorizante, seu grito diminuindo à medida que desaparecia a distância.

Virei o rosto. Não sabia se conseguiria ver Kieran pular da plataforma do mesmo jeito, e me recusei a voltar a olhar, apenas ouvindo os comentários de Mags, que me dizia quem era o próximo. Então chegou a minha vez.

— Tem certeza de que não quer ir primeiro? — perguntei, implorando a Mags. Se ela fosse antes, talvez eu pudesse me safar e acabar não indo. Poderia dizer a todos que mudei de ideia e ir encontrá-los do outro lado. Mas Mags me conhecia muito bem e, em vez de concordar, só me empurrou de leve na direção da plataforma.

Senti o toque do instrutor nos meus ombros e agarrei com tanta força as faixas que me prendiam ao arnês que meus dedos ficaram dormentes. E então o instrutor começou a fazer contagem regressiva... três... dois... um... e então eu fui, caindo pelo espaço, rodopiando com violência sobre a copa das árvores e caminhos sinuosos e o azul brilhante dos lagos montanhosos. Enquanto soltava um pouco de ar pela boca, percebi que ainda não havia respirado antes de pular da segurança da plataforma, e o sangue subia à minha cabeça, me deixando tonta, mas, conforme me acostumava, o vento batendo no capacete, o ar frio empurrando minhas bochechas na direção dos ouvidos, fazendo a pele vibrar e oscilar ao vento, deixei o riso escapar. Senti meus braços relaxarem, deixei de segurar as faixas com tanta força, olhei ao redor e sorvi a paisagem de tirar o fôlego que me cercava. Os carros de formiguinha se destacavam bem lá embaixo, o céu azul acima e os cinza, marrons e roxos das pedras irregulares e terrosas sob mim.

Então, tão rápido quando havia começado, tudo se acabou conforme a plataforma se aproximava com velocidade. Parei e estava esperando que me soltassem do arnês quando percebi que havia lágrimas descendo por meu rosto. Sorri. Firmando os pés com cuidado na superfície de granito, permaneci um instante de pernas bambas enquanto encarava os outros, que me observavam comemorando. Eu havia conseguido! Fizera aquilo mesmo. E em vez de ter morrido, eu estava exultante.

— Podemos ir de novo? — falei, correndo na direção de Will e jogando os braços ao redor dele.

— Eu disse que seria maravilhoso, não disse? — ele falou com a boca junto ao topo da minha cabeça. Então me afastou e me olhou antes de continuar: — Obrigado por fazer isso comigo. — Virou-se para todos os outros, que nos observavam. Conforme Mags se aproximava às minhas costas, Will pigarreou: — Na verdade, queria agradecer a todos vocês por terem vindo comigo hoje. Sei que a viagem foi longa, mas isso era algo que eu queria muito fazer, de verdade... — Ele se calou. — O que quero dizer é: significa muito para mim que todos vocês vieram comigo. Nunca vou me esquecer desta lembrança.

Sabia que eu também não.

♥

O trânsito estava ainda pior na manhã seguinte, durante a volta para casa, e enquanto Kieran e Jim cochilavam no banco de trás, Will e eu aproveitávamos para conversar. Havíamos passado a noite numa pousada barata perto da tirolesa, partindo logo depois do café da manhã — junto com todas as pessoas que estavam no norte do País de Gales, pelo visto.

— É quase inacreditável como foi incrível — disse Will pela centésima vez enquanto avançamos devagar atrás de uma van azul que vivia parando depois de andar um pouco, suas luzes de freio piscando como as de uma casa noturna. Eu me virei para Will, vendo o sorriso que parecia grudado em seu rosto desde que se atirara daquela plataforma em direção ao vazio. Queria não ter que pensar na notícia que precisava dividir com ele.

— Fico contente que tenha gostado.

Ele colocou a mão no meu joelho e seguimos em silêncio por um tempo. Achava que Will havia dormido, que a empolgação dos últimos dias o havia exaurido, mas então ele voltou a falar, tão baixo que mal consegui ouvir com o barulho do motor e o falatório suave no rádio.

— O que foi? — perguntei, e Will olhou por cima dos ombros para os dois que dormiam no banco de trás. Os dois roncavam baixinho.

— Estive pensando no meu pai.

Assenti, sem saber o que falar.

— Pensando o quê, meu amor?

Will ficou em silêncio por um tempo, e não sabia se era porque estava pensando no que dizer ou se decidira que já dissera o bastante. Mas então sua voz saiu novamente, tão baixa quanto antes e por isso tive que me curvar de leve sobre o câmbio na direção dele para ouvir bem.

— Foi passar o tempo com Elodie um dia desses que me fez pensar sobre ele — disse. Contei os traços na via à nossa frente enquanto o esperava falar mais. — É só... Eu sei que meu pai cometeu alguns erros. Não, foi mais que isso. O que ele fez foi uma grande merda. Mas não consigo não pensar em como eu me sentiria se eu cometesse um erro e, como resultado, perdesse Elodie para sempre.

A estrada se desenrolava abaixo de nós, e me perguntava se aquele era o momento em que Will finalmente me contaria o que acontecera entre ele e o pai.

— Então... o que isso significa?

De canto de olho, vi os ombros de Will subirem e descerem.

— Eu não sei. Talvez nada. Mas... — Ele parou e inspirou fundo. — Eu não sei. Não sei se posso perdoá-lo, mas, de qualquer modo, não posso evitar pensar que não quero morrer com arrependimentos. — Voltou a se virar para mim e arrisquei desviar os olhos por um segundo da estrada. A pergunta é: vou me arrepender mais se for vê-lo ou se não for?

Não sabia o que dizer, mas era claro o que nós dois estávamos pensando: tempo era algo que Will não tinha.

— Você... Você acha que pode querer vê-lo, então? — Foi o que perguntei.

Will sacudiu a cabeça.

— Não sei, Fran. Realmente não sei. Em grande parte, eu não quero. Digo, até então fiquei bem sem ele na minha vida. Mas há uma pequena parte de mim, cada vez maior, que pensa que chegou a hora. Não quero morrer, literalmente, pensando que poderia ter feito algo de diferente. — A voz dele foi sumindo e ele voltou a olhar para trás para dar uma olhada em Jim e Kieran. Contente de que ainda estavam dormindo, continuou: — Não comente nada com Jim, pode ser? Não quero que ele crie muitas expectativas, caso eu decida não fazer nada, e não quero brigar com ele de novo.

— Não, claro que não vou dizer nada. Mas posso te falar uma coisa agora?

Will me olhou.

— Claro.

Mantive os olhos fixos no carro à frente, sem querer olhar Will nos olhos.

— Não se deixe levar pela sua teimosia.

— O que quer dizer?

— Quero dizer... Só porque decidiu, anos atrás, cortar o seu pai da sua vida, não significa que não pode mudar de ideia. Você pode mudar de ideia, e se achar que é a melhor opção, deveria.

Will não respondeu, só manteve os olhos na estrada à frente, determinado, sem falar mais nada.

O assunto estava encerrado, por ora.

Agora eu só precisava decidir como trazer à tona o assunto que me consumia. O tempo estava se esgotando.

18

PRESENTE

Fim de julho de 2019

Nunca me senti tão aterrorizada em toda a minha vida como estava naquele momento, sentada naquela cadeira de plástico fria dentro de uma sala que cheirava a café velho e biscoitos *rich tea*. Balançava a perna debaixo da mesa, e Sarah, a mulher ao meu lado, me deu um sorriso reconfortante.

— Nervosa?

— Petrificada de medo.

— Vai dar tudo certo. Seu filho pediu para se encontrar com você. É mais do que muitas pessoas conseguem.

Assenti e tentei controlar a respiração. Fora quase incapaz de relaxar desde que descobrira que Jacob gostaria de me encontrar, e então ali estava eu, esperando em um centro de adoção um pouco ao norte de Brighton, a cidade onde Jacob vivia, prestes a conhecer o meu filho. Não era à toa que não conseguia respirar normalmente.

De repente, houve uma leve batida na porta e uma mulher baixinha com óculos de armação vermelha colocou a cabeça na sala, abrindo um sorriso enorme.

— Francesca — disse ela, escancarando a porta para deixar que a pessoa logo atrás a seguisse. Com o coração na boca, vi quando a figura apareceu, primeiro uma silhueta, a luz que vinha da janela logo atrás lançando sombras sobre ele, e por isso tudo o que consegui distinguir era que era alto, de ombros largos.

Ali estava ele.

O meu William. Ou Jacob, como era seu nome agora. Fiquei completamente sem ar enquanto me levantava, sentindo as pernas bambas como palitos de fósforo, quase incapaz de me sustentar. Mas, antes que eu pudesse avançar em sua direção, ele já estava do outro lado da mesa, me olhando de cima.

— Olá, Francesca. — A voz dele era grave e bonita.

— Olá, Jacob.

Fez-se um silêncio. Não sabia o que fazer a seguir, como me comportar enquanto avaliava o homem que tinha diante de mim. Achava que minhas pernas não aguentariam o meu peso enquanto o absorvia. Os cachos loiros haviam desaparecido, o cabelo curto e batido matizando-se em um loiro um pouco mais escuro. Tinha a pele bronzeada e vestia uma camisa azul-clara com o primeiro botão aberto, jaqueta e calça jeans. Não pude desgrudar os olhos dos dele. Eram de um azul estonteante, quase mais familiares para mim do que os meus próprios olhos.

Eram iguaizinhos aos do pai.

— Prazer em conhecê-la — disse ele, me dando a mão. Eu ainda segurava a bolsa com ambas as mãos junto ao corpo e me atrapalhei para deixar uma mão livre para pegar a mão dele. Era quente e macia, e fui tomada por uma onda de emoções escaldantes ao simples toque. Era a primeira vez que encostava em meu filho em vinte e cinco anos.

Ele puxou a mão e nós dois nos sentamos, meio constrangidos. A meu lado, a assistente social se levantou.

— Vou deixá-los a sós por um tempo — disse ela, e então as duas mulheres saíram da sala e a porta fez um leve clique quando a fecharam atrás de si. Agora éramos só eu e Jacob.

Havia tanto que eu queria dizer a ele, tanto que havia pensado em dizer cada vez que imaginava este momento ao longo dos anos. Mas, agora que o estava vivendo, me sentia muda, como se as palavras não pudessem sair pela minha garganta ressecada.

— Eu…

— Obrigada…

Nós dois começamos a falar ao mesmo tempo e depois paramos, rindo sem graça.

— Desculpe, pode falar — disse ele, de dedos entrelaçados no colo, os polegares se roçando para a frente e para trás, para a frente e para trás, um contra o outro. Percebi que ele estava tão nervoso quanto eu. É claro que estava. Tossi para limpar a garganta.

— Obrigada por concordar em se encontrar comigo. Não sabia se ia querer.

Ele assentiu, encarando a mesa, e me perguntei no que estaria pensando. Será que já estava arrependido de ter vindo? Será que eu o havia desapontado?

Então ele se virou para mim, me lançando aqueles olhos azuis brilhantes, e sorriu de leve.

— Obrigado por entrar em contato. Não sei o que gostaria de me dizer, mas estou feliz em conhecê-la depois de tanto tempo. — Ele cobriu a boca para tossir. — Não sabia se queria a princípio. Mas tomei a decisão certa.

— Obrigada. — Me engasguei com as palavras. — Não sou capaz de traduzir como estou feliz em te ver.

Ele sorriu.

— Acho que estou um pouco diferente do que era na última vez que me viu, não?

Uma cabeleira loira, o calor da pele de um bebê.

— Sim, um pouco. Mas os seus pais me mandaram fotos ao longo dos anos.

— Sim. Sim, eles me contaram. Fico feliz que tenham feito isso. — Ele me observava. — Sinto muito por ter parado quando tinha dezesseis anos.

— Não tem problema. Quer dizer, eu entendo.

— Eu deveria ter mandado. Eu só... Sei lá. Coisas de um rapaz adolescente, acho. E depois me pareceu tarde demais para retomar.

— Não tem problema. Mesmo. Eu conheço bem os rapazes adolescentes, eu tenho um... — Eu me calei, ciente do que acabara de dizer.

— Tem? Quantos anos?

— Ele tem treze anos. Kieran... É um amor.

Ele parou de mexer as mãos e as passou pelo rosto.

— Uau. Eu tenho um meio-irmão.

Deixei a notícia se assentar por um tempo.

— Quer ver uma foto?

— Podemos... Você se importaria se esperássemos um pouco?

— Não, não, claro que não. — Eu precisava me acalmar, deixar que as coisas acontecessem. Observei-o por um instante, aquele homem que passei a vida imaginando como seria. Era alto e magro, a mesma constituição física que o pai, com o mesmo cabelo loiro. Mas nele também havia pitadas de mim: os vincos que se formavam de cada lado da boca quando sorria, a curva da sobrancelha e o formato das orelhas, que pareciam pequenas conchas. Meu peito doía de vontade de estender o braço e tocá-lo, de segurá-lo entre os braços. Mas é claro que não podia fazer isso. Eu não tinha esse direito.

Ele então se inclinou, descansando os cotovelos sobre a mesa.

— Por onde quer começar?

Eu peguei minha xícara de café e dei um gole. Já estava morno, mas precisava de um segundo para pensar. Por onde poderia começar? Havia tanto a ser dito, e a ideia de que poderia priorizar uma informação sobre outra me inquietava. Suspirei e observei a espuma do meu café deslizar em um círculo preguiçoso.

— Bem, acho que já te contei sobre Kieran. — Ele assentiu. — Eu... ele é um amor de menino. Não estou mais com o pai dele, então fomos só nós dois pela maior parte da vida.

— Ser filho único não é tão ruim. — Ele deu um sorriso gentil.

— Não. Acho que não. Eu também sou.

Ele fez uma pausa antes de dizer:

— Acho que eu deveria te perguntar por que você me colocou para adoção. Essa sempre foi a minha dúvida. Mas, agora que está aqui, isso não parece ser tão importante.

— Deixe-me contar mesmo assim, se quiser ouvir.

Ele me estudou, franzindo e desfranzindo a testa, tal como Will fazia.

— Certo.

— Eu era jovem. Muito jovem. — Tamborilei os dedos no tampo da mesa. — Eu estava na faculdade e o seu pai... — parei de falar depois de dizer aquela palavra, tendo em vista o que eu ainda teria que contar para ele — ... achava que eu tinha feito um aborto. — Estremeci e ergui os olhos para encará-lo. — Mas não tive coragem. E então o seu pai foi embora para longe, e eu sabia do fundo do meu coração que queria ter você, mas eu tinha dezoito anos e não poderia lhe dar a vida que merecia. Por isso abri mão de você e... nunca mais houve um dia em que não me arrependesse disso. — Minhas palavras se misturaram a um soluço. De frente para mim, Jacob me observava com atenção. Eu sabia que a minha explicação não era o bastante, mas como poderia explicar o que acontecera em tão poucas palavras?

— Para onde ele foi?

— Quem?

— O meu pai.

— Ele se mudou para a Austrália com o pai dele e o irmão mais novo. A mãe dele havia acabado de falecer, estavam todos sofrendo muito, e o pai deles os levou embora e... Bem, eu fiquei com muita raiva para escrever. Ele me mandou cartas, mas eu as ignorava, e no fim ele acabou desistindo. Foi o que aconteceu. — Voltei a olhar para ele. — Éramos grandes amigos desde que tínhamos sete anos de idade. Eu fiquei devastada.

Houve um breve silêncio.

— Então, o que você queria me contar?

Fui desarmada pela franqueza dele, mas pelo menos facilitava as coisas. Devagar, inalei o ar pelo nariz e depois o soltei.

— O seu pai... O nome dele é William, como eu te chamei... Ele... — A história que parecia tão clara em minha cabeça estava saindo de modo bem confuso. — Nós nos reencontramos... no ano passado. Estamos juntos outra vez, e... — Me calei, e Jacob ficou me observando com seus olhos penetrantes. — Ele está morrendo.

A palavra ecoou entre nós dois, pairando a centímetros da mesa de fórmica entre nossas xícaras de café. O ar parecia denso, e eu respirava com dificuldade. Baixei as mãos até a mesa e esperei.

— Morrendo. — Foi mais uma afirmação que uma pergunta, por isso não respondi. Ele balançou a cabeça devagar. — De quê?

— Ele tem um tumor no cérebro. Inoperável.

— Quanto tempo resta?

— Não muito. Acham que é questão de meses. Eu... achei que deveria saber.

— Por quê?

Por que eu achava que ele precisava saber? Era porque tinha esperança de um reencontro familiar, de uma família reunida pelo luto? Ou eu achava que ele merecia saber daquilo, caso pudesse ser genético...? Afinal de contas, a mãe de Will também morrera de câncer, ainda que de um tipo diferente. A verdade era que eu não sabia exatamente. Apenas me parecia ser algo que eu devia fazer.

— Me parece importante.

Ele assentiu.

— E ele quer me conhecer?

— Ele... Ele ainda não sabe de você.

Jacob permanecia rígido à minha frente. Eu não sabia o que fazer com tanta calma. Parecia ser capaz de lidar com gritos e berros, eu os compreendia, ao contrário dessa calma, desse distanciamento, que estava longe de entender. Me fazia querer tagarelar para preencher os silêncios, e tive que morder a língua para me impedir de afogá-lo em explicações e justificativas. Aquilo já era coisa suficiente para ele assimilar.

De repente, a mão de Jacob estava sobre a minha, seus dedos envolvendo meu pulso. Ergui os olhos e me surpreendi ao ver as lágrimas em seu rosto. Sem nem pensar, ergui a mão e a passei pela bochecha dele.

— E o que acontece agora? — As palavras dele saíram sussurradas.

Dei de ombros.

— Realmente, não sei. Eu... preciso contar a ele sobre você, obviamente, mas queria te conhecer antes disso, para te contar.

— Acha que ele vai querer me conhecer?

— Você quer conhecê-lo?

Ele hesitou, a expressão rígida.

— Provavelmente.

— Então garanto que ele vai querer. — É óbvio que eu não tinha como saber disso. Não fazia ideia de como Will reagiria à notícia. Mas aquela era a única coisa que eu poderia dizer.

Ficamos sentados em silêncio por mais um tempo, os sons da vida que corria além daquelas quatro paredes não parecendo fazer sentido. Como tudo o mais parecia seguir da mesma maneira, quando tudo havia mudado naquela sala?

Não sabia o que dizer a este homem sentado à minha frente. Este homem que era tão familiar de tantas maneiras, ainda que fosse um estranho de tantas outras. Não sabia nada a seu respeito: se era casado, se tinha filhos, qual era seu filme favorito, seu prato favorito, a memória mais engraçada de sua infância. Era bom em esportes como o pai, ou uma causa perdida como eu? Gostava de música, de teatro, de livros, ou era uma pessoa puramente prática? Eu sabia que precisava dar tempo ao tempo, mas desejava poder conhecê-lo tão bem quanto sempre quis de um instante para o outro.

E o que será que ele achava de mim? Será que costumava pensar a meu respeito enquanto crescia? Será que imaginava como eu seria, será que me odiava? Sua infância parecia ter sido exatamente como eu havia desejado: segura e protegida, feliz e repleta de amor. Torcia para que aquilo não o machucasse.

Uma batida à porta me tirou dos meus pensamentos.

— Desculpe interromper, mas o tempo está acabando.

Olhei para o relógio na parede. Quase quarenta minutos haviam se passado em um piscar de olhos. Sabia que essas regras eram pensadas para que as pessoas pudessem ir embora se mudassem de ideia, se a pessoa que encontrassem não fosse nada do que esperavam. Mas saber aquilo não me impedia de desejar poder permanecer ali o dia inteiro, só conversando, contando tudo um ao outro.

Voltei a olhar para Jacob, que sorriu.

— Você... — Parei de falar, sem saber como lhe fazer aquela pergunta. — Podemos voltar a nos encontrar? Se quiser, é claro...

— Eu adoraria — disse ele.

— Ah! — Não sabia o que dizer. — Ótimo. Quando?

— Quando parece bom?

A qualquer hora, era o que queria dizer. *Sempre, todo dia, amanhã.*

— Semana que vem? Acho que há tantas coisas sobre as quais temos que conversar ainda...

— Eu também acho. Semana que vem está ótimo. — Ele pôs a mão no bolso da calça. — Deixe-me lhe dar meu número.

E, simples assim, meu filho estava de volta à minha vida.

Cinco dias depois, eu estava em Brighton, ansiosa e esperando pela chegada de Jacob. Continuava nervosa daquela vez, mas sentia menos medo. Porque o pior já havia passado, e ele não me odiava nem havia ficado ressentido. Sabia que ele devia ter muitas perguntas, mas estava pronta para elas. E também queria conhecê-lo melhor.

Os dias desde o nosso primeiro encontro tinham sido bem difíceis, já que eu precisava manter segredo para Will. Sabia que eu precisaria contar a ele sobre Jacob em breve, mas precisava ter certeza antes. Mentir para Will parecia tão errado, e eu sabia que ele havia ficado desconfiado quando me viu lendo mensagens uma noite.

— Arranjou outro namorado para me substituir? — ele perguntou ao ver meu telefone vibrar pela quarta ou quinta vez. Era Jacob, tentando combinar onde nos encontraríamos.

— Sim, alguns. — Dei risada. Mas ele não pareceu ter se convencido pela maneira como desconversei, e passou o resto da noite quieto.

Eu me sentei no banco e fiquei observando centenas de pernas desfilarem diante de mim, andando, correndo, pedalando pelo calçadão, enquanto o mar reluzia em azul ao fundo. Fazia calor e o sol queimava a minha nuca, esquentando meus braços cobertos pelas mangas finas do cardigã. De repente, uma sombra se projetou à minha frente e, quando ergui os olhos, vi Jacob parado ali.

— Você veio! — falei, me erguendo de um salto.

— É claro que vim. — Ele encostou de leve no meu cotovelo e se inclinou para me dar um beijo na bochecha. Estremeci ao seu toque.

— Podemos ficar aqui sentados por um tempo? — disse ele, apontando para o banco. — O dia está bonito.

— Por que não?

Nos sentamos encarando o mar, e meus olhos viam o sol brilhar e oscilar, mas minha mente só conseguia pensar no fato de que meu filho estava ali, comigo.

— Me dei conta de que você não é como eu esperava — disse ele, do nada.

— Ah, é? Como assim?

Ele deu de ombros.

— Não sei. Esperava uma mulher... mais velha. Que parecesse menos gentil. Não sei, parece tão bobo agora que estou dizendo isso em voz alta. Esperava não gostar de você. Sempre me perguntei que tipo de pessoa abriria mão de uma criança, mas acho que estou começando a entender que há razões de todos os tipos que não sou capaz nem de imaginar.

Aquilo era algo que não demorei a reparar sobre Jacob. Ele não era dado a conversa fiada. Me virei para encará-lo.

— Eu nunca quis abrir mão de você, sabe? Foi só que... Eu realmente achei que era a melhor decisão. Eu era uma garota muito nova e inocente de dezoito anos. Não conseguia nem cuidar de mim direito, imagine de um bebê. E daí Will, o seu pai, foi embora e me vi diante da perspectiva de ter que criar você completamente sozinha. — Eu me calei, de repente sobrecarregada de memórias. — Quando me entregaram você, logo depois que nasceu, me imaginei levantando da cama, indo embora e desaparecendo com você. Só nós dois. Não conseguia me imaginar deixando-o ir embora, nem vê-lo ser tirado dos meus braços para ser dado a outra pessoa. Mas sabia que não havia outra escolha, se quisesse lhe dar a vida que você merecia. Fiquei de coração partido.

— Eu tive uma vida boa, sabe? Minha mãe e meu pai são demais. Mas sabe o que eu sempre quis?

Fiz que não com a cabeça.

— Ter um irmão ou uma irmã. Às vezes, pode ser solitário ser filho único, especialmente se seus pais forem mais velhos.

— Eu sei. Acho que é por isso que Will era tão importante para mim quando éramos jovens. Nós dois éramos como irmãos. Digo, ele tinha um irmão caçula, Jim, mas, para mim, a nossa amizade era a coisa mais importante do mundo. — Parei de falar e me arrisquei a pegar nas mãos dele. Ele não as afastou. — Eu sinto muito, sabe? Por tudo.

— Eu sei. Mas não tem por quê. — Ele soltou um longo suspiro. — É só muita coisa para assimilar de uma vez.

Assenti.

— Vamos andar?

— Sim, vamos nessa. — Ele se levantou e pegou sua jaqueta bem quando uma rajada de vento passava por nós.

Arrepiada, puxei o cardigã para mais perto do corpo.

— Em que direção?

Ele apontou na direção dos penhascos e concordei, seguindo-o de perto. Ficava mais silencioso à medida que subíamos, a multidão diminuindo, e o maior ruído era o do vento, que ficava mais forte quanto mais avançávamos. E, enquanto caminhávamos, nós conversávamos. Descobri que era muito mais fácil quando eu não podia estudar a expressão de Jacob ou analisar suas reações, restando apenas conversar, falar o que queríamos falar, à vontade.

Conversamos sobre ele: o fato de que havia acabado de sair de um relacionamento longo e estava tendo dificuldade em superá-lo; que ele gostaria de se casar e construir uma família; que seus pais eram próximos, mas um pouco antiquados. Ele me contou sobre o trabalho com computação, seu amor por carros antigos e por futebol, assim como o pai, e sua queda por músicas terríveis dos anos 1980, e eu lhe contei sobre o meu emprego, Kieran e Sean, e como foi me reencontrar com Will.

Ainda havia uma coisa que eu precisava perguntar:

— O que sua mãe e seu pai pensam sobre você se encontrar comigo?

Ele hesitou.

— Eles estão bem com isso.

— Mesmo? — Eu não sabia se não veria problema caso fosse comigo.

— Bem, talvez não exatamente "bem". Mas eles compreendem. Acho que sempre esperaram que eu fosse atrás de você, então não foi um grande choque. — Ele me lançou um olhar rápido. — Mas minha mãe está sofrendo mais do que meu pai. Acho que ela tem medo de que você tente assumir o lugar dela.

— Eu nunca faria isso.

— Eu sei. E ela também sabe. Mas... bem... Entendo como ela deve se sentir.

— Eu também.

Um silêncio pairou, e fiquei observando o movimento cadenciado dos meus passos, pensando em Roy e Sandy, ponderando sobre o que dizer na sequência.

— E por que você não entrou em contato antes? — perguntou Jacob, de repente. — Quer dizer, entendo por que tenha feito isso agora, mas por que não fez isso antes?

— Eu só... Nunca pensei que tivesse algo a lhe oferecer. Quer dizer, eu te dei para adoção. Que direito eu tinha? Era uma mãe solo, vivendo num apartamento minúsculo em Londres, com um emprego que não amo, apenas tolero. O que eu poderia oferecer, exatamente?

— Oferecer você.

Não sabia como responder àquilo. Já havíamos alcançado o topo da colina e o vento agitava nossos cabelos ao redor da cabeça, o sol refletindo as ondas do mar e ofuscando nossa visão de vez em quando.

— Conte-me sobre o câncer do meu pai. É terminal, certo?

Assenti.

— Sim. Receio que seja esse o caso. E a mãe dele também morreu de câncer. Eu... gostaria que soubesse disso.

Ele fez que sim com a cabeça.

— E qual é a sua expectativa? Que a gente se encontre antes que ele morra?

Era justo aquilo que eu queria, continuava querendo. Mas agora, ali, parada no topo daquela colina com o meu filho, parecia ridículo admitir. Será que estava sendo uma romântica e ingênua imperdoável?

— Se quiser que isso aconteça. Mas sem pressão.

— Certo.

Ele estava parado com o rosto virado para o sol e as mãos juntas atrás das costas. De repente, me dei conta de que a frieza que eu detectara antes era algo completamente diferente: era o jeito dele de se proteger contra o que poderia machucá-lo. E percebi que aquilo era exatamente o que eu fazia. Como éramos parecidos, de tantas formas que eu ainda teria de descobrir.

Passamos o resto da tarde no caminho de volta a Brighton, e depois ele me acompanhou até a estação de trem. Enquanto nos despedíamos, ele se manteve à minha frente, os braços colados na lateral do corpo.

— Vou manter contato, tudo bem? — Assenti. — E você me conta o que ele disser? O que William disser? Meu pai?

— Sim. Só me dê um tempinho.

Ele concordou. E então, sem que eu esperasse, deu um passo à frente e me envolveu em um abraço; senti como se fosse derreter e me espalhar pelo chão bem ali, naquele instante. A sensação de ter os braços fortes do meu menino ao meu redor, o corpo dele junto ao meu... Senti o cheiro dele, tão desconhecido, uma mistura de sabonete, maresia e um resquício de sabão em pó, e tentei registrar tudo isso no meu banco de memórias, pronta para ser acessado quando eu precisasse. Poderia ter permanecido ali, no meio do saguão da estação, abraçando-o pelo resto do dia. Mas depois de um tempo ele se afastou e, conforme eu caminhava até a plataforma, acenando um tchau, meu coração se contraía de dor. Um grito. Uma cabeleira loira. Um adeus doloroso.

Tudo o que me restava era torcer para voltar a vê-lo.

♥

Nunca haveria um bom momento para virar a vida de Will de ponta-cabeça. Tantas coisas tinham nos acontecido nos últimos meses: nosso reencontro, o câncer dele. Mas aquilo parecia mais importante do que tudo. Eu precisava fazer aquilo de qualquer jeito.

— Will, quero conversar com você. — Estava parada na entrada da sala de estar, segurando um bolo de papéis. Will estava esticado no sofá, o sol do entardecer penetrando as persianas obliquamente e formando listras por todo o seu corpo e rosto. Ele retirou o braço que estava jogado sobre a cabeça e a ergueu de leve. Parecia exausto.

— Parece sério. Deveria me preocupar? — Não respondi, só me aproximei do sofá e esperei que recolhesse os pés. Ele se sentou com dificuldade e tirou os pés para que eu pudesse me empoleirar ao seu lado. — Qual é o problema, Fran?

Revirei as palavras mentalmente outra vez, repassando-as como cartas de um baralho, decidindo qual delas tirar primeiro. Por fim, em vez de falar alguma coisa, dei a ele um envelope da pilha de papéis que eu segurava.

— O que é isso? — A testa de Will se enrugou, e tive um lampejo de Jacob fazendo exatamente a mesma cara quando lhe contei sobre o pai. Meu corpo tremia.

— Abra.

Will abriu a aba do envelope e tirou de lá algumas fotos. A de cima era a primeira que recebi de Jacob ainda bebê, e depois havia as fotos que fui recebendo a cada ano. Ele encarou a primeira de rosto ainda enrugado, e depois viu a próxima, do primeiro aniversário de Jacob. Antes de ver as outras, ergueu os olhos para mim.

— Que fotos são essas?

— São fotos do... — As palavras ficaram entaladas na minha garganta, saindo em seguida como um gemido sussurrado. — Do nosso filho.

Will ficou lívido e voltou a olhar para a primeira foto antes de me encarar. Ficou um longo tempo sem falar nada, e comecei a me perguntar se eu deveria ser a primeira a falar, oferecer a ele algum tipo de explicação.

— Isso é... — Ele me encarava com firmeza no olhar. — Isso é alguma piada doentia? — Ele correu o olhar pelo cômodo, os olhos passando de um canto a outro. — Quero dizer, é algum tipo de pegadinha? Um teste?

— Não, Will. Não é uma pegadinha. É verdade. — Eu me inclinei e apontei para as fotos que observara tantas vezes ao longo dos anos, que ficaram cheias de vincos e com os cantos dobrados, as cores desbotadas. — Este aqui é o nosso filho. O nome dele era William, mas agora ele se chama Jacob.

Esperei que as palavras fossem compreendidas. Não ousava mais olhar para o rosto de Will, e passei a encarar as fotos que ele tinha no colo até que voltasse a falar alguma coisa. Por fim, ele compreendeu.

— Você teve o bebê. — Era uma afirmação, não uma pergunta, e ergui o olhar para encontrar o dele, assentindo.

— Sim.

Ele voltou a baixar os olhos para a foto e a ergueu, estudando-a, assim como eu fizera tantas vezes: o nariz estreito e as orelhas com o mesmo formato das minhas. Os olhos, o cabelo loiro e as sobrancelhas arqueadas como as dele. Não havia como ele deixar de ver, disso eu tinha certeza. Só precisaria de tempo.

Olhou a foto seguinte, e a seguinte, e a outra, e depois cada uma das próximas, até que Jacob tivesse dezesseis anos, e elas acabavam. Depois ele as abaixou no colo e ficou olhando diretamente para a frente.

— Mas você nunca me disse.

— Não. Eu... não consegui. Quer dizer, você foi embora. Eu tinha planejado contar quando voltasse para passar o Natal em casa, mas você tinha ido embora e eu... não soube mais o que fazer.

— Mas por quê? Por que mudou de ideia?

— Eu... não fui capaz de ir em frente. E a sua mãe, ela...

— Minha mãe? O que a minha mãe tem a ver com isso? — As palavras saíram em um tom de raiva.

— Quando fui vê-la, logo antes de ela morrer. Quando voltei para casa e nós brigamos sobre o bebê, lembra?

— Lembro.

Fiz uma pausa.

— Bem, ela adivinhou que eu estava grávida. Ela simplesmente soube, Will, não sei como, e não pude mentir, e ela me implorou para não interromper a gravidez. Para reconsiderar e... — Eu me calei.

— Mas ela nunca me disse nada. Ela não esconderia uma coisa dessas de mim.

— Não sei por que ela nunca disse nada; talvez pensasse que você já tinha muito com que se preocupar. Talvez pensasse que a decisão cabia só a mim. Mas o que ela disse ficou na minha cabeça e percebi que eu não seria capaz de ir adiante. E que, na verdade, talvez conseguíssemos criar um bebê juntos. Talvez fosse o destino. Mas então a sua mãe faleceu, e você foi embora.

As palavras me escaparam com tanta pressa, que demoraram um pouco para se assentar, então aguardei.

— Você teve o bebê.

— Sim. Tive que ter... Apenas me sentia incapaz de abortar. Mas decidi... decidi que a melhor opção era dá-lo para adoção. Eu... não queria, na verdade, mas sabia que não tinha nada a oferecer a ele. Por isso cuidei de tudo.

— E você nunca... — Ele se calou, tossiu e depois quase cuspiu as palavras seguintes: — Nunca pensou em me procurar? Em me contar? Sei lá, talvez me dar uma chance de decidir se eu gostaria de participar de tudo isso? — Ele falava cada vez mais alto, e me encolhi.

— Você tinha ido embora, Will, para a droga do outro lado do mundo. Eu estava devastada. E era tão nova. Você sabe disso.

Ele estava completamente sentado a esta altura, os cotovelos apoiados nos joelhos, descansando o queixo nos dedos entrelaçados. Encarava a lareira apagada com uma expressão sombria. Os minutos tiquetaqueavam e eu me recostei no sofá, trazendo os joelhos para junto do peito. Não havia por que tentar justificar o que eu fizera, não mais. Will precisava de tempo para processar tudo. Por isso esperei, ouvindo os sons do mundo externo que atingiam o apartamento: o atrito dos pneus dos carros, passos, vozes, risos, música. Não havia pressa. Kieran estava na casa do pai e ainda ia demorar horas para voltar.

Por fim, depois do que pareceram horas, mas deviam ter sido apenas minutos, Will voltou a falar naquele cômodo silencioso:

— Por que agora?

— Por que agora o quê?

— Por que me contou agora?

— Por que você acha?

Ele virou o corpo para me encarar, e o olhar que havia em seu rosto me assustou.

— Por causa do câncer, é o que quer dizer? — Ele soltou uma risada amargurada.

— Sim, é claro que é por causa do câncer.

— Ah. — Ele balançou a cabeça. — E você achou que agora, com tudo o que está acontecendo, seria a hora perfeita para me contar que eu tenho um filho sobre o qual nada sei e que nunca vou poder conhecer? — Baixou as mãos até os joelhos e suspirou. — Sério, Fran, por que se deu ao trabalho?

Eu precisava lhe contar.

— Eu o conheci.

As palavras pairaram entre nós e, aos poucos, Will foi virando o rosto para me encarar.

— Você o conheceu?

— Sim. — Eu me remexi, inquieta, passando as mãos pelo cabelo.

— Quando?

— Faz uma semana. E o vi ontem também.

— Uma semana? E só está me contando agora?

— Estava tentando achar uma boa oportunidade…

— Uma boa oportunidade? Está de brincadeira comigo? Uma boa oportunidade seria… bem, sei lá, malditos vinte e cinco anos atrás, Fran. Aquela teria sido uma boa oportunidade. Agora, tenho certeza de que qualquer hora seria uma boa hora, não?

Bati a mão com força no braço do sofá, o que fez nós dois pularmos no lugar.

— Pelo amor de Deus, Will, acha que isso foi fácil para mim?

— Para você? — Ele desdobrou o corpo e se sentou todo empertigado, me encarando de frente. — Não, Fran, não acho que nada disso tenha sido fácil para você: esconder isso de mim por tantos anos. Isso sem falar de todos os meses que passamos juntos agora... nove meses. Nunca pensou em falar nada durante esses nove meses? Só agora achou que seria bom me contar?

— Eu não podia! Por que faria isso antes? Eu não sabia se ele ia querer conhecer você, nos conhecer. Pelo amor de Deus, Will, eu nem sabia se ele estava vivo. — Parei de falar, encarando-o, observando sua expressão mudar de fúria para confusão antes de se suavizar e se transformar em... o quê? Aceitação?

— Você disse que não sabia se ele ia querer me conhecer?

Assenti.

— O que quer dizer com isso? Agora você sabe?

Voltei a assentir, de um hora para outra sem conseguir mais falar.

— Eu... — Parei. — É o que estou tentando te dizer. Eu me encontrei com ele. Nós conversamos, e eu falei de você para ele, e ele... disse que gostaria de te conhecer. Se você quiser.

A fúria de Will pareceu se esvair como um balão desinflando, toda a força deixando seu corpo de uma só vez. Ele voltou a se afundar no sofá. Queria me aproximar e reconfortá-lo, mas não fazia ideia se ele gostaria, então permaneci onde estava.

— Eu... — ele se pôs a falar, depois parou de novo, encarando um ponto do sofá entre nós. E aí ergueu os olhos, e pude ver medo neles. — Quando?

— Quando você quiser. Só preciso mandar um e-mail para ele.

Ele assentiu.

— E ele sabe? Sobre mim?

— Sim. Eu contei tudo.

Ele desviou os olhos e encarou a janela, enxergando além das persianas. Será que estaria tentando imaginar o filho?

— Ok. Veja o que ele diz. — Voltou-se outra vez para mim com os olhos carregados. — Preciso me deitar. — Levantou-se e saiu da sala, me deixando a sós com meus pensamentos acelerados.

Mas eu tinha conseguido. Havia contado a ele.

E o mundo continuava girando.

19

PRESENTE

Início de agosto de 2019

Daquela vez não tive que ir até Brighton, onde Jacob morava. Daquela vez, ele dissera que viria até nós. Não conseguia imaginar como o pobre garoto — homem — deveria estar se sentindo. Ir de não conhecer nenhum dos pais biológicos para conhecer os dois num intervalo de poucas semanas deveria ser aterrorizante. Mas ele não era o único com que eu me preocupava. Na verdade, a preocupação sobre como Kieran iria reagir à notícia estava me deixando doente. E então, uns dias antes, me sentei com ele e contei tudo a respeito de seu meio-irmão.

— Que merda é essa? — Foram suas primeiras palavras.

— Sinto muito, meu amor.

Ele ficou em silêncio por alguns instantes, encarando o chão.

— Mas… onde?

— Ele mora em Brighton. Tem vinte e cinco anos.

Esperei que ele assimilasse tudo.

— Como nunca me disse nada antes?

Balancei a cabeça.

— Nunca contei a ninguém.

— O quê? Nem mesmo à vovó e ao vovô?

— Bem, eles sabiam. Mas concordamos em nunca mais falar sobre isso.

— Mas por quê?

— Eu era nova, Keeks. Eu… — Como poderia fazer um adolescente compreender isso? — Se imagine tendo um filho agora. Você acha que conseguiria cuidar dele de verdade?

— Claro que não. Mas eu só tenho treze anos.

— Eu sei, meu amor. Mas é a mesma coisa. Era como eu me sentia naquela época. Sabia que não conseguiria dar a essa criança a vida que ela merecia, então quis que outra pessoa fizesse isso.

— Mas… mas por que todo esse segredo?

— Era mais fácil assim, acho. Doía muito falar sobre isso.

Ele voltou a assentir, e me perguntava o que estaria passando pela cabeça dele.

— O Will sabe?

— Bem, esse é o caso, meu amor. Acabei de contar a ele porque… Bem, Jacob é filho de Will.

— Ah. — Ele encarava os pés.

Então eu lhe expliquei tudo: que eu me encontrara com Jacob, e que Jacob também gostaria de conhecer Will.

— E espero que ele queira conhecê-lo também, Keeks. Acha que gostaria de conhecê-lo?

Ele fez que sim com a cabeça.

— Eu acho que sim. Quer dizer, ele é meu irmão, não é?

— É, sim, meu amor. — Pisquei para afastar as lágrimas que ameaçavam me afogar e puxei meu menino precioso para um abraço. — Estou tão orgulhosa de você, querido — sussurrei, aproveitando os poucos segundos que antes que ele se afastasse.

Agora todas as pessoas que tinham que saber já sabiam, e Will estava prestes a ver o filho pela primeira vez.

— Como estou? — Will estava parado à minha frente, todo nervoso. Vestia uma camisa de manga curta e calça jeans. Tudo parecia largo, e de novo fui atingida pela percepção de como ele parecia ter encolhido: as bochechas mais encavadas, e as rugas ao redor dos olhos mais profundas. Senti meu coração se partir: o meu Will, sempre tão forte e hábil. Como será que ele estava se sentindo sobre os efeitos do câncer em seu corpo?

Torcia para que ele ainda não tivesse se dado conta do quanto havia mudado.

— Está parecendo um homem prestes a conhecer o filho — falei, sorrindo. — Está ótimo.

Ele esfregava os braços sem parar e tremia, apesar do calor.

— Estou morrendo de medo, Fran.

Eu me levantei e o envolvi em um abraço.

— Vai dar tudo certo. Ele vai te adorar. — Ele parecia tão frágil nos meus braços.

Desde o nosso encontro, Jacob e eu continuávamos conversando por e-mail, combinando quando e onde seria o encontro. E ainda que a maioria das mensagens fosse de caráter prático, de fato sentia como se o estivesse conhecendo um pouco, aos poucos. Tinha receio de forçar a situação e acabar o afastando, então não lhe fazia muitas perguntas. Teria tempo de sobra para conhecê-lo.

Ao contrário de Will.

— Certo, vamos nessa — falei, pegando Will pela mão. Senti o suor da mão dele na minha e lhe dei um pequeno apertão.

Uma hora depois, estávamos esperando no lugar em que combinei me encontrar com Jacob: um café qualquer ao lado da estação de South Kensington.

— Isto me lembra do dia em que nos encontramos... pela segunda vez — comentei enquanto nos sentávamos. Havíamos chegado cedo, pois Will estivera determinado a chegar lá antes de Jacob. Ele olhou para as mesas e cadeiras de madeira ao redor, para o balcão cheio de bolos e sanduíches, para a imponente máquina de café que gritava e rugia atrás do balcão.

— Sim, só que muito mais aterrorizante.

Assenti.

— Verdade. O que quer beber?

— Um café latte, por favor. — Conforme eu me levantava, Will agarrou a minha mão. — Fran, preciso te pedir uma coisa.

— O quê? Qual é o problema?

— Não tem problema nenhum. É só... — Ele se calou, baixando os olhos para o tempo da mesa antes de voltar a erguê-los para mim. — Pode nos deixar um pouco a sós? Jacob e eu? Quando ele chegar?

Foi como um soco no estômago. Queria tanto voltar a ver Jacob, passar um tempo junto dele. Mas como poderia dizer não? Eu devia isso a ele.

— Ok. — Minha voz saiu sussurrada.

— Tem certeza de que não se importa? Não que eu não queira você por perto. É só que... gostaria de ter um tempinho a sós com ele. — Will deu de ombros. — Sei lá. Me parece importante.

Assenti e me levantei, juntando as mãos.

— Vou pegar as bebidas.

Tentei conter as lágrimas enquanto esperava que os cafés ficassem prontos. Estava me comportando de maneira ridícula. Era um pedido perfeitamente aceitável. Afinal de contas, eu já havia passado um tempo a sós com Jacob, e também poderia vê-lo outra vez. Por que eu estava tão chateada?

Voltei à mesa e coloquei os cafés no tampo antes que os espirrasse. Antes que pudesse voltar a me sentar, porém, o sino atrás da porta soou e tanto eu como Will congelamos no lugar.

Ergui os olhos e fiz contato visual com Jacob. Vê-lo parado ali, já parecendo tão familiar, fez meu coração disparar. Enquanto a tensão percorria meu corpo pelo simples fato de vê-lo, me dei conta do medo que sentia de que ele não aparecesse.

Mas, agora, ali estava ele.

Devagar, ele se aproximou da nossa mesa e Will fez força para se levantar. O café era pequeno, e aquilo aconteceu em questão de segundos, e quando aqueles dois homens ficaram de frente um para o outro, perdi ao voz ao me dar conta de como eram parecidos. Era quase como se Will estivesse se olhando no espelho, para um reflexo de como era cerca de vinte anos antes.

Estremeci.

Jacob foi o primeiro a estender a mão, e Will a pegou na dele e a sacudiu de um modo gentil.

— Oi, eu sou Jacob.

— Will. — A voz dele fraquejou. Então Jacob se virou para mim.

— Oi, Fran. — Estendeu a mão para mim, um pouco sem jeito. — Que bom te ver de novo.

— Igualmente — respondi, saboreando a sensação de pegar na mão dele.

Todos nós nos sentamos, mas me levantei de imediato.

— Café? — Meu Deus, por que eu estava tão nervosa?

— Ah, sim, por favor. Um americano.

Voltei a me dirigir ao balcão, com as pernas tremendo, e me virei outra vez para os dois, dois reflexos se encarando separados pela mesa. Meu coração sofria por ambos. Que maneira de começar seu relacionamento: Will estava morrendo, Jacob sabia que seu pai não tinha muito tempo de vida. Não era o mais auspicioso dos inícios. Mas pelo menos *era* um início.

Eles conversavam quando retornei com a bebida de Jacob. Will queria saber sobre o emprego de Jacob, e ouvia com muito atenção ao que ele respondia. Dei dois goles enormes no meu café e me levantei abruptamente. Jacob me olhou, indagador.

— Você está bem, Fran?

— Sim, sim. Eu... — Me inclinei e peguei minha bolsa do chão. — Vou deixar vocês um pouco, se estiver tudo bem para você. Dar um tempo para que se conheçam.

— Ahn, certo. — Jacob se virou para Will, que assentiu de leve e voltou a olhar para o filho.

— Isso seria bom, não seria?

Jacob concordou.

— Sim, acho que seria mesmo. — Suas palavras saíram tão claras e bem enunciadas, e tentei imaginar como ele soaria diferente com as vogais curtas do sotaque do norte de Londres, se tivesse sido criado por mim.

— Certinho, então. — Certinho? Quem eu era, afinal, uma contadora de histórias? Vejo vocês dentro de algumas horas. Vou estar... — Abanei as mãos. — Por aí. — Me virei para Will. — Eu te ligo, tudo bem?

— Obrigado, Fran.

Sentia um peso no peito enquanto me afastava dos dois. A vontade de ficar, de sorver cada detalhe que pudesse do filho que eu acabara de reencontrar, era quase insuportável, mas eu a contive e a ignorei até que chegasse à porta e a ouvisse se fechar às minhas costas. Desci a rua, agora mais movimentada, a passos apressados, sem pensar direito aonde estava indo. Sentia as batidas surdas do meu coração nos ouvidos, até que me vi diante da entrada do Museu de História Natural. A magnitude do prédio me acalmava, e respirei fundo algumas vezes no calor do sol do verão, sentindo minha pulsação se acalmar e minha respiração voltar ao normal. Tudo ficaria bem. Will e Jacob ficariam bem. Aquilo era o certo a fazer.

Passei uma hora perambulando de sala em sala do museu, estudando as vitrines e admirando a pura imensidão da baleia-azul suspensa do teto na sala dedicada aos mamíferos. Me lembrei da primeira vez que a vira, quando ainda era uma criança de nove anos de idade, em uma excursão da escola até o centro de Londres. Will estava ao meu lado, meu parceiro em tudo, e ficamos de queixo caído, assombrados por tamanha grandiosidade. Depois demos risadinhas na seção de anatomia humana, bocejamos numa palestra sobre insetos e comemos nosso almoço na escadaria do lado de fora — sanduíches com recheio de geleia e suco de caixinha e pacotes de batata sabor queijo e cebola. A lembrança me fez sorrir.

Já me sentia muito agitada para tomar outra xícara de café, então saí do museu e fui comprar sorvete de uma van, sentando-me para tomá-lo ao sol. A cremosidade gelada invadiu minha boca enquanto observava as pessoas passarem — turistas, funcionários de escritório, grupos de adolescentes — e imaginava qual seria a história de cada um, como seria a vida deles. Era capaz de apostar que cada um também deveria ter os próprios segredos.

Levei um susto quando meu telefone começou a vibrar no bolso e, lambendo o sorvete que havia escorrido pela mão, me atrapalhei para pegá-lo, atendendo a ligação no último minuto. Era Will.

— Tudo bem por aí?

— Sim, tudo bem. Só estávamos nos perguntando onde você estaria.

— Eu vim até o Museu de História Natural. Já acabaram?

— Por ora.

— Ah. — Não deveria ter me surpreendido. Estava com receio de que fosse muito para um único dia, e ele soava completamente exausto.

— Podemos ir te encontrar?

— Jacob ainda está com você?

— Sim. Ele ainda tem algumas horas antes de o trem partir.

Concordei em esperar por eles e, quinze minutos depois, vi os dois se aproximando e me levantei para saudá-los. Os dois pareciam contentes o bastante, mas percebi que estavam um pouco constrangidos.

— Tudo bem?

Os dois assentiram juntos, e Jacob passou a mão pelo cabelo curto.

— Tudo ótimo.

Enquanto olhava de um para o outro, eu me dei conta de que os dois eram iguaizinhos. Nenhum dos dois era capaz de falar sobre banalidades. Eles precisavam de mim.

Passamos a próxima hora passeando pelo museu e conversando. O movimento constante e a distração nos deram algo mais em que nos concentrar, o que facilitava que os dois conversassem.

— Viemos aqui quando éramos crianças, você se lembra, Will? — perguntei.

— Eu me lembro de que você ficou com medo do *T. rex* — disse ele.

— Não fiquei com medo!

Ele me olhou de canto.

— Se está dizendo…

— Então vocês dois eram mesmo grandes amigos? — perguntou Jacob.

— Éramos. Mesmo ela sendo toda grudenta. — Will sorriu. Jacob ficou quieto, observando a vitrine de ossos diante de si, perdido em pensamentos. Will dirigiu os olhos para mim, que só dei de ombros.

— E como é que tudo acabou numa bagunça dessas? — Jacob olhou para Will. — Como é que você foi embora, e como é que você… — ele apontou para mim — … não contou para ele que havia tido o bebê? O que aconteceu? — Ele franziu o cenho e de repente parecia perdido, como um garotinho que precisava de respostas. Respostas que, não importava como as fornecêssemos, nunca seriam suficientes.

— A vida aconteceu — disse Will. — Digo, a minha mãe faleceu, e eu, Jim, meu irmão caçula e meu… meu pai… nós ficamos todos devastados. A sua m… Fran tinha ido cursar a faculdade, e nós nos mudamos para a Austrália, eu, meu irmão e meu pai. — Ele encarou Jacob antes de se virar para mim. — Todos nós fazemos coisas de que não nos orgulhamos. Eu queria não ter ido embora do jeito que fui, mas na época parecia que não havia escolha. É claro que havia. E, por causa disso, nunca nem fiquei sabendo da sua existência. Não sabia nada de você até… — Ele ficou de voz embargada e se calou.

Jacob assentiu, mas não disse nada.

— E eu nunca parei de pensar em você — falei, fazendo carinho em sua manga. — Nunca.

O silêncio que recaiu sobre nós foi abafado pelo burburinho de vozes ao nosso redor, o barulho de vozes e risada e passos ecoando e ressoando do teto alto.

— Se for de algum alívio, eu nunca me perdoei — disse Will. — E nem fazia ideia do tanto que havia perdido.

Jacob ergueu a cabeça de supetão, e sua expressão era resoluta.

— Bem, fico feliz de agora os ter conhecido, mesmo que... — Ele não continuou, mas todos sabíamos o que ele estivera prestes a dizer. Mesmo que Will estivesse morrendo. — Estou feliz. Obrigada por ter me procurado, Fran.

Eu sorri, incapaz de responder.

Me sentia assoberbada pelas coisas que queria dizer a ele, as coisas que precisava lhe dizer. Como era possível atualizar alguém sobre os últimos vinte e cinco anos da sua vida quando essa pessoa não os havia compartilhado com você? Eu queria que ele me conhecesse, conhecesse meus pais, e Kieran também. Queria que ele de fato *conhecesse* Kieran. E precisava, de modo tão profundo que quase me consumia, conhecê-lo também.

Mais tarde, enquanto Will e eu voltávamos para casa de metrô, eu estudava seu reflexo na janela do vagão enquanto repassava o dia mentalmente. Não fora como eu havia esperado, mas como é que se prevê o que pode acontecer numa situação como aquela? Apenas me contentava com o fato de que Will e Jacob pareciam ter se dado bem.

Will não havia dito uma palavra sequer desde que deixáramos Jacob na estação de South Kensigton. Eu estava morrendo de vontade de saber o que ele estava pensando.

Pelo reflexo fantasmagórico, vi quando ele se virou para mim.

— Obrigado, Fran.

Eu o observava de frente.

— O que achou dele?

— Ele parece... — Ele se calou, deixou escapar um suspiro. — Ele é incrível. Só o fato de ele existir é incrível.

Sorri e disse:

— Não consigo te dizer como fico aliviada em ouvir isso.

— Por quê? O que achava que ia acontecer?

— Eu achava... — Fiquei um pouco em silêncio. — Tinha medo de que você nunca ia me perdoar quando eu lhe contasse sobre Jacob, e de que eu o perderia.

Conseguia ver Will me estudando em nosso reflexo, e me virei para encará-lo de frente.

— Fran, eu nunca vou te deixar. Não importa o que aconteça. Pelo menos por vontade própria, eu nunca te deixaria.

20

PRESENTE

Fim de agosto de 2019

Sentada na sala de espera do hospital, me percebi evitando os olhares alheios. Não conseguia olhar nos olhos de uma mãe ao lado da filha, me perguntando qual das duas estaria doente. Era incapaz de olhar diretamente para um casal de idosos, indagando-me sobre por que podiam viver tantos anos enquanto a vida de Will estava prestes a ser abreviada de maneira tão cruel.

A meu lado, Will pegou minha mão e a apertou, o que me fez baixar os olhos para nossos dedos entrelaçados. Talvez, se ficasse encarando a junção de nossos dedos por tempo suficiente, a imagem ficaria gravada em minha mente, e eu seria capaz de mantê-la ali pelo resto da minha vida, em uma biblioteca de imagens que poderia acessar sempre que precisasse me sentir reconfortada.

A saúde de Will havia declinado outra vez, de forma repentina, como um avião em queda livre, depois que ele conhecera Jacob. As dores de cabeça pioraram, e sua visão começou a ficar embaçada, mas talvez o pior motivo de preocupação era que ele parecia completamente exausto o tempo todo. No começo, achávamos que era só porque estava fazendo muito esforço, mas logo ficou claro que era mais do que isso.

Por sorte, ele já tinha uma consulta marcada com o médico, que logo o mandou fazer mais exames a fim de ver o que estava acontecendo em seu cérebro. E ali estávamos nós, dois dias depois, esperando pelos resultados.

A porta do médico se abriu e o rosto agora familiar apareceu. Nós nos levantamos, entramos, de mãos dadas, e nos sentamos à mesa.

Me percebi encarando a foto no porta-retratos que havia na mesa, as plantas quase mortas no parapeito das janelas, lendo a inscrição nos diplomas e certificados atrás da cabeça do médico, suas credenciais — olhei para tudo, menos para ele. Tentei me concentrar no que dizia, mas achei muito difícil.

Depois nos levantamos e saímos, e, enquanto andávamos até o elevador, ainda de mãos dadas, me dei conta de que não fazia ideia do que o médico acabara de falar. Minha mente bloqueara tudo numa tentativa de me proteger do que acontecia. Virei-me para Will. Sua expressão estava tensa, sua pele, acinzentada.

— E o que acontece agora? — falei. Minha voz mal passava de um sussurro.

Will se deteve, de ombros caídos e cabeça baixa.

— Acho que é isso. O começo do fim.

Senti as lágrimas pinicarem meus olhos e respirei fundo pelo nariz, tentando levar um pouco mais de oxigênio aos pulmões.

— Mas o que foi que ele disse? Não há nada que possam tentar?

Will me olhou de um jeito estranho.

— Não estava ouvindo?

Baixei os olhos, envergonhada.

— Eu... perdi partes da explicação. Estava com medo. — As palavras soavam patéticas até para mim. Era Will que estava passando por tudo aquilo, não eu. Quem eu achava que era para me sentir tão apavorada?

Mas Will não pareceu notar nada daquilo.

— Ele disse que o tumor cresceu com mais rapidez do que esperavam e que... bem, que o câncer se espalhou. Chegou aos ossos.

Senti o chão se mover debaixo de mim e me agarrei ao braço de Will para não perder o equilíbrio.

— O que isso quer dizer?

Senti seus dedos debaixo de meu queixo enquanto ele levantava meu rosto devagar, para que eu o encarasse.

— Quer dizer que eu não tenho muito tempo. Quer dizer que temos que aproveitar ao máximo os momentos que temos pela frente, antes que eu fique fraco demais.

— Ele disse quanto tempo? — As palavras saíram em arquejos curtos.

— Semanas. — A voz dele se entrecortou.

Eu tinha ouvido dizer que, quando achamos que nossa vida está prestes a acabar, lampejos de memórias passam diante dos nossos olhos.

Enquanto permanecia ali, junto aos elevadores do hospital, olhando para Will, nossa vida juntos se desenrolou pela minha mente como se fosse um filme em ritmo acelerado. O dia em que nos conhecemos, crianças de sete anos risonhas, empurradas uma na direção da outra pela amizade das mães. Quando roubávamos biscoitos do pote para comer no nosso esconderijo secreto no jardim; quando pegávamos dinheiro escondido da bolsa da minha mãe para comprarmos uma garrafa de vermute quando tínhamos quinze anos, para vomitar tudo em moitas três horas depois; o nosso primeiro beijo, aos dezesseis, quando ambos nos demos conta de que éramos mais do que apenas amigos de infância. A primeira vez que fizemos amor; os beijos trocados na praia de Brighton; as promessas que fizemos de que nós amaríamos para sempre, não importava o que acontecesse. O horror de perceber que Will fora embora sem se despedir; a dor e as lágrimas conforme eu tentava recolher meus pedaços e me reerguer; e o encontro no café, que havia jogado minha vida pelos ares e me fizera voltar a juntar os cacos de um modo que fizesse sentido. Havíamos nos reencontrado, e deveria ter sido só isso. Aquela deveria ter sido a nossa história, o nosso final feliz. Mas, na verdade, aquilo acontecera. Aquela coisa que se intrometia entre nós e que iria nos separar pela última vez, muito antes de estarmos prontos para nos separar.

Tirei as minhas mãos das dele e as joguei ao redor de seu pescoço, soluçando em seu ombro. Era capaz de sentir o corpo dele tremer junto ao meu, e sabia que ele também estava chorando. Não me importava com quem pudesse nos ver: médicos e enfermeiras que passavam ao redor, pacientes sendo conduzidos em cadeiras de rodas, carrinhos rangendo pelo corredor. Por ora, éramos apenas Will e eu. Só nós dois.

Depois de um tempo, nos separamos, e Will limpou o rosto na manga da blusa, puxando o ar longamente, trêmulo.

— Estou melhor — disse ele, tentando dar um sorriso fraco.

Ele voltou a pegar a minha mão e, quando as portas do elevador se abriram, entramos e pude ver nosso reflexo no espelho. Estávamos ambos inchados e pálidos, de olhos injetados e vermelhos. Parecíamos dois fantasmas, e me perguntei o que minha versão adolescente teria pensado se pudesse nos ver naquele estado.

As chuvas de verão sempre me faziam lembrar da adolescente que eu era, sentada no meu quarto ouvindo discos enquanto o céu trovejava e relampejava, um acompanhamento para a música que meus pais simplesmente não compreendiam.

— São as férias de verão — vivia dizendo a minha mãe. — Você deveria estar por aí, passeando, e não trancada no quarto escutando essa barulheira.

— Eu tô bem, mãe. Vou sair quando parar de chover.

— É bom sair mesmo.

Às vezes, era só eu mesma, me deliciando com a minha coleção de vinis que não parava de crescer, ouvindo todas as minhas músicas favoritas, bandas como The Wonder Stuff, James e outros grupos ainda mais obscuros de Manchester que eu adorava. Outras vezes, Will ficava comigo, deitado de meias na cama, as mãos na nuca, batucando no ritmo ou qualquer outra coisa que pudesse inventar, fazendo perguntas sobre alguma música que eu colocasse para tocar.

— Não entendo essa sua obsessão — costumava dizer.

— Bem, é como a sua pelo futebol, acho.

— Mas futebol é futebol. Não entendo como pode se empolgar tanto com música. É só ruído.

— Acho que nós dois não podemos continuar sendo amigos — era o que eu dizia, rindo enquanto ele me acertava com uma almofada.

Era nisso que eu pensava enquanto estava deitada na cama, alguns dias depois do diagnóstico devastador que Will recebera, ouvindo a chuva bater na janela do meu apartamento e observando o peito de Will subir e descer devagar. Ele parecia dormir cada vez mais, e tentei não pensar na rapidez com que estaria piorando. O que eu não daria para estar de volta àquele quarto, nós dois adolescentes, um jovem Will me atormentando.

Ele abriu os olhos e virou o rosto sonolento para mim.

— Estava me observando de novo, Gordon?

Sorri antes de dizer:

— É. Não é algo que consiga evitar.

— Esquisita. — Ele voltou a fechar os olhos enquanto eu afastava as cobertas e saía da cama. — Já está indo? — murmurou.

— Sim. Preciso trabalhar. Alguém precisa ganhar dinheiro por aqui.

— Boa garota. — Ele se virou e me espiou de olhos entreabertos uma vez mais.

— Tenho uma surpresa para você depois.

— Ahn? — Ele já estava mais acordado, de olhos bem abertos. — O que é?

— Bem, não seria uma surpresa se eu te dissesse, seria?

— Sim, mas eu odeio surpresas, e agora vou passar o resto dia com isso na cabeça.

Coloquei uma blusa e conferi meu reflexo no espelho, passando um pouco de batom e máscara de cílios. Eu parecia cansada.

— Bem... Mesmo assim, vai ter que esperar. — Me abaixei e lhe dei um beijo na testa. — Mas é uma surpresa legal. É para te alegrar.

— Eu gosto de ser um velho triste.

— Sei que gosta, mas vou tentar mesmo assim.

Mais tarde, quando voltei para casa, Will estava de pé e vestido, sentado no sofá e assistindo ao noticiário na sala de estar.

— Onde está o Kieran? — falei, espiando pela porta da sala.

— No quarto dele, eu acho.

— Bem, espera aqui. Não venha até a cozinha por enquanto.

— Certo.

— Promete que não vai vir?

— Prometo!

Voltei para abrir a porta da entrada, levantando em apenas uma mão os dois carrinhos que havia deixado lá, e estendi a outra. Elodie a pegou.

— Agora lembre-se: fique bem quietinha, tudo bem? — falei. Ela concordou entusiasmada e levou os dedos à boca.

Juntas, seguimos pelo corredor sem entrar na sala, onde o pai dela esperava, indo em direção à cozinha. Fechei a porta e coloquei Elodie em um dos banquinhos.

— Certo, quer me ajudar a preparar tudo isso para o seu pai?

— Sim! — Ela bateu palmas e depois parou e deu uma risadinha. — Desculpe.

— Tudo bem. Só não queremos que seu pai saiba que está aqui. Certo, vamos começar.

Tirei dos carrinhos tudo o que havia trazido neles e os coloquei de lado. As coisas tinham chegado ao meu trabalho ao longo das duas semanas anteriores, desde o momento em que tivera a ideia, e agora a cozinha estava repleta de comida e pratos de papel.

— Tem bastante! — disse Elodie em um sussurro alto. — Como é que o papai vai conseguir comer tudo isso?

— A gente pode ajudá-lo, o que acha?

Pelos vinte minutos que se seguiram, aprontei tudo o que eu havia comprado. Enfim satisfeita, me afastei para observar o resultado.

— Pronta?

Elodie fez que sim, e eu lhe entreguei um retalho de tecido.

— Você segura isso, e, quando chegarmos à sala de jantar, vamos abrir e colocar no chão, pode ser?

— Como um piquenique dentro de casa?

— Sim, exatamente isso.

— Tudo bem.

Abri a porta da cozinha, peguei a primeira bandeja e deixei Elodie seguir à minha frente até a sala de estar. Ela escancarou a porta e, enquanto entrávamos, tossi para limpar a garganta. Will se virou e, assim que se deu conta da presença de Elodie, todo seu rosto se iluminou.

— Els! — disse ele. — Quando foi que chegou aqui?

— Faz um tempão. Eu estava fazendo coisas secretas com a Fran na cozinha — falou ela.

— Ah, é mesmo? — disse Will, relanceando o olhar para mim, uma pergunta se formando em seu rosto.

— Sim. E vou passar a noite aqui. Fran combinou tudo com a mamãe. Não foi, Fran?

— Foi isso mesmo. Espero que não se importe. Queríamos que fosse uma surpresa. — A bandeja tremia em minhas mãos, e me curvei para sussurrar algo para Elodie. — Acha que pode estender isso no chão sozinha agora?

— Sim. — Ela abriu o cobertor e o deixou cair no chão, puxando os cantos e deixando o meio todo embolado.

— Deixe-me ajudar — disse Will, agachando-se ao lado da filha e ajudando a deixar tudo lisinho.

Eu me ajoelhei ao lado deles e coloquei a bandeja no chão com cuidado.

— Sei que você sempre quis ir a Nova York, e era algo que estava na lista. — Will assentiu. — Bem, já que não vamos conseguir ir para lá a essa altura, pensei em trazer Nova York até você. Confirmei com os juízes da lista de desejos, e eles me garantiram que isso conta, sim. — Sorri para Will, que retribuiu. — Então, aqui temos... — levantei o primeiro prato da bandeja — ... hambúrgueres e cachorro-quente, *clam chowder*, bagels e... espere aí... — Levantei-me e voltei à cozinha, retornando com uma segunda bandeja. — Também temos pretzel, cheesecake e chocolates Hershey's. Ah, e refrigerante de baunilha. — Abri uma lata e coloquei num copo que tinha decorado com uma pequena bandeira dos Estados Unidos, depois me sentei sobre os pés enquanto observava Will analisar toda a comida disposta diante de seus olhos.

— Ah, meu Deus — disse ele. — Você... fez tudo isso para mim?

Dei de ombros, subitamente constrangida.

— Bem, sim. Quer dizer, eu sabia que você gostaria de terminar a nossa lista de desejos, e achei que isso pudesse te animar um pouco. Depois das... você sabe. Das notícias.

Ele desviou os olhos do banquete e me encarou com os olhos brilhando.

— Isso é muito incrível, Fran. Muito obrigado.

— Posso comer um cachorro-quente? — perguntou Elodie.

— Claro que pode, querida. — Eu lhe entreguei um prato de papel com o desenho da bandeira dos Estados Unidos e me levantei. — É melhor eu avisar Kieran de que temos tudo isso de comida por aqui. Acho que vamos precisar de reforço.

Minutos depois, quando Kieran adentrou a sala, seus olhos se arregalaram.

— Uau!

— Fique à vontade, precisamos acabar com tudo. — Estendi a mão sobre a coberta repleta de comida e os observei encherem a boca como se aquela fosse a última refeição que fariam na vida. Me inclinei e me servi de um bagel cujo recheio de pastrami escapava como se fosse uma língua, dando uma mordida nele. E me dei conta, ali na minha pequena sala de estar, de que, apesar de tudo, eu estava feliz.

Depois, quando Elodie já estava de pijama e Kieran havia voltado ao quarto, eu e Will conversávamos com a tevê brilhando ao fundo. A noite estava quente, já que a chuva havia limpado o ar e trouxera um frescor que não havia em semanas. Uma brisa gentil adentrava pela janela aberta, as persianas batendo no caixilho de tempos em tempos.

— A noite foi incrível. Obrigado, meu amor — disse Will.

— Não precisa ficar me agradecendo. Só queria que tivéssemos conseguido ir para a Nova York verdadeira.

— Mas essa era a segunda melhor opção. — Ele esfregou a barriga, e me alegrei ao ver que havia comido de verdade. Já fazia muito tempo desde a última vez em que ele comera com tanta vontade.

Elodie estava enroscada no abraço de Will, quase pegando no sono. Então ergueu os olhos para ele. A luz azulada da tevê se refletia em seu rosto.

— Papai, você vai morrer logo? — Ela franziu o cenho enquanto deixava escapar a pergunta, feita com tanta inocência, como se acabasse de lhe ter ocorrido que algo assim pudesse acontecer com o pai dela.

— Bem, sim. — Ele me olhou, inseguro. — Eu vou, sim.

Elodie o observou por um instante, tentando assimilar o que ele acabara de lhe dizer. Ninguém falou nada por um tempo.

— E, quando você morrer, vai encontrar Freddie lá em cima no céu?

— Freddie?

— O meu hamster, pai. Você se lembra dele. Quando ele morreu, você disse que ele estaria me olhando lá do céu, para ter certeza de que eu estava sendo uma boa menina. Isso significa que ele pode cuidar de você também quando for para o céu, e que vocês vão poder olhar juntos para a gente?

Will olhou para ela como se, caso alguém o empurrasse com uma pena, ele pudesse cair do sofá. Parecia esvaziado e em choque, ainda que, ao mesmo tempo, estivesse achando graça, o leve divertimento se mostrando nas rugas que tinham se formado ao redor de seus olhos.

— Ah, Elodie, sim, é claro que significa que posso procurar pelo Freddie. — Ele voltou a abraçá-la, e ela se afastou antes de voltar a olhar para ele.

— Que bom. Mas vou sentir muito a sua falta, então não vá ainda, pode ser? — Depois, voltou a se acomodar no peito dele, o dedão bem preso a sua boca, e fechou os olhos.

Enquanto a observávamos cair no sono, desejei de todo o coração que eu pudesse ser tão corajosa quanto essa garotinha de seis anos.

21

PRESENTE

Início de setembro de 2019

Quando era criança, não fazia ideia da preocupação e do tormento que os pais enfrentavam: o turbilhão pelo qual passavam quando os filhos sofriam bullying ou brigavam com os amigos; a dúvida perturbadora que sentiam em relação a primeiros namorados e namoradas.

É só quando alguém se torna pai ou mãe que percebe os problemas que causou aos pais, pois se passa a viver os mesmos problemas na pele.

Até o momento, eu tivera sorte com Kieran. No geral, ele era um bom menino. Às vezes, um pouco preguiçoso, como a maioria dos adolescentes, mas no geral gentil, engraçado e carinhoso. E sempre ficara feliz em ser a pessoa mais importante da vida dele.

Mas, agora, as coisas começavam a mudar, e eu não sabia se estava gostando. Kieran estava passando cada vez mais tempo com o pai, longe de mim. Algumas vezes aquilo acontecia por necessidade — quando Will estava tendo um dia ruim, era muito melhor que Kieran estivesse longe de casa do que em meio às dificuldades da doença.

Mas também era porque ele queria, e isso eu precisava admitir, passar mais tempo com o pai dele — e Sean, por fim, parecia querer passar mais tempo com o filho. Tenho vergonha de admitir que, em alguns dias, meu ciúme era capaz de me fazer agir como uma criança briguenta. Por sorte, este não era um daqueles dias.

— Obrigada por ficar com ele — falei quando Sean trouxera Kieran de volta depois de um dia que haviam passado juntos. Era a primeira vez que ele vinha até a porta de entrada, em vez de apenas acenar do carro depois de deixá-lo.

— Sem problemas, nós nos divertimos — disse Sean, enquanto Kieran passou de cabeça baixa pela porta e foi direto para o quarto. Eu esperava que Sean desse as costas e fosse embora, mas ele continuou nos degraus da entrada, apoiando o ombro no batente.

— Está tudo bem?

— O quê? Ah, sim. Bem. — Ele baixou a cabeça para o chão e ficou passando o peso do corpo de um lado para o outro. — Quer me perguntar mais alguma coisa? — falei, impaciente.

— Não. Digo, não exatamente.

— Desembucha, Sean. Há algo de errado? — Meu lado maldoso esperava que ele fosse dizer que estava cansado de se encontrar com Kieran, e eu estava mais do que pronta para brigar, para lhe dizer como ele era egoísta, como eu não precisava ter que lidar com aquilo, não num momento como aquele.

Mas, em vez disso, o que ele disse foi:

— Só estava pensando... Talvez Kieran possa passar algumas noites comigo. No meu apartamento?

Eu o encarei por um instante. Aquele homem, que nos abandonara quando Kieran tinha apenas meses, que mal se preocupara com o filho desde então, agora me dizia que queria que eu o deixasse passar a noite no apartamento dele? Minha primeira reação seria mandá-lo embora dali de uma vez, mas Sean era o pai dele. Impedir Kieran de vê-lo por conta de minhas próprias razões egoístas seria uma completa injustiça.

— O Kieran quer?

— Acho que sim. Ele que me pediu, mas eu disse que precisava conversar com você primeiro.

— Entendo. — Um silêncio recaiu sobre nós. Sabia que talvez devesse convidar Sean para entrar, oferecer a ele uma xícara de chá, sentar e conversar direito a respeito, mas estava exausta, e a última coisa que eu queria era passar algum tempo junto dele.

— Deixe-me conversar com Kieran. Mas, se ele quiser e você estiver contente de ficar com ele, não vejo por que não.

Fiquei surpresa pela gratidão que passou pelos olhos de Sean.

— Obrigado, Fran. — Ele me encarou. — Sei que eu fui um bosta até agora.

— Pode-se dizer que sim — respondi, e me arrependi de imediato. — Desculpe, continue.

Ele tossiu.

— Como eu dizia, sei que não fui o melhor pai do mundo, mas tenho adorado o tempo que passei com ele nos últimos meses. Eu mudei, Fran. Juro. Diria até que cresci e, mesmo que não acredite em mim, Kieran gosta da minha companhia, e eu gosto da dele. Nós nos divertimos. — Ele passou a mão pelo cabelo. — Ele é um ótimo menino.

— Ele é, mesmo. — Deixei o fato de que aquilo era graças a mim, que não tinha nada a ver com ele, ressoar em silêncio entre nós. Quando ficou claro que ele não ia conseguir muito mais de mim sobre o tema, Sean voltou a falar.

— Certo, vou indo, então. Me conte o que conversarem, e talvez ele possa ir no próximo fim de semana?

Assenti.

— Eu te ligo. Prometo. Tchau, Sean.

— Tchau, Fran. TCHAU, KIERAN! — berrou.

— Tchau, pai — veio a resposta abafada.

E ele foi embora. Eu o observei se afastar descendo a rua, fumando um cigarro, e me perguntei que diabos um dia eu vira nele.

Pensar sobre Sean e Kieran sempre me fazia lembrar de Will e do pai dele. Estava tentando me recordar como o pai dele agia quando éramos crianças, tentando desvendar se houvera pistas sobre o que poderia vir a dar errado no futuro. O pai de Will estava sempre no trabalho, mas, quando estava em casa, me lembrava de que estava ali de verdade, interagindo com os meninos. Ele era divertido, fazia brincadeiras e sempre nos ajudava a construir esconderijos ou subir em árvores. Me recordava de churrascos debaixo de chuva, salsichas ensopadas enfiadas em rolinhos encharcados enquanto nos espremíamos debaixo de uma sombrinha ineficaz, e Alan se recusava a desistir da ideia apesar do mau tempo. Pensei nele me colocando em seus ombros quando eu me cansava de andar, os galhos das árvores fazendo cócegas em meu rosto enquanto passávamos por elas. Pensei no balanço que ele passara um dia inteiro construindo para nós no bosque atrás de nossas casas. Conseguia vislumbrar a alegria em seu rosto quando viu a cara que fizemos, a felicidade que tinha nos dado enquanto balançávamos por entre as árvores. Ele era gentil, quase sempre calmo, e não podia imaginar que meu pai pudesse ser amigo de alguém que tivesse um lado sombrio.

Por outro lado...

Havia lampejos, de tempo em tempos. Lembranças fugazes que pareciam se dissipar assim que se formavam. Um olhar enfurecido em seu rosto por conta de alguma pequena travessura, um punho cerrado quando tentava suprimir a raiva. E também havia algo mais, enterrado lá no fundo. A reação de Alan quando Will se metera em uma briga na escola. A briga não fora iniciada por Will... Na verdade, foi menos uma briga e mais uma surra. Um menino chamado Gary queria descontar a raiva em alguém, e Will se encontrava no lugar errado, na hora errada. Eu esperava que Alan ficasse bravo e chateado, e os dois estavam assim, o pai e a mãe de Will, mas, depois, quando a mãe de Will foi ao andar de cima e eu estava no banheiro, testemunhei algo. Palavras cuspidas e furiosas, uma voz que eu era quase incapaz de reconhecer como a de Alan. Espiei pela fresta entre a porta e a parede, e vi Alan encarando Will de perto, as costas dele espremidas no balcão da cozinha. Alan parecia prestes a bater no filho. Depois, tudo passou tão rápido quanto havia começado, e nunca mais voltei a pensar sobre aquilo.

Será que havia outro lado de Alan sobre o qual Will nunca havia me contado? Se havia, era evidente que Will ainda não queria falar a respeito.

Decidi ligar para Jim.

— Você sabe que ele não me fala nada, Fran — disse ele, quando lhe implorei para voltar a perguntar para Will o que tinha acontecido.

— Mas você é o irmão dele. E seu irmão está morrendo — falei. Me sentia mais frustrada do que nunca.

— Eu sei e sinto muito por isso, Fran — disse Jim. — É só que... — Ele hesitou, e escutei o ar fazer barulho enquanto lhe escapava pelas narinas, enquanto decidia o que ia dizer em seguida. — É difícil explicar. O que eu mais quero no mundo é que Will concorde em ir visitar o papai, pode acreditar nisso. Mas não posso ser a pessoa que vai ser contra as vontades dele. Will sempre esteve cem por cento do meu lado, e posso até achar que ele está sendo um maldito cabeça-dura, e que os motivos que ele me deu para não querer se encontrar com papai... pelo menos os que admitiu até agora... são todos esfarrapados, mas são os motivos dele. — Ele se calou. — Nós quase brigamos feio por conta disso, Fran, e não posso arriscar perdê-lo quando nos resta tão pouco tempo. Sinto muito.

Eu entendia os argumentos de Jim, é claro que entendia. Eram como os meus. Nós dois amávamos Will, e nenhum dos dois queria magoá-lo.

Por outro lado...

As circunstâncias haviam mudado, e Will já não contava mais com o tempo como aliado. Sentia-me mais confusa do que nunca sobre qual era a melhor coisa a ser feita.

Mas sabia que tinha que fazer alguma coisa.

Dois dias depois, Will e eu estávamos em um bar em North London, esperando por Jacob. Will parecia fraco e pálido ao sol dos últimos dias de verão que adentrava pela janela. Senti um aperto no peito.

— Não precisa ficar tão nervoso assim, sabe? — falei.

— Não estou nervoso. — Ele voltou a passar a mão pela cabeça.

— Que bom. Não deveria mesmo. Jacob está ansioso para voltar a vê-lo.

Jacob e eu andávamos trocando mensagens para combinar o encontro, e, embora ele parecesse reticente sobre magoar os pais, especialmente a mãe dele, me garantiu que gostaria de voltar a nos encontrar, nós dois, o quanto antes. *Ela vai ficar bem*, ele havia me assegurado em uma das últimas mensagens. *Vou falar com ela.*

— Eu sei — respondeu Will. — É só que... — Ele se calou, e eu esperei. — Eu odeio o fato de que ele me veja deste jeito. De que só me conheça deste jeito, assim... fraco, moribundo. Este não sou eu.

— Ah, Will. — Eu me inclinei sobre a mesa e peguei as mãos dele.

— Sei que deveria estar agradecido por ter chegado a nos conhecer. Mas... bem. Não é assim que eu escolheria que alguém se lembrasse de mim.

Não tive chance de voltar a tranquilizá-lo porque uma figura apareceu de repente ao nosso lado. Assim como em todas as outras vezes em que tínhamos nos visto, meu coração deu um salto à mera visão do meu filho, à familiaridade simples de seu rosto. Eu me levantei e o abracei. Ele se virou para Will.

— Oi.

— Olá. — Will abriu um fraco sorriso.

Esperava que naquele dia eles pudessem se conhecer mais a fundo, para que Jacob pudesse ficar com uma impressão mais significativa do pai, mas antes eles precisariam superar aquela estranheza.

— Alguém quer beber alguma coisa? — Jacob indicou nossos copos quase cheios.

— Não, obrigado. Estou bem. — Will fez que não com a cabeça.

Observei Jacob parado junto ao balcão, os ombros fortes, o perfil familiar, e sorri.

— Por que está sorrindo? — perguntou Will, dando um gole na cerveja, a espuma se grudando aos seus lábios. Ele os limpou com a manga.

— Parece que conheço Jacob desde sempre, ainda que ele seja quase um completo estranho.

Will assentiu e engoliu.

— Sei que não se sente assim, mas logo vai se sentir.

Seus olhos viajaram até o filho junto ao balcão, e vi uma pequena ruga se formar em seu cenho.

— Espero que sim.

Jacob voltou com uma cerveja e se sentou no banco ao lado de Will.

— Então, grande dia.

— Sim.

Resisti à vontade de revirar os olhos pelos dois darem tanta importância a uma partida de futebol e fiquei observando Jacob tomar um gole de sua cerveja. Ele se parecia tanto com o pai, mas ainda havia mais do que isso. Não eram apenas os contornos familiares do nariz, ou o jeito como o cabelo se comportava. Ele se parecia nos gestos, na simplicidade dos movimentos. Torcia para que Will também reparasse.

— Acha que eles vão se sair bem?

— Provavelmente não. Sabe como é o Arsenal. Não perdem uma chance de perder.

Jacob sorriu. Tinha ficado contente em descobrir que ele torcia para o mesmo time de Will, e conseguira comprar entradas para um dos primeiros jogos da temporada. Esperava que aquilo lhes desse algo sobre o que conversar. Parecia já estar funcionando.

Reclinei-me e os observei, sem dar ouvidos ao que diziam enquanto discutiam um esporte sobre o qual eu sabia tão pouco, apenas de Kieran também o adorar. Não me importava sobre o que conversassem; o importante era que estavam conversando, e sorrindo.

As cervejas chegaram ao fim, e seguimos rumo ao estádio, passando por casas em péssimo estado, cuja pintura se descascava do caixilho das janelas e onde havia móveis dilapidados jogados no jardim da frente — casas que contrastavam com outras das quais com certeza os proprietários se orgulhavam, com vasos de flores cultivados nas janelas, portas da frente brilhando com novas camadas de tinta. Passamos por antiquários e lavanderias, e blocos de apartamentos ordenados, uma miscelânea de bandeiras oscilando nas janelas mais altas ao sabor da brisa gentil. Passamos por ambulantes vendendo camisetas, cachecóis e pôsteres falsificados do Arsenal, e crianças chutando latas de lixo como se fossem bolas pela rua. Prestei atenção a tudo enquanto me deixava ficar para trás, permitindo que Will e Jacob caminhassem lado a lado, a fim de deixar que os dois passassem o máximo de tempo juntos. Eu tinha todo o tempo do mundo para conhecer o meu filho, ao contrário de Will.

A partida foi muito mais divertida do que eu imaginava e, depois, enquanto saíamos do estádio com uma vitória em casa assegurada, a cantoria, a aglomeração e a comemoração pareciam adequadas, de certa forma. Uma memória entre pai e filho que ambos poderiam desfrutar pelo resto da vida, envolta em um pouco de nostalgia.

— Foi incrível — disse Will, um pouco cambaleante enquanto jogava o braço por cima dos meus ombros.

— Você está bem?

Ele sorriu.

— Estou ótimo — falou, cambaleando outra vez. — Oops, deve ter sido a cerveja.

A seu lado, Jacob também parecia um pouco mais pra lá do que pra cá, com um sorriso semelhante no rosto, tampouco andando com muita firmeza. Revirei os olhos.

— Por que vocês dois não vão beber mais um pouco? Preciso voltar para casa e ficar com Kieran.

— Sim! — disse Will, dando um tapinha nas costas de Jacob.

— Ah. — Jacob parecia desanimado. — Preciso pegar o trem de volta para Brighton.

— Fique com a gente! — Ele olhou para mim. — Ele pode, não pode, Franny?

Meus pensamentos se voltaram imediatamente para Kieran. Ele dissera que queria conhecer Jacob, mas seria justo jogá-lo na direção do pobre rapaz daquele jeito? Por outro lado, que escolha me restava agora que Will já fizera a oferta?

— Você é mais do que bem-vindo — falei, hesitando e colocando a mão no braço de Jacob. — Mas sem pressão. E Kieran está em casa. — Lancei um olhar para Will, mas ele não pareceu reparar.

Jacob ficou um tempo sem dizer nada, e fiquei pensando se ele estava considerando o que a mãe dele diria. Mas depois ele fez um leve gesto de anuência.

— Eu adoraria ficar, se tem certeza de que não há problema.

— Se não se importar de dormir em um sofá-cama na sala.

— Por mim, sem problemas.

Nos despedimos e, enquanto eles se juntavam à multidão de torcedores contentes e barulhentos que tomavam as ruas em direção ao bar mais próximo, fiquei ali, observando-os por um momento. Sabia que um dia me lembraria daquele instante e gostaria de poder rememorá-lo em mais detalhes, de tê-lo apreciado melhor. Mas, por ora, era impossível acreditar que aquela poderia ser uma das últimas vezes que eles estariam lado a lado.

Algumas horas depois, ouvi o arranhar da chave na fechadura e depois uma risadinha baixa no momento em que Will e Jacob chegaram em casa. Kieran me encarou de olhos arregalados. Eu havia contado que Will convidara Jacob para vir, e, embora ele tivesse me garantido que não se importava, era evidente que estava nervoso por conhecer o meio-irmão.

— Escuta só como eles estão.

— Eu sei. — Eu me inclinei e apertei a mão dele na minha.

Segundos depois, eles adentraram a sala, Jacob na frente, seguido por um Will que parecia exausto. Eu me levantei e o peguei pelo cotovelo, conduzindo-o até o sofá.

— Você está bem, meu amor? Você parece... — Eu me calei. Não queria dizer que ele parecia *terrível*, e não queria deixá-lo com vergonha na frente de Jacob. Sabia como era importante para ele que o filho se lembrasse dele como Will, não como alguém que estava morrendo de câncer. Mas ele estava mesmo com uma aparência horrível, e receava que ter saído fora um erro.

— Estou ótimo — disse ele, jogando-se no sofá. Fechou os olhos de imediato e esfregou o pescoço. Dei uma olhada em Jacob, que permanecia ao lado da porta, parecendo perdido. Ele gesticulou para que eu me aproximasse, e eu o segui até o corredor.

— O que foi? O que aconteceu? — Minha voz era um sussurro desesperado.

Ele sacudiu a cabeça.

— Não é nada com que se preocupar. Ele só... bebeu mais algumas e parecia prestes a passar mal. Daí ele começou a falar coisas que não faziam sentido. Não sabia se isso é normal, ou se era motivo de preocupação.

Senti um soco no estômago. Aquilo era algo sobre o qual nos haviam alertado. O câncer estava afundando ainda mais seus dedos em Will.

— Está tudo bem, não se preocupe. Obrigada por trazê-lo de volta para casa em segurança.

— Sem problemas. — Ele olhou para os próprios pés, de repente encabulado. — Aquele é Kieran?

Levei as mãos à boca.

— Ah, meu Deus, eu não os apresentei, não é mesmo? — falei.

— Não. Eu... — Ele se calou. — É um pouco estranho, saber que tenho um irmão.

— Eu sei. Também é estranho para Kieran... Sempre fomos só eu e ele. Mas ele está animado em te conhecer.

— Eu também estou. E um pouco aterrorizado.

— Por causa de um adolescente?

— Eles são do tipo mais aterrorizante. — Ele sorriu. — Acho que está tudo começando a parecer realidade agora.

Eu o peguei pela mão. Sentia o calor de sua pele, e o encaixe das mãos parecia perfeito.

— Vem, vamos lá conhecer o seu irmão.

Voltamos para o cômodo no qual Will já dormia profundamente, a boca entreaberta. Kieran tirou os olhos do telefone e jogou as pernas para o chão.

— Kieran, este é Jacob. Jacob, este é Kieran.

Jacob estendeu a mão e Kieran a pegou, sem graça.

— Oi.

— Olá, Kieran. Sua mãe me falou muito de você.

— De você também.

Um silêncio incômodo pairou por um instante. Bati palmas.

— Certo, vou levar Will para cama.

— Precisa de ajuda? — disse Jacob.

— Não, fique por aqui, converse com Kieran. Vai ser mais fácil sem eu por perto. — Sorri. — Ele não morde.

Juntos, tiramos Will do sofá e, devagar, fui encaminhando-o para o quarto, sua cabeça recostada em meu ombro. Podia ouvir a voz de Jacob, e o murmúrio das respostas de Kieran, e meu coração se encheu de alegria.

Porque, apesar da escura nuvem da doença de Will pairando sobre nós, eu agora tinha, debaixo do meu teto, algo que nunca pensei que teria: meus três meninos.

Sabia que guardaria aquele momento comigo para sempre.

22

PRESENTE

Fim de setembro de 2019

— Precisamos conversar — disse-me Will em certa manhã, enquanto estava deitado no sofá. Eram meados de setembro, duas semanas depois do jogo a que ele e Jacob assistiram, e o ar que entrava pela janela ainda era quente, o outono se segurando aos resquícios do verão como uma criança se agarrava às roupas de um adulto.

— Ahn? — Ergui os olhos do livro que estava lendo e os espremi para observá-lo.

Ele levantou a cabeça e ergueu o corpo para se encostar às almofadas. Estava pálido, sua pele se afundava mais ao redor dos malares, a clavícula visível, a camiseta dançando nele. Meu Will. Sempre tão forte e independente, agora tão enfraquecido que era como se uma chama oscilasse, prestes a ser extinta.

— Eu vou para uma casa de cuidados paliativos.

— O quê? — Deixei o livro cair no meu colo e o encarei, em choque.

— Olhe só para mim, Fran. Tudo o que eu faço é ficar deitado o dia todo, atrapalhando. Estou imprestável. Não é justo com você ou com Kieran.

— Não! — A palavra escapou da minha boca como um projétil. — Isso não é verdade, nós queremos você por perto.

— Eu sei que querem. Mas acho que vai ser melhor assim. Para nós dois. Não quero que se torne minha cuidadora, limpando a minha bunda, me carregando de um lado para o outro, me dando remédios. Eu… — Ele se calou.

— Mas eu quero fazer tudo isso por você.

Ele balançou a cabeça em uma negativa.

— Não quer, não. Você pode achar que quer, mas não vai querer quando começar. — Ele deixou a cabeça pender para o lado. — Fran, eu passei por tudo isso com a minha mãe, você se lembra? Assisti ao corpo dela definhar até que não sobrasse nada, até que ela se tornou incapaz de fazer qualquer coisa sozinha. Minha mãe, a mulher mais ativa que eu conhecia, não conseguia nem mesmo erguer um copo ou sair da cama nos últimos dias. Foi horrível. Não quero que testemunhe isso acontecendo comigo.

— Mas...

— Não, Fran. Eu já me decidi.

— Mas onde?

— Hampstead. Não fica longe. É um lugar bonito.

— Já foi visitar?

— Sim. — Ele deixou escapar um suspiro. — Sinto muito. Fui na semana passada. Sabia que você ia dizer que não queria que eu fosse, mas é algo que eu tenho de fazer. É o certo.

— Então, quando... Já decidiu quando vai?

— Sim. Eu me mudo no fim da semana.

Dois dias. Mais dois dias e Will me deixaria, pelo menos fisicamente. Mas era mais do que isso. A mudança marcaria o próximo estágio, e Will estaria mais perto do fim. Mais perto de nos deixar para sempre.

Não queria que ele fosse, mas sabia que ele tinha razão. Ao longo das últimas duas semanas, o corpo dele enfraquecera a cada dia, até que se tornara quase incapaz de levantar sozinho da cama pela manhã. Ele levantara, é claro, determinado a não se deixar vencer, mas eu podia ver quanto esforço isso demandava, e a dor que lhe infligia. Eu provavelmente já sabia, lá no fundo, que aquele dia se aproximava. Só não queria admitir.

— Vem cá. — Will estendeu os braços frágeis para o alto, e eu me aproximei e me joguei ali, naqueles braços que já haviam me abraçado com tanta força, mas que agora pareciam tão leves, tão fracos.

O dia em que Will se mudou para minha casa, apenas seis meses antes, foi um dia repleto de alegria, felicidade e esperança. Já havíamos desperdiçado tanto tempo longe um do outro, mas a hora havia chegado, enfim; era tempo de começar do zero, o início de uma nova fase.

Agora, a sensação da mudança do meu apartamento para a clínica foi uma coisa assombrosa de tão diferente. Era como se estivéssemos apenas esperando pelo fim.

Não que Will fosse admitir.

Quando os poucos pertences que ele trouxera estavam todos em seu novo quarto, ele espiou pela janela a fim de ver o dia cinzento e as nuvens carregadas que pairavam sobre os telhados.

— Certo, quem quer dar uma volta pelo jardim? O dia parece estar agradável.

Dei uma boa olhada no quarto e senti vontade de chorar. Era bastante agradável. A clínica era bonita e acolhedora. O problema era o que ela representava.

Uma cama de solteiro encostada na parede, porque ele nunca mais precisaria se esticar em uma cama de casal, nem nunca mais dormiria com outra pessoa; paredes vazias em um cinza-claro pontilhadas pelas marcas onde o último ocupante pregara alguns quadros. Um guarda-roupa no canto, uma cômoda, uma poltrona estofada de veludo e uma pequena área reservada para fazer chá ou café, e então outra porta que dava em um banheiro compacto. Aquilo era tudo. Aquele seria o tamanho do mundo de Will até que ele parasse de respirar.

Um arquejo me escapou, e Will me olhou, intrigado.

— Você está bem, Fran?

— O quê? Sim, desculpa. Está tudo bem.

— Então vai comigo até o jardim?

— Claro que vou. Mas não quer arrumar as coisas primeiro? Deixar o lugar mais aconchegante?

Ele olhou para as pilhas de roupas e outros objetos espalhados e deu de ombros.

— Ah, não. Assim vou ter algo pra fazer quando você for embora.

Inspirei fundo, sentindo dificuldade de respirar.

— Tudo bem, se prefere assim…

Ele me estendeu a mão e eu a peguei, sentindo-a ressecada como uma lixa. Seguimos pelo corredor até sairmos pelas portas em direção ao jardim. O ar estava gelado e a umidade grudava na pele, o que me provocou arrepios. Queria estar usando mais do que apenas um suéter.

A propriedade não era muito grande, mas Will tinha razão: o jardim era lindo. Àquela altura, a maior parte das flores havia murchado na hibernação do inverno, preparando-se para despontar pela terra e exibir novos botões na primavera ainda por vir. Uma primavera que Will não testemunharia.

— No que está pensando? Parece melancólica.

— Só estava pensando que o jardim daqui é uma graça. — Uma mentirinha para me resguardar.

Ele me fitou por um instante, como se tentasse decidir se eu estava falando a verdade. Escolheu acreditar.

— Acho que vai ser bom estar aqui. As enfermeiras parecem gentis.

— Parecem mesmo. — Aquela conversa parecia formal, rígida, e fiquei pensando se conseguiríamos voltar à cumplicidade que sempre existiu entre nós.

— Podemos sentar? — Will indicou um banco, e nos acomodamos na madeira úmida, onde ele se dobrou, colocando a cabeça entre os joelhos.

— Você está bem, querido? — perguntei, acariciando suas costas.

— Minha cabeça está me matando.

— Quer que eu chame uma enfermeira?

— Não, já vai passar.

Eu me aproximei, descansando a cabeça no ombro dele e segurando suas mãos enquanto ele respirava fundo, apertando os olhos para resistir à dor. Me sentia triste sentada ali com ele, com o ar frio penetrando meu suéter, ouvindo o murmúrio de carros passando além da cerca viva — a maior tristeza que já sentira.

Will tinha tomado a decisão certa. Episódios como aquele se intensificariam, e ele precisaria estar numa clínica como aquela, onde estaria sob os melhores cuidados possíveis, onde estaria a salvo, não em um lugar onde não poderia conseguir ajuda, ao lado de alguém que entrava em pânico por qualquer coisinha.

Era ali que ele precisava ficar.

Mas já estava com saudades.

Descobri que não precisava ter me preocupado com a possibilidade de Will se sentir solitário. Ele quase nunca ficava sozinho. Eu o visitava diariamente, e Kieran me acompanhava quando não estava na escola ou com o pai. Fiquei contente por Amy ter vindo um dia com Elodie. Will ficaria feliz em vê-la.

— Como ele está? — ela perguntou enquanto percorríamos o corredor em direção ao quarto, onde Will passara a manhã cochilando.

— Ele está cansado, mas até que bem, considerando as circunstâncias. — Olhei para ela. — Mas não se assuste com a aparência dele. Perdeu bastante peso.

Quando nos aproximamos da porta de Will, Amy estacou e me pegou pelo braço.

— Eu queria te agradecer.

— Me agradecer? Pelo quê? — Por mais que tentasse, não podia imaginar nenhum motivo pelo qual Amy precisasse me agradecer.

— Por cuidar de Elodie. E de Will. Acho que eu não seria capaz de fazer isso. Eu… — Ela se calou e juntou as mãos. — Eu sempre soube que era você, sabe? Sempre soube que, se aparecesse, ele me deixaria.

Eu a encarei, olhando para a mulher que também já entregara seu coração a Will, que tivera o coração partido e, mesmo assim, estava ali me agradecendo, e me senti tomada por um imenso respeito por ela. Amy era uma mulher bondosa, e me perguntei se, depois que tudo aquilo passasse, poderíamos nos tornar amigas.

Olhei para o chão antes de encontrar seus olhos enormes.

— Obrigada por trazer Elodie para ver Will. Vai ser a melhor coisa do dia dele.

— Eu nunca a afastaria dele. Ela precisa estar com o pai o máximo possível antes que… — Ela não terminou a frase. Não era preciso.

— Pronta? — Ela fez que sim e me virei para Elodie, que tagarelava com uma das enfermeiras. — Venha, querida.

Elodie veio correndo na nossa direção, o cabelo preso em maria-chiquinhas balançando, e pegou na mão de Amy com uma mão e na minha com a outra. Olhei para Amy para conferir se ela não via problema, mas ela apenas deu de ombros e sorriu.

— Vamos lá ver o papai.

Dei uma batidinha de leve antes de abrir a porta. Will estava sentado na poltrona, jogando alguma coisa no celular. Ergueu os olhos quando entramos, e seu rosto se iluminou quando Elodie se jogou nos braços dele.

— Papai! — Ela se sentou no colo dele e passou os braços por trás de seu pescoço. Ele a segurava completamente imóvel.

— Tome cuidado com o seu pai, Els — Amy disse, rindo.

— Está tudo bem. Tudo bem. — Will sorriu quando Elodie repousou a cabeça no ombro dele. O vestido de girassóis dela deixou à mostra as meias listradas, mas ela não se importou.

— Posso... — Amy gesticulou para a cama, e senti compaixão. Ela estava achando tudo aquilo tão estranho quanto eu no primeiro dia. Pelo menos agora havia um pouquinho mais de personalidade, um pouquinho mais de Will na decoração — sua amada camisa do Arsenal (odiada por mim) autografada por Ian Wright ficava pendurada acima da cabeceira, havia alguns porta-retratos espalhados pelo tampo da cômoda e algumas das gravuras favoritas de Will grudadas na parede junto à cama.

— Sim, pode se sentar onde quiser.

Eu e Amy nos sentamos lado a lado na cama e aguardamos que alguém falasse alguma coisa. Mesmo que tivesse ficado surpreso ao nos ver juntas, Will não disse nada.

— Então, como é aqui? — Os olhos de Amy passeavam pela sala.

— Não é tão ruim quanto eu pensava. Todos são gentis.

— E o que você faz? Para se distrair, quero dizer.

— Ah, o de sempre, algumas partidas de futebol, basquete toda noite. Hoje, pensei em sair para correr um pouco.

Amy arregalou os olhos e me encarou confusa por um instante antes de se dar conta.

— Hilário, William.

— Foi mal. É melhor rir do que chorar, não é esse o ditado? — Amy deu de ombros. — Tem bastante coisa para fazer aqui, na verdade. Eu me sinto afortunado, de verdade. Como sou um dos mais saudáveis, posso passar a maior parte do tempo sozinho, se quiser. Eu fico lendo, jogando, vendo tevê. Mas estou aqui faz só três dias, e ando me sentindo bem, e Fran aparece todo dia, então... — Ele se calou.

— Fico feliz.

— Obrigado, Amy.

Passamos o resto da tarde jogando com Elodie. Falamos sobre o meu trabalho, e contei a Amy sobre Kieran. Mas sabia que Will queria ele mesmo contar a ela sobre Jacob, então, já no fim da tarde, eu me levantei e disse:

— Que tal se eu levar Elodie para dar uma volta lá fora para vocês dois poderem conversar um pouquinho?

— Ótima ideia, Fran. Obrigado — disse Will. Amy me encarou de cenho franzido, parecendo confusa.

— Vamos lá, Elodie.

Elodie, que estava brincando de colorir, levantou de um pulo do chão e me deu a mão. Will me lançou um sorriso de gratidão enquanto eu saía do quarto.

Só torcia para que Amy se mostrasse tão compreensiva em relação a Jacob como fora com todo o resto.

— Está parecendo uma festa — falei enquanto equilibrava uma bandeja com seis copos, um bule enorme, uma cafeteira e uma jarra de leite, colocando-a sobre o tampo da cômoda de Will. Havia gente demais em seu quarto pequeno — Will estava na poltrona, Mags e Rob encolhidos lado a lado na cama, e Jim sentado de pernas cruzadas no chão. Uma música tocava ao fundo, e o sussurro de vozes preenchia o lugar.

— Obrigada, meu amor — disse Will, buscando a minha mão.

Todos tinham vindo visitar Will naquele fim de semana, e embora a clínica normalmente não permitisse tantos visitantes ao mesmo tempo, haviam feito uma exceção porque consideraram se tratar de uma ocasião especial.

— A que horas ele chega? — perguntou Mags, olhando seu relógio.

— Por volta da uma. — Espiei o relógio da mesa de cabeceira. Faltavam quarenta minutos para a chegada de Jacob. Mags e Jim estavam bastante ansiosos para conhecê-lo, por isso, alguns dias antes, eu havia telefonado para perguntar se ele gostaria de vir.

— Adoraria — dissera ele, o que me pegou de surpresa.

— Tem certeza de que seus pais não vão se importar?

— Eles vão ficar bem — ele me garantiu. — Jurei para minha mãe que você não está tentando roubar o lugar dela e acho que ela enfim acreditou.

— Graças a Deus. — Não tinha nenhuma intenção de machucar ninguém.

Havíamos combinado de ir almoçar em um pub perto da clínica. Por sorte, Will estava em um bom dia, depois de ter passado tantos outros na cama, dopado de anestésicos. Tudo aquilo deixara resquícios em sua expressão, mas suspeitava que eu era a única capaz de enxergá-los.

— Estou tão animada — Mags disse então.

— Só me prometa que não vai encher os ouvidos dele de tanto falar nem tentar alguma coisa como ler a aura dele.

— É lógico que não. Ah, mas isso me lembra de uma coisa — disse Mags, pegando sua bolsa de tecido do chão.

— Lá vamos nós — murmurei, revirando os olhos, e me diverti enquanto ela ia pegando uma variedade de itens estranhos.

— Olha só, Will, eu trouxe algumas coisas para deixar o seu quarto mais... — ela gesticulou ao redor, fazendo as pulseiras sacudirem em seu pulso — ... você sabe. — Ela pegou o primeiro objeto. — Uma vela aromática, alfazema e eucalipto, duas plantas boas para o sistema imunológico... — Vasculhou um pouco mais a bolsa e sacou os próximos itens, que tilintaram. — Dois cristais: quartzo, que é um curativo poderoso, e um rubi para energizar. E mais uma coisinha. Um prisma de cristal para pendurar à janela, para que ele traga boas energias de fora. — Levantou-se. — Posso?

Will concordou com a cabeça.

— Por que não, não custa nada tentar, não é?

Mags me mostrou um sorriso triunfante e depois se virou para prender o cordão do prisma logo acima da janela. Feixes multicoloridos do sol de outono começaram a dançar pelo cômodo.

— Olha só, já está dando resultado — Mags comentou, sorrindo.

— Obrigado, Mags. É muito lindo. Só não sei... o que tenho que fazer com estes dois? — Will apontou para os cristais.

— Ah, o que você quiser. Vou deixar ao lado da sua cama por ora, mas pode colocá-los onde quiser.

— Ok. — Certificando-se de que Mags não veria, Will me lançou um sorriso. Compartilhávamos a mesma opinião sobre a obsessão de Mags com terapias alternativas, mas ninguém ali ia contradizê-la quando estava fazendo apenas uma gentileza.

Pela meia hora que se seguiu, nós bebemos chá e conversamos, e naquele intervalo a vida pareceu se normalizar. Como se não houvesse um câncer com o qual se preocupar, nenhuma sombra pairando sobre nós, anuviando o futuro. Estava de olho no meu celular, esperando pela mensagem de Jacob avisando que havia chegado, quando, enfim, a tela se acendeu.

— Ele chegou. Vou buscá-lo — anunciei, deixando o lado de Jim e levantando do chão. Me apressei pelo corredor até a recepção, e lá ele estava. O nosso filho. Meu coração saltava a cada vez que eu o via. O sol entrava pelas portas duplas atrás dele, que conversava com uma enfermeira quando, percebendo minha chegada, virou-se e sorriu para mim, o mesmo sorriso que eu sempre amei no pai dele.

— Fran — disse ele, dando um beijo gentil em minha bochecha.

— Jacob.

Demos as mãos por um instante, até que a enfermeira tossiu e disse:

— Bem, vou deixar vocês a sós.

— Desculpe — disse Jacob. — Foi um prazer te conhecer.

— Igualmente — disse ela, logo indo embora.

— Parece que você arranjou uma admiradora — comentei, observando a enfermeira se afastando.

— Ah, estávamos apenas conversando. — Ele voltou a sorrir, corando. Parecia mais leve, menos sério do que estivera na última vez. Enganchei o braço no dele e perguntei:

— Pronto para encarar o batalhão?

— Não coloque mais medo em mim. Já estou apavorado.

— Vai dar tudo certo. Estão muito empolgados para te conhecer.

Percorremos o corredor e, quando chegamos à porta, dei um apertão encorajador no braço de Jacob e bati para anunciar nossa chegada.

E então a porta se abriu, e nós entramos…

Mais tarde, depois da refeição, reparei que Will estava exaurido, de rosto lívido e tensionado pela dor.

— Podem ir voltando, eu vou ficar para acertar a conta — falei.

Jim deu uma olhada em Will e assentiu com a cabeça

— Vamos lá, velhinho. Vamos voltar antes que você caia no sono.

Normalmente, Will responderia com alguma ofensa, mas naquele dia não havia mais energia, não lhe restava mais nada. Em vez disso, ele ergueu os olhos para o irmão cheio de gratidão e pegou no braço que lhe fora oferecido para se colocar de pé. E então eles se foram, Jacob de um lado de Will, Jim no outro, e me deixaram apenas com Mags e Rob.

— Como você está? — perguntou Mags enquanto os observávamos cruzarem o estacionamento e adentrarem no carro de Jim.

— Estou bem.

Senti a mão dela na minha, e ela pousou a cabeça em meu ombro.

— Sabe que está tudo bem em não estar bem, né?

— Eu sei. — Segui encarando lá fora pela janela, desconfiando da minha capacidade de olhar Mags nos olhos. Mags era uma das pessoas que mais me conheciam em todo o mundo. Mais até do que os meus pais. Não havia nada que eu pudesse esconder dela.

— Por que não chora um pouco? Não quer deixar sair tudo antes que precise voltar e ter que se fingir de forte para o Will?

— Eu… — Parei de falar e, de repente, um soluço profundo emergiu do meu peito e me deixei cair nos braços de Mags enquanto meu corpo todo tremia. Naquele instante, conforme a pressão e a dor dos últimos meses transbordava de mim, e minhas lágrimas molhavam a blusa de Mags, eu não me importava com a presença de mais ninguém naquele pub. Aos poucos, por fim, quando senti que as lágrimas cessavam e minha respiração se normalizava, voltei a me reerguer. Mags acariciou meu rosto, afastando os fios de cabelo que se grudaram na minha bochecha e mantendo a firme em minha face.

— Melhor?

Fiz que sim com a cabeça, sem coragem para falar.

— Não sei como está conseguindo lidar com tudo isso, minha querida — disse ela, perscrutando meus olhos. — Mas está se saindo bem demais. Acho que eu não conseguiria.

Balancei a cabeça. Nós duas sabíamos que Mags era capaz de lidar com qualquer coisa. Mas estava grata pelo comentário.

— É tão horrível vê-lo piorando tão depressa. — As palavras escaparam entrecortadas como minha respiração ao dizê-las.

— Eu sei.

— Ficou muito chocada ao vê-lo hoje? — Fazia algumas semanas desde que Mags vira Will pela última vez, e eu sabia que a mudança devia ser drástica.

— Um pouco. Mas não se preocupe com isso. Não pense sobre como ele está piorando rapidamente, nem no que vocês dois já perderam. Concentre-se nas coisas boas que ainda têm pela frente.

— Eu sei disso, mas é tão difícil nos momentos em que... — Eu me calei, incapaz de terminar a frase. E o que eu ia dizer não importava, porque a verdade era que tudo era muito difícil. Tudo aquilo. O câncer, observar como a saúde de Will se deteriorava diante dos meus olhos, escutar a dor em sua voz quando falava de Elodie, imaginar a vida sem ele depois de sua morte.

— Às vezes, chego a desejar que não tivéssemos nos reencontrado.

— Isso não é verdade.

— Não, não é. Mas fiquei... fiquei tantos anos sem ele. Estava feliz vivendo minha vida longe dele. Mas agora vou ter que lidar outra vez com sua perda, e não sei se vou conseguir. — Minha voz falhou.

Mags ergueu meu queixo para me fazer voltar a olhar para ela.

— Nunca te vi tão triste quanto estava antes de se reencontrar com Will. Você estava atravessando a vida, não desfrutando dela. Kieran era a única que lhe dava o mínimo de alegria. Agora olha só para tudo isso que você tem. O próprio Will, para começar, e, quando ele se for, vai deixar com você todas essas boas memórias. Você tem a Elodie, e é nítido que ela te adora, e agora tem o Jacob. Nada disso seria verdade se William Poulton não tivesse voltado à sua vida, então nunca mais diga que queria que jamais tivessem se reencontrado, está me ouvindo?

Fiz que sim. Ela estava certa, obviamente. Antes da volta de Will, parecia que a vida continuaria daquele mesmo jeito pelos próximos quarenta, cinquenta anos, até a minha morte. Eu poderia sofrer, mas agora estava tudo melhor. Tudo mesmo.

E ainda não havia acabado.

Mags e Rob passaram na clínica para se despedirem de Will, Jim e Jacob, deixando-nos a sós.

— Foi um grande prazer te conhecer, Jacob — disse Mags, apertando a mão dele como um êmbolo ao passo que seu olhar se demorava sobre o rosto dele.

— Igualmente — disse ele.

Mags então se virou para mim.

— Lembre-se do que eu disse, tá bem? Aproveite ao máximo o que ainda tem. Promete?

— Prometo.

Will havia dormido um pouco antes que chegássemos de volta, e eu estava aliviada de vê-lo um pouco mais animado.

— Certo, vou tomar uma cerveja, quem quer? — disse Jim, pegando um engradado de BrewDogs da mala.

— Eu quero — falei, me aproximando para pegar uma.

— Por favor — disse Jacob.

— Will?

— Eu não deveria.

— Ah, bobagem. Por que não? — Jim lhe oferecia uma lata, e Will a pegou.

— Tá bom. É melhor eu aproveitar um pouco.

Nos sentamos bebericando nossas cervejas enquanto a luz desaparecia do lado de fora da janela e a vela que Mags trouxera espalhava um aroma delicioso e relaxante pelo quarto.

— Como anda a lista? — disse Jim, tomando um gole da cerveja.

— Nada mal. Faltam uns quatro itens — respondi.

— Posso ajudar de alguma forma?

— Na verdade, não.

— Do que se trata? — quis saber Jacob.

— Não creio que eles ainda não o entediaram com toda a explicação — comentou Jim.

— Ei, não é nada entediante! — disse Will, virando-se para Jacob: — Pois bem, já sabe que eu e a Fran namoramos quando éramos jovens. — Ele se deu conta do que dizia e se calou. É claro que Jacob sabia do nosso namoro. Ele só existia por conta daquilo. Will pigarreou e continuou: — Bem, enfim... Quando tínhamos uns dezessete anos, fizemos uma lista de coisas que queríamos fazer antes dos quarenta anos, o que costumava ser uma idade muito avançada para nós, na época. Encontramos essa lista há pouco tempo e nos demos conta que fizemos pouquíssimas coisas que escrevemos. Então, decidimos riscar todos os itens antes que eu... Bem, que eu me vá.

— Uau. Que tipo de coisas tem nessa lista?

— Fomos esquiar e pulamos de paraquedas — comentei.

— E fomos a uma tirolesa maravilhosa um tempo atrás — disse Jim.

— Cada um comeu doze donuts de uma tacada só, e também todos os itens no cardápio de um restaurante. Essas duas ideias foram minhas, obviamente. — Will sorriu. — Ah, e a Fran passou a maior vergonha tentando dar um mortal em uma cama elástica.

— Você disse que valeu.

— Valeu, sim, mas isso não tira a graça.

Mostrei a língua para ele.

— Então o que mais falta fazer?

— Já nem sei mais. Mas falta pouco. — Peguei meu telefone e verifiquei a cópia da lista que eu tinha feito. — Ainda temos que ver uma aurora boreal, ver uma estrela cadente... fazer tatuagens de casal, ah... — Ergui os olhos. — E casar.

— Eu já casei. — Will ergueu as sobrancelhas.

— Eu sei, mas eu não. — Senti meu rosto esquentar.

Will me observou, e um silêncio recaiu sobre o cômodo.

— Bem, não parece tão ruim. Quero dizer, me parece que fizeram um ótimo trabalho — comentou Jacob, cortando o silêncio.

— Sim, conseguimos fazer bastante coisa.

— Mas não o suficiente.

— Will, não fique obcecado. Não é o fim do mundo. — Jim deu um gole na cerveja enquanto Will o encarava.

— Para mim, é, sim. Não quero ter nenhum arrependimento quando o fim chegar.

— Você não acha que há coisas mais importantes das quais se arrepender? — Jim pode ter falado aquilo em um tom baixo, mas suas palavras tocaram fundo.

— Você está falando do nosso pai outra vez? — Will estava lívido.

Jacob olhava de mim para Will, parecendo confuso. Sacudi a cabeça de leve.

— É claro que estou. Quer maior arrependimento do que esse? — Jim tinha uma expressão grave.

— Por que quer estragar tudo, Jim?

— Não estou estragando tudo. Só estou falando, só isso. Entendo que queira completar essa lista, mas talvez você deva dar atenção a outras coisas no meio-tempo. Só isso.

— Não vou ver o papai! — As palavras disparadas ricochetearam pelo quarto.

— Você já deixou isso bem claro. — A voz de Jim saiu entrecortada, e a tensão crescente entre eles estava cada vez mais densa, palpável. Ao lado, Jacob se recostou na cama e encarava sua lata de cerveja compenetrado.

— Então por que está trazendo isso à tona?

— Porque alguém precisa fazer isso. E todos os outros têm muito medo de te contrariar. — Ele não precisava me olhar para que eu soubesse que estava se referindo a mim.

— Eu não tenho medo — respondi em voz baixa. — Só não quero me meter.

Jim sacudiu a cabeça brevemente.

— Eu sei. Me desculpe. Mas alguém precisa falar disso, então decidi que seria eu. — Ele deu de ombros.

— Mas por quê? — protestou Will. — Por que não pode deixar as coisas permanecerem como estão?

— Porque você é um paciente terminal, Will, e não vou ficar parado vendo-o fazer isso consigo mesmo e com o papai apenas por um orgulho besta e por ser cabeça-dura.

Um silêncio recaiu sobre o ambiente, e senti a atmosfera se transformar outra vez. Will, que antes estivera pálido, agora tinha as bochechas vermelhas e dava para ver uma veia pulsando em sua testa. Prendi o fôlego.

Por fim, Will se virou para Jacob.

— Jacob, sinto muito que tenha que ouvir isso, mas preciso falar. — Will se voltou outra vez para o irmão: — Você sabe o que o papai fez, Jim?

Jim olhou nos olhos de Will, contraindo os lábios.

— Não, é claro que não sei. Ninguém sabe, porque você se recusa a falar. Mas não consigo conceber algo tão ruim para fazer você desaparecer da vida dele por vinte e cinco anos.

Will balançou a cabeça.

— É claro que não consegue conceber.

— O que quer dizer com isso?

— Quero dizer que você nunca viu o lado ruim do nosso pai. Você só tinha catorze anos quando ele nos obrigou a partir, quando ele nos tirou tudo que conhecíamos e amávamos. Sei que você sentiu falta dos seus amigos, mas para mim foi muito pior. Eu tinha dezoito anos. Eu tinha a Fran, eu tinha... toda uma vida pela frente. Perder a mamãe já tinha tornado tudo tão difícil. E nós fomos embora. Sem mais nem menos. — Will baixou os olhos para o colo. Eu e Jim ficamos quietos. Will parecia derrotado quando voltou a erguer o rosto. — Depois que a mamãe morreu, eu tentei de tudo, Jim. Tentei de tudo para fazer o papai voltar a me amar, mas foi em vão. Parecia que ele tinha perdido a capacidade de amar; que ela tinha ido embora com a mamãe. E ele descontou tudo em mim. Não em você. Consegui te proteger de muita coisa, mas ele se transformou numa pessoa horrível. Vivia bebendo, e quando bebia demais ele ficava com raiva, jogava as coisas pelos ares e gritava. A maioria das vezes era comigo, mas você deve se lembrar de algumas vezes em que nós dois estávamos presentes, não? — Will se calou, esperando pela resposta de Jim, que assentiu de leve.

— Lembro de algumas coisas.

Will concordou, satisfeito.

— Bem, então quem sabe você vai compreender o que aconteceu, e o motivo pelo qual não posso perdoá-lo.

— Continue.

Will prendeu o fôlego, estufando as bochechas.

— Uma noite em que estava bêbado, o papai me bateu. Antes disso, eu estava disposto a ficar, por você. Aquela foi quase a gota d'água. — Eu não ousava respirar, esperando o que viria. — Estava me preparando para partir. Sabia que ele nunca levantaria a mão para você, ele nunca tinha feito isso. Tinha certeza de que ficaria bem, mesmo sem mim.

— É isso? — Jim falou, quase com desdém. — Ficou vinte e cinco anos sem falar com o papai porque ele te bateu uma vez? Sei que não é uma boa atitude, mas... — Ele ficou quieto quando viu a expressão de Will.

— Não. Não foi por isso. — Will inspirou fundo. — Ele disse que a mamãe tinha morrido por minha causa.

Jim ficou branco e apertou a latinha em sua mão a ponto de amassá-la.

— Não é possível. Ele nunca diria uma coisa dessas. — A voz de Jim saiu rouca, como se estivesse lutando contra lágrimas, tentando conter a raiva. Prendi o fôlego.

Will balançou a cabeça.

— Mas foi isso que aconteceu, Jim. Ele disse isso. Ele me culpou pela morte da mamãe.

Jim encarou Will por um instante. Estava sem resposta.

— O que... Por que ele pensaria uma coisa dessas, Will? — Minha voz estava áspera.

— Os médicos disseram que a mamãe tinha tomado muitos comprimidos no dia em que ela morreu. Comprimidos demais. Disseram que ela provavelmente não teria morrido naquele dia se não fosse por isso.

— A mamãe teve uma overdose? — Jim parecia tão abalado quanto eu.

— Foi o que disseram. Mas não fui eu que dei os comprimidos para ela.

— Então quem foi?

— Ninguém, acho. A mamãe deve ter dado um jeito. — Ele pôs as mãos no rosto antes de nos olhar como quem pede misericórdia. — Ela passou os últimos dias sentindo tanta dor. — Ele se revezava olhando de mim para Jim. — Vocês dois a viram. Ela estava cansada. Queria partir.

— E o papai te culpou por isso?

— Sim. Ele disse que eu devia ter dado os comprimidos para ela, porque ela não ia querer deixá-lo daquele jeito. — O brilho das lágrimas refletia em seus olhos, e ele os desviou, olhando para longe. Não me surpreenderia se me deparasse com o espírito da mãe dele ao me virar.

— E por que não disse isso para ele?

— Eu disse. Ele não acreditou em mim. Mesmo se tivesse acreditado, já seria tarde demais. — Ele soluçou. Eu queria me aproximar e abraçá-lo, mas não conseguia me mexer. Estava paralisada. — Eu jamais o perdoaria.

— Mas você sabe que ele não queria dizer nada disso, não sabe? Ele estava enlutado. Tinha acabado de perder a esposa.

— E eu tinha acabado de perder a minha mãe.

— Eu também, Will.

Os dois irmãos se encararam por um segundo. Eventualmente, Will respondeu, daquela vez tão baixo que eu e Jim tivemos que nos inclinar para ouvir:

— Não fui capaz de perdoá-lo, Jim. Não consigo.

Ele balançou a cabeça, e daquela vez as lágrimas vieram com força. Jim abraçou Will, e eu e Jacob permanecemos sem saber o que fazer, atordoados, enquanto os dois irmãos encontravam conforto um no outro. Por fim, Will ergueu o rosto ensopado.

— Eu nunca faria uma coisa dessas com a mamãe. Você acredita em mim, não acredita?

— É claro que acredito.

— Você acredita em mim, Fran? — Will estava olhando para mim.

— Eu... — Eu me calei. Não sabia o que dizer. O pânico me congelara durante toda aquela conversa.

Aquela era a razão pela qual Will não falava mais com o pai? Porque o pai achava que ele dera à mãe os comprimidos que abreviaram sua vida? Parecia que havia algo preso em minha garganta, e engoli, tentando fazer o ar voltar aos meus pulmões.

— Fran, você está me assustando. O que foi? — Will estava branco como um fantasma, e eu sabia que precisava falar. Tinha que lhe contar a verdade. Devia isso a ele.

Qualquer que fosse o preço a pagar.

— Fui eu.

23

PASSADO

Outubro de 1993

O quarto estava escuro, as cortinas fechadas para o dia nublado, e a única luz vinha do pequeno abajur na mesa de cabeceira. O ar estava abafado e seco, com o aquecedor no máximo. A mãe de Will estava deitada na cama, sua silhueta quase imperceptível debaixo do amontoado de cobertas. Ela estava de olhos fechados, o rosto virado na outra direção.

— Sra. Poulton?

Ela se virou e, ao me ver, sorriu e estendeu o braço com esforço.

— Francesca, que coisa boa te ver.

— É bom te ver também, sra. Poulton.

— Venha cá, querida. Você me conhece desde que era pequena, e sei que nunca gostou de me chamar de Kathy, mas, por favor, me chame assim só um pouco, só hoje. Fico me sentindo a mãe de Alan quando me chama de sra. Poulton.

Senti o rosto esquentar enquanto pegava na mão áspera dela.

— Certo, Kathy. — Pronunciar aquele nome não familiar me parecia estranho.

— Boa menina.

Sentei-me na cadeira que havia ao lado da cama, escutando-a respirar com dificuldade. Me perguntava quanto tempo faltaria para que ela desse o último suspiro. Achava que não iria demorar.

— O William está aqui? — Ela relanceou o olhar por cima do meu ombro.

— Ele está lá embaixo. Achou que eu ia gostar de ficar um pouco sozinha com você. Vou ficar aqui só por mais alguns dias. — Não ousei contar a ela sobre a nossa briga. Qual seria o problema de deixá-la pensando que ainda estávamos felizes?

— Fico mesmo feliz em te ver. — Ela voltou a olhar para mim, franzindo o cenho. Seus olhos percorreram meu corpo, e senti meu rosto esquentar.

— Você está diferente. O que foi?

— Eu... — Fiquei quieta. Será que ela sabia? Tentei tirar aquilo da cabeça. Era impossível. Mas seus olhos indagadores continuaram vagando do meu rosto até os dedos do pé, demorando-se no abdômen.

— Fran, vou te fazer uma pergunta, e não quero que se incomode se eu estiver completamente equivocada. — Ela respirava com dificuldade, e as palavras saíam entrecortadas.

— Tá bem. — Minha cabeça latejava e senti minha boca ficar seca.

— Você está grávida?

Por um momento, fiquei ali sentada, vasculhando os olhos dela. E então assenti, baixando a cabeça. Eu a senti apertar minha mão de leve.

— Como adivinhou?

— Eu só soube. Você está... radiante.

Eu me sentia o completo oposto de radiante, mas decidi não contradizê-la.

— Vou presumir que o pai seja o meu William... — Ela se calou, e eu fiz que sim.

— É claro que é.

— E o que vai fazer?

— Fazer?

Ela deu um sorriso fraco, e soube que não havia motivos para não falar a verdade.

— Eu não vou manter a gravidez. — As palavras quase ficaram entaladas, e engoli em seco. Kathy curvou o pescoço de leve. Sabia que falar consumia todo o fôlego que ela ainda tinha, então preenchi o silêncio, me justificando. — Sou muito jovem para ser mãe. Não posso fazer isso.

Ela assentiu.

— E o que o William acha?

Baixei a cabeça.

— Ele quer que eu tenha a criança.

Um silêncio apreensivo pairou entre nós.

— Promete que vai pensar a respeito? — Ela falou tão baixo que tive que me inclinar para ouvi-la, e mesmo assim não tive certeza de que havia escutado direito.

— Em ficar com a criança?

Ela fez que sim com a cabeça, sem conseguir falar. Eu me sentia atordoada. Aquele era o motivo pelo qual eu não queria que ninguém ficasse sabendo, o motivo pelo qual não havia pedido a opinião de mais ninguém. Mas como poderia ignorar o que a mãe de Will me dizia em seu leito de morte?

Kathy então respirou fundo, o rosto se contorcendo de dor, e bateu a mão no peito. Esperei que o episódio passasse e, quando isso aconteceu, ela se aproximou um pouco mais de mim.

— Sei que pensa que é a decisão certa, mas Will está prestes a me perder, e isso vai ser muito difícil. — Ela aspirou o ar fazendo barulho. — Não quero que ele perca tudo. — Expirou todo o ar. — Pense nisso por mim, está bem?

Fiz que sim. O que mais eu poderia fazer? Senti uma vontade urgente de me levantar e fugir dali, de sair correndo daquele quarto e sorver avidamente grandes quantidades de ar fresco para preencher o pulmão, mas Kathy se agarrou a minha mão com uma força que me surpreendeu. Ela ainda não havia terminado.

— Você... — Ela ficou quieta, engoliu em seco. Seus olhos encovados pareciam arregalados, e o cabelo que antes era grosso agora mal passava de poucos fios que lhe contornavam o rosto. — Você pode me ajudar?

— Claro. Do que precisa? Água? Comida? Remédios? — Olhei para todos os lados, tentando enxergar o que havia no quarto. Mas ela balançou a cabeça em uma negativa.

— Não posso continuar assim. — Ela respirou fundo. — Dói demais. — Outra inspiração, e o barulho indicava que ela tinha que lutar pelo ar. — Pode dar meus comprimidos?

— Onde eles estão?

Ela apontou para uma caixa sobre a cômoda do outro lado do quarto. Eu me levantei, peguei-a e a trouxe para perto dela, tirando a tampa. Havia uma enorme quantidade de remédios, e eu não fazia ideia do que eram. E se eu lhe desse o remédio errado?

— Quais?

— Está vendo os comprimidos rosa?

Peguei uma caixa e ela fez que sim.

— Me dê todos.

— Todos? Tem certeza? — Observando a embalagem, vi os dizeres em letras garrafais: *Tomar apenas UM comprimido a cada quatro horas. NÃO exceder a dose.*

Ela continuou me incentivando, de olhos suplicantes, e foi naquele momento que me dei conta do que ela queria que eu fizesse.

— Não há mais ninguém para quem eu possa pedir. Por favor. — Uma única lágrima lhe escorreu pela bochecha e atingiu o travesseiro. Meu estômago se revirou. Como ela ousava me pedir uma coisa dessas? Pensei em Will, em como ficaria devastado ao descobrir que tinha perdido a mãe.

E, por outro lado, ela estava prestes a ir de qualquer forma, e Will sabia. Todos sabíamos, era por isso que ele havia me pedido para vir vê-la. Ela apenas não queria mais ter que enfrentar aquela dor.

Como eu poderia lhe negar?

Permaneci sentada ali por um instante, segurando os comprimidos em meu punho fechado, a mente a mil, momentaneamente paralisada pelas implicações daquele pedido.

Ela queria que eu a ajudasse a morrer.

Ela já estava morrendo.

Era apenas uma questão de horas. Dias, no máximo.

E estava desesperada. Não teria me pedido uma coisa daquelas se não estivesse.

Bastou um último olhar em sua direção para tomar minha decisão. Fechei a tampa da caixa e estiquei o braço, colocando os comprimidos em sua mão espalmada. Devagar, ela envolveu os dedos ao redor deles e me deu um sorriso.

— Obrigada, Fran. Você é uma boa menina.

Levantei, desesperada para sair dali, para estar longe do leito de morte daquela mulher que era tão importante para mim desde que eu era uma criança.

Inclinei-me e dei um beijo de leve em sua testa, depois lhe dei as costas e fui embora.

— Tchau, durma bem — disse ao sair do quarto.

— Adeus, Fran. Obrigada.

Ela morreu no dia seguinte.

24

PRESENTE

Outubro de 2019

Os três homens me encararam por um tempo que pareceram horas, mas que, na verdade, foram meros segundos. Aos poucos, vi a compreensão se desenhando nas feições deles.

— Você deu os comprimidos para a mamãe?

— O quê? Não! Fran? — Will me olhou desesperado antes de se voltar outra vez para Jim.

Fiz que sim com a cabeça.

— Ela implorou.

— Mas… — Will se calou. — Como pôde fazer uma coisa dessas?

A dor estava estampada em seu rosto, todas as linhas e contornos preenchidos pela incredulidade. A luz da vela projetava sombras sobre seu perfil.

— Me desculpem.

Ninguém falou por longos minutos, todos horrorizados. Além daquele cômodo, a vida transcorria normalmente; havia passos abafados de enfermeiras passando pelo corredor, gritos e risos da sala de convivência, o rumor da tevê de algum vizinho de porta invadindo o ambiente e se assentando com as partículas de poeira. Dentro daquelas quatro paredes, no entanto, nada nem ninguém se mexia.

Eu sabia quanto aquilo era horrível. Havia feito algo terrível, algo que tinha passado muitos anos tentando tirar da cabeça, me convencendo de que aquilo não importava, que eu agira acreditando ser a melhor opção, que ela já estava morrendo.

Mas, naquele instante, as consequências dos meus atos — o dano irreparável que aquilo causara ao relacionamento de Will com o pai — se evidenciaram, e não havia como voltar atrás. Mesmo que eu conseguisse fazê-los compreender por que eu havia ajudado a mãe deles, nada nunca seria capaz de mudar o que aquilo causara.

Não conseguia olhar para os dois. Tampouco conseguia encarar Jacob, apavorada com o que veria em seus olhos.

Will foi o primeiro a abrir a boca.

— Eu não acredito. — Sua voz era seca. — Durante todo esse tempo. Você nunca me contou isso durante todo esse tempo.

— Sua mãe me fez prometer. Ela estava desesperada, Will. — Ele não disse nada. — Se eu soubesse o motivo pelo qual rompeu relações com o seu pai, já teria contado. Juro. Mas você nunca me disse.

— É um bom argumento, Will. — A voz de Jacob saiu baixa, mas Will ergueu a cabeça, parecendo confuso, como se tivesse se esquecido da presença de Jacob. Agora que olhava para o filho, seu olhar se suavizou.

— Me desculpe, filho... — Ele se calou ao se dar conta do que acabara de dizer. Ele o havia chamado de filho. Não de Jacob. Filho. Jacob não falou nada, e estendi o braço para pegar a mão dele. — Me desculpe. — Will continuou. — Você não precisava ter ouvido nada disso, pelo menos não agora. — Ele olhou de esguelha para Jim, que me observava.

Apertei a mão de Jacob.

— Eu também quero pedir desculpas. Não imaginava que nada disso aconteceria. É melhor eu ir embora.

— Não, não vá. — Jacob olhou ao redor, pousando os olhos em um de cada vez. — As coisas nunca são preto no branco. — Quando fiquei sabendo sobre você e a Fran — ele apontou para mim e para Will —, podia ter escolhido não os conhecer. Me manter longe de vocês e fingir que nada nunca acontecera. Mas, querendo ou não, saber da existência de vocês dois me fez enxergar o mundo de um modo diferente. Eu não podia continuar sem conhecê-los. Estava fora de cogitação. — Ele baixou os olhos para os pés plantados no chão. — O que quero dizer é que... — Ele se calou outra vez e dobrou uma perna sob a outra. — Acho que o que estou querendo dizer é que não demorou muito para que eu percebesse que tentar encontrar culpados e ficar com raiva são coisas que não vão mudar nada. É evidente que Fran fez o que lhe parecia certo. Ela achava que não conseguiria me dar a vida que eu merecia, então fez o possível para garantir isso. Esse é o modo como escolhi encarar as coisas, em vez de me concentrar no fato de que ela não quis ficar comigo.

Ele inspirou fundo, depois olhou para Will e para Jim.

— Entendo que possa parecer impossível assimilar tudo isso. O que a Fran fez com certeza soaria horrível fora de contexto. Mas pensem bem. Acham de verdade que ela teria ajudado a mãe de vocês se não pensasse que estava fazendo o certo? Acham mesmo que há outro motivo para ela ter feito isso que não fosse compaixão? E quanto ao que acabou acontecendo entre você e o seu pai... bem, me parece que foi algo que aconteceu entre vocês, que não tem nada a ver com o que Fran fez ou deixou de fazer. Isso só diz respeito ao relacionamento de vocês dois. — Ele se calou e deu de ombros. — Pelo menos, essa é a minha opinião.

Nós três ficamos olhando para ele por um instante. Mal era capaz de acreditar. Jacob me perdoara. O que quer que acontecesse como resultado da minha confissão, Jacob me perdoara.

Will e Jim seriam capazes de fazer o mesmo?

— Jacob tem razão, Will. — A voz de Jim saiu baixa enquanto ele passava o dedo pela boca da latinha de cerveja. Ele olhou para mim. — Sei que você só fez o que a nossa mãe lhe pediu. E, verdade seja dita, havia uma grande chance de ela ter morrido naquele mesmo dia, fosse como fosse. Ela estava doente. Prestes a morrer.

Will ergueu os olhos para encontrar os meus. Estavam indecifráveis, e eu não conseguia respirar direito por conta do terror pulsante enquanto esperava pelo veredito dele.

— Sinto muito, Fran. Eu não... — Ele se calou e passou a mão pelo rosto. Seus olhos estavam tristes, e ele parecia exaurido. — Sei que só tentou ajudar. Mamãe sentiu muita dor em seus últimos dias, mas nunca ousaria pedir nossa ajuda, porque sabia que íamos dizer não. Você a ajudou a não sentir mais dor, e isso era tudo o que ela queria.

Engoli em seco. Fui tomada pelo alívio de que Will parecia ter compreendido.

— Mas, quanto ao seu pai, tudo o que aconteceu por conta disso...

Will balançou a cabeça em uma negativa.

— Minha relação com meu pai já estava abalada de qualquer forma, muito antes. Se isso não tivesse acontecido, seria por outra coisa. Jacob tem razão. Eu só precisava de um motivo para jogar a culpa nele e ir embora.

Eu me levantei, atravessei o quarto e me ajoelhei ao lado da poltrona de Will, colocando a mão no joelho dele.

— Sinto muito. Mesmo. — Lágrimas escorriam do meu rosto e caíam nas calças dele, deixando o tecido molhado.

— Está tudo bem, Fran. De verdade. — Ele pegou meu queixo e me deu um beijo delicado nos lábios.

— Certo, chega disso tudo — disse Jim, o que me fez sorrir.

Jim se ergueu de um salto e andou pelo quarto até ficar de frente para mim, depois me abraçou com força, como se precisasse disso para sobreviver.

— Ei, ainda estou aqui — protestou Will, e nós dois sorrimos para ele.

— Desculpe, maninho — disse Jim, despenteando o cabelo do irmão.

Quando voltei para o lado de Jacob, sentia como se um peso que nem sabia que carregava tivesse sido liberado dos meus ombros.

Will sabia da verdade e havia me perdoado.

Jacob também me perdoara.

25

PRESENTE

Fim de outubro de 2019

Era um grande dia. Um dia importantíssimo. Que eu nunca achei que chegaria a ver.

Will ia encontrar o pai.

Alguns dias depois da revelação do motivo de terem se afastado, quando cheguei com Kieran, vi um Will mais alegre do que estivera nos últimos dias. Havia um brilho em seu olhar, e um sorriso se espalhava por seu rosto.

— Parece que você viu um passarinho verde — falei, dando um beijo em sua bochecha. — Andou conversando com as enfermeiras?

— Sim, elas me adoram — disse Will. — E aí, Kieran? Como vai a escola?

— Tudo bem. — Ele se sentou no chão e pegou o celular do bolso. Assunto encerrado.

Revirei os olhos, depois me voltei para Will.

— Mas, me diga, por que está assim, tão animado?

— Jim acabou de me ligar.

— Ah, é? — Jim ligava todos os dias para saber como o irmão estava, em parte, e isso ele havia admitido para mim, para aliviar a culpa que sentia por estar a mais de quatrocentos quilômetros de distância. — Alguma boa notícia? — Will sorriu, arregalando as sobrancelhas. Falei: — Vai me contar ou vou ter que adivinhar?

— Nós conversamos sobre o papai.

— Ah?!

— Sim. Ele… Na verdade, eu pedi que Jim falasse de mim para ele.

— Ah! — Por essa eu não esperava. Depois daquela noite, havia reunido uma vaga esperança de que Will pudesse considerar perdoar o pai, mas não achava que fosse mudar de ideia tão rapidamente.

Como se pudesse ler meus pensamentos, ele disse:

— Eu sei que é uma mudança repentina, mas, convenhamos, Franny... não tenho muito tempo a perder, não é mesmo?

— Bem, não... E o que foi que Jim disse?

— Jim disse que já falou com o nosso pai.

— E?

— E que ele quer vir me ver.

Fiquei encarando Will, incapaz de acreditar em como ele estava calmo. Depois de tudo pelo que havíamos passado, toda a dor, todas as vezes em que ele se negara a tocar no nome do pai, de repente estava me contando que ia se encontrar com ele?

— Que notícia maravilhosa, Will.

— Espero que seja.

Sentei na beirada da cama.

— E o que vai acontecer agora?

— Jim vai conversar com o papai e me ligar depois.

Tudo estava indo muito rápido, mas Will tinha razão. Ele não tinha tempo a perder.

Só esperava que ele não acabasse se decepcionando.

♥

No fim das contas, a visita de Alan ocorreu apenas dois dias depois. Eu estava quase tão nervosa quando Will antes de sua chegada, embora, conforme a hora ia se aproximando, pude perceber o terror e a apreensão nos olhos dele.

— Quanto tempo? — perguntou Will pela vigésima vez naquela manhã.

Conferi o relógio.

— Meia hora.

— Ah, meu Deus. — A perna de Will não parava de balançar. — Não cometi um erro terrível, cometi?

— Não, Will. Vai ser bom. Você vai fazer as pazes com o seu pai.

— Mas e se ele continuar bravo?

— Já conversamos sobre isso, e você ouviu o que Jim disse. Seu pai está muito contente que queira vê-lo. Por que ele estaria bravo?

Ele deu de ombros.

— Não fui um filho muito bom.

— Nada disso é sua culpa. Nada.

— Eu sei. Desculpa, só estou apreensivo.

Ficamos um pouco em silêncio, mas, depois de um tempo, não conseguia mais aguentar o tique-taque lento do relógio contando os agonizantes minutos até a chegada de Jim e Alan.

— Vou dar uma volta pelo jardim. Quer vir comigo? — Will ainda conseguia andar, mas pouco, por isso ganhara uma cadeira de rodas que eu poderia empurrar. Ele dizia se sentir debilitado com ela, e raramente concordava em usá-la, mas naquele dia tudo de que precisava era parar de pensar naquela espera.

— Sim, vamos lá.

Perambulamos devagar pelo jardim, e as folhas caídas das árvores que cobriam o caminho, por mais que o jardineiro se esforçasse para recolhê-las se grudavam às rodas da cadeira. Nenhum de nós dois falava. Tentei evocar mentalmente a imagem do pai de Will, mas fazia tanto tempo que eu não o via, que a figura se dissipou, carregada pelo vento, antes mesmo de se formar. Pensava se seria capaz de ao menos reconhecê-lo depois de tantos anos. Agora ele era um senhor de idade, um idoso na casa dos setenta, e as pessoas mudavam. Pensava no que ele acharia de Will. Sabia que Will estava nervoso pelo fato de que o pai o veria daquele jeito: enfraquecido, indefeso.

— Podemos voltar? — disse Will. — Estou com frio.

Ele tinha cobertores sobre as pernas, mas tinha razão, estava gelado, e o ar estático e úmido se agarrava à pele a às roupas, por isso dei meia-volta e comecei a voltar na direção do prédio. Mas estaquei quando o carro de Jim adentrou o estacionamento, e eu e Will ficamos observando-o parar na vaga. Eles não nos viram, e por um tempo ninguém saiu do carro.

— Devemos ir até lá dizer oi?

Will fez que não.

— Vamos esperar.

Ficamos ali, vendo Jim sair do lado do motorista. Segundos depois, a porta do passageiro se abriu e de lá saiu um homem esguio de cabelos brancos e finos. Ele puxou o casaco para mais perto do corpo quando uma rajada de vento o atingiu e olhou ao redor. Então, subitamente, deteve o olhar ao pôr os olhos sobre mim e Will. Mesmo de longe, era nítido que havia nos reconhecido.

— Devemos ir até lá agora? — sussurrei.

Will se virou sobre o ombro para mim.

— Não era pra ter sido assim.

— Está tudo bem, Will. Não tem problema.

Ele pensou por um instante, depois balançou a cabeça afirmativamente.

— Você está certa. Vamos lá dizer oi.

Cruzar o jardim até o estacionamento sob o olhar de Jim e do pai deles me pareceu a mais longa travessia da minha vida, e, conforme nos aproximávamos, fui notando que os nós dos dedos de Will se esbranquiçavam e seus ombros se retesavam. Parei de empurrar a cadeira de rodas, e Will fez força para levantar, desdobrando-se até ficar pelo menos dez centímetros mais alto que o pai. Por um momento, eles apenas se encararam, os dois calados, apenas vasculhando o rosto um do outro. Então, por fim, Alan estendeu a mão para que Will o cumprimentasse:

— Olá, meu filho.

Will titubeou, mas depois estendeu o braço e pegou a mão do pai.

— Oi, pai.

Eu não sabia aonde ir ou o que fazer. Deveria deixá-los a sós, deixar que Alan conduzisse o filho de volta ao prédio, deixar que conversassem? Estava prestes a pedir licença quando Jim assumiu.

— Vamos para dentro? Está muito frio aqui. — Deu a volta até ficar atrás da cadeira. — Quer que eu empurre?

— Por favor, obrigada. — Abri espaço e, uma vez que Will voltou a se sentar, nós quatro caminhamos para a clínica em silêncio.

Já de volta ao quarto de Will, permaneci sem jeito à porta.

— Vou comer um bolo com chá — anunciei.

— Eu vou com você. — Jim se levantou, pegou no meu braço e fomos embora, deixando que Will e o pai ficassem a sós pela primeira vez em vinte e cinco anos.

— Acha que eles vão ficar bem?

— Vão — respondeu Jim. Ele caminhava para a saída, me conduzindo novamente para o exterior frio. — Acho que só precisamos dar um tempo para eles. Vamos andar?

— Vamos.

Jim passou o braço pelo meu e vagamos pela rua na direção de Hampstead Heath. Havia esfriado, e as pessoas que passavam por nós pareciam estar sentindo tanto frio quanto eu. Estremeci.

— Coloque isto. — Jim me deu seu gorro, que pus na cabeça, sentindo-me grata. — Como Will estava hoje de manhã?

— Apavorado.

— O papai também.

— O que ele disse quando você falou que Will queria se encontrar com ele?

— A princípio, ele achou que eu estivesse brincando. Já fazia um tempo que eu havia contado para ele que Will estava doente, mas acho que ele não fazia ideia da gravidade.

— Você contou para ele? — Will deixara claro que não queria que o pai ficasse sabendo de nada a seu respeito. Apesar das boas intenções, aquilo parecia uma pequena traição da parte de Jim.

— Sim. Sabia que Will não gostaria, mas me pareceu justo, no mínimo, avisá-lo de que seu filho mais velho poderia morrer a qualquer momento.

— Acho que tem razão. E agora não faz mais diferença.

— Não.

Ficamos em silêncio por um tempo. Estava morrendo de vontade de perguntar a Jim se ele havia de fato me perdoado pelo que eu havia feito pela mãe dele. Sabia que ele dissera que sim, mas queria descobrir se algo havia mudado, agora que ele tivera tempo para refletir. Por sorte, foi ele quem trouxe o assunto à tona.

— Eu entendo por que você fez o que fez, está bem?

Eu me virei para analisar seu rosto, que me era tão familiar de tantas maneiras, tão parecido com o do irmão, mas que também me parecia completamente distinto. Ele se virou de frente para mim.

— Obrigada, Jim. Eu amava a sua mãe. Jamais faria algo com a intenção de feri-la.

— Eu sei. — Ele fez uma pausa. — Ela me pediu a mesma coisa, sabia?

— É mesmo?

— É. Acho que ela achava que um garoto de catorze anos estaria mais disposto a ajudar do que o meu pai ou o Will. E, mesmo vendo toda a dor que ela sentia, mesmo depois que ela implorou... implorou de verdade... eu disse não. Eu... não fui capaz. — Ele estacou. — Mas sabe de uma coisa? Passei anos arrependido.

Parei de andar, e Jim fez o mesmo, virando-se para trás, em minha direção.

— Eu não fazia ideia.

— Bom... não havia como saber. Nunca contei para ninguém. Mas o que quero dizer com isso é que entendo por que você a ajudou. Ela estava desesperada. Você a fez parar de sentir dor. — Ele estendeu a mão, e eu a peguei. — Deveríamos ter te agradecido, na verdade. Você fez o que achava ser certo.

— É o resumo da minha vida, não acha? Fazer escolhas que no momento me pareciam certas e depois passar a vida toda tentando esquecê-las.

— Está falando de Jacob?

Fiz que sim com a cabeça, sentindo as palavras ficarem presas em minha garganta.

— Eu... estava morrendo de medo de perder Will quando contasse sobre Jacob. Mas eu tinha que fazer isso, não é?

— Você fez certo. Will pode não ter tempo para chegar a conhecer Jacob de verdade, mas pelo menos ele teve a chance de conhecê-lo, de poder passar um tempo com ele. Isso não tem preço.

Seguimos caminhando, dando a volta no parque até estarmos de volta à clínica. Conforme nos aproximávamos, senti meu coração acelerar.

— Como acha que foi?

Jim deu de ombros.

— Das duas uma: ou eles se mataram, ou viraram grandes amigos. Não posso opinar.

— Meu Deus, espero que tenha corrido tudo bem. Will precisa disso. Acho que vai lhe trazer paz de espírito.

— Para o papai também. Ele ficou arrasado no dia em que Will foi embora. Acho que ele sempre achou que um dia Will voltaria. Demorou muito, muito tempo para aceitar que isso não aconteceria.

Enquanto passávamos pela porta de entrada e caminhávamos até o quarto de Will, meu coração martelava e minhas pernas tremiam. O que encontraríamos quando chegássemos?

Bati de leve à porta, abri e entrei no quarto, seguida de perto por Jim.

— É seguro entrar aqui?

— Totalmente. — Alan se levantou quando entramos, oferecendo-me a mão para me cumprimentar. — Olá, Francesca. Desculpe por não ter dito olá antes. É um prazer revê-la — disse ele.

Apertei a mão dele com entusiasmo.

— Eu digo o mesmo.

— Como foi? — perguntou Jim, olhando para Will e para o pai deles.

— Foi muito bom. — Will falava baixo. — Eu... nós conversamos. E, bem... resumidamente nós dois sabemos que cometemos erros. Mas agora está tudo bem. Não está, pai?

Pai. Era a primeira vez em muitos anos que ele falava com o pai, e parecia que todo aquele tempo desperdiçado havia passado, e tudo o que restava era o desejo de acertar as coisas.

Em circunstâncias normais, talvez houvesse anos de acusações, discussões e brigas. Mas ali, naquele instante, com o fim de Will se aproximando, não havia tempo nem necessidade de nada daquilo.

Will ganhara o pai de volta. E Alan recuperara o filho.

Alan permaneceu pelo resto do dia. Ofereci uma cama na minha casa, mas ele e Jim optaram por ficar em uma pousada dos arredores para passar algumas noites.

— Volto para te ver amanhã, se estiver tudo bem para você — disse Alan em uma voz ainda repleta de dúvidas sobre quanto sua presença era bem-vinda pelo filho.

— Eu adoraria, pai. Obrigado.

Alan abriu um sorriso e, enquanto eles se despediam, minha mente vagava de volta ao passado, um lugar onde vinha permanecendo por muito tempo ultimamente. Me lembrei de vezes em que nós quatro estávamos juntos, jogando futebol no parque, Will claramente superior a nós, até que o forçávamos a jogar sozinho contra os três — seu pai, Jim e eu; da vez em que construímos um esconderijo no bosque atrás de casa e passamos o dia empilhando ramos e galhos até formar uma estrutura sólida o bastante para nos conter. Me lembrei das vezes que Alan me recebera na casa deles, me ajudando com o dever de casa de matemática, garantindo que também houvesse janta para mim, limpando meus sapatos. E depois olhei para aquele senhor dando um abraço de despedida no filho após tantos anos de separação e fui tomada pela tristeza.

Todos nós havíamos desperdiçado tanto tempo. Um tempo ao qual não demos valor até perceber que ele estava acabando.

— Certo, a gente se vê amanhã? — disse Jim quando eles se preparavam para sair.

— Sim, eu venho todos os dias.

— Ela sempre foi uma boa menina — disse Alan, sorrindo enquanto se aproximava para me dar um abraço rápido. — Obrigado por cuidar do meu garoto.

Depois que eles foram embora, demorou um pouco para que um de nós dois voltasse a falar.

— Pois bem. Como foi reencontrá-lo? Foi como esperava?

— Melhor. Ele... ele não se mostrou como eu lembrava. Foi mais gentil, menos combativo. — Will pegou o cobertor que tinha sobre os joelhos. — O problema é que isso me deixa ainda mais triste, saber que fui tão duro com ele por tanto tempo.

— Ah, Will, não pense nisso. — Eu me abaixei e me ajoelhei ao seu lado. — Ficar pensando nos arrependimentos do passado não vai adiantar nada. O que você pode fazer agora é olhar para a frente e aproveitar o tempo que ainda tem.

Will concordou comigo.

— Tem razão. Só tenho medo de que ele acabe muito mais rápido do que eu gostaria.

26

PRESENTE

Novembro de 2019

A cada dia que eu chegava para ver Will, nós seguíamos um tipo de rotina. Eu vinha direto para o quarto dele sem ser questionada pelas enfermeiras, que já me conheciam àquela altura. Ele estaria me esperando, e então compartilharíamos uma xícara de chá e iríamos dar uma volta no jardim. Eu tentava ignorar o fato de que a cada dia ele parecia um pouco mais fraco, como se estivesse desaparecendo aos poucos.

Por isso fiquei surpresa quando, em uma manhã de meados de novembro, me deparei com um grupo de pessoas do lado de fora do quarto. Apertei o passo ao me aproximar, com o coração martelando, me preparando para o pior.

— O que aconteceu? Está tudo bem com Will?

Uma enfermeira jovem que eu não conhecia se virou e, ao me ver, me afastou do quarto de Will em direção à recepção.

— Vamos ficar um pouco aqui sentadas.

— O que está acontecendo? O Will está bem? — Dava para notar o pânico que surgia em mim.

— O Will está ótimo, não se preocupe.

— Mas então o que aconteceu? Por que não posso entrar?

Ela parecia estranha, os olhos se desviando para a porta a cada poucos segundos, mantendo o foco um pouco acima dos meus ombros.

— Eu… Hum, não sei. Só me pediram que a mantivesse aqui. Desculpa.

Tive pena dela. Estava claro que a pobre garota também não fazia ideia do que estava acontecendo.

— Mas o Will está bem, não?

— Sim, sim. Ele definitivamente está bem. Eu… só preciso dar uma saidinha. Pode esperar aqui enquanto isso?

— Tudo bem.

Ela saiu correndo, claramente aliviada por ter conseguido escapar. Esperei obediente no mesmo lugar, observando alguns dos outros habitantes seguindo com seu dia. Alguns pareciam estar bem, como o próprio Will quando viera para a clínica, o que me fez perceber quanto ele havia piorado desde então. Outros pareciam estar muito mais perto do fim, o corpo franzino frágil e encolhido, e eu me via forçada a virar o rosto, ainda incapaz de imaginar Will naquele estado.

Alguns minutos se passaram, e fui ficando impaciente. Será que deveria ignorar o que me tinha sido dito e ir lá ver o que estava acontecendo? Mas, antes que eu me decidisse, uma das enfermeiras de Will chegou na recepção e se sentou ao meu lado.

— Como o Will está? O que está acontecendo?

— O Will está muito bem, não se preocupe — disse ela. — Mas me pediu para perguntar se você lhe faria um favor antes de vê-lo hoje.

— Como assim?

Ela me entregou um papel em que havia um endereço escrito.

— Ele quer que vá neste lugar pegar algo para ele e que traga até aqui. Pelo que entendi, estão te esperando.

— Eu... — Não sabia como reagir.

— Me parece que é algo muito importante.

Suspirei. Sabia que Will não era um grande fã de surpresas, mas eu sempre gostei. Daquela vez, no entanto, estava curiosa demais para aproveitar.

Atordoada, digitei o endereço no aplicativo de GPS do meu telefone. O lugar ficava a um quilômetro e meio de distância, uma caminhada de vinte minutos. E então eu fui. A garoa fria típica da estação atingia minha nuca, e tive que apertar meu capuz. Que raios eu estava fazendo, saindo numa missão descabida enquanto Will me esperava na clínica?

Apertei o passo e senti alívio quando encontrei o lugar na Hampstead High Street. Era uma loja. Conferi de novo o pedaço de papel amassado que tinha em mãos para me certificar. Sim, parecia o lugar certo. Abri a porta e entrei. As gotas que pingavam do meu casaco molhado formavam poças no chão imaculado.

— Olá, posso ajudar? — Escutei alguém dizer. Era uma mulher que me parecia estar na segunda metade dos cinquenta. Ela sorriu para mim.

— Ah, hum, não sei se este é o lugar certo.

— Você é a Francesca?

— Ah, sim, sou eu. — Olhei ao redor, perplexa, esperando deparar com as câmeras escondidas me gravando.

— É um prazer conhecê-la. Eu sou a Jennifer. — Ela veio em minha direção, envolveu minha mão com as dela e depois se afastou. — Me dê um instante. — Quando ela desapareceu pela porta, aproveitei para olhar ao redor. Havia algumas araras de roupas — vestidos, casacos, bolsas, sapatos —, mas tudo parecia muito além do meu orçamento. Ouvi um barulho, e quando me virei vi Jennifer diante de mim, segurando um embrulho de papel-pardo. Ela me oferecia o pacote, mas antes que eu pudesse pegá-lo, ela olhou pela janela.

— Minha nossa, acho que vai acabar estragando neste clima. O seu carro está perto?

— Não, eu vim a pé.

— Então espere um minutinho. — Ela se abaixou atrás do balcão, de onde saiu uma enorme sacola azul-escura que usou para guardar o pacote antes de me entregar a encomenda.

— Certo, fui instruída a lhe dizer para que não abra até estar de volta. Faz sentido?

— Acho que sim. — Fazia tanto sentido quanto todo o resto.

— Maravilha. Bem, espero que goste. E boa sorte.

Ainda mais perplexa do que antes, eu virei para sair outra vez na chuva, que parecia mais forte agora que eu a encarava de frente. As gotas penetravam nos meus olhos e embaçavam a minha vista. Quando, enfim, cheguei de volta à clínica, uma enfermeira diferente veio falar comigo assim que entrei.

— Está tudo bem? — perguntei.

— Ah, sim. Tudo ótimo. — Ela pegou nas minhas mãos e sorriu, animada. — Certo, Will me pediu para lhe dizer que vista o que está no pacote.

— Tá bom. Tem algum lugar em que eu possa me trocar ou ele quer que eu fique pelada aqui mesmo?

— Ha, ha. Claro que tem. Venha comigo. — Ela me levou até um banheiro. — Peço desculpas, mas isto é o melhor que eu posso fazer. Todos os quartos estão ocupados.

— Está ótimo. Obrigada.

— Ah, espere um instante. — Ela saiu correndo, voltando alguns segundos depois, sacudindo uma escova de cabelo e um batom. — Não é nada de mais, mas foi o que consegui sem aviso prévio.

Eu lhe lancei um olhar indagador, mas ela não disse mais nada enquanto me incentivava a entrar na cabine do banheiro. Tranquei a porta, me sentei na tampa do vaso, tirei o embrulho de papel de dentro da sacola, desfazendo o laço que prendia tudo no lugar com impaciência. E então abri.

Ali, repousando em papel-manteiga, havia um tecido de um belíssimo tom de verde-escuro. Me levantei para desdobrá-lo, e o tecido macio cascateou como se fosse água até o chão. Era maravilhoso. Mas qual seria a ocasião?

E então reparei em um cartão sobre o papel-manteiga, em um tom de rosa contrastante. Imediatamente reconheci os garranchos apressados de Will.

Minha querida Fran,

É sempre arriscado escolher algo para você usar. Queria que estivesse usando algo especial para poder lembrar deste dia para sempre. Espero que se sinta feliz ao vesti-lo.

Se for o caso, tenho uma pergunta a lhe fazer: Francesca Gordon, eu te amo mais do que já amei qualquer outra pessoa. Sempre amei e sempre vou te amar.

Quer se casar comigo?

Diga que sim.

Do seu Will, com amor

Deixei o cartão cair e voltei a me sentar. Minhas pernas estavam bambas. Minha respiração se acelerara e minha cabeça girava. Eu sorvia o ar com desespero, tentando me acalmar.

Will queria se casar comigo.

E aquilo significava... poderia querer dizer... ali mesmo, agora mesmo? Aquele era o motivo de tanto mistério?

Queria sair correndo até o quarto de Will e dizer que claro que eu me casaria com ele, que eu o amava e que ele não precisava me comprar coisas caras para me convencer a dizer sim. Mas ele se esforçara tanto para tornar aquela ocasião especial, envolvendo tantas outras pessoas, que eu faria tudo do jeito que ele queria.

Tremia de nervoso enquanto me despia e colocava o vestido. Quem mais estaria sabendo, quem mais estaria ali conosco? Mags estaria envolvida? Elodie, Kieran, Jim? Devia ser o caso. Só Deus sabe como Kieran havia guardado segredo. Será que Jacob e Alan estariam lá também?

Escovei meu cabelo úmido de chuva e passei o batom sentindo muita gratidão pela gentileza daquela enfermeira. Me sentia enjoada de tão ansiosa, mas as batidas do meu coração contavam os segundos quando emergi da cabine.

— Ah, ela está pronta! — A enfermeira de Will correu na minha direção, juntando as mãos como quem se alegra. — Você está linda. Pessoal, ela não está linda?

— Maravilhosa. — Fiquei vermelha quando ouvi alguém dizer isso.

— Ah, você viu o bilhete? Leu o que estava escrito, não leu?

— Sim, eu li o bilhete.

— Pessoal, ela leu o bilhete!

Sorri quando ouvi as pessoas comemorarem. Parecia que todo mundo sabia, até mesmo alguns outros pacientes.

— Certo. Está pronta?

Fiz que sim com a cabeça. E então, detrás do enxame de pessoas que se reuniam junto à porta de Will, meu pai surgiu vestindo seu terno favorito.

— Pai! — Corri na direção dele e o abracei apertado.

— Sim, é, pois é — disse ele, alisando a roupa quando o soltei.

— Você está todo chique, pai. Vai a algum lugar?

— Bem, hum... — Ele olhou ao redor, atordoado, em busca da minha mãe, que logo o salvou.

— Ela está brincando, Pete. — Minha mãe os olhos. — Ora essa! E eu que achava que a essa altura ele já teria se acostumado com o seu senso de humor! — Ela se virou para mim. — Ah, minha querida, você está linda. Ele acertou em cheio, mesmo escolhendo o vestido sozinho, não acha?

— Acho sim, mãe. — Eu a abracei e ela me deu um beijo apressado na bochecha. — Certo. Vamos lá?

Meu pai me ofereceu seu braço e enganchei o meu no dele.

— Pronta, querida?

— Pronta, pai.

E então entramos no quarto de Will.

O lugar era pequeno, mas estava lotado: a primeira pessoa que vi foi Will, sentado na beirada da cama parecendo nervoso e usando um terno escuro que lhe caía enorme no corpo magro; ao seu lado, Jacob, parecendo uma cópia vinte anos mais jovem do que o pai, e Alan, que havia se arrumado todo e usava uma camisa com gravata. Kieran sorria para mim, usando uma camisa que eu nunca vira antes, Amy e Elodie se encolhiam junto à janela e Mags, Robs e as crianças juntinhos perto da porta do banheiro. Também estava lá uma mulher desconhecida, que se aproximou e disse que se chamava Sandra.

— Sou a juíza de paz. Prazer em conhecê-la — disse, dando-me um aperto de mão caloroso.

Meu pai deu comigo os curtos passos até a cama, e Will se levantou, segurando-se na estrutura.

— Não acredito que fez tudo isso — falei, piscando para conter as lágrimas.

— Não acredito que aceitou — respondeu ele, com os olhos marejados, grudando a testa na minha por um instante. — Certo, acho melhor começarmos enquanto eu ainda estou de pé — anunciou para os presentes.

— Tem certeza de que não quer sentar? Posso me sentar também.

— Não. Quero permanecer de pé e com a cabeça levantada enquanto caso com o amor da minha vida — disse Will, e pus a mão sobre a dele, que permanecia apoiada na cama.

A cerimônia foi linda, mas prestei pouca atenção às palavras enquanto olhava para todas as pessoas que eu amava naquele cômodo. Mal podia acreditar que aquilo estava acontecendo e, antes que me desse conta, Will estava colocando um anel no meu dedo, feita de ouro envelhecido e com pequenas esmeraldas incrustadas. Depois ele me entregou uma simples aliança de ouro para colocar no dedo dele.

Estávamos casados.

— Bem, mais um item riscado da lista — falei, sorrindo.

Will se curvou e me deu um beijo carinhoso na boca.

— Não é a única coisa que pretendo riscar dela hoje.

— Está de brincadeira, né? Acho que casar já é um baita acontecimento para um dia.

— Espera aí. — Ele acenou para a enfermeira, que estava do lado de fora, e ela assentiu com a cabeça. Instantes depois, um homem entrou carregando uma maleta enorme. Tinha os braços e o pescoço cobertos de tatuagem.

— Sei que temos as alianças, mas quero algo ainda mais permanente para levar comigo — disse Will.

— Nossas tatuagens de casal — falei, de repente compreendendo.

— Tatuagens de casal — confirmou Will. — Não é exatamente uma tradição, mas quase nada do que aconteceu hoje pode ser considerado tradicional, então pensei: por que não? O que você me diz?

— Eu digo: vamos lá.

♥

Depois que fizemos as tatuagens — nossas iniciais entrelaçadas, um desenho pequeno e elegante no pulso — e cumprimentamos todo mundo, percebi que Will estava ficando cansado.

Peguei um copo e uma colher, batendo no vidro até que todos se virassem para mim.

— O dia foi incrível — falei. — Não acredito que todos vocês guardaram este segredo de mim, em especial você, Kier — comentei, e Kieran sorriu. — Foi mais do que ousaria sonhar. — Eu me virei para Will e ergui meu copo vazio: — Este homem me fez mais feliz do que achava que podia ser, e o fato de que agora sou a esposa dele é... — minha voz falhou — extraordinário. — Tossi e ergui os olhos para todos. — Mas acho que é hora de dizer boa-noite ao noivo e deixá-lo ir para a cama. Um brinde ao Will.

— Um brinde ao Will!

Conforme o lugar silenciava, Will também tossiu e usou a barra de metal da cama para voltar a ficar de pé. Agarrava o metal com força, o que deixava seus nós dos dedos esbranquiçados.

— Fran, você é e sempre foi o amor da minha vida. Obrigada por tornar este sonho realidade.

Então, exausto, deixou-se cair em sua poltrona, a sombra de um sorriso nos lábios.

Sabia que não podia olhar para ele, ou começaria a chorar. Imagens do Will que eu conhecia — jogador de futebol, forte e em ótima forma, ou até mesmo o Will que eu encontrara nove meses antes — não paravam de aparecer em minha mente, e era quase impossível não as comparar com a figura deste homem frágil e cansado sentado à minha frente.

Mas ele ainda era o rapaz que eu amava desde os sete anos de idade.

Meia hora mais tarde, depois que todos já tinham ido e apenas eu e Kieran ainda tínhamos que nos despedir, Will parecia um pouco recuperado.

— Que dia — disse ele, estendendo a mão para tocar de leve na minha.

— Não acredito que organizou tudo isso — falei.

— Tive muita ajuda. Mas era importante. Queria que soubesse quanto é importante para mim.

— Bem, muito obrigada. Foi incrível. — Analisei o anel que reluzia em meu dedo e senti um arrepio de felicidade.

— E, além de tudo, ticamos mais dois itens da lista.

Revirei os olhos.

— Você e essa maldita lista.

— Sei que para você ela não é tão importante, Fran, mas ela é simbólica para mim. Se eu conseguir completá-la, vou sentir que conquistei algo. Sei que parece bobagem.

— Não parece bobagem, meu amor. Me desculpe. E fico feliz que estamos perto de completá-la. Embora…

— O quê?

— Ainda não faltam duas coisas quase impossíveis? — Lembrei da lista, pensando nos dois itens que ainda faltavam: ver a aurora boreal e uma estrela cadente.

— É, acho que sim. — Will me puxou para perto e beijou a minha mão. — Mas pelo menos fizemos a coisa mais importante. Por mim, tudo bem.

— Na verdade, eu tenho uma surpresa pra vocês — disse Kieran.

— O quê, querido?

— Esperem aí. — Ele se abaixou, vasculhou embaixo da cama de Will e tirou de lá uma caixa preta, que reconheci imediatamente.

— Seu telescópio!

— Isso aí. Outro dia, li em algum ligar que haveria uma chuva de meteoros hoje à noite, por isso trouxe o telescópio. Achei… bem, achei que haveria uma chance de vermos uma estrela cadente. — Ele deu de ombros. — Por que não tentar? Se o Will não estiver muito cansado...

Meu coração inflou de orgulho pela consideração que o meu menino demonstrava.

— Vamos nessa — disse Will.

Kieran montou o telescópio perto da janela, virado para o alto. Deu uma espiada e ajeitou o ângulo para conseguir uma vista melhor.

— Prontinho.

Peguei na mão de Will e o ajudei a se levantar e a atravessar o quarto. Sustentei o peso de seu corpo enquanto ele abaixava a cabeça para espiar pela lente. Ele parecia leve como o ar, e eu sabia que poderia segurá-lo com facilidade, caso ele tombasse.

— Consegue ver alguma coisa?

— Ainda não.

— Pode ser que demore.

Eu e Kieran esperamos pacientemente conforme os minutos passavam. Eu não ousava soltar os braços de Will.

De repente, ele se mexeu e ergueu a cabeça todo animado.

— Eu vi uma!

— Onde?

Will apontou para um ponto à direita e eu e Kieran apertamos os olhos para enxergar em meio à escuridão bem quando um clarão cortou o céu, inconfundível.

— Ali, eu vi — anunciou Kieran, entusiasmado.

Will sorriu.

— Isso foi incrível, mas acho que preciso me sentar agora.

Eu o levei de volta para a cama e ele se deitou, encostando a cabeça nos travesseiros.

— Obrigado, Kieran.

— Que nada. Fico feliz que tenha dado certo.

— Foi muita gentileza sua. Estou muito orgulhosa de você — falei, despenteando seu cabelo.

— Sai pra lá — disse ele, fugindo de mim.

Me virei de volta para Will, quase adormecido, lutando para abrir os olhos. Eu me inclinei e lhe dei um leve beijo na testa.

— Boa noite, marido.

— Boa noite, esposa — ele murmurou, praticamente dormindo.

Então eu e Kieran saímos de lá, deixando que ele descansasse.

27

PRESENTE

Véspera de Natal de 2019

Quando era pequena, esperava ansiosamente pela véspera do Natal. Era a minha data favorita — a antecipação atingindo seu ápice, a alegria do dia de Natal ainda por vir.

Mas, naquele ano, era um tipo diferente de espera.

Naquele ano, estávamos nos preparando para a partida de Will.

Eu acordava todas as manhãs naquela cama em que dormira sozinha por tantos anos, e o espaço vazio ao meu lado parecia de uma vastidão desoladora. Permanecia ali deitada por alguns instantes, me perguntando onde Will estaria, em dúvida sobre se estaria fazendo o café ou tomando um banho, antes que a realidade me atingisse com força para tirar o ar dos meus pulmões.

Será que aquele seria o dia? Ou teríamos mais um dia juntos? Conforme o Natal se aproximava, aquela expectativa se assemelhava a um medonho calendário do advento. Uma contagem regressiva para o fim.

Desde o nosso casamento, eu telefonava todos os dias para a clínica para saber como Will estava e passava o maior tempo possível lá. Alguns dias, aparecia sozinha nas preciosas horas que tinha depois do trabalho; outras vezes, eu e Kieran ficávamos sentados junto de Will, só aproveitando a companhia um do outro. Elodie e Amy apareciam com regularidade, assim como Jacob, que aparecia sempre que podia, e Alan — o que me deixava exultante de felicidade.

Na verdade, Alan passou a visitar Will quase todos os dias, e os dois ficavam horas conversando: sobre o passado compartilhado, o passado que tinham vivido separados, e tudo o mais a respeito do que havia para se falar.

— Não acredito que joguei tanto tempo fora sendo teimoso — Will me disse uma noite enquanto estávamos sentados na escuridão do jardim, embrulhados em casacos e cobertores. — Podia ter passado tanto tempo ao lado do meu pai.

— Combinamos que não haveria arrependimentos, lembra? — falei, colocando as mãos no ombro dele e enfiando o nariz em seus finos fios de cabelo.

— Eu sei, eu sei. Estou tentando. Mas é muito difícil. Temos pouquíssimo tempo.

— Mas pelo menos agora ele está de volta.

Ele concordou com a cabeça enquanto voltávamos para dentro.

Na véspera de Natal, acordei com o mesmo pânico que me acompanhava todos os dias. Seria aquele o dia em que eu teria más notícias quando ligasse?

Saindo da cama, resisti à vontade de ligar imediatamente. As manhãs costumavam ser bem agitadas na clínica, já que todos precisavam ser acordados, vestidos e alimentados. Eu lhes daria um pouco mais de tempo.

Fui para a cozinha. Era cedo, Kieran ainda dormia e a casa estava silenciosa, como se estivesse prendendo o fôlego. Ali não havia nenhum indício do Natal, além de uma caixa de chocolate pela metade. Enfiei a mão e desembrulhei um bombom com recheio de coco, mastigando sem prestar muita atenção. Fiz café e fui para a sala, onde liguei as luzinhas da árvore de Natal. Elas brilhavam na escuridão da manhã, e decidi não acender nenhuma outra lâmpada. Em vez disso, sentei-me no sofá e deixei minha mente vagar pelos Natais passados, em épocas mais felizes. No último Natal, minha vida parecia tão diferente. Eu e Will havíamos acabado de nos reencontrar e estávamos felizes, ansiosos para passar o restante de nossa vida juntos depois de tanto tempo separados. Ainda não havia Jacob, nem Alan, ambos os segredos ainda enterrados, à espera de serem revelados. Quanto a vida mudara em apenas um ano.

Meus pensamentos voaram de volta para 1993, para o Natal que eu havia passado fora de casa, depois que Will tinha ido embora, quando eu estava grávida. Não fazia ideia do que o futuro me reservava nem se voltaria a ver Will. No Natal que vivia agora, precisava conviver com a possibilidade de Will me abandonar outra vez, agora para sempre, mas pelo menos desta vez eu sabia que ele me amava. Tinha certeza disso, sempre teria. Voltei mentalmente mais alguns anos, para o Natal que nossas famílias passaram juntas, quando tínhamos dez anos. Kathy fez o peru, e minha mãe preparou as entradas e a sobremesa. Eu e Will estávamos muito felizes por passar o Natal juntos pela primeira vez, e mesmo Jim não estava tão incomodado por ter que dividir a atenção do irmão comigo. Àquela altura, já estava acostumado. Eu me lembrava das luzinhas da árvore, das correntes de papel penduradas no teto, do discurso da rainha enquanto enchíamos a boca de chocolate. Eu me lembrava das horas que passamos no quarto de Will, brincando com o meu novo toca-discos, ouvindo o álbum mais recente do Prince.

De repente, minhas memórias se estilhaçaram pelo som do celular tocando e me levantei de um pulo, quase derrubando meu café. Enfiei a mão no bolso do pijama para pegar o aparelho e olhei para a tela. Era da clínica.

Meu coração parecia prestes a se romper.

Era chegada a hora? Aquela era a ligação pela qual estava esperando?

Haveria outro motivo para ligarem à sete da manhã?

Com as mãos tremendo, atendi a ligação e coloquei o telefone no ouvido.

— Alô?

— Oi, Fran. É a Katie. A enfermeira do Will.

— Oi, Katie. É sobre o Will? Ele está bem?

O instante de hesitação me disse tudo o que eu precisava saber.

— Acho que deveria vir o mais rápido que puder.

Tentei falar — havia tantas perguntas a se fazer. Quanto tempo lhe restava? O que tinha acontecido? Devia avisar mais alguém? Mas não era capaz de pronunciar palavra alguma; elas apenas se entalaram na minha garganta.

— Fran, está me ouvindo?

Engoli.

— Estou indo para aí.

Não sei o que se passou nos minutos seguintes. Devo ter me vestido, acordado Kieran e chamado um táxi, mas não me lembro de nada disso. Só me lembro de pensar que o tempo estava passando, passando sem parar, e que talvez já fosse tarde demais.

Devo ter ligado para Alan, Jim e Amy, e também para Jacob, mas não me lembro do que disse nem de como eles reagiram. Quando descemos do carro no estacionamento da clínica, o pânico me deixara fora de mim.

Eu e Kieran corremos do táxi para a clínica, e, assim que entramos, Katie se aproximou de mim com uma expressão grave.

— Ele está... — Eu me calei, incapaz de pronunciar aquela palavra.

— Ele está te esperando. — Ela foi indo na minha frente, indicando que eu a seguisse. Olhei para Kieran em busca de seu apoio. Meu menino, meu precioso menino.

Conforme nos aproximávamos da porta do quarto de Will, fui acometida pela discrepância daquele momento em comparação ao que se passara apenas um mês antes, quando o lugar parecia repleto de alegria e estávamos prestes a nos casar. Busquei sentir o anel em meu dedo e minha pulsação se acalmou ligeiramente. Estava tudo bem. Tudo ficaria bem.

Entrei no quarto e vi Will. Estava deitado sobre os travesseiros, e o lugar estava abafado pelo ar quente da calefação, que dificultava o ato de respirar. A imagem de Kathy, a mãe dele, apareceu de relance em minha mente, uma cena que afastei enquanto caminhava, trêmula, até a cama. Me sentei no canto, com cuidado para não assustá-lo, observando o peito dele subir e descer devagar, quase imperceptível debaixo das cobertas. Sua tez estava amarelada, e seu cabelo afinara tanto que parecia um halo contornando a cabeça. Baixei a mão e fiz carinho em sua bochecha, e ele entreabriu os olhos.

— Fran. — Seus lábios estavam secos e rachados. A voz que saiu deles foi tão baixa que apenas eu poderia escutar.

Ergui a mão dele e a levei aos lábios.

— Estou aqui, Will. — O esboço de um sorriso se desenhou em seu rosto. Eu era capaz de ouvir o assobio de sua respiração, para dentro, para fora, para dentro, para fora. — Feliz Natal, meu amor — sussurrei.

Ele piscou e seus lábios se mexeram, mas não consegui escutar. Me inclinei ainda mais, virando o ouvido para ele.

— Termine... a... lista...

Ergui a cabeça e sorri, assentindo.

— Vou fazer isso.

— Eu te amo.

— Eu também te amo, Will.

E então sua respiração se acalmou, a cabeça tombou e, muito silenciosamente, Will nos deixou.

E meu mundo caiu.

Permaneci ali, paralisada por um momento. Percebi Kieran se aproximando por trás e colocando a mão no meu ombro, que peguei com a minha própria mão. Lágrimas desciam pelo meu rosto, mas eu ainda não conseguia me mover, ainda não.

— Mãe? — Eu me virei, e senti os braços de Kieran me envolverem; eu o abracei com força, como se nunca mais fosse largá-lo. — Eu te amo, mãe.

— Eu também te amo, meu amor.

Não sei quanto tempo passamos ali, mas a próxima voz que escutei foi de uma das enfermeiras.

— Fran? — Ergui os olhos.

— Ele se foi. — Minha voz saiu rouca.

Ela assentiu, aproximou-se de mim e me abraçou.

— Há outras pessoas que gostariam de se despedir. Quer que eu dê a notícia?

— Sim, por favor. — Eu me sentia incapaz de dar a notícia para quem quer que fosse. Pronunciar as palavras em voz alta tornaria tudo tão mais real. Pouco depois, Jacob, Jim e Alan entraram no quarto. Os três homens permaneceram ali, respeitosos, cada um deles abalado à própria maneira.

— Podemos… — Alan apontou para a cama onde Will estava. Meus olhos acompanharam seu gesto. Ele parecia tão sereno que era difícil acreditar que tinha mesmo partido.

— Sim, por favor, se despeçam — falei. Saí do quarto com as pernas bambeando. Amy estava sentada, esperando perto da entrada, com Elodie no colo.

— Não sabia o que fazer… — Amy começou a falar, e concordei com a cabeça.

— O papai morreu?

— Sim, infelizmente ele morreu. — Eu me ajoelhei para ficar ao lado dela e juntei as mãos dela nas minhas. — Mas ele me mandou dizer que te ama demais.

Ela assentiu e olhou para os próprios sapatos.

— Ele foi para o céu ficar com o Freddie?

Apesar de tudo, aquilo me fez sorrir, e Amy também sorriu.

— Sim, minha querida. Foi exatamente para lá que ele foi, para cuidar do seu hamster. Pelo menos eles podem fazer companhia um ao outro.

Ela permaneceu sentada por um instante, depois pulou do colo de Amy.

— Que bom. Freddie vai ficar feliz com a chegada do papai.

E papo encerrado, pelo menos por ora. Queria ser capaz de lidar com aquilo tão bem quanto ela.

Eu me imaginara passando os dias depois da morte de Will chorando e vivendo o luto. Mas a realidade era muito mais prosaica. Depois que Will nos deixou, o resto do dia foi tomado por um turbilhão de tarefas burocráticas, respondendo a perguntas, preenchendo formulários. Parecia ordinário demais para o fim de uma vida.

Mas tinha certeza de que o luto chegaria e, sendo sincera, agradeci pela distração.

Só mais tarde, naquela noite, enquanto Kieran ocupava a mesma poltrona de sempre e o lugar ao meu lado no sofá permanecia vazio, que pude pensar em como as coisas haviam mudado desde que Will reaparecera em minha vida.

Antes, eu apenas existia. Eu tinha Kieran, é claro, e Mags sempre fora uma amiga maravilhosa. Mas, além disso, eu tinha um emprego que apenas tolerava, nenhuma vida social e passara anos longe de qualquer parceiro.

Meu reencontro com Will havia transformado minha vida por completo. Agora eu tinha Jacob, além de Jim, Alan, Elodie e até mesmo Amy, que aos poucos estava se tornando uma amiga. Minha vida estava repleta de pessoas que eu amava, que haviam conhecido Will e o amavam à sua maneira. E Kieran até se reaproximara do pai, por mais que eu houvesse passado tanto tempo resistindo, e agora eu estava feliz com isso.

Então, mesmo que meu coração doesse de tanta tristeza, e soubesse que ainda haveria muitos e muitos meses de luto e recuperação pela frente, pelo menos não estaria sozinha.

Agora, havia comigo um batalhão de pessoas para me ajudar, para me amar. E por isso eu tinha sorte.

Torcia para que Will tivesse partido sabendo o que fizera por mim antes de ir embora.

Devia tudo isso a ele.

EPÍLOGO

PRESENTE

Março de 2020

Ergui a cabeça e olhei para o céu, para o paredão de luzes que parecia um show de lasers. Era incrível: verdes, vermelhos e amarelos clareando o céu noturno, indicando o caminho.

— Uau — Kieran exclamou baixinho ao meu lado.

Apertei a mão dele.

Apesar do frio, senti o calor aconchegante do entusiasmo ao olhar ao redor. Ali, no cinza congelante do inverno da Islândia, estavam todas as pessoas mais especiais para Will. Jacob, Alan, Jim, Karen e as meninas, Amy e Elodie. Estávamos ali para concretizar, juntos, seu último desejo. Ver a aurora boreal.

— Will teria adorado isso — disse Jim, radiante.

Concordei com a cabeça, sentindo que as lágrimas ameaçavam voltar. Fazia apenas três meses que ele partira, mas, sem que eu soubesse, ele deixara reservado um dinheiro especialmente para esta viagem, para que eu não deixasse isso passar. Ele devia saber que não conseguiria ir, que nunca chegaria a completar a lista.

Mas queria que nós fizéssemos isso por ele. Como poderíamos negar?

Então ali estávamos, todos juntos, observando o céu. Não podia evitar me perguntar se, lá de cima, ele estaria em algum lugar nos observando, feliz por termos cumprido o seu desejo. Mags diria que sim.

Já eu não tinha tanta certeza. Mas, por ora, diante daquele espetáculo da natureza, aceitaria de bom grado que tudo era possível.

— Pronta? — Jim disse ao meu lado.

— Pronta.

Peguei a urna ao meu lado e me aproximei dele.

— É hora de dizer adeus para o Will — falei, gritando em meio ao vento. — Ele sempre quis vir até aqui para ver isto — indiquei o céu que nos cobria —, mas nunca teve a chance. Por isso, o trouxemos até aqui para a despedida.

Segurei a urna, abri a tampa e pedi que Alan, Jim e Jacob se aproximassem. Nós quatro, todos segurando a urna, soltamos as cinzas de Will ao vento, observando as diminutas partículas se agitarem, se sacudirem e flutuarem pelos ares, cada vez mais e mais alto, até alcançarem o céu.

— Adeus, Will. Que você permaneça sempre em liberdade.

Adeus, meu amor. Adeus.

AGRADECIMENTOS

A experiência de escrever um livro é bastante solitária, e, mesmo enquanto se digita a palavra "Fim", é impossível saber se alguém um dia vai querer ler o que foi escrito. E é por isso que começo meus agradecimentos pela minha melhor amiga, Serena. Ela aparece em todos os meus agradecimentos, mas sempre no final, e não quero que pense que é a última a passar pela minha cabeça. Então, Serena, muito obrigada por sempre ler tudo o que escrevo, por sempre me ajudar e acreditar em meu trabalho. Significa muito para mim.

Também preciso agradecer a Sarah Ritherdon, minha editora, por ter gostado tanto da história de Fran e Will e me ajudar a concebê-la. Sinto muito por tê-la feito chorar, mas, na verdade, não sinto tanto assim. Essa era a minha intenção. Obrigada também à equipe de Boldwood, que fez com que eu me sentisse muito bem-vinda.

Quando escrevo sobre assuntos tão importantes quanto doenças e adoção, gosto de me assegurar de que tudo esteja certo. Pesquisei bastante sobre tumores no cérebro, e, ainda que saiba que cada caso é único, espero que a história de Will pareça verdadeira. Obrigada a Margie Harris, que me explicou como é o dia a dia em uma clínica de cuidados paliativos, e também a Venessa Collins, que me ajudou com todos os detalhes da trama da adoção. Agradeço demais a ajuda de vocês, e assumo a responsabilidade por tudo o que não corresponder à realidade — deliberadamente ou não.

Como sempre, obrigada aos blogueiros literários que me apoiam, especialmente a Anne Cater (Random Things Through My Letterbox), Linda Hill (Linda's Book Bag), Rachel Gilbey (Rachel's Random Resources) e à comunidade dos livros em geral. Obrigada a Katy Regan e Rowan Coleman, por sempre ouvirem minhas reclamações quando estou com dificuldades, e ao fabuloso grupo do Facebook, Savvy Author. E, falando do Facebook, alguns grupos aos quais me juntei há pouco tempo foram maravilhosamente encorajadores, em especial a doce Anita Faulkner, do Chick Lit and Prosecco, e as meninas que cuidam do Friendly Book

Community e The Fiction Café. É incrível ter um espaço para conhecer leitoras, leitores e colegas de escrita, e também falar sobre os meus livros.

Não posso encerrar sem um agradecimento aos meus meninos: Jack, Harry e Tom. Vocês me inspiram todos os dias — e, sim, Jack, alguns traços do Kieran *podem* ter sido inspirados em você! Amos vocês.

SOBRE A AUTORA

Clare Swatman tem três livros voltados para o público feminino, publicados pela Macmillan, que foram traduzidos para mais de vinte idiomas. Tem mais de vinte anos de experiência como jornalista, tendo escrito para revistas como *Bella* e *Woman & Home*, entre muitas outras. Ela mora em Hertfordshire.

Visite o site da autora: clareswatmanauthor.com

Siga a autora nas redes:

facebook.com/clareswatmanauthor
twitter.com/clareswatman
instagram.com/clareswatmanauthor